城市地下工程浅埋暗挖地层预加固理论与实践

孔 恒 著

中国建筑工业出版社

图书在版编目（CIP）数据

城市地下工程浅埋暗挖地层预加固理论与实践/孔恒著.
北京：中国建筑工业出版社，2009
ISBN 978 - 7 - 112 - 10825 - 1

Ⅰ. 城…　Ⅱ. 孔…　Ⅲ. 城市建设—地下工程—工程技术
Ⅳ. TU94

中国版本图书馆 CIP 数据核字（2009）第 038876 号

针对浅埋暗挖地层预加固理论研究的薄弱，本书进行了系统研究，提出了系列新颖观点。内容主要包括：隧道工作面开挖的地层响应规律、上覆地层结构模型、地层预加固机理、工作面稳定与失稳模式、地层预加固的力学行为、地层预加固结构的作用荷载模式、地层预加固参数的设计与选择等。本书在理论上及实践上均有创见，值得广大从事隧道及地下工程专业的工作者参考。

* * *

责任编辑：田启铭/责任设计：赵明霞
责任校对：兰曼利　关健

城市地下工程浅埋暗挖地层预加固理论与实践
孔　恒　著

*

中国建筑工业出版社出版、发行（北京西郊百万庄）
各地新华书店、建筑书店经销
北京华艺制版公司制版
北京市兴顺印刷厂印刷

*

开本：850×1168毫米　1/32　印张：11⅜　字数：305千字
2009 年 4 月第一版　2009 年 4 月第一次印刷
印数：1—3000 册　定价：**29.00** 元
ISBN 978-7-112-10825-1
(18073)

本书主要由北京市人事局等 7 委办局提供的"新世纪百千万人才工程"D 类经费资助出版,同时得益于中国科学院武汉岩土力学研究所博士后流动站、北京市政路桥控股、北京市政建设集团有限责任公司在经费等方面提供的大力支持!

序　言

　　我很高兴地看到学生孔恒所著的《城市地下工程浅埋暗挖地层预加固理论与实践》即将付梓。对老师来说，这是他送给我的最好礼物！我乐于作此序言！

　　作者不论是在求学期间，还是在工作期间，都秉承着老老实实做人，踏踏实实做事的信念，为隧道及地下工程领域的进步与发展做出了自己的贡献。自2003年博士毕业至今的5年间，他积极投身于工程实践之中，严谨求是，开拓创新，获得北京市"科学技术奖"一、二、三等奖各1项，发明专利2项，发表了很多有见地的论文，2006年入选"新世纪百千万人才工程"北京市级人选。

　　作者不拘泥于理论，敢于实践和创新。作为北京市政地铁指挥部总工程师，他深入施工第一线，善于观察和总结。他以技术创新为先导，指导解决施工中所出现的问题。他总结提出的"基于层次分析法（AHP）的近接施工风险重要性等级评价和浅埋暗挖隧道施工地层变位的最优控制评价"结构模型、"地层变位分配与控制原理"、"零距离穿越既有结构概念与施工技术"、"砂卵石地层施工工艺"、"双排管超前预加固技术"、"前进式分段超前深孔注浆加固技术"、"非降水浅埋暗挖施工技术"、"大断面隧道多导坑施工断面扫描组合成型控制系统"、"导洞群施工效应控制与初支拆除力系转换控制技术""主动与跟踪补偿注浆技术"等观点和技术，已在国内隧道及地下工程的设计和施工中推广应用。上述内容有的已在本书中反映，有的将待后续出版。

　　本书是作者在求学与工作等各个期间，针对浅埋暗挖地层预加固理论研究的薄弱，第一次进行了全面系统的研究和总结，丰富和发展了浅埋暗挖法体系，这令我甚感欣慰和自豪！

本书的鲜明特色是内容新颖、起步较高、理论和实践并重，反映了作者理论研究和实践的成果。我相信本书的出版必将对读者大有裨益，对浅埋暗挖法的推广应用以及理论研究将产生重要的推动作用！

　　借写序言之际，我愿用我的一段话与读者共勉："历史的脚步往往是毫不留情的，会把千千万万人筑起的一座座里程碑抛在后头，使他们很快就变得朦胧不清；年轻一代的神圣职责，就是在新的跨越中竖立新的里程碑"！

中国工程院院士
全国人大代表
2009 年 1 月

前　言

　　浅埋暗挖法自 20 世纪 80 年代末期，首次在北京地铁复兴门折返线创立以来，经过 20 多年工程实践的不断丰富和完善，以其灵活多变、不拆迁、不扰民、不影响交通、不破坏环境、隧道结构强度高以及非常适合中国国情等突出优点，在我国地下工程建设中扮演着重要角色，创造了巨大的经济和社会效益。伴随着国民经济的发展，我国地下工程建设步入了高潮时代，特别是城市地下工程建设更是如火如荼。囿于城市建设的特殊土工环境条件、地层的复杂多变性、隧道结构的适应性和经济性等特点，可以相信，在未来一个相当长时期内，浅埋暗挖施工技术仍将发挥其在城市地下工程建设中的不可替代作用。

　　不可讳言，由于浅埋暗挖法不似盾构法（闭胸式）为闭式（有压）工作面，而是开式（无压或裸露）工作面。因此一般来说，在第四纪软土中利用浅埋暗挖法修建城市隧道，为了保证隧道开挖工作面的稳定以及控制地表沉降，确保施工影响范围内环境土工建（构）筑物的安全，对地层采取预加固处理措施（辅助工法）是浅埋暗挖法不可缺少的重要一环。

　　伴随着工程实践，尽管开发应用了多种地层预加固手段和措施（辅助工法），但总的来说，相对其实践，地层预加固技术的理论研究明显滞后。正如 Peila 等（1996）所言：“对地层预加固的真实作用机理以及建立在科学根据上的简化设计理论和方法几乎还没有进行研究，因此要想达到让设计工程师最优化的选择并灵活应用预加固技术的目的还远远没有达到”。其结果是在工程实践中，不得不过分地依赖经验类比。为丰富和完善浅埋暗挖法施工技术，围绕这一命题，本书在广泛学习前人经验的基础上，全面而系统地对城市地下工程浅埋暗挖地层预加固机理进行了深入分析和研究，并结合工程实践，对研究成果的具体应用进行了系统总结。

本书内容共分六章：第一章在对国内外大量文献资料学习和研究的基础上，论述了地层预加固研究现状及发展趋势，提出了存在的问题，明确了研究方向；第二章系统研究了浅埋暗挖隧道工作面在开挖通过观测主断面前、通过中、通过后地层的响应规律。揭示了隧道上覆地层的区域性及结构性特点。提出了隧道工作面上覆地层沿工作面推进方向可分三个区，即①超前变形影响区、②松弛变形区、③滞后变形稳定区；而沿地层垂直剖面又可分为五带，即Ⅰ弯曲下沉带、Ⅱ压密带、Ⅲ松弛带、Ⅳ工作面影响带、Ⅴ基底影响带；第三章建立了隧道上覆地层稳定的地层结构模型；提出了隧道工作面上覆地层结构失稳坍落的椭球体概念，分析了工作面上覆地层结构失稳的演变形态及其内在作用机制；揭示了隧道工作面无支护空间范围是影响隧道上覆地层结构稳定与否的关键区域；提出了反映地层预加固作用机理的四个效应：即地层拱的稳定促成效应、梁拱效应、拉杆效应和挡土墙效应；第四章建立了隧道工作面超前预加固结构力学行为的工作面超前预加固结构力学模型；提出了基于塑性极限理论的工作面土体稳定性分析的上限解模型；揭示了工作面土体失稳的渐进破坏概念；第五章通过建立的一系列工作面地层预加固力学行为模型的数值解，以及有限元数值模拟的结果，对浅埋暗挖隧道工作面地层预加固参数的设计与选择进行了探索。论证了地层预加固参数的最佳值概念；给出了确定超前预加固结构作用荷载的半拱法、全拱法和全土柱法理论计算公式；提出了工作面地层预加固参数设计与选择的五个指导原则：系统性原则、机理性原则、非长时性原则、动态性原则和优先性原则；最后给出了一整套确定浅埋暗挖法隧道工作面地层预加固参数的动态设计方法；第六章结合一些典型工程如深圳地铁一期工程地层大变形施工、北京地铁5号线零距离穿越既有地铁车站施工、北京地铁4号线穿越桥梁施工以及北京热力隧道富水软塑性地层穿越危旧建筑物施工等工程实例，详细介绍了本书的研究思想和成果在工程实践中的具体应用。

本书是根据笔者在北京交通大学攻读博士学位、在中国科学院武汉岩土力学研究所博士后流动站期间、在原北京市市政工程总公司以及在北京市政建设集团有限责任公司工作的各个时期内，反复酝酿，历经8年著成。第一次系统地对浅埋暗挖法地层预加固理论进行了探索，并详尽地介绍了研究成果在工程中的具体应用。全书内容丰富，理论和实践并重，希望能成为研究浅埋暗挖隧道工作面稳定性以及地层预加固领域提供一本比较全面的研究生教材，也可供相关工程技术人员参考使用。同时希望读者读完本书能对理会浅埋暗挖法的实质、隧道工作面稳定性概念、地层预加固的作用机制以及地层预加固实践方面的能力有所提高。倘能如此，笔者甚感欣慰。

我的导师"浅埋暗挖法"的开拓者、中国工程院院士王梦恕教授把我领入隧道及地下工程领域，对我在该领域的成长与发展起了至关重要的作用。先生的开放式思维和对问题认识的理念，学生受益匪浅。特别是先生常常教诲我的"德字为先"，每每回味学生的成长，"德"字必将使学生终身受益。为本书，导师亲写序言，如果没有先生的指导与关怀，本书是不可能得以顺利成稿和出版。可以说这本书也融入了导师的心血，在此，笔者深深地感激导师无微不至的关怀和培养！

在中国科学院武汉岩土力学研究所博士后流动站工作期间，得到了全体所领导以及各位老师的指导，特别是郑宏研究员给予了精心指导，也得到研究生部曾静老师的大力支持，笔者借此机会，衷心感谢流动站期间各位老师和师兄弟所给予的热情关心和帮助！

在本书成稿期间，得到工作单位原北京市市政工程总公司（北京市政路桥控股）、北京市政建设集团有限责任公司各级领导和同仁的支持，特别是对白崇智顾问总工程师、张汎总工程师、焦永达副总工程师所给予的帮助表示感谢！

本书由北京市人事局等 7 委办局提供的"新世纪百千万人才工程"D 类经费资助，能获此殊荣得益于各级领导的培养和支持，在此特别感谢许肖列副书记、吴培京副书记以及组织人事部各位领导及同仁们的帮助！感谢北京市政集团李军董事长、王健中总经理所给予的支持！

本书在写作过程中，还得到过张弥教授、崔玖江教授级高级工程师、贺长俊教授级高级工程师、刘维宁教授等老师的指导！同时感谢张顶立教授、谭忠盛教授、袁大军教授、黄明利教授、刘军教授级高级工程师、姚海波高级工程师、皇甫明高级工程师、王占生博士、张德华博士、张成平博士以及王磊老师等的帮助！特别还要感谢的是我的研究生邹彪硕士，他为本书的编辑和修改付出了辛勤劳动！

本书的工程实例部分，是作者对近几年所负责科研成果的部分总结，在工程应用中得到深圳地铁公司陈湘生总工程师、杨少林副总工程师、齐震明部长；北京地铁建设管理有限公司罗富荣副总经理；北京市政建设集团有限责任公司关龙总工程师、李国祥副总经理、郭嘉高级工程师、王全贤高级工程师、王文正高级工程师、周秀普高级工程师、张继明高级工程师、姚建国工程师以及中铁瑞威基础工程公司王卓高级工程师、彭峰高级工程师等的支持和帮助，在此表示衷心感谢！

本书写作中参考了大量的相关文献和专业书籍，谨向上述作者深表谢意！

由于作者水平有限，对书中疏漏和不足之处，敬请读者严加斧正，不吝赐教为盼！

作者
2009 年 1 月

目 录

第1章 绪 论

1.1 浅埋暗挖法概述

21世纪城市地下工程建设的高峰时代已经到来。伴随着我国综合国力的提高，许多大城市将跻身于国际大都市，其城市现代化建设正在提速，最能反映这一特征的是，为缓解日益增加的交通压力而大规模进行的城市地铁建设。就目前，我国地铁在建或已通车运营的城市有北京、上海、广州、深圳、南京、天津、杭州、成都、苏州、沈阳、西安、青岛等，而处在招投标或已获批准建设的城市有重庆、哈尔滨、无锡、佛山、郑州等。另一方面，表征城市基础设施现代化水平的地下各类市政管廊也在大规模地开发建设。而囿于经济性、地层的复杂多变以及特殊的环境条件，近年来，在城市基础设施建设中一直扮演重要角色的浅埋暗挖技术，以其对地层有较强适应性和高度灵活性等特点，必将在未来一个相当长时期内，得到不断丰富和完善，愈来愈彰显其在城市地下工程建设中的重要地位。

浅埋暗挖技术始于20世纪80年代中期，大秦线军都山铁路隧道双线进口黄土试验段成功之后，首次于1986年5月至1987年5月，在北京地铁复兴门折返线工程中应用并获得成功。1987年8月，北京市科委和铁道部科技司共同组织了浅埋暗挖技术成果鉴定会，经充分讨论取名为"浅埋暗挖法"[1]。这个名称定义准确，既反映了该技术方法的特点，又明确了其普适意义——适用于各种软弱地层的地下工程设计与施工。之后，以北京地铁工程为背景总结形成的"隧道与地铁浅埋暗挖工法"也被批准为国家级工法。

1

浅埋暗挖法的实质是针对软弱地层的特点，继承和发展了岩石隧道新奥法（NATM）的基本原理，突出了地层改良、时空效应和快速施工等理念。其方法的实质内涵可用 18 字原则来阐明，即："管超前"、"严注浆"、"短开挖"、"强支护"、"快封闭"和"勤量测"。其与明挖法、盾构法相比较，由于它避免了明挖法对地表的干扰性，而又较盾构法具有对地层较强的适应性和高度灵活性，因此浅埋暗挖法广泛应用于世界各国的城市地下工程建设。

目前，浅埋暗挖法已在城市地铁、市政地下管网及地下空间的其他浅埋地下结构物的工程设计与施工中得到广泛应用。该方法多应用于第四纪软弱地层，一般对地铁区间或小跨度隧道，常用的基本开挖方法有正台阶法、上半断面临时仰拱正台阶法、中隔壁法（也称 CD 法和 CRD 法）、双侧壁导洞法（眼镜工法）。而对地铁车站、地下停车场等大跨度联拱结构的基本施工方法有中洞法、侧洞法和洞桩法（PBA 法）。

浅埋暗挖法具有灵活多变，对地面建筑、道路和地下管网影响不大，拆迁占地少，不扰民，不污染城市环境等优点，是目前较先进的施工方法。但其存在的缺点是速度较慢，喷射混凝土粉尘较多，劳动强度大，机械化程度不高，以及高水位地层结构防水比较困难等。

相对而言，应用浅埋暗挖法具代表性，且占较大比重的国家有中国、英国、法国、德国、韩国、巴西等[2]~[7]。日本、美国自进入 20 世纪 90 年代后，除在少数地层条件下应用浅埋暗挖法外，大部分都采用盾构法[8][9]。但在 20 世纪 90 年代以前，日本则大量使用浅埋暗挖法[2]。

值得强调的是，近十余年来，随着大量的工程实践和理论研究，浅埋暗挖技术方法不断完善，应用范围进一步扩大，由原来只适用于第四纪地层、无水、无地面建筑物等简单条件，拓展到非第四纪地层、超浅埋、大跨度、上软下硬、高水位等复杂地层和环境条件下的地下工程。尤其是信息科学技术在浅埋暗挖技术中的应用，实现了工程的全过程监控，有效地减小了由于地层损失而引发的地面沉降等环境问题。现代浅埋暗挖技术施工不但对周边环境的影响已降到很低程度，而且由于能够及时调整和优化支护参数，提高了施工质量和速度，已成为城市地下工程设计与施工中普遍采用的一种施工方法，在全国地铁、铁路、公路、地下停车场、地下商业街、城市各种地下管廊、过街通道以及军事工程等领域得到了广泛应用，创造了巨大的社会和经济效益。

1.2 地层预加固技术概述

1.2.1 地层预加固技术的概念

超前预加固技术因其相对于隧道的施工（主要是相对于复合式衬砌）为辅助施工措施，因此国内习惯上称作辅助工法[2]，而国外多称其为预加固技术或地层处理技术[10]。为便于论述和交往，本文统称为预加固技术。

预加固技术源自于山岭隧道新奥法的应用[11]。对深埋的地质条件恶劣的山岭隧道以及位于浅埋松散地层的进、出洞口段，仅仅依靠初期支护手段来确保工作面稳定，在很多情况下是困难的。因此就产生了用什么方法来使工作面稳定，而且安全、经济地进行施工的问题。这样在隧道开挖和支护时，把主要使工作面稳定的任何手段，都统称为预加固技术（辅助施工方法）。但在城市环境条件下的第四纪地层中进行隧道开挖，其施工对预加固技术的要求要较山岭隧道更为苛刻。因为对城市地下各类隧道，衡量隧道施工稳定性的内涵有了质的变化：即一方面固然要求隧道工作面自身的稳定，但另一方面则更加严格的要求地表下沉必须控制在允许范围之内，以达到地表环境土工的安全使用。国内外实践均表明，即使是采取了预加固技术，但倘若没有针对地层条件、开挖方法等采取对症下药的技术措施，隧道坍塌或地表出现过大变形，导致地表环境土工损坏的例子还是很多的[12]~[15]。

在城市环境条件下修建暗挖隧道，就目前主要有两种施工技术：浅埋暗挖法和盾构法。由于浅埋暗挖法不似盾构法（闭胸式）为闭式（有压）工作面，而是开式（无压或裸露）工作面。因此一般来说，在第四纪软土中利用浅埋暗挖法修建城市暗挖隧道，为了保证隧道开挖工作面的稳定以及控制地表沉降，很显然，对地层采取预加固处理措施是浅埋暗挖法不可缺少的重要一环。

1.2.2 地层预加固技术分类概述

伴随着各国在不稳定地层的隧道实践中，国内外都相继提出了若干地层预加固技术措施。一般在隧道施工中常采用的预加固技术见表 1-1。该表是对预加固技术的总结分类，它适用于各类隧道的预加固。对城市暗挖隧道而言，国内外较为常用的预加固技术主要有以下几类。基于降水是常规手段，因此这里不再赘述。

1.2.2.1 锚杆

一般而言，锚杆是岩石隧道施工预加固与初期支护中应用最为广泛的一种技术手段，它具有操作简单、施工方便、作用效果快等特点[16]。但在软土隧道，尤其是城市浅埋暗挖隧道，用金属锚杆作为地层预加固的工程实例不是很多。国内军都山隧道有过报导[12]。国外日本这方面的报导很多[11][17][18]。

隧道施工的预加固技术分类   表 1-1

预加固技术		目 的						围 岩 情 况		
		施工安全			涌水	周边环境		硬岩	软岩	土砂
		稳定工作面				控制地表下沉	邻近施工			
		拱顶	工作面	基脚						
超前加固	金属锚杆	○	—	—	—	—	—	○	○	—
	小导管	○	—	—	—	—	—	○	○	○
	管棚	○	○	—	—	○	○	—	○	○
	注浆	○	○	—	—	—	—	○	○	○
	预衬砌	○	—	—	—	—	—	—	○	○

预加固技术		目　　　的						围岩情况		
		施工安全			涌水	周边环境		硬岩	软岩	土砂
		稳定工作面				控制地表下沉	邻近施工			
		拱顶	工作面	基脚						
正面加固	喷混凝土	—	○	—	—	—	—	—	○	○
	玻璃钢（管）锚杆		○							○
	临时仰拱	○	—	—	—	○	—	—	○	○
	基脚锚杆	—	—	○	—	○	○	○		
涌水处理	排水坑	○	○	—	○	—	—	—	—	○
	排水钻孔	○	○	—	○	—	—	—	—	○
	井点或洞内降水	○	○	—	○	—	—	—	—	○
围岩加固	井点或洞内降水	○	○	—	—	○	—	—	—	—
	注浆	○	○	○	○	○	○	○	○	○
	地表垂向锚杆	○	○	—	—	○	—	—	—	—
	隔断墙	—	—	—	○	○	—	○	—	○

注：○表示应用；—表示不用。

锚杆的三大作用机理是[19]：① 悬吊作用；② 组合梁作用；③ 组合（压缩）拱作用。文献［16］针对目前以单一锚杆为主体研究存在的诸多问题，提出了岩体锚固系统的概念，即认为锚固系统由四个单元组成，即锚杆体单元、围岩体单元、围岩体锚固单元和围岩体表面连接外部单元，并在此基础上，对锚杆的作用机理给予了重新认识，提出了岩体锚固系统作用机理的四个效应，即岩体结构转化效应、岩体变形抑制与耦合效应、销钉及加固岩梁效应、动态承载拱（环）效应。

值得提出，尽管锚杆的上述作用机理是针对系统锚杆而提出，但也适用于预加固锚杆。常用的锚杆预加固布置形式有四种：① 地表垂向锚杆；② 超前锚杆；③ 倾斜锚杆；④ 正面锚杆。

地表垂向锚杆布置是在隧道开挖之前，在隧道上部地表钻孔，然后插入锚杆并充填砂浆或水泥浆，在地中形成任意程度的棒状钢筋加固体，可以阻止因开挖产生的围岩变形，从而提高围岩的抗剪切强度。

超前锚杆和倾斜锚杆，是沿隧道纵向在拱部开挖轮廓线外一定范围内，向前上方倾斜一定外插角，或者沿隧道横向在拱脚附近向下方，倾斜一定外插角的密排砂浆锚杆。前者称拱部超前锚杆，后者称边墙超前锚杆。拱部超前锚杆用以支托拱上部临空的围岩，起插板作用；边墙超前锚杆用在开挖边墙的过程中，将起拱线附近围岩体所承受的较大拱部荷载传递至深部围岩，从而可提高围岩的稳定性。

正面锚杆布置，可减小工作面土压并控制地层变位，是很好的一种工作面预加固方法。但施工时间长，普通钢筋锚杆因对开挖工作有妨碍，应用的较少。国外多采用玻璃钢（管）锚杆。

锚杆按材料分金属锚杆、玻璃钢锚杆、木锚杆等；按结构有实心、中空等；按锚固形式分端锚和全锚；按胶粘剂材料又有树脂、砂浆或水泥浆等。不同形式的组合对锚杆的加固作用效果影响极大[16]。

总体而言，对城市浅埋暗挖隧道，隧道拱部采用锚杆作为超前预加固的作用效果很小，一般不推荐采用。但对复杂环境条件下的城市浅埋暗挖隧道，为控制工作面稳定性和减少对邻近土工环境的影响，工作面正面土体采用玻璃钢锚杆或易于开挖等形式的锚杆正逐渐得到重视并应用。

1.2.2.2 小导管

在城市浅埋暗挖隧道开挖中，我国多采用小导管作为预加固的主要技术手段[20]。所谓的小导管即是由 ϕ32mm～ϕ60mm 的钢管制成。它包括锥体管头、花管及管体三部分。长度一般为 2～

6m。其布置形式是沿隧道纵向，在拱上部开挖轮廓线外一定范围内，向前上方倾斜一定角度，管体的外露端通常支撑于开挖面后方的格栅刚架上，而前方要求深入到稳定的土体中，构成预支护加固系统。对注浆的小导管如若间距合适，注浆饱满搭接，则能在隧道轮廓线以外形成一定厚度的壳结构，这样小导管既能加固一定范围的围岩，又能支托围岩，其支护刚度和预加固效果均大于超前锚杆。

超前小导管注浆是城市隧道浅埋暗挖法施工中最为常用的超前注浆预加固处理方法，该方法的优点是能配套使用多种注浆材料，施工速度快，施工机械简单，工序交换容易。缺点是注浆加固范围小，注浆效果不均匀，不能有效形成加固范围。就目前，超前小导管注浆工法已经成为浅埋暗挖隧道的常规施工工序，在地层较稳定、无特别风险源的情况下被大量采用。

1.2.2.3 管棚

当地铁隧道开挖通过自稳能力很差的地层、或车站以及双线隧道大断面施工、或地表通过车辆荷载过大，威胁施工安全、或邻近有重要建筑物时，为防止由于地铁施工造成超量的不均匀下沉，往往采用管棚法。

所谓管棚，实质上其结构及布置形式基本同小导管。区别是管棚所用的钢管直径较大为 $\phi100mm \sim \phi600mm$，长度亦较长，一般都在 20m 左右，且其外插角不能过大（一般≤5°）。与小导管相比，其刚度更大，对地层的预加固效果也更理想。这一点已被国内外众多的工程实践所证实[21]~[34]。

1.2.2.4 注浆

浅埋暗挖法施工中，当围岩的自稳能力在 12h 以内，甚至没有自稳能力时，为了稳定工作面，控制沉降，确保土工环境的安全，需要进行注浆加固地层。

注浆方式如按注浆施工与工作面开挖施工的先后顺序不同，浅埋暗挖法隧道注浆施工主要分为两大类：第一类为在隧道开挖施工之前对即将开挖的土（岩）体进行注浆加固称为超前预注浆；第二类为在隧道开挖施工之后对隧道周围土（岩）体进行环向打孔注浆加固称为径向补偿注浆（初支背后回填注浆）。

如按注浆成孔方式和最终注浆长度来分，则又可分为超前短孔注浆（常规超前小导管注浆）和超前深孔注浆。

如按注浆的施作地点又可分为地表注浆加固和隧道内注浆（洞内注浆）。

注浆材料主要采用改性水玻璃浆、普通水泥单液浆、水泥—水玻璃双液浆、超细水泥四种。

一般地层条件下，多采用小导管进行超前预注浆和径向补偿注浆（初支背后回填注浆），但对控制沉降要求高的复杂环境条件下施工时，多采用超前深孔注浆。一般而言，在城市环境条件下采用超前深孔注浆加固地层，地表条件相对苛刻，较多地采用洞内超前深孔注浆加固。但在环境许可的条件下，应优先选择地表注浆。鉴于地表注浆，其施工作业条件、施工技术与工艺难度相对简单，故这里仅介绍几种洞内水平超前深孔注浆施工技术。目前常见的洞内超前深孔注浆工艺有 TGRM 分段前进式深孔注浆、分段后退式双重管注浆、水平旋喷注浆和水平袖阀管注浆四种[35]，这四种超前深孔预注浆工艺各自特点如下：

（1）TGRM 分段前进式深孔注浆

分段前进式深孔注浆是钻、注交替作业的一种注浆方式。即在施工中，实施钻一段、注一段、再钻一段、再注一段的钻、注交替方式进行钻孔注浆施工。每次钻孔注浆分段长度为 2～3m。止浆方式采用孔口管法兰盘止浆。

该工艺最初是为解决砂卵石地层其他深孔注浆工艺难以成孔问题而提出，经过应用中的不断改进和完善，这种注浆施工方法解决了复杂环境条件下，城市暗挖隧道不同地层施工的多个注浆技术难题，已被广泛引用于北京地下工程的注浆施工，与其注浆工艺配套开发的具有早强性、耐久性、微膨胀性等特点的TGRM 注浆材料被并称为 TGRM 分段前进式超前深孔注浆工艺。

（2）双重管注浆（WSS）

双重管注浆技术是采用双重管钻机钻孔至预定深度后从中空的钻杆内进行后退式注浆，注浆材料采用水泥－水玻璃双液浆。该工法的优点是实现了长距离的深孔注浆，相对于传统的小导管注浆工艺扩大了注浆加固范围。缺点是该工法采用钻杆注浆，钻杆与注浆孔之间必然会存在间隙，注浆时极易造成浆液回流，既浪费材料又不能保证注浆效果，因此双重管注浆工艺采用的注浆材料为速凝的水泥－水玻璃双液浆（凝结时间在1min内）防止浆液回流，但双液浆固结体的有效强度只能维持在一周左右的时间，所以双重管注浆只适合于对注浆加固效果要求时间不长的临时性注浆加固工程，而不适用于对沉降控制要求较高的穿越建（构）筑物的永久注浆加固工程。

（3）水平旋喷注浆

水平旋喷注浆又称喷射注浆，是日本在20世纪70年代初期首次开发使用的地层预加固技术。水平旋喷注浆法是在一般垂直旋喷注浆基础上发展起来的，以高压旋喷的方式压注水泥浆，从而在隧道开挖轮廓线外形成拱形预衬砌以起到预加固的作用。其原理是浆液在高压作用下（20MPa以上）剪切置换地层，在隧道前方形成浆土加固混合体。

就目前，国内尽管垂直旋喷技术已经比较成熟，但水平旋喷注浆技术的应用还很不成熟，且所注注浆桩抗弯性能不强，施工控制难度也较大。特别是旋喷注浆的压力不易控制。若压力过小，注浆桩的效果不好；压力过大，易引起地表隆起。而国外在特殊地层及复杂环境条件下，相对较多地采用水平旋喷注浆进行地层预加固[36]~[41]。

水平旋喷注浆的优点是加固效果直观、浆液固结体强度高，缺点是仅能适用软土地层，注浆工作压力很高，对地层破坏剪切严重，浆液回流损失率高（50％以上），施工成本较高，施工环境差。水平旋喷注浆适合在隧道周围没有重要构筑物情况下的软土地层加固，不适合压缩性小的卵砾石地层和砂性地层。

（4）水平袖阀管注浆

水平袖阀管注浆是一种精细的注浆方法，先施作袖阀管，在袖阀管内插入止浆塞（水囊、气囊或皮碗式）进行分段注浆。水平袖阀管注浆的优点是能实现真正意义上的定域、定压、定量、往复精细注浆，注浆施工质量有保证。缺点是对机械设备要求高，如果地层恶劣则需要使用水平套管钻机、恒压低流速大流量注浆泵等比较昂贵的施工机械，同时往复注浆需要的注浆工期较长（是正常注浆施工工期的 2 倍）。理论上水平袖阀管注浆适合所有的水平注浆施工，但由于施工成本较高（相比一般注浆施工成本增加一倍以上）和施工速度较慢，一般仅在特别困难的地层或特别重大风险源注浆加固工程中采用。

1.2.2.5　机械预切槽法

机械预切槽法始用于 20 世纪 50 年代的美国，法国 20 世纪 60 年代开始在土木工程中使用。其首先是在中等硬度到坚硬的黏性地层中产生了非常好的效果，随后才应用于松散地层和非均质的混合地层。其施工方法是：在隧道工作面开挖之前，先用一台锯割机械沿着隧道拱背线切割出一条宽为 4～35cm 的切槽，随后将切槽所界定的工作面开挖出来。在硬岩条件下，这条切槽是空的，利用它作为爆破开挖的临空面；在软弱围岩和松散地层中，这条切槽则用混凝土充填成为预置拱圈，然后就可在其下进行开挖。一般软弱地层的切槽要比硬岩的宽一些。

这种预加固技术的特点是可较少地扰动地层和保护相邻地层的稳定，还可以把地层沉降限制到最小程度[42][43]。对这方面，我国尚没有文献报导。

1.2.2.6　预衬砌法

预衬砌法加固的原理与机械预切槽法基本相同。预切槽技术的缺点是能够获得的开挖长度和厚度有限，同时还要求切槽必须保持敞开直至用喷混凝土填充为止。而预衬砌技术可使隧道永久衬砌领先于隧道开挖面之前，其特点是在进行切槽的同时并充填混凝土，混凝土的压力使切削刀具沿隧道轮廓线推进。这样的预衬砌隧道施工技术使得隧道在开挖之前就可安装永久衬砌。由于在切槽和混凝土浇筑阶段有切割机控制着围岩，在隧道开挖阶段有混凝土衬砌保护着工作面，从而使隧道施工稳定和安全。预衬砌加固技术主要应用于粘结力较小的软弱地层的大断面隧道和覆盖层较薄的隧道[44]。

1.2.2.7　冻结法[1]

地层人工冻结技术最早始于 1862 年的英国，此后相继应用到德国、比利时、美国、法国、前苏联和日本等国。冻结法最初应用最多的领域是矿山工程。应用于城市地铁工程中，最早的当属法国 1906 年横穿河底段的地铁隧道施工。此后日本自 1962 年开始在城市地下工程中应用冻结法。我国 20 世纪 60 年代末，曾在北京地铁明挖施工中，利用垂直孔冻结法进行了基坑加固，直到 1997 年在北京地铁复一八线的大一热区间才开始应用水平冻结施工技术加固浅埋暗挖隧道，此后在上海等地推广应用。

冻结法的原理是利用人工制冷技术，在地下开挖体周围需加固的含水软弱地层中钻孔铺管，安装冻结器，然后利用制冷压缩机提供冷气，通过低温盐水在冻结器中循环，带走地层热量，使地层中的水结冰，将天然岩土变成冻土，形成完整性好、强度高、不透水的临时加固体，从而达到加固地层、隔绝地下水、利用在冻结体保护下实现浅埋隧道的安全开挖。人工制冷除了以盐水为介质外，还可采用液氮和干冰直接在冻结器内汽化降温冻结。

地层冻结技术具有冻结加固的地层强度高、封水效果好、适应性强、安全性好、整体性好和环保性等特点，但由于是临时加固措施，因此其冻结时间以及冻结装备系统直接影响冻结体质量，一旦出现事故，其影响和损失是巨大的。我国上海有这方面的教训。在技术经济合理的条件下，对涌水量较大的流沙层下进行浅埋暗挖隧道施工可选择采用冻结法。

1.3　国内外地层预加固技术研究现状

地层预加固技术作为加固地层、稳定拱顶及工作面、减少地表沉陷的辅助施工方法，已经在浅埋隧道中得到了广泛的应用。实践表明，采用合适的预加固技术能够有效地限制地面沉陷，并保持自然地层的稳定状态。为此，多年来国内外在这方面进行了大量研究并取得了许多有价值的研究成果。其对实践的丰富指导，不仅开创了多种预加固技术手段，而且也逐渐形成了预加固理论的框架体系。

1.3.1　浅埋隧道开挖的稳定性研究

在城市浅埋暗挖隧道施工中，衡量隧道开挖的稳定性与否，应当有两方面的指标。一方面是施工中成洞的稳定性指标，即隧道在开挖过程中围岩不发生局部坍落或塌垮，内空变位量在容许范围内且其达到稳定的时间不能过长；另一方面是地表下沉量指标，即隧道在施工过程中地表下沉量应控制在不造成工程公害的容许值范围内。但对浅埋暗挖法隧道，由于开挖时工作面有一段无支护空间，因此相对于盾构法，其开挖中的隧道稳定性更难以保证。为了确保隧道的稳定性，阐明预加固的作用机理，在这方面国内外都做了大量的研究工作。具体地又可分为以下几个方面。

1.3.1.1　隧道开挖时工作面围岩的动态变化研究

为了揭示软弱或砂质地层中隧道开挖时的围岩动态，日本在这方面进行了基于摩擦试验方法的模型试验[45][46]。模型试验装置见图 1-1。试验中的围岩采用直径 $\phi1.6mm$ 和 $\phi3mm$ 的铝棒作为原材料，以重量比 3：2 的比例混合模拟，在模拟围岩中插入模拟工作面的可活动板，活动板可以向后移动，通过活动板向后拔出一定距离，模拟隧道开挖，然后采用摄影的方法读取围岩前后状态的位移。两种试验的参数为：

12

(1) 全断面开挖，埋深 $Z = 0.5D$、$1.0D$、$2.0D$、$3.0D$、$4.0D$（$D=9.0$cm，D 为模型隧道直径）。

(2) 台阶法开挖。把全断面分为两部分，分别拔出，试验假定隧道先进行上半断面的开挖，再进行下半断面的开挖。

由模型试验结果，结论如下：

(1) 隧道开挖时，工作面前方及上方围岩，无论是水平位移还是垂直位移都比较大。特别是工作面的上半部，集中了很大的变形量，是隧道开挖最危险的区域。

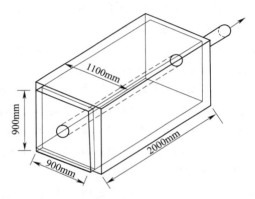

图 1-1　模型试验装置（日本[45][46]）

(2) 当隧道埋深较小时，隧道开挖后，其上方围岩发生松动，且松动范围直到地表面。

(3) 隧道上方围岩松弛范围与隧道开挖高度成正比。即当隧道开挖高度较小时，围岩松弛高度和宽度将减少；反之，则松弛范围将增大。

(4) 当隧道埋深较大时，隧道开挖时，上方围岩将形成松弛区域，但松弛区域不能达到地表。围岩松弛区域高度 h 与隧道开挖直径 D 有关，约为隧道开挖直径的两倍。即 $h=2D$。

樱井（1988）[47]基于监测资料与有限元模拟对浅埋未固结围岩隧道开挖中的围岩动态做了研究。其得出的结果是：

(1) 在浅埋，未固结围岩中，由于采用了超前锚杆或管棚及喷射混凝土等预加固技术，可以认为在隧道开挖过程中，围岩在宏观上保持为弹性体。

（2）当开挖面接近 $L/D=-0.5$ 左右时（L 为测点距工作面的距离），地表即首先开始发生下沉，随之发生围岩内部的下沉。当 $L/D=-0.2$ 左右时，围岩内部的下沉速度变大，且与地表发生相对位移。当 $L/D=0.2\sim0.5$ 时，围岩内部的相对位移为最大。当 $L/D=1.0$ 左右时，则消失。

（3）在浅埋未固结围岩中开挖隧道，在其上方 $0.5D$ 可形成地层拱。因此，形成地层拱的最低限度必须是埋深大于 $0.5D$。

（4）在支护未起作用之前的地表下沉量为总下沉量的 $30\%\sim40\%$，围岩内部（拱顶）则为 $50\%\sim70\%$。因此为了控制地表下沉在开挖面前方预先施作锚杆或管棚等超前预加固措施是重要的。

Katzenbach 和 Breth （1981）[48] 利用 3D 有限元，假定 Frankfurt 黏土为非线弹性，对隧道开挖的动态过程进行了模拟分析（图1-2）。研究得出的结论是：在工作面未通过观测断面时，其隧道拱顶（分两阶段开挖）的体积应变的分布是自拱顶至地表，地层皆处于压缩状态。一旦工作面推过观测断面，拱顶上方地层明显松弛（膨胀），而近地表处地层仍处于压缩状态。

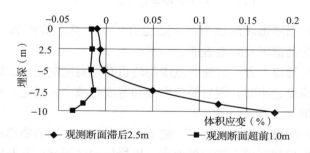

图 1-2　隧道开挖的地层体积应变分布状态（Katzenbach 等 （1981）[48]）

Imaki, J. （1984）等人基于有限元（大部分为 2D 分析）对施工后的浅埋隧道给予了分析[49]~[63]。但仅考虑的是地层变位问题，而未能就施工中的隧道围岩动态问题进行研究。

国内中铁十六局利用"3D－σ"对北京复—八线王—东区间的软弱围岩洞室的施工效应进行了数值模拟[64]。研究认为：施工开挖对工作面前方地层影响大于一倍洞径，对工作面后方洞室稳定的影响范围约1.5～2.0倍洞径，其最大变形约在工作面洞室的0.5～1.0倍洞径处。与平面非开挖问题的洞室变形相比，空间开挖问题的地表沉降和洞室变形均是平面非开挖问题的1～3倍。

北京交通大学刘维宁等利用3D有限元对地铁车站的开挖问题作了模拟研究并及时利用模拟结果去指导施工开挖[65]。实测表明，对特大断面的车站，暗挖也能控制地层在允许范围值内。

1.3.1.2 工作面的稳定性研究

对不排水条件下的工作面稳定性问题，Broms 和 Benermark (1967)[66]首次提出了工作面稳定性系数的经典概念。工作面稳定性系数 N 可用式（1-1）表示。

$$N = (\sigma_S + \gamma Z_0 - \sigma_T)/s_u \qquad (1\text{-}1)$$

式中　γ——土的容重；

Z_0——地表至隧道中心轴线的距离（若埋深用 Z 表示，则 $Z_0 = Z + D/2$）；

σ_S——地表附加荷载；

s_u——隧道轴线上的不排水剪切强度。

基于实验室试验和现场量测，给出的工作面失稳临界值 $N_c \leqslant 6$。Peck 等（1969，1972）[67][68]也给出了类似的结论。Peck 等利用极限平衡理论，对在黏土介质中使用压缩空气的隧道工作面稳定性问题进行了研究，发现 $N < 5$ 时，开挖很容易进行；对 $5 < N < 7$，向隧道内空的位移会产生；但当 $N > 7$，开挖变得困难。Kimura 等（1981）[69]基于离心模型试验，给出了考虑埋深的工作面稳定性系数 N 在 5～10。对黏土基于简单的极限平衡分析，Cornejo（1989）[70]、Ellstein（1986）[71]、Egger（1980）[72]等都给出了不同的稳定性系数公式。

Davis 等（1980）[73]基于 Cairncross（1973）和 Mair（1979）

在剑桥大学所做的离心模型试验，给出了黏土中浅埋隧道工作面失稳的 4 种机理模式（图 1-3）。分析认为机理 A 可作为问题的特例，机理 B、C、D 都可用于确定坍落荷载。当埋深 Z 与隧道直径 D 之比较小（$Z/D < 3$）时，认为选择机理 C 比较适宜，反之应该选择机理 D。依据塑性极限理论，利用上下限解原理，研究了不排水条件下隧道工作面的稳定性问题。研究认为：

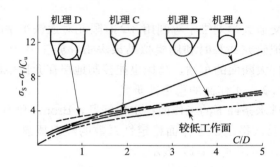

图 1-3　黏土中浅埋隧道工作面失稳的 4 种机理模式(Davis 等(1980)[73])

（1）对浅埋隧道的未衬砌段，主动支撑工作面是必要的，未衬砌距离愈长，则其需要的支撑压力就愈大。

（2）可以用 Broms 和 Benermark（1967）提出的稳定性系数 N 去解释工作面稳定性问题，但值得强调的是，N 值与埋深有关。

（3）对浅埋未衬砌段隧道，由剑桥大学所做的试验表明，其失稳荷载皆处于下限解与上限解之间，对（$Z/D \leqslant 2$）浅埋隧道，工作面稳定性计算采用上限解最为适宜。

Leca（1989）[74]根据 Davis 等（1980）提出的工作面失稳机理，给出了判断工作面失稳的上限解表达式。

$$N_s\left[(k_p - 1)\frac{\sigma_S}{\sigma_C} + 1\right] + N_r(k_p - 1)\frac{\gamma D}{\sigma_C} \leqslant (k_p - 1)\frac{\sigma_T}{\sigma_C} + 1$$

$$(1-2)$$

式中　N_s、N_r 表示重力因子（具体求解见 In-Molee 等

16

（2001）[75]）；

k_p 塑性系数（$k_p = (1 + \sin\psi)/(1 - \sin\psi)$，$\psi$ 为内摩擦角）。

Sloan 和 Assadi（1993）[76] 在考虑不排水剪切强度随埋深增加的条件下，推导了更为一般的二维解析解，并使用有限元对上、下限解给予了明确阐述。

Jiro Takemura 等（1992）[77] 对塑性指数为 10 和 25 的两种不同的、正常固解的黏性土，进行了二维未衬砌隧道的离心模型试验及上限解的验证。试验表明其离心模型极好地与 Davis 等（1980）给出的机理 B 相吻合。其结论为：

（1）未衬砌隧道的不排水稳定性随隧道埋深与直径比（Z/D）的增大而增大，由两种土的模型试验分别导出的工作面稳定性系数与 Z/D 值的关系没有明显的差别。

（2）破坏是由于隧道上方土体中的土块向下移动后，其中产生拉伸引起。

（3）隧道发生塌陷处附近的毛细孔压力会突然下降。

（4）试验观测到的形变与上限解计算得出的塌陷机理内的那些变形相当吻合。隧道上方土体的移动几乎是垂直向下的，离隧道稍远的土体趋向于一个小角度向隧道移动。

（5）具有低强度各向异性的塑性土，其地表沉降剖面图要比高强度各向异性塑性土较小的土体沉降剖面要陡一些。另一方面在 Z/D 值相同时，其地表沉降剖面的宽度则是相同的，似乎与土壤的种类无关。

对不排水条件，用三维手段研究工作面稳定性的文献极少。仅 Mair 等（1993）[78] 利用实验室资料和离心模型测试，对工作面的失稳进行了反分析。

关于排水条件下工作面的稳定性研究，Atkinson 和 Potts（1977）[79] 针对干砂，推导了二维工作面稳定性的上、下限解。其结果表明，当 ψ 为 35° 时，若以 $\sigma_T/\gamma D$ 为纵坐标，Z/D 为横坐标，则对 $Z/D = 0 \sim 3$，上下解基本平行于横坐标轴且上限解不能保证工作面稳定。其下限解约为 0.3，上限解约为 0.15。由试验数据和塑性解表明，维护工作面稳定的压力与 Z/D 没有关系。上述结论被离心模型试验验证[80]。

Chambon 等（1994）[81]给出了与 Atkinson 和 Potts（1977）相同结论。Chambon 等（1994）利用离心模型试验重点分析了砂土中隧道未衬砌段长度对工作面失稳的影响。其试验结果见表1-2。

工作面未衬砌段长度与失稳破坏的极限荷载关系　表 1-2

未衬砌长度/直径 (L_w/D)	极限荷载 F_f kPa	备　注
0.1	13.4	圆形隧道直径 $D=13m$
0.2	14.4	$Z/D=4$
0.4	32.6	干砂土

如果定义 F 为施加到隧道工作面的主动支护力，F_e 是工作面前方地层第一次向隧道内空运动时量测到的作用力，F_f 是隧道破坏失稳时的临界主动支护力。则有以下关系式成立。

（1）$F>F_e$，工作面不发生位移变化；

（2）若 $F_e>F>F_f$，工作面有位移产生，同时工作面上方地表也发生沉降；

（3）若 $F=F_f$，工作面会出现局部坍落；

（4）若 $F<F_f$，工作面前方土体向隧道内空流动。

研究认为，上述过程可不考虑时间因素的影响。对稳定工作面而言，提供 10kPa 的正向均匀分布力即足以维持工作面自稳。工作面的失稳破坏力不受相对埋深（对 $Z/D=0.5$、1、2、4）和土密度的影响，但与隧道直径呈线性关系。

干砂中的三维隧道工作面稳定性上下限塑性解（全衬砌）由 Leca 和 Dormieux（1990）[82]给出。在 $c=0$，$\varphi=35°$条件下，进行了与 Atkinson 和 Potts（1977）二维解的比较。研究发现，其上限解与 Chambon 和 Corte（1994）早期所做的离心模型试验结果具有较好的一致性。即工作面失稳而需要的主动支护力与 Z/D 之值没有关系。与此相反的是对不排水条件（$\psi=0$），其下限解远大于其上限解且随 Z/D 值呈线性关系增大，这一点与观测值不相符合。Anagnoston 和 Kovari（1996）[83] 对已衬砌隧道给出了极限平衡解，对 $c=0$，$\Psi=35°$ 条件，亦表明要求工作面稳定的主动支护力与 Z/D 值没有关系。

对干砂介质隧道工作面稳定性的物理模型试验研究，最为经常使用的是 trapdoor（活板）型试验。这种模型试验操作相对较为简单，因此许多研究者包括 Terzaghi 等都用此类型装置进行了大量试验[84]。如 Loos 和 Breth（1949）、Yoshikoshi（1976）、Vardoiulalis，Graf 和 Gudehaus（1981）、Ladanyi 和 Hoyaux（1969）、Marayama 和 Matsuoka（1969）、Atkinson，Brown 和 Potts（1975）等都利用活板作了一系列干砂模型试验[84]。试验结果表明：干砂中拱结构的存在取决于活板的位移，只有控制活板的沉降，对浅埋深条件，也能产生拱效应并能控制拱结构的稳定，否则会一直坍落到地表面位置。

上述试验一定程度上揭示了散粒体介质隧道工作面失稳的机理和破坏形式。

Dormon 等（1998）[85] 基于摩擦实验装置，对散粒体介质中隧道工作面的形状与工作面稳定性之间的关系进行了试验研究。散粒体介质使用钢棒（$\phi 5mm$，长度 15mm）来模拟。工作面形状考虑了三种形式：矩形、台阶形及半圆形。摩擦滑动长度分别为 10mm、20mm、30mm 来模拟隧道的开挖。研究结果表明：

（1）对浅埋隧道，工作面最稳定的形状是半圆形；但对工作面未衬砌（无支护）段，最稳定的形状是台阶形；不论是何种情况，矩形是对工作面稳定性最为不利的。

（2）不论何种形状，其工作面失稳机理相似。由钢棒之间挤压力的变化情况可知，钢棒初期形成的拱，随拉拔长度的增加而在调节变化，但总趋势是拱效应在削弱，反映在挤压力上是逐步减小的趋势。亦就是说拱的形状向隧道工作面上方的左右方向在逐步扩展，松动区域逐渐增大。当不能维持平衡时，工作面就会坍落。这与 trapdoor（活板）型试验极为相似。

Mair 等（1996）[86]在对文献评述的基础上，给出了黏土和砂土隧道工作面失稳破坏机理更为一般的概念解释图（图1-4）。Mair 等认为黏土和砂土的工作面破坏机理有显著的区别。在黏土中，工作面失稳的扩展规律是：自隧道仰拱向上部和两侧变得明显较隧道直径宽；而在砂土中，与这种情况相反的是其扩展差不多是沿垂直拱部方向从隧道一直到地表，呈狭窄的"烟囱型"。

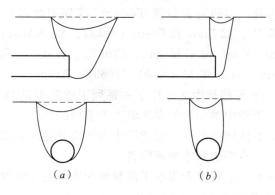

（a）　　　　　　（b）

图1-4　黏土和砂土隧道工作面失稳破坏机理
（Mair 等（1997）[86]）
（a）黏土；（b）砂土

Komiya 等（2000）[87]通过一个隧道上推的物理模型试验，局部验证了 Mair 等（1997）的观点。但不同的是对砂性土，矩形隧道与 Mair 等（1997）所述的失稳相似；但对圆形隧道，试验结果为自拱部呈45°角向外扩展且两侧的垂直压力增加。

国内清华大学周小文、濮家骝等对砂土中隧道采用盾构法施工作了离心模型试验[88][89]。结果表明：在砂土中开挖隧道，由于砂土抗剪强度的发挥，隧道拱冠以上砂土在远小于原位上覆土压力的支护压力下仅发生一定的位移而不致坍落。因此若允许地表发生少许沉降，隧道内的支护压力可以比上覆土压力有较大程度降低。

兰州铁道学院骞大锋、王兵等为了研究浅埋隧道的破裂角，对土砂互层浅埋隧道进行了实验室相似材料模拟的破坏性试验[90][91]。研究认为：

（1）随着隧道变形的发展，砂层不断疏松、错动，随时充填已形成的空隙，砂层只是作为传力介质存在，很难起到"地层也是承载结构"的作用。

（2）在模型试验采用的并不复杂的介质条件下，变形发展后期，竟然同时出现了围岩压力分析中通常采用的几种破坏形态：坍落拱的形成；两侧破裂面的出现；顶板的可能下滑以及墙角处的应力集中等。表明在复杂多变的地质条件下，采用何种破坏模式作为理论分析的基础，必须根据实际情况确定，而深、浅埋的区分计算理论，也不是简单的隧道埋置深度的大小问题。

上海铁道大学徐东、周顺华等对上海黏土的成拱能力利用离心模型试验做了研究[92]。研究结果为：

（1）隧道开挖中土拱的形成受诸多因素的影响如土的物性、隧道的几何尺寸、埋深等。

（2）对无支护情况，开挖双孔隧道，隧道底部以上约 8m 厚的土层不能形成稳定的天然拱，成拱厚度至少需要 12m；对有支护（混凝土支护）情况，支护结构有足够刚度的变形很小。

1.3.2 预加固的作用机理及加固效果研究

就目前，对浅埋暗挖隧道地层预加固技术的作用机理与加固效果研究多集中在锚杆预加固方面（尤其是对正面玻璃钢（管））；其次为管棚。相对而言，其他类预加固技术的研究偏少。

1.3.2.1 浅埋隧道锚杆的地层预加固研究

就文献，超前锚杆、系统锚杆以及地表垂向锚杆多采用金属锚杆，正面锚杆多采用玻璃钢（管）锚杆。对超前锚杆、系统锚杆及地表垂向锚杆，日本应用的比较多，而对玻璃钢（管）锚杆，欧洲国家尤其是意大利和法国应用得最多。

日本的观测资料表明[11]，对超前锚杆，在开挖工作面通过量测断面之前，位于量测断面位置的锚杆就产生了轴向压力；随着工作面向前推进，锚杆中的轴向压力增大；工作面推过后，轴向压力增大到最大值，其后一直保持这一数值。对地面预打拱顶辐向锚杆，在开挖工作面通过量测断面之前，量测断面处的锚杆也产生了轴向压力，但当开挖面通过量测断面后，锚杆中出现了轴向拉力。对系统锚杆，拱顶锚杆主要是在受压状态下工作，但当减掉拱顶锚杆时，下半断面开挖通过这一段时，拱顶喷混凝土层出现了裂隙。对应锚杆出现轴向压应力部位，围岩内变位的量测结果也表明，围岩也出现受压状态。

Aydan 等（1988）[93]利用有限元分析了超前锚杆、系统锚杆的加固作用。结果表明：对超前锚杆，其在工作面附近时，超前锚杆具有张拉性质，随工作面向前推进，锚杆的轴向应力分布趋于压缩。当隧道工作面推过后距其一倍隧道直径的距离时，就完全变为压缩。据此推断，当隧道工作面距相应断面距离为一倍隧道直径时，超前锚杆的加固效应将会消失。对系统锚杆（拱部未设锚杆），拱腰及基脚锚杆的轴向应力都较其他位置处的锚杆应力大（最大应力约大2~3倍）且应力沿周边并不是对称分布。

为了揭示锚杆预加固的作用机理及加固效果，Shinj Fuku-shima 等（1989）[94]基于二维平面隧道模型拉拔试验装置，对极浅埋（$Z/D=1.0$）干砂地层中的隧道开挖进行了研究。模拟了三类预加固布置形式：Ⅰ型倾斜锚杆布置；Ⅱ型正面锚杆布置；Ⅲ型垂直或倾斜锚杆布置。研究结果为：

（1）对Ⅰ型锚杆，若水平插入则对约束地层位移和地表沉降无效，而沿倾斜方向插入则最有效。最有效的插入角度约在15°~30°之间。

（2）对Ⅱ型正面锚杆，其对工作面的稳定非常有效，但这种布置仅是约束了工作面的变形，不能控制隧道顶部的地层向由于开挖而产生的无支护空间移动，故在隧道的局部发生大的位移；另外Ⅱ型正面锚杆布置对约束地表沉降似乎亦不起任何作用。

（3）对Ⅲ型锚杆，若呈垂直于拱顶布置，则没有任何效果，但若倾斜布置则能减少地层位移和地表沉降。

（4）锚杆预加固的效果很大程度上取决于锚杆的插入方向，

当锚杆沿地层延伸变形方向（最小主应变方向）布置时，为最有效。锚杆的加固作用起因于锚杆与地层之间的摩擦力约束了地层的延伸变形。

对超前锚杆的布置形式，Kuwano 等（1993）[95] 对硬黏土隧道进行了离心模型试验，也发现了超前锚杆应布置在 0°～45°范围内为最有效（这一范围为最大拉伸应变区）。

对地表垂向锚杆，Domon 等（1999）[97] 利用 trapdoor（活门）模型试验装置，进行了平板形（FS）和半圆形（SS）两种 trapdoor 试验。试验结果发现：

（1）锚杆布置间距的改变，会带来应力的重分布。如随锚杆间距的减小，作用在锚杆上的荷载亦趋于减小。相反增大锚杆间距，将导致地表产生较大的沉降。另一方面，尽管隧道上方的地层位移减少，但其影响地表沉降范围将增大。这局部验证了 Mair 等（1997）的工作面失稳机理描述。

（2）半圆形（SS）控制沉降的效果不如平板形（FS），但 SS 抑制力的效果较 FS 好。SS 与 FS 相比较，其生成的地层拱的范围以及结构的强度要较 FS 大，因此它可避免过度的应力集中和剪切应变。

（3）当锚杆加固的范围大且布置间距密时，活门附近的应力分布范围大，说明其过度的集中应力得以释放。对地表沉降来说，一方面是波及影响范围增大但其沉降量和剪应变得以减小或释放。

对工作面系统锚杆，Kuwano 等（2000）[96] 利用离心试验对其在黏土中的加固机理以及效果进行了研究。其研究的重点是考虑地层刚度变化（不同的预固结力）对锚杆预加固的影响。试验基本参数为：预固结力分 3 个级别：270kPa、427kPa 和 500kPa；锚杆的布置沿周边径向布置，两拱腰处按 30°或 60°布置；埋深为 2D；预固结力据条件与锚杆有不同的试验组合，如 p_o270C（N）代表预固结力为 270kPa，C 代表仅黏土层而无锚杆，N 代表有锚杆。试验得出的基本结论为：

（1）随 TPR（隧道应力比，即隧道支护力与最大应力的比值）减小，地表位移 S_{max}（表示隧道中心线处的地表沉降）增加，在 p_o270 和 p_o427 条件下，当 TPR＝0.4 时，S_{max} 显示突然增加，表明隧道工作面即将坍落；另一方面，即使 TPR＝0，对 p_o500，S_{max} 仍非常小。造成这种差别的原因不仅仅是由于较低的预固结力，而且很有可能是 TPR 减少过多导致。因为伴随着 TPR 减小，黏土很有可能因吸水而变得松软。

（2）从隧道横断面水平轴逆时针的 $0°\sim30°\sim60°$ 区间是地层变形的最剧烈区。当安设锚杆后，该区域应变明显减少，尤其是对 p_o500 加固效果最为显著（Nishida 等（1996）[98]也有过类似报导）。但 p_o500N 的地表沉降槽要较 p_o500C 宽且平缓。另一方面，对 p_o270 和 p_o427，锚杆对该区应变控制效果不明显，仅在两锚杆之间稍微有些效果。

（3）锚杆在硬黏土中的加固效果优于软黏土。

玻璃钢（管）锚杆预加固技术，是近年才提出的一种正面锚杆新技术。它最早始于意大利，1990 年 Barbacci 等报导了在黏土隧道工作面采用 3m 长的 Swellex 锚杆与 12m 长管棚相结合预加固工作面的工程实例[99]。自此以后，这项新技术已在意大利、法国等浅埋隧道工作面加固中广泛应用并得以研究[100]~[121]。

在数值模拟研究方面，具代表性的有 Peila 等（1996）[99]的三维有限差分（3D-FLAC）和 Yoo 等（2000）[119]的 3D 有限元分析。

Peila 等（1996）重点研究了玻璃钢（管）锚杆的布置对隧道工作面预加固的影响。模拟的隧道直径为 $\phi12m$，全断面开挖。锚杆布置分五种：20 根、60 根、100 根、140 根和 180 根。研究结果为：

（1）锚杆布置要想减少工作面前方的塑性区，必须要有一定的数量。锚杆布置的数量至少要大于 80 根，否则所起效果甚微。

（2）增加锚杆的数量，锚杆的轴力迅即减少，但伴随的是其最大轴力的作用位置向工作面方向移动。如对 20 根锚杆布置，最大轴力的作用位置在距离工作面大约 5m 处，但对 180 根锚杆布置，其作用位置大约在 2.5m 处。另外，当锚杆数量多时，对隧道轴向上的不同距离处的锚杆轴力都表现出较好的一致性。因此对不同的锚杆布置，设计时必须要考虑锚杆的不同轴力分布。

（3）当锚杆布置间距减小时，大约在隧道工作面前方 2.5m 处隧道的径向力就等于原始地应力。这对 100 根锚杆布置与 140 根和 180 根布置，几乎没有什么差别。但若工作面不加固，则这种条件成立的距离是在工作面前方 15m 处。

（4）工作面预加固后，工作面将产生一个主动力，从而减少了工作面向内空变位和塑性区的扩展，达到了稳定工作面的目的。但它带来的问题是在隧道工作面附近，衬砌应力将有一个峰值。这一结论与 Shinj Fukushima 等（1989）结论相类似。

Yoo 等（2000）考虑了埋深、地层特性、锚杆布置多种参数的相互组合。其结论与 Peila 等（1996）基本相同。但需强调的是：

（1）锚杆预加固工作面后，工作面加固区基本上仍保持原状土的弹性状态。

（2）锚杆的布置数目和长度显著影响加固效果，且其数量和长度都存在一个最佳值。

（3）与埋深相比较，锚杆布置的最优值更多地受地层物性参数控制。

在物理模型的研究方面[107][108][118]~[120]，值得提及的是 Hallak 等（2000）[107]、Calvello 等（2001）[108] 以及 Yoo 等（2001）[120] 所做的模型试验。

Hallak 等（2000）在 Fontaineblean 砂土中进行了锚杆预加固工作面的离心模型全衬砌隧道试验研究（图1-5）。模型条件为：几何比 1∶50，$Z/D = 2$，$D = 10m$，锚杆（管）直径 175mm，隧道内支撑用压缩空气，空气压力由 1g（4kPa）逐渐增加到 50g（200kPa），一旦达到要求的加速度（50g），空气压力逐渐释放至工作面破坏。试验分四个系列：A 工作面不加固；B 工作面加固，模拟原型锚杆加固长度 15m，布置密度 1 根/2.8m²，计 28 根；C 工作面大密度加固，1 根/1.6m²，48 根；

D 工作面加固密度同测试 B，但锚杆长度缩短为 6.5m。试验结果见图 1-6。结论如下：

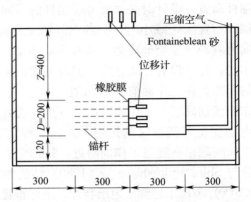

图 1-5　砂土中全衬砌隧道离心模型试验（Hallak 等（2000）[107]）

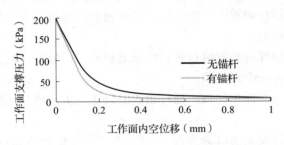

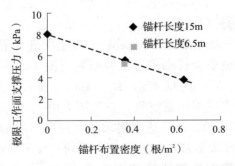

图 1-6　工作面正面预加固效果的有无比较

（1）砂土中隧道工作面的破坏形状呈狭窄形（与前述砂层破坏机理相似），且其破坏机理不受加固方案的影响。

（2）工作面加固明显减小了工作面位移，随工作面布置密度的增加，工作面稳定性明显改善（稳定工作面所需的空气压力由5.5kPa减小至4kPa）。

（3）在试验条件相同的情况下，锚杆（管）长度的减小较原锚杆（管）长度，几乎对工作面的稳定性没有造成明显的不利影响。

（4）测试条件下的工作面破坏机理及形状尽管相似，但加固后明显减少了其水平与垂直方向破坏的程度。

（5）工作面加固后，能明显改善工作面的稳定性，但对地层以及地表的下沉控制没有明显影响。这一点亦与 Shinj Fukushima 等（1989）结论相同。

对黏土中隧道工作面用玻璃钢（管）锚杆，Calvello 等（2000）[108]在 Kaolin 黏土中，进行了非全衬砌隧道离心模型试验研究（图1-7）。模型参数为：几何比 1∶125，$Z/D=3$，$L_w/D=0.5$（L_w 为工作面未支护长度），$D=6.25$m，锚杆（管）直径125mm，隧道内支撑用压缩空气，空气压力由 175kPa 逐渐增加到 372kPa（125g），一旦达到要求的加速度（125g），空气压力逐渐释放至工作面破坏。考虑对称性，采用半剖面试验。试验分三个系列：A 工作面不加固；B 工作面加固，锚杆（管）长度 $L/D=1$，数目 16 根，布置 3 排，自中心至隧道周边由密到疏；C 工作面加固，$L/D=2$，数目 16 根，布置 2 排，沿隧道周边布置。试验得出的结论如下：

（1）工作面加固后，工作面稳定性得到明显改善。工作面加固与否以及加固布置不同，其临界破坏压力大不相同。

（2）工作面加固后，在达到破坏时，地表沉降槽的宽度有所增加。这一点与 Mair 等（1997）结论相同。

（3）工作面加固布置形式的不同将极大地影响工作面加固效果。对本例，沿隧道周边加密布置较均匀更能显著降低沉降。

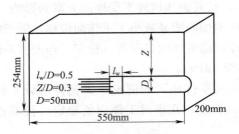

图 1-7　黏土中非全衬砌隧道离心模型试验（Calvello 等（2000）[108]）

（4）工作面加固后，地层位移和沉降槽的宽度都将减少。

对相似材料模拟试验，Yoo 等（2001）在细砂中做了试验研究。试验条件为：$Z/D=1.5$ 和 2.5，锚杆布置数量范围为 9～27 根，锚杆长度变化为 0.3～1.0D，分加固与不加固两大类测试条件。其结论为：

（1）工作面预加固技术不仅有效地改善了工作面的稳定性，而且能控制工作面前方的地表沉降。这一点似乎与 Hallak 等（2000）和 Shinj Fukushima 等（1989）结论不相一致。

（2）工作面加固效果主要取决于加固布置如数量和长度等，同时锚杆的长度存在最小值，否则隧道周围土体屈服速度将明显增加。另外，为最优化还应考虑隧道的几何参数和地层条件。

就目前，国内对软土隧道锚杆的预加固研究不仅报导极少[12][122][123]，而且在城市地铁隧道施工中亦很少使用。尤其是玻璃钢（管）锚杆的应用研究几乎就是空白。

北京交通大学王梦恕等曾对大秦线军都山隧道的浅埋软土地段，对锚杆的使用效果进行过研究。通过测试发现，对 12m 埋深的地层，拱顶处的锚杆均受压应力，因此认为隧道拱顶处的锚杆没有加固效果，后设计取消了拱顶锚杆。

长沙铁道学院彭立敏等在现场量测与室内模型试验研究的基础上，对浅埋隧道地表垂向锚杆的预加固作用机理进行了分析。

研究认为：

（1）地表砂浆锚杆预加固的作用效果是通过砂浆对锚杆的握裹力以及砂浆与周围孔壁之间的粘结力实现的，因此孔内砂浆灌注的饱满程度至关重要。某种程度上说，其体现了锚杆加固的系统观点。这一结论可从文献［124］中得到更好的解释。

（2）地表锚杆的预加固范围与深度的合理选择是保证加固效果的两个关键因素。

（3）锚杆直径的合理选择是另一个重要因素，一般以$\phi 18mm \sim \phi 22mm$为宜，过细，因柔度大，达不到加固的效果。

1.3.2.2 管棚及其他类预加固技术研究

对管棚，前苏联全苏运输建筑工程科学研究所和莫斯科汽车公路学院采用物理模型试验[125][126]，研究了管棚预加固隧道周围土体的应力状态。通过相似材料模拟试验，得出了如下结论：

（1）隧道周围的土体可分为三个区：非扰动区、中间区和作用区。非扰动区位于隧道两侧外$1.0 \sim 1.5$倍隧道宽度处。中间区的特点是，位于从非扰动区到作用区的$0.75 \sim 1.20$倍隧道宽度的位置处，其压应力值比正常值递减$15\% \sim 20\%$，以后则急剧增加，通常都超过正常值。中间区土层的平均减压值根据隧道埋置深度而有所不同，它随着埋深的减小而增大。土层最大卸载点的连线在理论滑移线附近。

（2）管棚是应力集中的地方，最大的应力集中区在离隧道顶部$0.5 \sim 1.0$倍隧道宽度的上方和$0.1 \sim 0.2$倍隧道宽度的两侧面。

（3）应力沿隧道轮廓线的分布是不均匀的，其值与土层和管棚接触后，宽度为$d+a$（a为管棚间距，d为管棚直径）的土柱对管棚产生影响时产生的理论应力大不相同。

（4）土层的作用应力与正常压力γZ之比值为应力集中系数，应力集中系数主要取决于管棚间距的大小，它随间距的增大而减小；另一方面它亦与隧道的埋深、管棚超前支护的面积有关。

(5) 模型隧道上方和两侧都有拉应力区，拉应力区与压缩区之间的界线几乎与理论滑移线相重合。

Kotake 等 (1994)[22]利用三维边界元研究了注浆管棚（所谓的伞形法）的作用机理和加固效果。研究表明，注浆管棚所形成的预加固结构在隧道纵方向上可看作为梁，而在横断面上可看作为拱，且梁、拱主要承受压力。由于伞形结构支撑着地层压力，因此限制了围岩应力的释放，从而保证了隧道工作面的稳定。进一步来说，由于工作面前方伞形结构的存在，使得最大主应力 σ_1 减小，最小主应力 σ_3 增加，从而促使莫尔应力圆减小。Koizumi 等 (1990)[127]、Kotake 等 (1992)[128] 以 及 SIG (1992)[129]也都有类似结论。

国内西南交通大学常舫东博士在关保树教授的指导下，对超前管棚的预加固作用机理及效果进行了初步研究[130]。常舫东基于现场量测资料和数值分析，提出了以下认识：

(1) 管棚预支护体系能够有效地减少地面沉降和提高开挖工作面的稳定性。管棚对地面的沉降抑制效果始于工作面前方 $0.6D\sim1.0D$ 处。说明管棚预加固能够从时空间上控制工作面前方地层的位移；管棚通过注浆，提高了地层的物理力学指标，将工作面上方荷载分散到钢拱架和地基梁上，从而达到减少工作面上方受力荷载，提高工作面稳定性的目的。

(2) 隧道拱顶或地表沉降量与格栅钢架的间距成正比，随间距增大，管棚的受力将增大。

(3) 隧道拱顶和管棚的沉降量与管棚在围岩中的剩余长度关系不大，而隧道工作面的稳定与管棚在围岩中的剩余长度有关。剩余长度越小，隧道工作面愈不稳定。

对超前预注浆加固研究，西南交通大学王明年等利用有限元分析了预注浆的加固效果[131]。具体分析了以下四种情况：不注浆、拱部注浆、边墙注浆、拱部边墙都注浆。研究表明：

(1) 不同的注浆部位，对控制地表下沉的力学效果不同。以边墙部位注浆为最佳。其原因是因为边墙注浆预先加固了可能发生塑性的围岩，使其强度提高，抑制了塑性区的扩展，所以地表下沉即能明显得到控制。但在松散和节理裂隙发育的地层中，拱部注浆也是必要的。因为拱部下沉和掉块可能引起整个隧道的破坏。

（2）不同的注浆加固情况，对地表沉降槽宽度没有多大影响。这说明注浆加固对减小地层扰动范围无能为力。

关于小导管、预衬砌等的预加固作用机理和效果研究，迄今未见相关文献报导。

1.3.3 预加固参数的设计理论研究

相对于浅埋隧道的预加固技术的广泛应用，其设计理论相对滞后。正如 Peila 等（1996）所言："对预加固的真实作用机理以及建立在科学根据上的简化设计理论方法几乎还没有进行研究，因此要想达到让设计者最优化的选择应用预加固技术的程度还远远没有做到"。这里仅就目前所报导的文献，对预加固参数的设计理论作一描述。

对玻璃钢（管）锚杆，Peila 等（1994）[104]基于弹塑性三维有限元并采用梁单元来模拟锚杆，给出了锚杆加固条件下，隧道工作面分布的摩擦力 P_{face} 计算式。

$$P_{face} = \min \left\{ \frac{n \cdot A \cdot \sigma_{adm}}{S} ; \frac{n \cdot S_c \cdot \tau_{adm}}{S} \right\} \qquad (1-3)$$

式中　　n——锚杆（管）数量；

　　A——单根锚杆（管）的横断面面积；

　　σ_{adm}——锚杆（管）材料的最大允许应力；

　　S_c——单根锚杆（管）总的侧表面面积；

　　τ_{adm}——锚杆（管）与土层接触面允许的最大剪应力；

　　S——隧道的开挖面积。

Dias 等（1998）[110]把工作面预加固范围视作为球对称且为均匀介质，在基于 Mohr-Coulomb 准则的基础上，利用三维有限元对工作面锚杆（管）预加固设计方法作了讨论。与此相类似，Henry Wong 等（2000）[113]亦基于球对称及均匀性假设，理想化的定义了 5 种预加固塑性区扩展模式，然后给出了其解析解。为了实用化，对预加固结构行为的四个无量纲参数（β、Ω、b 和 P^*，其中 β 为锚杆（管）的刚度效应，Ω 为锚杆（管）的强度效应、b 为锚杆（管）的长度因数，P^* 为锚杆（管）的静水压力因数）进行了参数研究。

对全断面注浆管棚，Valore 等（1997）[132]为了分析方便，把预加固看作为一个保护壳，并作以下假设：① 地层为均质且仅考虑剪切强度不受不连续影响；② 隧道为圆形断面且全断面开挖；③ 工作面为垂直立面；④ 保护壳为连续体、轴对称，且与隧道同一轴线，其形状为圆形或截头圆锥体，径向和长度方向均无延展；⑤ 壳内土的自重影响可忽略不计。在上述假设的基础上，基于土的屈服准则和土—壳界面的剪切阻力，给出了不排水条件下和排水条件下，工作面稳定性安全系数的计算式。$k = \sigma_{ext}/\sigma_{ho}$（其中 σ_{ext} 为壳表面上抵抗土体向隧道内空移动的平均水平应力，σ_{ho} 为原位水平应力）。k 应大于 1。

Oreste 等（1998）[133]给出了一种基本考虑预加固与地层相互作用关系的简单分析方法，并进行了参数研究。

国内中国矿业大学陶龙光等[134]基于对超前锚杆作用机理的认识，提出了超前锚杆的梁结构受力模型。东北大学余静等[135]也给出了类似的结论。常舱东也针对管棚的受力分析，建立了基于 Winkler 模型的地基梁模型，并对管棚设计中的部分参数进行了初步分析，得出了一些对施工有指导意义的结论。

1.4　研究存在的问题及研究方向的提出

对浅埋暗挖隧道，不可否认，地层预加固技术得以广泛的应用，伴随着技术的发展，也取得了大量的研究成果。但总的来说，相对于它的实践，地层预加固技术的理论研究明显滞后。其结果是在工程实践中，不得不过分地依赖经验类比。很显然，地层的复杂多变性，不仅不能使预加固技术得到技术经济的合理运用，而且不可避免地会在施工中出现一些预料不到的问题。可以说，就目前，预加固技术的研究存在很多问题，许多基础理论问题还都没有得到系统的研究和论证。相对于国外，我国在浅埋暗挖隧道地层预加固技术研究方面尤其薄弱。尽管我国城市地铁隧道在第四纪软土中成功开创了浅埋暗挖法，并使之逐渐成为具有中国特色的一种软土隧道开挖的主要施工方法，但其理论框架体系十分薄弱，亟需研究丰富和完善。总结国内外预加固技术研究的现状，就目前认为尚存在以下根本性问题需要解决或进一步完善。

1.4.1　隧道开挖的地层响应规律

为阐明地层预加固的机理，首要的是必须把握浅埋暗挖地铁隧道工作面开挖的地层响应规律，这是地层预加固机理研究不可或缺的条件。惟有深入地研究隧道工作面应力与应变的分布规律，才有可能比较深入地认识和阐明隧道在开挖条件下，地层的影响以及不同区域内地层的响应规律。只有在准确了解并分析地层动态运移的基础上，才有可能揭示地层结构的形成与否以及地层结构的动态变化模式，从而正确解释地层、支护与预加固三者之间的相互作用关系，以达到揭示预加固机理的目的。

就目前，尽管在现场量测、数值模拟分析以及模型试验研究方面，对浅埋暗挖地铁隧道工作面的地层响应研究的文献很多。但对浅埋暗挖法来说，限于地质条件的复杂性以及经费、人员等条件的限制，与盾构法相比，其全面系统分析的文献并不多见。无疑物理模型试验在研究中占据极重要地位，但限于土的复杂性、不确定性以及难于控制和操作，一般多采用离心模型试验。但目前离心模型试验的研究多偏重于工作面正面锚杆加固，特别是玻璃钢（管）锚杆。对超前预加固如我国常采用的小导管、管棚等几乎无人问津。另外，其预加固试验参数的安排、试验步骤以及预加固后工作面稳定性的效果评价等也存在一些问题。限于经费，数值模拟分析是弥补物理模型试验参数组合过少缺陷的一种较好手段，但由于预加固问题属三维问题且随开挖呈动态性，因此必须用三维数值模拟且须建立相应的本构方程才有可能符合实际情况。这也是目前三维数值模拟应用较少的原因之一。事实上最直观反映和有意义的是现场试验研究，但遗憾的是大部分现场监测都是基于常规的，如地表下沉、拱顶下沉以及围岩接触应力的观测和分析研究。地中下沉，尤其是隧道在工作面开挖通过前、通过中、通过后，地层如何向隧道内空运移以及应力量测的专题研究资料十分匮乏，远不能满意地解释浅埋暗挖软土隧道工作面开挖的地层响应。

因此如何在国内外大量而广泛的资料基础上，结合实际工程而有目的地进行专项研究测试，全面系统地分析隧道开挖的地层响应，揭示地层结构的分区（带）及其演变规律，无疑是地层预加固机理研究的关键。

1.4.2　地层预加固的作用机理

地层预加固的作用机理必须要回答的首要问题是，为什么对城市浅埋暗挖法软土隧道，其开挖工作面需要地层预加固？其二是为什么地层预加固既能起到稳定工作面，又能控制地表沉降的目的？这就是说首先必须对地层以及预加固能否形成结构给出回答；其次对地层结构、隧道初次支护结构、预加固结构三者之间如何实现共同作用以达到预加固的两个目的给出合理解释。

为合理解释城市浅埋软土隧道工作面的地层预加固问题，首先必须讨论地层结构的形成及其动态演变规律。对埋深大于 2.5 倍隧道跨度，干砂地层条件也能形成拱效应已经得到实验验证。这表明：上覆地层结构与隧道支护结构能够共同作用来承载上覆地层的作用应力。此即为隧道的"地层—结构"模型概念。但对埋深小于 2.5 倍跨度的浅埋隧道，不能硬性地简单套用"荷载—结构"模型概念。必须针对具体的条件，判断并分析地层结构的存在模式以及失稳模式。只有在全面系统地分析地层结构形态的基础上，才能揭示地层预加固的必要性及其地层结构、隧道初次支护结构、预加固结构三者之间的相互作用关系。惟有此，才是阐明地层预加固作用机理的关键。

很显然，对城市浅埋暗挖软土隧道工作面，研究地层预加固作用机理的关键是首先必须阐明隧道上覆地层大结构的演变规律；其次是揭示地层大结构与预加固小结构的相互作用关系；最终给出地层预加固的作用机理的具体效应。从应用而言，也只有准确地理解了地层预加固的作用机理，才有可能确定预加固结构应分担的荷载，从而达到技术经济合理选择预加固类型和结构参数的目的。

1.4.3 地层预加固的力学行为

就目前，可以说国内外还没有城市浅埋暗挖软土隧道工作面地层预加固力学行为系统研究的报导。就已有的文献而言，国外多偏重于利用模型试验和数值模拟来研究分析预加固的力学行为效果。而大多数都是针对隧道工作面正面采用玻璃钢锚杆（管）的加固行为研究。国内对城市浅埋暗挖软土隧道工作面地层预加固的行为研究则更少，可以说仅是一些囿于实际问题的定性分析。

从工程实践可以明确得知，地层预加固涵盖两方面的内容：其一是隧道工作面的拱部超前预加固；其二是隧道工作面的正面土体预加固。因此必须对浅埋暗挖软土隧道工作面地层预加固力学行为进行系统研究。

针对城市浅埋暗挖软土隧道工作面的特点，如何借助已有的理论，把复杂问题简单化，建立尽可能与研究客体相符合的力学模型，从而达到采用数学力学手段定量阐明地层预加固机理以及建立一套设计理论和方法是地层预加固力学行为研究的目的。

1.4.4 地层预加固的参数设计

研究地层预加固的机理不在于仅仅阐明浅埋暗挖隧道工作面地层预加固的内在作用机制，而更重要的是给出一套简便实用的参数设计方法以应用于实际工程。就目前，尽管地层预加固技术在城市浅埋暗挖隧道开挖中得到广泛应用，但在其参数设计研究方面显得较为薄弱。就已有的文献而言，大部分是在模型试验和数值模拟的基础上，针对预加固参数某一方面的探讨。正如 Peila 等（1996）所言："对地层预加固的真实作用机理以及建立在科学根据上的简化设计理论和方法几乎还没有进行研究，因此要想达到让设计工程师最优化的选择并灵活应用预加固技术的目的还远远没有达到"。

为给出一套简单实用的地层预加固参数设计方法，在基于地层预加固作用机理的基础上，建立符合客观实际的地层预加固力学模型（该模型应包括两部分：即超前预加固力学模型和工作面正面预加固力学模型），定量分析影响地层预加固参数的主要因素，确定浅埋暗挖隧道工作面地层预加固参数的设计方法并应用于工程实践，无疑是研究地层预加固技术的主旨所在。

1.5 本书研究的主要内容与方法

1.5.1 研究的主要内容

本书的研究内容共计包括 6 个部分，具体如下：

（1）绪论。在对国内外大量文献资料的基础上，了解本课题的研究现状及发展趋势，提出研究存在的问题，明确研究方向，确定主要研究框架。

（2）城市地下工程浅埋暗挖法隧道工作面开挖的地层响应。主要目的是在城市浅埋暗挖隧道工作面应力与变形观测资料的基础上，总结隧道工作面的应力与变形分布规律，提出地层的不同影响区域，给出地层的分区（带）及认识。具体研究内容又分三大部分。

1）地层的变形规律研究。它包括在隧道开挖前、开挖中、开挖后的三个不同阶段，地表、地中以及隧道的变形规律。尤其是全面了解并分析开挖前，隧道工作面前方以及无支护空间内地层的变形是如何随隧道的推进而呈现何种规律的动态变化。

2）隧道开挖的应力分布规律研究。主要是在获得原岩应力状态与围岩应力关系的基础上，揭示围岩应力影响围岩变形破坏的力学机理，它是预加固结构如何促成地层稳定研究的基础。

3）地层的分区（带）及认识。在总结地层变形以及应力分布规律的基础上，提出隧道工作面三维空间的不同影响区域划分的概念，给出隧道上覆地层结构的概念及其动态变化特征，从而为阐明地层预加固的作用机理、力学模型的建立以及地层预加固的参数设计提供基础。

（3）城市地下工程浅埋暗挖法隧道工作面地层预加固的作用机理。目的是揭示地层、支护结构与预加固结构之间的相互作用力学机制，探讨隧道开挖影响地层稳定性的内在机制。其主要研究内容是：

1）上覆地层结构的稳定性分析。首先在提出大结构、小结构概念的基础上，研究浅埋暗挖法隧道施工对地层（大结构）的影响。亦就是地层"拱"效应成立的条件以及在采用预加固技术措施前后，针对不同的预加固结构（小结构）类型，地层大结构在隧道开挖前、开挖中以及开挖后，近工作面处的稳定性演化状态。其次研究在隧道开挖应力重分布条件下，由预加固体系所组成的小结构对地层大结构稳定性的促成关系，大、小结构各自的承载范围以及二者相互作用的承载体系构成对工作面附近地层稳定性的控制等问题。最后提出上覆地层的结构模型，在此基础上，分析上覆地层结构的平衡条件，进而给出模型的工程实践意义。

2）上覆地层结构的失稳坍落模式。在上覆地层结构概念的基础上，进一步分析上覆地层结构的动态演变形状；提出上覆地层结构失稳的椭球体模式；分析其散粒体介质的流动规律和运动的连续性，从而在其影响因素的基础上，给出上覆地层结构失稳椭球体模式的工程实践意义。

3）地层预加固的作用机理。在阐明地层预加固小结构概念的基础上，借助前述分析结果，给出浅埋暗挖隧道工作面地层预加固小结构的作用效应。

（4）城市地下工程浅埋暗挖法隧道工作面地层预加固的力学行为。目的是定量分析地层预加固的作用机理，建立与客体相符合的力学模型，从而为地层预加固的结构设计方法提供理论支持。其主要研究内容为：

1）隧道工作面超前预加固结构的力学模型。尽管预加固所采用的技术措施手段很多，但从其所形成的结构以及力学效果分析，可以统一为梁模型、板模型和壳模型。但对具体问题又可伴生出次类。这样不管是对管棚、小导管或是锚杆都可建立在一个统一的力学模型上去进行分析，而其不同主要是反映在它们的结构模型的特性上（如结构尺寸、刚度等），其本质的力学效果是相同的。这样就可根据边界条件，分析并比较它们的力学行为特征以及预加固效果。

2）工作面正面土体稳定性的极限分析。针对隧道工作面的特点，对工作面正面土体的稳定性分析，可引进塑性极限分析理论，建立不同条件下，工作面正面土体稳定性分析的上限解模型，从而可定量进行参数的分析与研究。

3）工作面正面土体预加固的力学行为分析。在工作面正面土体稳定性极限分析的基础上，建立工作面正面土体预加固的上限解模型，探讨工作面留设核心土以及正面土体预支护的力学效果。从而达到针对具体地层条件，技术经济的选择正面土体预加固的类型以及布置参数。

（5）城市地下工程浅埋暗挖法隧道工作面地层预加固参数的

设计与选择。目的是在前述各章节分析的基础上，深入研究地层预加固参数的影响因素，以提出一套系统的可资工程应用的地层预加固参数设计理论和方法。其具体研究内容为：

1）工作面拱部超前预加固参数分析。以建立的超前预加固结构力学模型，重点分析拱部超前预加固参数与地层参数、隧道开挖与支护参数等的内在联系，揭示不同上覆土柱荷载、基床系数、开挖进尺、拱顶下沉和土中管体剩余长度条件下，地层预加固的关键设计参数如管体直径、预加固长度、间排距以及预加固布置形式的变化规律。

2）工作面正面土体预加固参数分析。这部分研究内容主要是利用三维数值模拟以及工作面稳定性分析的上限解模型，重点研究工作面留设核心土以及工作面正面土体预支护参数变化对土体稳定性的作用效果。

3）工作面超前预加固结构的作用荷载确定。重点是针对城市浅埋暗挖法隧道工作面的特点，建立反映地层预加固作用机理的预加固结构作用荷载的确定方法。

4）地层预加固参数的设计与选择。在全面系统的地层预加固机理的研究基础上，总结地层预加固参数设计的原则，提出一套简单实用的地层预加固参数设计方法。

（6）工程应用实例。根据以上研究成果，对不同地层条件，依据本文的研究思想和研究成果对工程的实施效果进行了研究和反馈。

1.5.2 研究的主要方法、技术路线和手段

为阐明城市地下工程浅埋暗挖法隧道地层预加固的机理，并以达到应用于工程的目的。本论文采用了综合研究方法。即达到了现场试验研究（现场的专题监测以及工程实践应用）、理论研究、数值模拟研究和实验室物性参数试验研究等的相互统一。

研究的技术路线采用了从实践到理论（在实践的基础上，建立符合客体的分析模型和计算方法）；然后又从理论回归指导实

践（研究思想和研究成果反馈指导于实践）的过程。做到了理论与实践的相互统一。

　　研究工作的主要手段为：在现场试验研究方面，建立了涵盖研究内容的主观测断面。为给出并分析隧道工作面在开挖通过前、通过中以及通过后地层的应力和变形的分布规律，除常规观测项目外，对现场测试研究内容还进行了专项特殊设计。可以说进行的超前小导管应变测试、水平位移测试、三孔分层沉降测试、零距离拱顶下沉测试、拱脚应力测试、孔隙水压力测试等研究内容，就目前对城市地下工程浅埋暗挖法隧道的研究而言，可以说是第一次比较全面而系统的尝试。数值模拟分析采用了三维 ANSYS 有限元程序。物性参数试验采用了电镜和三轴实验仪等设备。

参 考 文 献

　　[1] 王梦恕著. 地下工程浅埋暗挖技术通论 [M]. 合肥：安徽教育出版社，2004.

　　[2] 关宝树，国兆林主编. 隧道及地下工程 [M]. 成都：西南交通大学出版社，2000.

　　[3] Taylor, R. N. (1994). Tunneling in soft ground in the UK. Proc. Int. Symposium on Underground Construction in Soft Ground. New Delhi (eds. Fujita & Kusakabe), Balkema, pp. 123~126.

　　[4] Guilloux, A. (1994). French national report on tunneling in soft ground. Proc. Int. Symposium on Underground Construction in Soft Ground. New Delhi (eds. Fujita & Kusakabe), Balkema, pp. 97~100.

　　[5] Wittke, W. (1994). German national report on tunneling in soft ground. Proc. Int. Symposium on Underground Construction in Soft Ground. New Delhi (eds. Fujita & Kusakabe), Balkema, pp. 101~106.

　　[6] Chung, H. S. (1994). National report for tunneling in Korea. Proc. Int. Symposium on Underground Construction in Soft Ground. New Delhi (eds. Fujita & Kusakabe), Balkema, pp. 115~118.

［7］ Negro Jr, A., Leite, R. L. L. （1994）. Design of underground structures in Brazil-National report on tunneling and braced wall excavation in soft ground. Proc. Int. symposium on Underground Construction in Soft Ground. New Delhi （eds. Fujita & Kusakabe）, Balkema, pp. 77～84.

［8］ Sharma, V. M. （1994）. Report on current shield tunneling methods in Japan. Proc. Int. symposium on Underground Construction in Soft Ground. New Delhi （eds. Fujita & Kusakabe）, Balkema, pp. 111～114.

［9］ Schmidt, B. （1994）. Tunneling in soft ground in the United States-National report. Proc. Int. symposium on Underground Construction in Soft Ground. New Delhi （eds. Fujita & Kusakabe）, Balkema, pp. 119～122.

［10］ Mair, R. J., Taylor, R. N. （1997）. Theme Lecture: Bored tunneling in the urban environment. Proc. 14th Int. conf. on Soil Mechanics and Foundation Engineering, Hamburg, Vol. 3, pp. 2353～2385.

［11］ 韩瑞庚. 地下工程新奥法 ［M］. 北京：科学出版社，1987.

［12］ 王梦恕，张建华. 浅埋双线铁路隧道不稳定地层新奥法施工 ［J］. 铁道工程学报，1987，（2）：176～191.

［13］ 王守仁. 隧道塌方面面谈 ［J］. 铁道工程学报，1999，（3）：45～51.

［14］ Anderson, J. M. （1996）. Reducing risk and improving safety with particular reference to NATM. Proc. North American Tunneling'96 （ed. L. Ozdemir）. Balhkema, pp. 35～42.

［15］ HSE （1996）. Safety of New Austrian Tunneling Method （NATM） Tunnels-A review of sprayed concrete lined tunnels with particular reference to London Clay. Health and Safety Executive. UK. HSE Books, 87pp.

［16］ 孔恒. 岩体锚固系统的机理及新技术研究 ［D］. 中国矿业大学北京校区，2000.

［17］ 大尺英夫，佐藤靖夫. 马积薪译，用超前锚杆攻克破碎带 ［J］. 隧道译丛，1988，（2）：13～19.

［18］ 小泉光政，今村修等. 马积薪译，在覆盖层浅的砂土地层中开挖三车道隧道 ［J］. 隧道译丛，1992，（1）：42～51.

［19］ 关宝树. 隧道力学概论 ［M］. 成都：西南交通大学出版社，1993.

［20］ 施仲衡，张弥等. 地下铁道设计与施工 ［M］. 西安：陕西科学

技术出版社, 1997.

[21] 侯学渊，钱达仁等. 软土工程施工新技术. 合肥：安徽科学技术出版社，1999.

[22] Kotake, N., Yamamoto, Y. & Oka, K. (1994). Design for umbrella method based on numerical analysis and field measurements. Tunnelling and Ground Conditions (ed M. E. Abdel Salam). Balkema, pp. 501~508.

[23] Masanobu Murata, Tatsuo Okazawa and Akio Tamai. (1996). Shallow twin tunnel for six lanes beneath densely residential area. North American Tunneling'96 (ed Levent Ozdemir). Balkema, pp. 371~380.

[24] Seishi Satoh, Shoichi Furuyama and Yoshiyuki Murai. (1996). Construction of a subway tunnel just beneath a conventional railway by means of large-diameter long pipe-roof method. North American Tunneling'96 (ed Levent Ozdemir). Balkema, pp. 473~481.

[25] Maffei, C. E. M., Martinati, L. R. (1996). Geotechnical aspects related to construction of a 5.5 km tunnel excavated in sedimentary soils of Sao Paulo Basin. Geotechnical Aspects of Underground Construction in Soft Groud. (eds Mair, R. J. & Taylor, R. N). Balkema, pp. 411~422.

[26] John, M. & Strappler, G. (2001). Design and installation of tube umbrellas in soft ground tunneling. Progress in tunneling after 2000. (eds Teuscher, P. & Colombo, A). Bologna, pp. 253~260.

[27] Matsumoto, Y., Kurose, N., et al. (2001). New pre-support method for special ground ("Shirasu" Fill). Progress in tunneling after 2000. (eds Teuscher, P. & Colombo, A). Bologna, pp. 337~344.

[28] Abraham Ellstein, R. Heading failure of lined tunnels in soft soils. Tunnels & Tunnelling. 1986, 18 (6), pp. 51~54.

[29] Hara, R. Hatayama, K. and Matsumoto, Y. (1989). New tunneling technique, prelining method. Proc. Int. congress on progress and innovation in tunneling. Canada. (2), pp. 979~984.

[30] Fuller, P. G., Cox, T. H. T. (1975). Mechanics of load transfer from steal tendons to cement based grout. Proc. Sth. Australian Conf. Mech. Of Struct and Mat. pp. 189~203.

[31] Geoff Pearse. (1996). Ground treatment, World Tunnelling, 1996, (4), pp. 100~107.

42

［32］Shinji Fukushima，Yoshitoshi Mochizuki，et al. (1989). Model study of pre-reinforcement method by bolts for shallow tunnel in sandy. Proc. Int. congress on progress and innovation in tunneling. Canada. (1)，pp. 61～67.

［33］Ueno，H.，Adachi，T.，et al. Ground movement before tunnel face in sandy ground. （札幌，日本），（日文），第 21 回土质工学研究发表会，1683～1686.

［34］Bhanwani Singh，MN Viladkar. (1995). A semi-empirical method for the design of support systems in underground openings. Tunnelling and Underground Space Technology. 1995，10 (3)，pp. 375～383.

［35］孔恒，彭峰. 分段前进式超前深孔注浆地层预加固技术 ［J］. 市政技术. 2008 (6)，483～486.

［36］Hiromichi Matsuo , Shigeki Yamamura, et al. (1996). New construction method for urban tunnels in uncemented ground under high groundwater pressure. Proc. North American Tunneling'96 (ed. L. Ozdemir). Balhkema，pp. 345～352.

［37］De Mello，L. G.，Bilfger，W.，et al. (2001). Rio De Janeiro subway system : jet-grouting treatment design and control. Progress in tunneling after 2000. (eds Teuscher，P. & Colombo，A). Bologna，(3)，pp. 101～108.

［38］Guatteri，G.，Koshima，A.，et al. (2001). 360° jet-grouted conical chambers allow safe tunneling under a river within an highly previous environment. Progress in tunneling after 2000. (eds Teuscher，P. & Colombo，A). Bologna，(3)，pp. 177～184.

［39］Haruyama，K.，Nobuta，H.，et al. (2001). Construction of Ouma tunnel having large cross section with double-tier structure in unconsolidated ground. Progress in tunneling after 2000. (eds Teuscher，P. & Colombo，A). Bologna，(3)，pp. 185～192.

［40］Quick，H. (2001). Tunnelling in Germany：Review of the current experiences. Progress in tunneling after 2000. (eds Teuscher，P. & Colombo，A). Bologna，(3)，pp. 435～442.

［41］Chun，B. S.，Choi，H. S.，et al. (2001). A case study on the reinforcement method of subway tunnel at urban. Progress in tunneling after

2000. (eds Teuscher, P. & Colombo, A). Bologna, (3) pp. 93~99.

[42] 机械预切槽法 [J], 世界隧道, 1997, (2), 30~36 .

[43] Oteo, C. S., Paramio, J. R. (1996). Construction of twin tunnels 20m width in the Madrid sands. Proc. North American Tunneling'96 (ed. L. Ozdemir). Balhkema, pp. 411~420.

[44] 马骊华译. 隧道预衬砌支护施工法 [日] [J]. 铁道建筑. 1996. (8): 35~36.

[45] 田中一雄, 川上纯, 池田宏. 切羽变位计测ソーょる切羽崩予测の一试み. 地下トニネル. 1996. 27 (6), 55~60.

[46] 上野洋, 足立纪尚. 砂质地山トニネル掘削に拌う切羽前方の地山举动について. 第21回土质学研究发表会. 札幌. 1992. 1683~1686.

[47] 櫻井. 浅埋未固结围岩隧道开挖中的围岩动态 [J]. 隧道译丛. 1988. (6): 11~24.

[48] Katzenbach, R. and H. Breth. (1981). Non-linear 3-D analysis for NATM in Frankfurt Clay. Proc. 10th Int. Conf. Soil Mech. Found. Eng. Stockholm. Vol. 1, pp. 315~318.

[49] Negro, A., Queiroz de, P. I. B. (2000). Prediction and performance: A review of numerical analyses for tunnels. Proc. Geotechnical Aspect of Underground Construction in Soft Ground. (eds Kusakabe, Fujita & Miyazaki). Balkema. pp. 409~417.

[50] Negro, A. et al. (1984). Urban tunnels with large cross section. Solos e Rochas7, pp. 7~29.

[51] Negro, A. (1988). Design of shallow tunnels in soft ground. PhD Thesis, Univ. of Alberta.

[52] Adachi, T. & Kojima, K. (1989). Estimation of design parameters for earth tunnels. Proc. 12th Int. Conf. Soil Mech. Found. Eng. pp. 771~774.

[53] Adachi, T., et al. Analysis of earth tunnel by strain softening constitutive model. Proc. 13th Int. Conf. Soil Mech. Found. Eng. pp. 879~882.

[54] Kochen, R. & Negro, A. (1996). Numerical modeling of a tunnel in soft porous clay. Geotechnical Aspect of Underground Construction in Soft Ground. (London). pp. 549~552.

[55] Kovacevic, N. et al. (1996). Numerical modeling of the NATM

44

and compensation grouting trails at Redcross Way. Geotechnical Aspect of Underground Construction in Soft Ground. (London). pp. 553~559.

［56］Farias, M. M. &. Assis, A. P. (1996). Numerical simulation of a tunnel excavated in a porous collapsible soil. Geotechnical Aspect of Underground Construction in Soft Ground. (London). pp. 501~506.

［57］Dasari, G. R. et al. (1996). Numerical modeling of a NATM tunnel construction in London Clay. Geotechnical Aspect of Underground Construction in Soft Ground. (London). pp. 491~496.

［58］Casarin, C. et al. (1996). Back analysis of an urban tunnel. Geotechnical Aspect of Underground Construction in Soft Ground. (London). pp. 485~489.

［59］Shin, J. H. &. Potts, D. M. (1998). Settlements above tunnels construction in weathered granite. Proc. Tunnels and Metropolises. (eds Negro Jr &. Ferreira). pp. 375~380.

［60］Queiroz, P. I. B. et al. (1998). Tunnel construction simulation with Critical State Theory using finite elements. Proc. Tunnels and Metropolises. (eds Negro Jr &. Ferreira). pp. 381~386.

［61］Negro, A. (1998). Design Criteria for tunnels in metropolises. Proc. Tunnels and Metropolises. pp. 201~214.

［62］Malato, P. et al. (1998). Lisbon Metro-Behavior of a shallow tunnel in stiff clays. Proc. Tunnels and Metropolises. (eds Negro Jr &. Ferreira). pp. 1169~1174.

［63］Imaki, J. et al. (1984). Execution of large cross section tunnel by NATM in sandy soil with small cover. Proc. 1st Latinamericam Congress of Underground Construction 1. pp. 503~508.

［64］铁道部第16工程局. 城市松散含水地层中复杂洞群浅埋暗挖施工技术研究. 研究报告, 1999.

［65］刘维宁, 沈艳峰等. 北京地铁复—八线车站施工对环境影响的预测与分析［J］. 土木工程学报. 2000, Vol. 33 (4). pp. 47~50.

［66］Broms, B. B. , Benermark, H. (1967). Stability of clay at vertical openings. ASCE Journal of Soil Mechanical and Foundation Engineering Division SMI. Vol. 93. pp. 71~94.

［67］Peck, R. B. (1969). Deep excavations and tunneling in soft ground. Proc. 7th Int. Conf. Soil Mechanical and Foundation Engineering. Mexico City. State of the Art. Vol. pp. 225~290.

[68] Peck, R. B. , Hendron, A. J. et al. (1972). State of the art of soft ground tunneling. Proc. 1972 RETC. (Chicago). 1. pp. 259~280 .

[69] Kimura, T, and Mair, J. R. (1981). Centrifugal testing of model tunnels in soft clay. Proc. 10th Int. Conf. Soil Mechanical and Foundation Engineering. (Stocklom). 2. pp. 319~322.

[70] Cornejo, L. (1989). Instability at the face : its repercussions for tunneling technology. Tunnels and Tunnelling. 21. pp. 69~74.

[71] Ellstein, A. R. (1986). Heading failure of lined tunnels in soft soils. Tunnels and Tunnelling. 18. pp. 51~54.

[72] Egger, P. (1980). Deformation at the face of the heading and determination of the cohesion of the rock mass. Underground Space Technology. 4. pp. 313~318.

[73] Davis, E. H. , Gunn, M. J. et al. (1980). The stability of shallow tunnels and underground opening in cohesive material. Geotechnique. Vol. 30. (4). pp. 397~419.

[74] Leca, E. (1990). Analysis of NATM and shield tunneling in soft ground. PhD Thesis. Vrginia Polytechnic Institute and State University.

[75] In-Mo Lee, Seok-Woo Nam. (2001). The study of seepage force acting on the tunnel lining and tunnel face in shallow tunnels. Tunnelling and Underground Space Technology. 16. pp. 31~40.

[76] Sloan, S. W. and Assaddi. A. (1993). Stability of shallow tunnels in soft ground. Predictive Soil Mechanics. Proc. Wroth memorial symposium. Oxford. 1992, Thomas Telford. pp. 644~663.

[77] Jiro Takemura, Tsutomu Kimura, et al. 软土中二维未衬砌隧道的不排水稳定性. 陆荣用译. 隧道译丛, 1992, (1). 1~11.

[78] Mair, R. J. (1993). Developments in geotechnical engineering research : application to tunnels and deep excavations. Proc. Int. Civil Engineers. Civil Engineers. Vol. 93. pp. 27~41.

[79] Atkinson, J. H. , Potts, D. M. (1977). Subsidence above shallow tunnels in soft ground. Proc. ASCE Geotechanical Eng. Div. Vol. 103. (4). pp. 307~325.

［80］Atkinson, J. H., Potts, D. M. et al. (1977). Centrifugal model tests on shallow tunnels in sand. Tunnels and Tunnelling. Vol. 9 (1). pp. 59～64.

［81］Chambon, P. Corte, J. F. (1994). Shallow tunnels in cohesionless soil : stability of tunnel face. Journal of Geotechnical Engineering. ASCE, Vol. 120. (7). pp. 1150～1163.

［82］Leca, E. and Dormieux, L. (1990). Upper and lower bound solutions for the face stability of shallow circular tunnels in frictional material. Geotechnique. Vol. 40. (4). pp. 581～605.

［83］Anagnoston, G., Kovari, K. (1996). Face stability in slurry and EPB shield tunneling. Proc. Geotechnical Aspects of Underground Construction in Soft Groud. (eds Mair, R. J. & Taylor, R. N). Balkema, pp. 35～42.

［84］Hong, Sung Wan. (1984). Ground movements around model tunnels in sand. PhD Thesis, University of Illinois at urban champain. .

［85］Dormon, T., Kondon, T., et al. (1998). Model tests on face stability of tunnels in granular material. Proc. Tunnels and Metropolises. (eds Negro Jr & Ferreira). pp. 201～214.

［86］Mair, R. J. (1996). Settlement effects of bored tunnels. Session Report, Proc. Geotechnical Aspects of Underground Construction in Soft Groud. (eds Mair, R. J. & Taylor, R. N). Balkema, pp. 43～53.

［87］Komiya, K., Shimizu, E., et al. (2000). Earth pressure exerted on tunnels due to the subsidence of sandy ground. Proc. Geotechnical Aspect of Underground Construction in Soft Ground. (eds Kusakabe, Fujita & Miyazaki). Balkema. pp. 397～402.

［88］周小文, 濮家骝等. 隧洞拱冠砂土位移与破坏的离心模型试验研究［J］. 岩土力学. 1999, Vol20. (2)：32～36.

［89］周小文, 濮家骝. 隧洞结构受力及变形特征的离心模型试验研究［J］. 清华大学学报（自然科学版）. 2001, Vol41 (8)：110～116.

［90］王云峰, 柴春明, 王兵. 浅埋隧道荷载破裂角的统计特征［J］. 兰州铁道学院学报. 1998, 17. (3)：16～20.

［91］骞大锋, 王兵, 谢世昌. 土砂互层中浅埋隧道的破裂角及破坏试验研究［J］. 兰州铁道学院学报. 1999, 18. (3)：25～29.

［92］徐东, 周顺华等. 上海黏土的成拱能力探讨［J］. 上海铁道大学

学报. 1999. Vol20. （6）: 49～54.

［93］Aydan, et al. （1988）. Three-dimensional simulation of an advancing tunnel supported with forepoles, shotcrete, steel ribs and rockbolts. Proc. Numerical Methods in Geomechanics. （ Innsbruck）. pp. 1481～1486.

［94］Shinji Fukushima, Yoshitoshi Mochizuki, et al. （1989）. Model study of pre-reinforcement method by bolts for shallow tunnel in sandy. Proc. Progress and Innovation in Tunnelling. （Toronto , Canada）. 1: pp. 61～67.

［95］Kuwano, J. , Taylor, R. N. , et al. （1993）. Modeling of deformations around tunnels in clay reinforced by soil nails. Centrifuge 98. Balkema. pp. 745～750.

［96］Kuwano, J. , Honda, T. , et al. （2000）. Centrifuge investigation on deformations around tunnels in nailed clay. Proc. Geotechnical Aspect of Underground Construction in Soft Ground. （ eds Kusakabe, Fujita & Miyazaki）. Balkema. pp. 245～250.

［97］Domon, T. , Nishimura, K. , et al. （1999）. The reinforcement effect of vertical nailing above shallow tunnels. Proc. Challenges for the 21st Century. （eds Alten et al）. Balkema. pp. 43～49.

［98］Nishida, K. , Nishigata, T. （1996）. Reaction of reinforcing force and restrainment effect on soil nailing. Proc. Earth Reinforcement. Balkema. pp. 815～820.

［99］Peila, D. Oreste, P. P. , et al. （1996）. Study on the influence of sub-horizontal fiber-glass pipes on the stability of a tunnel face. Proc. North American Tunneling'96 （ed Levent Ozdemir）. Balkema, pp. 425～432.

［100］Lunardi, P. , Focaracci, A. , et al. （1992）. Tunnel face reinforcement in soft ground design and controls during excavation. Proc. Int. congr. Towards New Worlds in Tunnelling. （Acapulco）. 2: pp. 567～580.

［101］Grasso, P. , Mahtab, A. , et al. （1992）. Control of deformation in the pillar between the twin bores of a tunnel in Aosta Vally-Italy. Proc. Int. Symp. On effect of geomechanics on mine design. （Leeds）. pp. 47～55.

［102］Grasso, P. , Mahtab, A. , et al. （1993）. Consideration for design of shallow tunnels. Proc. Int. Conf. Underground Transportation Infrastructures. （Toulon）. pp. 38～49.

［103］Van Walsum, E. （1992）. The mechanical pre-cutting tunneling method (MPTM). Proc. Int. Congr. Towards New Worlds in Tunnel-ling. (Acapulco). 2: pp. 779~788.

[104] Peila, D. (1994). A theoretical study of reinforcement influence on the stability of a tunnel face. Geotechnical and Geological Engineering. 12: pp. 145~168.

[105] Poma, A. , Grassi, F. , et al. (1995). Finite difference analysis of displacement measurements for optimizing tunnel construction in swelling soils. Field Measurements in Geomechanics 4th International Symposium. (Bergamo). pp. 225~236.

[106] Jassionnesse, C. , Dubois, P. , et al. (1996). Tunnel face rein-forcement by bolting: soil bolts homogenization, strain approach. Proc. Geotechnical Aspects of Underground Construction in Soft Groud. (eds Mair, R. J. &. Taylor, R. N). Balkema, pp. 373~378.

[107] AI Hallak, R. , Garnier, J. (2000). Experimental study of the stability of a tunnel face reinforced by bolts. Proc. Geotechnical Aspect of Underground Construction in Soft Ground. (eds Kusakabe, Fujita &. Miyazaki). Balkema. pp. 65~68.

[108] Calvello, M. Taylor, R. N. (2000). Centrifuge modeling of a spile-reinforced tunnel heading. Proc. Geotechnical Aspect of Underground Construction in Soft Ground. (eds Kusakabe, Fujita &. Miyazaki). Balke-ma. pp. 345~350.

[109] Barley, A. D. , Graham, M. (1997). Trail soil nails for tunnel face support in London clay and the detected influence of tendon stiffness and bond length on load transfer. Ground improvement geosystems. Thomas Telford, London. pp. 549~566.

[110] Dias, D. , Kastner, . R. , et al. (1998). Behavior of a tunnel face reinforced by bolts: Comparison between analytical-numerical models. Proc. The Geotechnics of Hard Soils-Soft Rocks. (eds Evangelista &. Picarelli). Balkema. pp. 961~972.

[111] Dias, D. , Kastner, . R. , et al. (1997). Tunnel face reinforce-ment by bolting: strain approach using 3D analysis. In ITC Ltd, Proc. Int. Conf. On Tunnelling under difficult conditions. Basel. pp. 27~29.

[112] Dias, D. , Kastner, . R. , et al. (1998). Effects of pre~lining

on the tunnel design. Proc. Int. Conf. On Underground Structures in Modern Infrastructure. Balkema. pp. 7~9.

[113] Henry Wong, Didier subrin, et al. (2000). Extrusion movements of a tunnel head reinforced by finite length bolts-a closed-form solution using homogenization approach. Int. J. Numer. Anal. Meth. Geomech. , 2000, 24: pp. 533~565.

[114] Pelizza, S. , Peila, D. , et al. (1993). Soil and rock reinforcements in tunneling. Tunnelling Underground Space Technology. 1993, 8 (3): pp. 357~372.

[115] Lunardi, P. (1993). Fiber-glass tubes to stabilize the face of tunnels in difficult cohesive soils. SAIE-seminar. The Application of Fiber Reinforced Plastics (FRP) in Civil Structural Engineering. Bologna. Italy, 1993 .

[116] Wong, H. , Larue, E. (1998). Modeling of bolting support in tunnels taking account of non-simultaneous yielding of bolts and ground. Proc. The Geotechnics of Hard Soils-Soft Rocks. (eds Evangelista &. Picarelli). Balkema. pp. 1027~1038.

[117] Wong, H. , Trompille, V. , et al. (1999). A tunnel face reinforced by longitudinal bolts: analytical model and in situ data. Proc. Geotechnical Aspect of Underground Construction in Soft Ground. Tokyo. pp. 435~440 .

[118] Egger, P. , Subrin, D. , et al. (1999). Behavior of a tunnel head reinforced by bolting: experimental study and theoretical modeling. Proc. Int. 9th Cong. Society of Rock Mechanics. Paris. Vol. 1. pp. 169~173.

[119] Yoo, C. S. , Shin, H. K. (2000). Behavior of tunnel face pre-reinforced with sub-horizontal pipes. Proc. Geotechnical Aspect of Underground Construction in Soft Ground. (eds Kusakabe, Fujita &. Miyazaki). Balkema. pp. 463~468.

[120] Yoo, C. , Yang, K. H. (2001). Laboratory investigation of behavior of tunnel face reinforced with longitudinal pipes. Progress in tunneling after 2000. (eds Teuscher , P. &. Colombo, A). Bologna, (1) pp. 757~764.

[121] Lunardi, P. , Bindi, R. (2001). The evolution of reinforcement of the advance core using fiber glass elements for short and long term stability

50

of tunnels under difficult stress-strain conditions : design, technologies and operating methods. Progress in tunneling after 2000. (eds Teuscher, P. & Colombo, A). Bologna, (2) pp. 309~322.

[122] 彭立敏，施成华等. 浅埋隧道地表锚杆预加固的作用机理与分析方法 [J]. 铁道学报. 2000，Vol. 22 (1)：87~91.

[123] 彭立敏，韩玉华等. 浅埋隧道地表砂浆锚杆预加固的效果研究 [J]. 长沙铁道学院学报. 1992，10 (2)：28~37.

[124] 孔恒，王梦恕. 岩体锚固系统的串、并联模型及可靠度分析 [J]. 煤炭学报. 2002，Vol. 27 (4)：361~364.

[125] 马同骧译. 管棚支护与土壤的相互作用 [J]. 隧道译丛. 1986，(3)：34~38 (俄文).

[126] 马同骧译. 巷道围岩的应力状态 [J]. 隧道译丛. 1990，(6)：60~62 (俄文).

[127] Koizumi, M., Imamura, O., et al. (1990). Construction of 3-lane tunnel with thin earth covering - shoryou No. 1 Tunnel on Tokyo-Nagoya Expressway- (part2)：Tunnels and Underground. Vol. 21. (6). pp. 463~471.

[128] Kotake, N., Yamamoto, Y., et al. (1992). A study on applicability of horizontal jet-grouting in very large. tunnel. Proc. Annual Conf. JSCE：pp. 692~693.

[129] SIG. (1992). Soil and rock improvement in underground works. Proc. Int. Cong. Towards New worlds in Tunneling. (Acapulco). Vol. 2. pp. 865~872.

[130] 常舫东. 管棚法超前预支护作用机理的研究. 西南交通大学申请博士学位论文. 1999.

[131] 王明年，张建华. 工程措施对控制隧道围岩变形的力学效果研究 [J]. 岩土工程学报. 1998，Vol. 20. (5)：27~30.

[132] Valore, C. (1997). A simplified analysis of the face stability of tunnels with a preinstalled protective shell. Proc. 14th Int. conf. on Soil Mechanics and Foundation Engineering, Hamburg, Vol. 3, pp. 1547~1550.

[133] Oreste, P. P., Peila, D. (1998). A new theory for steel pipe umbrella design in tunneling. Tunnels and Metropolises. (eds Negro Jr & Ferreira). pp. 1033~1039.

[134] 陶龙光，侯公羽．超前锚杆的预支护机理的力学模型研究［J］．岩石力学与工程学报．1996，15（3）：242～249．

[135] 余静，刘之洋等．超前围壁锚杆结构与作用机理［J］．煤炭学报．1986，（2）：64～6．

第 2 章 城市地下工程浅埋暗挖隧道工作面开挖的地层响应

2.1 引 言

浅埋暗挖隧道工作面开挖的地层响应规律，是地层预加固机理研究不可或缺的先决条件。惟有深入地研究隧道工作面应力与应变的分布规律，才有可能比较深入地认识和阐明隧道在开挖条件下，地层的影响以及不同区域内地层的响应规律。从而正确解释地层、支护与预加固三者之间的相互作用关系，以达到揭示预加固作用机理的目的。

自 Peck（1969）[1]给出地表下沉的经典理论后，对浅埋暗挖隧道工作面的地层响应研究，可以说在现场量测、数值模拟分析以及模型试验研究方面，国内外相关文献颇多[2]~[34]。尽管如此，对浅埋暗挖法来说，限于地质条件的复杂性以及经费、人员等条件的限制，与盾构法相比，其全面系统分析的文献并不多见。大部分都是基于常规的，如地表下沉、拱顶下沉以及围岩接触应力的观测和分析研究。地中下沉，尤其是隧道在工作面开挖通过前、通过中、通过后，地层如何向隧道内空运移以及应力量测的资料十分匮乏，远不能满意地解释浅埋暗挖隧道工作面开挖的地层响应。

本章重点利用深圳地铁一期工程课题现场测试研究资料并结合数值模拟分析、第三方监测资料以及施工方资料，对浅埋暗挖隧道工作面开挖的地层响应作系统分析。

值得提出，为给出隧道工作面在开挖通过前、通过中、通过后，地层的响应规律，在现场试验研究方面，进行了特殊设计。

目的是在浅埋暗挖隧道工作面应力与变形观测资料的基础上，总结隧道工作面的应力与变形分布规律，提出地层的不同影响区域，给出地层的分区（带）及认识。

2.2 工 程 概 况

为深入研究浅埋暗挖地铁隧道工作面开挖的地层响应规律，结合深圳地铁一期工程，课题现场试验研究选取了两个特殊标段：6 标段（双洞双线隧道）和 3A 标段（单洞重叠隧道）进行重点观测研究。

2.2.1 6 标段工程概况

（1）地质概况：区间隧道范围内上覆第四系全新统人工堆积层（Q_4^{ml}）、海相冲积层（Q_4^{m+al}）及第四系中统残积层（Q^{el}），下伏燕山期花岗岩（r_5^3）。人工堆积层主要为素填粉质黏土，含砂、砾石以及路面垫层组成。层厚 0~7m；海相冲积层由中砂、砾砂层组成，层厚 0~2.5m，埋深 3.5~7.8m；残积层包括黏性土、砾质黏性土和砂质黏性土，层厚 0~20.5m，埋深 4.2m，为区间隧道的主要穿越层。花岗岩包括全分化、强风化层，埋深大于 10.3m。地下水埋深 1.7~7.4m，水位高程 2.7~8.5m，水位变幅 0.5~2.0m。地下水主要为第四系孔隙潜水及基岩裂隙水。

（2）设计与施工参数：设计断面为马蹄形，复合式衬砌。初期支护为 $\Phi22$ 格栅钢架＋$\Phi6$ 钢筋网（150mm×150mm）＋250mm 厚 C20 喷射混凝土；二次衬砌为 300mm 厚 C20 钢筋混凝土；超前支护采用 $\Phi32×3.25$ 普通水煤气管，环向间距 300mm，长度 3.5（2.5）m，布置范围拱部 120°。

施工采用台阶法，台阶长度 2~4m，核心土长度 1~2m，高度 0.75m。

2.2.2　3A标段工程概况

（1）地质概况：区间隧道范围内上覆第四系全新统人工堆积层（Q_4^{ml}）、海相冲积层（Q_4^{m+al}）及第四系残积层（Q^{el}），下伏侏罗纪中统（J_2）凝灰岩、震旦纪（Z）花岗片麻岩、局部为燕山期（r_5^3）花岗岩侵入体。人工堆积层主要为素填粉质黏土，下部多由砂及黏性土组成。层厚 1.0～5.0m；海相冲积层由淤泥质黏土、粉质黏土、粉砂、中砂及砾石组成。淤泥质黏土厚 0～4.6m，粉质黏土 0～5.35m，中砂 0～3.7m，砾砂 0～7.5m。残积层包括淤泥质黏土，层厚 0～9.8m，粉质黏土，层厚 0～12.8m，砂质黏土，层厚 0～8.9m。侏罗纪中统凝灰岩厚 12.5～27.0m，震旦纪花岗片麻岩 11.3～41m，燕山期花岗岩 15.0～34.5m。其地层剖面见图 2-1。本区间隧道洞身主要通过粉质黏土层、全风化层、中风化层，拱部 0.5～5.0m以上为砂层。地下水埋深 1.2～3.0m，水位高程 1.6～3.61m，水位变幅 1～1.5m。地下水主要为第四系孔隙潜水及基岩裂隙水。

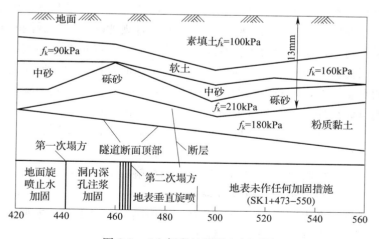

图 2-1　3A标段地层纵向剖面图

（2）设计与施工参数：设计断面为直墙拱形单洞双层隧道结构形式，复合式衬砌。初期支护为 Φ25 格栅钢架＋Φ8 钢筋网（150mm×150mm）＋300mm 厚 C20 喷射混凝土；二次衬砌为模筑钢筋混凝土（厚 500mm，C25，Φ22 钢筋）。

超前支护：对 SK1＋570～＋600 地段，采用小导管（ϕ42×4mm 热轧钢花管），长度 4.5m，环向间距 300mm，纵向间距 3m，搭接 1.5m，浆液为水泥浆，布置范围为拱部；其余地段采用小管棚（ϕ76×5mm 的中空注浆钢管），长度 8m，环向间距 300mm，纵向间距 6m，搭接 2m，注浆液为水泥—水玻璃，布置范围为拱部。

施工采用台阶法，分 4 个台阶施工。第一台阶长度 20m，设临时横撑，核心土长度 2m，高度 0.75m。

2.3 现场测试研究内容与测点布置

基于深圳地铁隧道施工管理的创新体制，即不仅施工方进行日常隧道施工监测，而且也设有代表甲方的第三方监测，因此从监测资料的采集及共享出发，课题现场测试研究的最基本原则是同步性原则。即现场试验研究布置的综合观测断面或主观测断面尽量与上述监测断面布置在同一观测线上，且尽量充分利用已有测试资料。另一方面，为了深入研究工作面开挖过程中地层变位的真实性态，推断工作面围岩的变化特性，在现场研究中除增加测点数目外，还专门补充进行了以下四项测试内容：

（1）推断隧道工作面前方变位动态的水平位移量测；

（2）零距离工作面拱顶下沉量测；

（3）反映上台阶拱脚力学行为的接触应力测试；

（4）超前小导管应变量测。

综合考虑并限于经费、人力，现场测试布置了两个主观测断面，分别设在 6 标段和 3A 标段。

2.3.1 地层变位测试

地层变位测试包括以下 5 项测试研究内容：（1）地表（隧道）下沉；（2）地中下沉；（3）零距离拱顶下沉；（4）隧道开挖方向水平位移；（5）隧道横断面方向水平位移。

2.3.1.1 6 标段地层变位测试

限于 6 标段地表环境的特殊限制，地层变位测试仅作了地表（道路）下沉、拱顶下沉及隧道横断面方向水平位移 3 项测试内容。

（1）地表（道路）下沉

该地段位于深南大道交通最繁忙地段，考虑到隧道右线上方的道路观测较左线方便，故右线布置 10 个测点，左线布置 7 个测点。右侧距道路中线 30.15m，左侧为 31.2m。测线里程为 SK5＋075。地表（道路）下沉主断面测点布置见图 2-2。

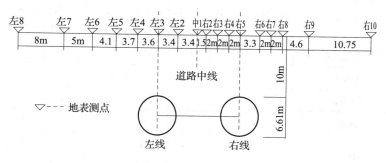

图 2-2　6 标段地表（道路）沉降观测主断面测点布置

测点采用膨胀螺栓并用环氧树脂固定，量测仪器采用瑞士的威特 N3 水准仪。

（2）零距离拱顶下沉

尽管对施工方，拱顶下沉是必测项目，但研究发现，其观测时都是滞后工作面开挖一段距离，因此其资料难以有效应用于研究。为有效分析时空效应，特作了紧随工作面的拱顶下沉观测。

测点布置见表 2-1。量测仪器采用瑞士的威特 N3 水准仪。

紧随工作面的拱顶下沉测点布置　　　　表 2-1

测点号	1	2	3	4	5	6	7	8	9
里程左 SK5	+070	+074	+075	+076	+077	+078	+079	+080	+071
距工作面程（m）	0								

（3）隧道横断面方向水平位移

基于交通的限制，隧道横断面方向水平位移孔（测斜孔）只能布置在道路两侧的人行道。为全面跟踪隧道开挖所遇地层的水平位移变化，与第三方监测相配合，布置了 14 个测斜孔。测斜孔布置见表 2-2。量测仪器为 CX－01A 型测斜仪。

隧道横断面方向水平位移观测孔布置　　　　表 2-2

测孔号	1	2	3	4	5	6	7
对应里程	右 SK4 +915	右 SK4 +810	右 SK4 +705	右 SK4 +580	右 SK4 +515	右 SK4 +440	右 SK4 +320
距隧道侧距离（m）	10	10	10	15	10	10	10
埋深（m）	12.5	14.2	14.2	14	12.4	11	9.4
钻孔深度（m）	22	22	22	22	22	22	22
测孔号	8	9	10	11	12	13	14
对应里程	左 SK4 +320	左 SK4 +440	左 SK4 +515	左 SK4 +580	左 SK4 +810	左 SK4 +915	左 SK4 +965
距隧道侧距离（m）	7	7	7	7	7	7	7
埋深（m）	9.6	11.2	12.5	14	14.2	12.6	11.6
钻孔深度（m）	22	22	22	22	22	22	22

2.3.1.2　3A 标段地层变位测试

基于 3A 标段交通相对宽松的地表环境条件，地层变位测试除拱顶下沉外，其余测试项目均已实施。3A 标段观测断面里程为 SK1+487.5。地表（道路）测点共计布置 17 个，水平位移孔 3 个。（其中一个补充孔在 SK1+504.55）。3A 标段地层变位观测主断面布置见图 2-3，其实施布置见图 2-4。

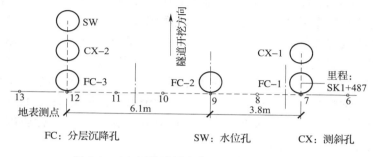

FC：分层沉降孔　　　SW：水位孔　　　CX：测斜孔

图 2-3　3A 标段地层变位观测主断面布置图

图 2-4　3A 标段地层变位实施布置

地表及水平位移孔量测仪器同上，地中下沉孔量测仪器为磁环与分层沉降仪。磁环布置间距为 0.5m。

2.3.2　围岩应力测试

围岩应力测试包括以下 5 项测试研究内容：（1）超前小导

59

管应变测试；（2）围岩与初支接触应力测试；（3）孔隙水压力测试；（4）初支结构内力测试；（5）初支钢格栅拱脚接触应力测试。

6标段围岩应力测试涵盖了上述全部测试内容。在3A标段有选择地作了（2）、（3）、（4）三项测试。6标段超前小导管应变测试布置里程为左 SK4＋358，其余在左 SK5＋070；3A标段测试布置里程为 SK1＋487.5。围岩应力测试技术特征参数见表2-3。超前小导管应变测点布置见图2-5，其实际制作的超前小导管测试装置见图2-6。6标段围岩应力测点布置见图2-7，其隧道内钢筋计、水压计和土压力计实际埋设见图2-8。3A标段围岩应力测点布置见图2-9。

围岩应力测试技术特征参数 表 2-3

测项	小导管应变	接触应力	孔隙水压力	结构内力	拱脚接触应力
传感器特征	胶基箔式应变片 3×5mm 120Ω	土压力盒 XYJ－3 0.2MPa	钢铉式深水压力计 KYJ－36 0.2MPa	钢铉式钢筋计 GJJ－10 φ22/φ25	土压力盒 XYJ－3
量测仪器	电阻应变仪 YJ－31－P 10R	频率接收仪 ZXY－Ⅱ型	频率接收仪 ZXY－Ⅱ型	频率接收仪 ZXY－Ⅱ型	频率接收仪 ZXY－Ⅱ型
量测设计参数	小导管3根，φ32mm 长2.5m；小导管上、下对称布点5个，安装在拱顶和两拱腰处，补偿管3根	6标：8个，3A标：12个	6标：8个，3A标：12个	6标：18×2个，3A标：12×2个	6标：2个

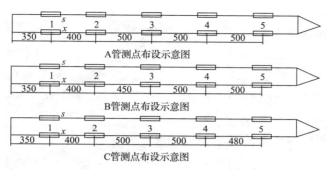

A管测点布设示意图

B管测点布设示意图

C管测点布设示意图

图 2-5　超前小导管应变测点布置

图 2-6　实际制作的小导管测试装置图

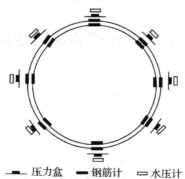

图 2-7　6 标段围岩应力测点布置

图 2-8　钢筋计、水压计和土压力计实际埋设布置图

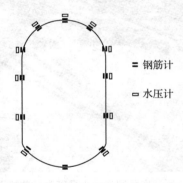

■ = 钢筋计

□ = 水压计

图 2-9　3A 标围岩应力测点布置

2.4　工作面开挖的地层变位规律

2.4.1　地层垂直位移的变化

2.4.1.1　地表下沉

（1）隧道纵轴方向地表下沉变化特征

1）隧道纵向多测点地表下沉变化特征

以 6 标段为例，沿隧道纵向全线地表多测点的变化特征见图 2-10。

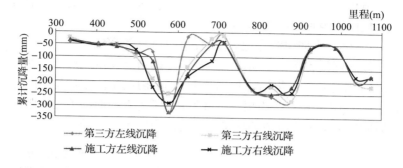

图 2-10 6 标段科华区间隧道地表下沉纵向变化趋势

由图知，全线开挖的地表累计沉降极不均匀，并有一定过渡性。一般规律是砂层地段或软弱地层段的沉降量明显偏大，然后再逐步过渡到一般地层地段。该区间隧道地表沉降明显较大的三处地段皆为富水砂层地段，富水砂层与地层的相对关系特征见表2-4。

富水砂层段地表沉降与地层的相对关系特征　　表 2-4

里程	SK4＋500～600	SK4＋750～900	SK5＋020～100
累计沉降值 （mm）	85～340	100～290	58～240
砂层特征	最大厚度 0.6m，平均 4.5m	最大厚度 7.0m，平均 5.4m，在 SK4＋775～870 段砂层上覆有一层 $f_k＝49kPa$ 的软土	最大厚度 3.4m，平均 2.8m
相对隔水层特征	粉质黏土和砂质黏性土，厚度 4.8～10m，f_k 分别为 150kPa 和 170kPa	砂质黏性土，平均厚度 2.4m，f_k 为 260kPa	黏土，砾质黏性土，厚度 2.04～3.8m
隧道穿越地层特征	砂质黏性土，f_k 为 170kPa	砾质黏性土和全风化岩（f_k 为 300kPa）	砾质黏性土（f_k 为 260kPa）

值得强调的是，上述现象并非特殊，深圳地铁一期工程的浅埋暗挖段皆表现为此规律。

2）隧道纵向单测点地表下沉的变化特征

以6标段为例，不同地层条件下，隧道纵向单测点随工作面推进的地表下沉变化趋势见图2-11，其相应的地表下沉速度变化见图2-12。图中U为累计沉降值，ΔU为开挖面推进ΔD距离的时间内，地表下沉值的增量，D为隧道的当量直径。

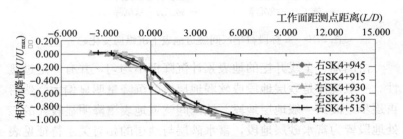

图2-11　随工作面推进地表测点下沉变化趋势

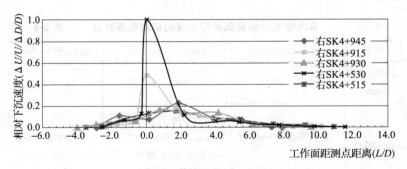

图2-12　随工作面推进地表下沉速度变化趋势

由图2-11、图2-12，隧道开挖引起的单点历时沉降可分为四个阶段：

① 超前隆起或负下沉阶段

尽管不同的地层条件有其特殊性，但基本上当工作面开挖到距测点距离相差$-1.0\sim-3.0D$时，开挖即对地表产生影响，对含水砂层地段其影响域甚至超过$4D$。沉降量约占总沉降量的

5%～15%。

②急剧变形阶段

对一般地层条件，当隧道工作面在−1～3D范围内时，地表变形速率增长，正加速度变化。该段沉降量约占总沉降量的55%～65%。但对富水砂层条件，由图明显看出，其范围明显减小，速度的最大点在开挖工作面附近。

③缓慢变形阶段

当隧道工作面在3～5D范围内时，变形速率减缓，呈负加速度变化。该段沉降量约占总沉降量的15%～20%。而富水砂层地段的负加速度范围明显缩小。

④稳定变形阶段

不论是对何种地层条件，当隧道工作面超过5D后，沉降增长缓慢，时而下沉，时而上升，呈反复状态。但其值变小，趋于稳定。该段沉降量约占总沉降量的5%～10%。

3）隧道横向地表下沉变化特征

双洞双线隧道以测点SK5+075为例的横向地表下沉变化态势见图2-13。以测点SK1+487.5为例的单洞重叠隧道的横向地表下沉变化态势见图2-14。

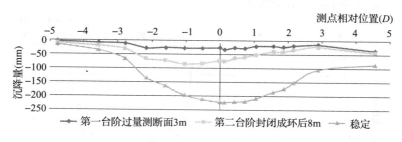

图2-13　双线隧道横向地表下沉变化

由图知，对双线隧道，横向地表下沉的变化特征与单线隧道稍有差别。单线隧道的横向地表沉降最大值在近拱顶附近，而双线隧道则在两拱顶之间。

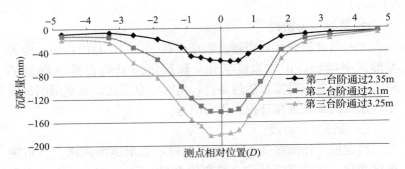

图 2-14 单线隧道横向地表下沉变化

2.4.1.2 地中下沉

工作面第一台阶在超前测点 7.35m 以及通过测点 2.35m、11.05m 时，三个钻孔的地中垂直位移的相对变化趋势比较见图2-15（a、b、c）。隧道拱部上方地层内部各点与地表的绝对位移及其相对位移的比较分别见图 2-16 和图 2-17。

由图知，隧道上部地层的沉降要较两侧大，愈接近隧道拱部的地层，其下沉愈大。尽管隧道地层位移是近地表处偏大，但由资料知在隧道上部地层中存在着一个下沉量相对于地表及近拱部下沉都稍小的下沉减缓带。

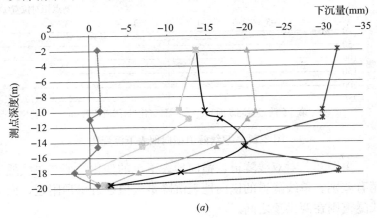

（a）

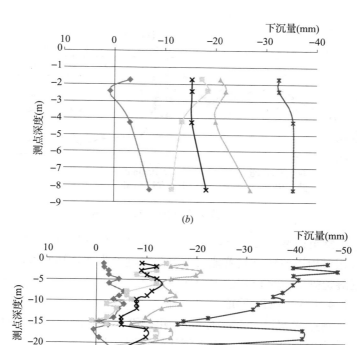

(b)

(c)

图 2-15　地中垂直位移相对变化趋势图

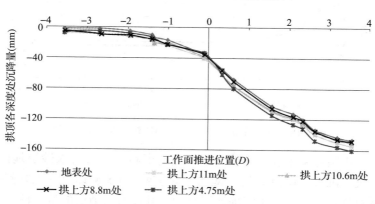

图 2-16　隧道拱部上方各测点与地表绝对位移比较

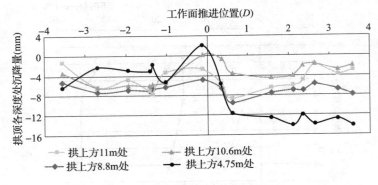

图 2-17　拱顶各测点相对位移比较

由隧道两侧的地中下沉资料知，在拱脚和拱腰附近，距隧道中线相对稍远的隧道侧翼地层下沉要较近处为大，其原因可能是因近隧道处的水平位移值大而导致。

2.4.1.3　拱顶下沉

以测点左 SK5+075 为例，零距离第一次观测的拱顶下沉与修正后的相对应测点的地表下沉比较见图 2-18。

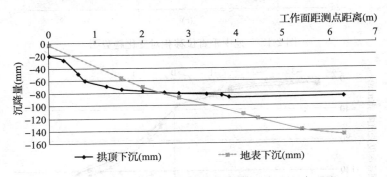

图 2-18　拱顶下沉与地表下沉的比较（左 SK5+075）

由图并基于该段其他 8 个测点的资料知：在富水砂层地段，地表下沉大于拱顶下沉。观测结果与第三方监测以及施工方监测资料吻合，这说明了深圳地层有别于其他城市地层的特殊性。

2.4.2 地层水平位移的变化

2.4.2.1 隧道纵向水平位移

现场量测的隧道未通过测点前以及通过后的纵向水平位移变化见图 2-19。

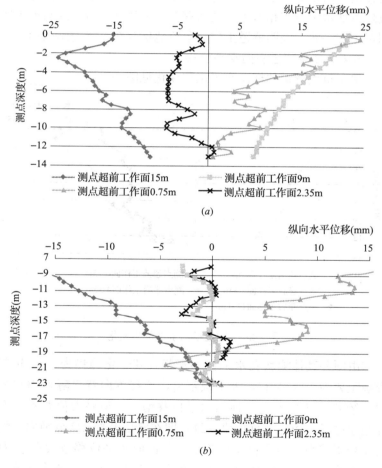

图 2-19 隧道纵向水平位移变化

(a) 测斜孔 1；(b) 测斜孔 2

由隧道纵向水平位移观测资料可以看出：① 沿隧道开挖方向水平位移的超前影响距离为 $10\sim15m$，大于该距离时，地层有外移的趋势，表明为挤压状态；② 在工作面接近或在主观测断面时，位移的方向都是向隧道内空方向且值较大，但一旦通过观测断面时，其位移又改变方向，只不过数值比较小。这表明工作面地层又由松弛转变为压挤趋势；③ 沿地层深度方向，近地表及隧道处水平位移相对大，其间存在有位移减缓带。这与地中实测规律相一致，表明隧道工作面上覆地层存在一定的结构形式。

2.4.2.2 隧道横向水平位移

单洞重叠隧道的横向水平位移变化见图 2-20。

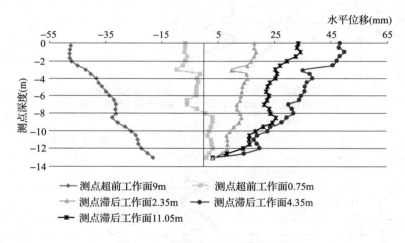

图 2-20 隧道横向水平位移变化

由图并其他测斜孔水平位移资料，其变化趋势为：① 超前影响距离为 10m 左右，大于该距离，位移方向背离隧道内空方向；② 随隧道的开挖，横向水平位移增大，但最大值并不是在开挖通过时，而与下沉规律一致，即在滞后开挖 $1D$ 范围内，然后又趋于减小；测孔愈靠近隧道，其横向水平位移愈大；③ 对本例观测，在水平位移达到最大值后，其横向水平位移多在隧道开挖 $1.56D$ 距离时，距隧道侧墙 2.5m 处的位移方向即开始背离隧道方向。这表明隧道外侧的一定距离处，围岩由松弛状态转变为压挤趋势；④ 由单洞重叠隧道以及双洞双线隧道的多个位移观测孔的数据表明，一般情况下，沿深度方向，横向水平位移皆表现为近地表及隧道处相对较大，而其间范围内的水平位移都有减小的趋势。

2.4.3 地层变位规律的认识

2.4.3.1 地层反弹或隆起与地表下沉的关系

在隧道纵向上，超前工作面一定距离处，地表会表现为持续一段时间的地表隆起，其值一般在 $1\sim3\text{mm}$ 左右，这已是基本现象。但在隧道横向上以及地层内部，现场测试均表明，地层皆存在此规律（图 2-21）。日本的观测资料表明，当隧道上半断面接近前方测点 $(1\sim2)D$ 处时，地表和围岩内部均出现隆起现象且围岩内部的隆起量大[15]（图 2-22）。这种现象不仅仅发生于浅地表的土层，即使是地下 500m 处的岩层，其移动也出现此现象[35]~[37]。对此现象的解释一般归结为是由地层岩土的剪胀引起。显然远不能对其机制及其作用条件给出非常明确的说明。如果将隧道上方的围岩视作一作用在 Winkler 弹性地基梁上的一端固定，而另一端为自由端，悬臂梁上承受上下作用的分布力，即可得出地层反弹超前隆起是基于土体剪切松弛，固定端移动的结果。本章文献[38]通过对岩梁的分析，给出了在一定条件下，

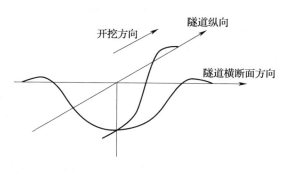

图 2-21　地层反弹隆起示意图

地层隆起的区域及数值的大小取决于梁下方地层的 Winkler 地基系数，地基系数越大，则隆起区域及数值就越小。深圳地铁的观测资料表明：隧道上覆有含水砂层且隧道相对隔水层厚度愈薄，地层强度愈低，则其地层隆起的数值相对较大。简言之，地层隆起与地表下沉呈正相关。地表沉降与地表隆起的关系特征见表 2-5。

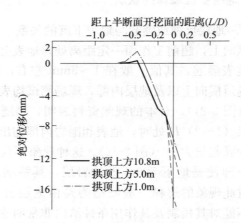

图 2-22　实测地表和围岩内部隆起比较[15]

地表沉降与地表隆起的关系特征　　　　表 2-5

测点里程	地表沉降值 (mm)	地表隆起值 (mm)	沉降、隆起超前距离 (m)	备　注
左 SK4+475	−26.3	+0.5	16	
右 SK4+485	−47.2	+0.9	19	
右 SK4+515	−128.7	+3.3	23	富水砂层段
左 SK4+530	−168.8	+2.8	29	富水砂层段
右 SK4+584	−235.2	+5.8	27	富水砂层段
左 SK4+585	−311.9	+2.7	22	富水砂层段
左 SK4+795	−225.1	+3.2	26	富水砂层段
右 SK4+930	−48.4	+1.2	26	
右 SK4+945	−30.7	+0.2	19	

2.4.3.2 地表下沉与拱顶下沉的关系

地层变位的一般规律是地表下沉小于拱顶下沉，且对城市地铁隧道，地表下沉允许值为 30mm。而由深圳地铁的观测资料表明：地表下沉小于拱顶下沉、地表下沉几近等于拱顶下沉（似整体下沉）以及地表下沉大于拱顶下沉，这三种情况不但皆存在，而且地表下沉远违常规且其值远远超过 30mm。尽管施工方量测的拱顶下沉滞后于工作面一段距离，致使拱顶下沉数值偏小，造成误导数据偏多（表 2-6），但由进行的零距离跟踪量测拱顶下沉资料（图 2-14），在特殊地段，地表下沉大于拱顶下沉仍是不争的事实。

滞后量测的拱顶下沉与地表下沉的比较　　　　表 2-6

测点	滞后工作面距离 （m）	拱顶下沉值 （mm）	地表下沉值 （mm）	备　注
右 SK4＋900	4	−69.4	−165.1	施工监测
右 SK4＋910	5	−52.4	−174.5	施工监测
右 SK4＋915	20	−41.7	−100.9	施工监测
右 SK4＋990	7	−54.8	−42.1	施工监测
右 SK4＋965	16	−21.2	−23.1	施工监测
左 SK4＋593	8	−76.5	−231.5	施工监测
右 SK4＋830	19	−70.1	−213.2	施工监测
左 SK4＋830	18	−22.4	−178.4	施工监测
左 SK4＋850	11	−24.7	−182	施工监测
右 SK4＋880	13	−98.2	−165.1	施工监测
右 SK4＋585	17	−58.3	−235.2	施工监测
左 SK4＋570	7	−116.8	−398.9	施工监测
右 SK4＋570	23	−106.8	−358.1	施工监测
右 SK5＋045	5	−20.9	−239.1	施工监测
左 SK4＋360	7	−7.5	−44.7	施工监测
左 SK5＋075	0	−85.7	−182	科研监测

由深圳地铁监测资料可得出以下几点认识：① 地表下沉一般小于拱顶下沉；② 在富水砂层地段，地表下沉一般大于拱顶下沉；③ 在地层条件相对较差地段，如隧道上覆有含水砂砾层、淤泥质土（软土）以及黏土含量相对较少的地层多呈整体下沉趋势，此种情况易造成工作面失稳坍塌。

2.4.3.3 地层变位与地层条件的关系

地表下沉的主要参数有两个，一个是地表下沉最大值，另一个是沉降槽宽度参数 i（i 是下沉量为最大下沉值的 60% 时，所对应的隧道中心线距离）表示地表下沉的影响范围。

1）地表下沉最大值

监测统计的地表下沉最大值与埋深的关系见图 2-23。

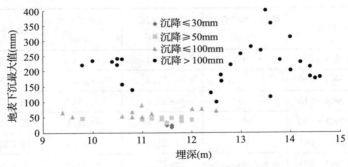

图 2-23 埋深与地表下沉最大值的关系

由图 2-23，地表下沉最大值与埋深并无直接关系，而与地层的物理特性，尤其是含水量等密切相关。一般富水砂层地段或砂质黏土中砂含量较大的地层，其地表沉降最大值要较非富水砂层及无砂层段为大。

2）沉降槽宽度

沉降槽宽度参数与埋深关系见图 2-24。由图知，沉降槽宽度与地层的分类及埋深有关。一般是黏性土的沉降槽宽度大于砂性土，但不适于富水砂层。由观测资料知，在浅埋深条件下，富水砂层的沉降槽宽度为最大。这一结论与 Peck（1969）、Cording 和 Hansmir（1975）[39] 以及 Hong[17] 等基本相同。

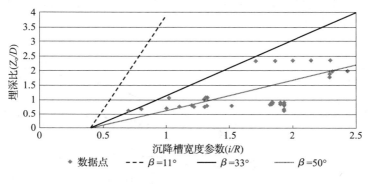

图 2-24　沉降槽宽度参数与埋深的关系

2.4.3.4　地层变位与施工方法的关系

对浅埋暗挖法，其不同的施工开挖方法对地层变位的影响很大。如对富水砂层地段，即使断面研究尺寸增大，但当采用CRD工法时，其地表下沉最大值仅为－76.8mm，而当采用不设临时仰拱的台阶法施工时，即使其开挖断面减少（正常区间隧道），其地表下沉最大值却达－154.3mm。另一方面，在同样富水砂层条件下，对台阶施工方法，其台阶长度的不同，其地表下沉值差别也较大。如6标段施工初期台阶长度一般在3m左右，核心土很难完整留设，地表下沉最大值达－398.9mm，而在改进台阶长度，保证在1B（B为上台阶跨度）内时，核心土留设完整，尽管是在埋深减小、且相对隔水层厚度减少至2m，但地表下沉最大值仍控制在－239.3mm。而13标段前期台阶长度一般在25～35m，造成地表下沉最大值达－570mm，改进台阶长度控制在不大于10m后，沉降得以控制。

2.5　工作面开挖的围岩应力变化规律

2.5.1　围岩径向接触应力

实测的6标段各点围岩径向应力历时变化趋势见图2-25。由所测的围岩径向压力并结合 3A、3C 等标段的实测资料，其应力分布特征如下：

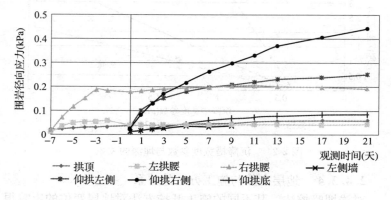

图 2-25　实测的 6 标段各点围岩径向应力历时变化趋势

（1）隧道的拱腰和底部的仰拱部位量测的围岩径向压力较大，其中尤以仰拱部位的左侧为最大（442.2kPa），远超过上覆土柱全部荷载（317.4kPa）。说明了浅埋隧道仰拱结构设计应具特殊性。

（2）拱顶与两拱腰以及仰拱底与两仰拱侧相比较，拱顶与仰拱底处的围岩径向压力均较小。整个结构断面比较而言，最小值产生在两侧墙。按压力值大小排序为 $P_{仰拱} > P_{拱部} > P_{边墙}$。

（3）3A 标段断面的径向力较 6 标段为大，原因是 3A 标设临时仰拱且断面下部分处于风化岩上，围岩的变形相对小，故由"地层——支护"特征曲线，必然导致径向压力大。

（4）拱部压力在结构未封闭成环之前，初期由于喷混凝土强度关系以及拱脚的下沉，造成变形过大，实测的压力值较小，随时间延长，初支结构刚度及强度提高，其提供的支护抗力逐渐增大，反映为围岩施加于支护的径向压力也随之变大，这符合"地层-支护"特征曲线的原理，反映了新奥法的理念。

（5）拱部压力在下台阶开挖至断面里程时，开挖边墙前后的压力值产生了较大的改变，此时，拱顶压力增大，而两拱腰却稍有下降。随着下半断面支护结构的施作，整体刚度提高，拱部压力存在一个"平台"（压力大小不变）或"卸荷"（压力略有下降）现象，随整个支护结构的应力调整和再分配，拱部压力又重新进入一个缓慢增长直至稳定的过程。

（6）边墙与仰拱部位的压力变化趋势基本相同，不同的是断面结构封闭成环后，随着结构的逐步稳定，应力的调整和再分配，仰拱的压力值增长速率相对较大，从而使仰拱部位承受了较大的围岩压力。

2.5.2　孔隙水压力分布

量测的孔隙水压力的历时曲线见图 2-26。

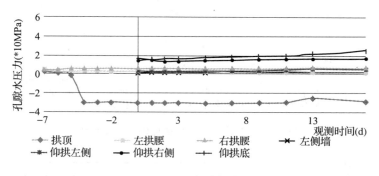

图 2-26　孔隙水压力历时曲线

由图以及在 3A 标段、3C 标段等的量测资料可知，孔隙水压力变化分布的特征如下：

（1）上下台阶初支未封闭成环前，孔隙水压力随工作面推进有降低趋势。表明工作面处的孔隙水压力为最小值。而随着上下台阶的封闭，孔隙水压力逐渐增加，至一定值后渐趋稳定；

（2）拱顶部位孔隙水压力为负值，表明该处土体处于松弛状态，为剪性拉张区（膨胀）；

（3）仰拱处的孔隙水压力为最大，其次为下台阶的右下侧和左下侧；

77

（4）孔隙水压力分布与围岩径向应力分布特征基本类似。

2.5.3　初期支护格栅钢架结构内力

通过对结构进行简化，利用所测的格栅钢架主筋所计算的截面轴力和弯矩的变化趋势见图 2-27 和图 2-28。

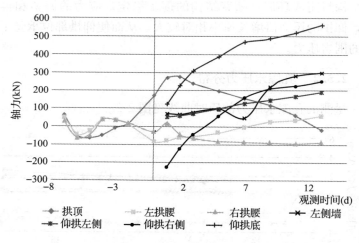

图 2-27　初次支护结构截面轴力变化趋势

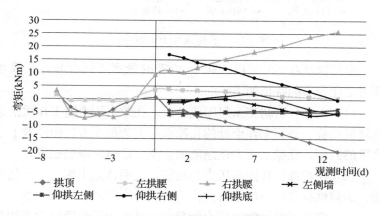

图 2-28　初次支护结构截面弯矩变化趋势

从图 2-27、图 2-28 可以看出：

（1）在观测断面安装后 7 天（开挖工作面距测试断面 1.39D），初期支护的钢格栅上半断面的轴力在封闭后符号变异。封闭成环后，上下断面的截面轴力有增加的趋势，至一定距离后呈稳定态势且拱部略有下降；

（2）结构上半断面的轴力在刚安装时为压力，其后变为受拉，拱部轴力在封闭成环后变为受压，两拱腰也由受拉变为受压；下半断面左右两边墙轴力均为受压，仰拱两侧均为受压，而仰拱底由开始的受拉渐趋变为受压状态。这与理论计算的整个结构皆为受压区不相一致；

（3）结构所受弯矩的分布状态为：在封闭成环后，除仰拱部以及侧墙为内侧受拉，与理论计算的分布状态基本类似外，其他实测的结果均与理论值不同，说明特殊地层条件下，理论计算与实际有较大的差距；

（4）相比较而言，上半断面承受了较大的轴力和弯矩，说明上半断面的支护结构为主要承受部位；另一方面，上半断面的拱顶以及左拱腰，下半断面的仰拱及仰拱的两侧截面轴力及弯矩均较大，其表现特征与水压力量测资料相同；

（5）对比截面处轴力与弯矩值大小发现，截面轴力较大处，弯矩值则相对较小，反之亦然。

2.5.4　超前支护体应力

对超前小导管的应力分析采用拉（压）弯组合，以拱腰小导管为例，其拉（压）应变及弯曲应变在不同掘进距离条件下，实测应变沿小导管长度的变化趋势见图 2-29 和图 2-30。

由图及其他小导管的应变测试资料，超前支护小导管的应变变化特征为：

（1）随工作面开挖，超前支护体上沿全长即有应力分布，小导管的工作状态是拉弯组合，即小导管在受竖向荷载产生弯曲的同时伴随有拉伸；

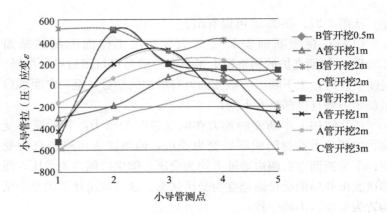

图 2-29　实测沿小导管长度拉（压）应变的变化趋势

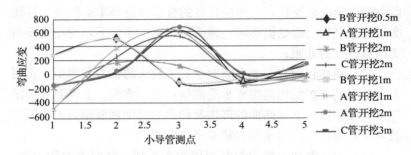

图 2-30　实测沿小导管长度弯曲应变的变化趋势

（2）随工作面推进，拉应力增加，且有随开挖其应变增量向下一测点递增的趋势；

（3）当工作面推进长度大于小导管长度时，尤其是上下台阶封闭成环后，小导管全部转化为受压，表明其超前作用消失；

（4）由弯曲应变可知，其承受地层上覆荷载的能力随小导管在土中剩余长度的减小而减小，表明小导管必须保证在土中有一定的剩余长度。

2.5.5　拱脚与土体的接触应力

对浅埋暗挖法，隧道拱脚处土体的承载力将直接影响隧道拱顶下沉[2][4]，为寻求减缓拱顶下沉的拱脚处理措施，分别在左右两拱脚安设了土压力盒，但由于考虑不周，土压力盒均被破坏。

实测表明：拱脚处的接触应力远超过土体的基本承载力（实测值最大为 814.2kPa，而土体的基本承载力仅为 260kPa），倘不采取措施，必使拱顶下沉急剧增大，否则只能消极等待初支封闭成环后，才能使拱顶下沉变缓。

2.6　浅埋隧道工作面地层的分区（带）及认识

2.6.1　工作面周围地层应力重分布及地层移动的区域性

2.6.1.1　浅埋隧道上覆地层移动的区域性观念

由实测的地层水平位移知，在工作面前方 15m（2.14D）左右，地层有背离隧道工作面的压缩位移产生，这个负位移区可称为压密区或挤压区。然后随工作面推进到临界距离后，水平位移改变方向且其值急剧增大，地层随之由压密变为松弛状态。当工作面通过测试断面后，其松弛水平位移又趋于减小。当工作面推过 14.75m（2.11D）左右时，水平位移又改变方向呈压密状态，但数值较小。EI-Nahhas（1980）[12]通过对 Edmonton 试验隧道的观察表明：水平位移在接近工作面附近处达到最大值，在大约超前工作面前方 3.5D 以及后方 4D 处减小为零。Mair（1996）[40]、Hong 和 Bae（1995）等的实测都验证了这一规律。

很显然，随工作面推进，沿开挖方向地层水平移动存在三个区域：压密区、松弛区、滞后压密区。但由地层的下沉量测资料知，沿工作面推进方向，下沉的变化特征为：尽管在工作面前方 15m 左右即产生较大的负位移，但其垂直下沉仅在工作面前方 7.35m（1.05D）处产生且相对位移极小，甚至表现为上升（层间压缩），仅在工作面前方 0.75m（0.11D）处才有相对较显著的沉降（松弛）产生，而对工作面通过测试断面后 11.5m

81

$(1.64D)$，下沉仍是呈正加速度增长，仅当开挖通过 14.75m $(2.11D)$ 后，才呈负加速增长。这说明，在工作面前方的一定距离处，地层就开始变形，但特点是水平移动剧烈而垂直移动甚微。甚至产生地层隆起（层间压密），而对隧道有影响的变形区域仅发生在开挖面通过前后的一段距离内。

上述实测特征也已被众多浅埋隧道的实测资料所证实[6][10]。国内 20 世纪 80 年代曾对南岭、下坑、普济、腰岘河等隧道利用拱部钻孔预埋变形和应变元件，利用声波和电阻率等量测技术对工作面开挖前后围岩的变形动态作了专项研究。大量的实测资料表明，在开挖面前方 $(1.0 \sim 2.0) D$（软弱地层 $(2.0 \sim 3.0) D$）处，围岩开始变形呈相对压密状态。开挖面通过后，围岩变形剧烈，由压密变为松弛，距离开挖面 $(2.0 \sim 4.0) D$ 后，围岩变形基本稳定。Katzenbach 和 Breth (1981)[16] 进行了 Frankfurt 地铁隧道的地中下沉实测，并与三维有限元数值模拟进行了比较研究。实测资料与数值模拟研究均表明，即使对 10m 埋深的隧道，其开挖通过后的松弛膨胀也并未扩展到地表，其近地表 5m 范围仍处压缩状态。

上述实测揭示了一个本质概念：即尽管超前工作面一定距离，地层就开始发生变形，但其特点是水平移动表现剧烈，而垂直下沉甚微，甚至产生地层隆起（层间相对压密），这个区域的变形几乎对隧道的开挖不构成影响。而只有在开挖工作面通过前后的一段范围，才是构成对隧道变形产生影响的主要区域。因此对浅埋暗挖地铁隧道工作面，其问题的研究关键就是分析该区域内的地层变位规律，从而技术经济地采取控制措施，这才是问题的根本所在。

基于深孔实测资料，可以推断：对浅埋暗挖隧道工作面，其地层移动不论是水平方向还是垂直方向都具有极强的区域性。

综上，沿工作面推进方向，可据工作面上覆地层移动的变形特征，将其划分为三个区：超前变形影响区（A 区）、松弛变形区（B 区）和滞后变形稳定区（C 区）。特别的对松弛变形 B 区，据其特征，又可将其沿地层剖面划分为五带：Ⅰ为弯曲下沉带、Ⅱ为压密带、Ⅲ为松弛带、Ⅳ为工作面影响带、Ⅴ为基底影响带。图中 1 为变形影响边界线，2 为松弛变形影响边界线。地层分区见图 2-31。

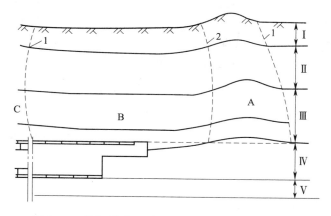

图 2-31　浅埋隧道上覆地层移动变形特征分区示意

2.6.1.2　工作面围岩应力重分布的分区概念

实测的围岩径向压力与上覆土柱荷载的比值，随隧道开挖而呈现的分布规律如图 2-32 的实线部分。而对工作面前方应力的分布状态，可利用超前支护的应力量测资料作推断。根据本次超前小导管的现场量测资料，由围岩压力产生的最大应变点距工作面的距离约为 1.2m。说明对于所观测的地层，其工作面前方产生围岩压力最大值（应力集中峰值）的距离可近似认为是 1.2m。Peila 等（1996）对超前支护体的数值模拟也表明：有预加固时，隧道工作面前方约 2.5m 处，其围岩径向力就等于原始地应力，但若没有预加固，则此距离可远至工作面前方 15m[41]。据此可绘出随开挖，工作面前后应力的分布规律图 2-31（其中工作面前方应力分布（无测点线）为推断）。针对深圳地铁一期工程利用 ANSYS 有限元软件分析的隧道工作面前方围岩应力的分布特征见图 2-33。由图很明显看出，其与上述实测和分析的规律一致。

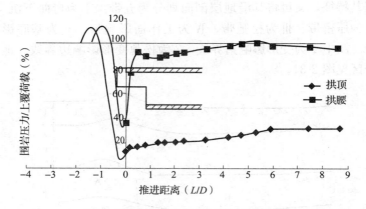

图 2-32 实测的围岩压力与土柱荷载比值随开挖的分布规律

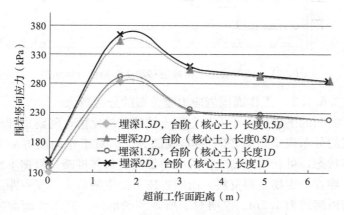

图 2-33 隧道工作面前方土体围岩应力的分布特征

上述隧道工作面围岩应力重分布的规律也已被模型试验所验证。文献[4]基于实验室试验，利用传感器所测的随工作面移动拱顶上部围岩压力的分布见图 2-32。测试结果表明：隧道推进时，在上覆地层中产生了"压力波形"。在工作面前方 4～9m 处，围岩中的应力与原始应力比较，逐渐增加 7%～18%，在工作面前 2～4m 处达到最大值，然后在工作面前 0.5～2.5m 距离处降低到原始应力，并在已安装的衬砌处降到原始应力的 40%～50%。

在开挖面处为原始应力的 70%～95%。工作面通过一段距离后，围岩压力逐渐增加而接近原始应力。

很明显，浅埋隧道工作面围岩应力分布沿隧道推进方向，沿地层剖面可分三个区域。其中Ⅰ为原始地应力区，Ⅱ为增压区，Ⅲ为应力降低区（减压区或卸荷区）。1 表示应力影响边界线，2 为应力峰值线，3 表示为卸荷边界线。

2.6.2 隧道工作面地层分区（带）的认识

2.6.2.1 地层应力重分布与地层移动各区域的对应关系

地层应力分布的区域与地层移动的各区域并不是孤立的，二者有着内在的联系。由图 2-32～图 2-34，变形影响边界线以外对应着原始地应力区；超前变形影响区 A 与应力影响边界线及峰值线所构成的区域对应；松弛变形区 B 对应着减压区和极限平衡区（峰值线与卸荷边界线构成）；滞后变形稳定区 C 对应着原始应力区和部分减压区。

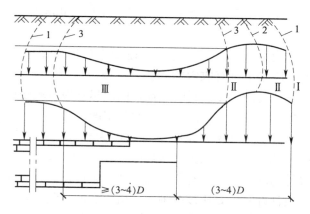

图 2-34　浅埋隧道围岩应力分区示意

2.6.2.2 各区（带）的构成及特征

（1）超前变形影响区（A）：该区的变形特点是水平变形较垂直变形大，甚至出现地层上升（隆起）现象。在近变形影响边

85

界线处，水平位移方向背离隧道工作面，对地层有压挤效应；对该区域可不考虑垂直变形的影响；在近松弛区，水平位移方向与隧道工作面推进方向相反，并随距离的减少而增加，两相邻点的水平移动距离趋于增大。由此地层产生拉伸现象，从而引起土体松弛。近松弛区的垂直下沉已对地层移动产生影响并向隧道工作面方向渐趋增大。该区域应力状态可认为是三向的，分析时可按弹性区考虑。

（2）松弛变形区（B）：松弛变形区是研究浅埋暗挖隧道工作面地层移动的关键区域，可以说控制了该区域的变形，就为隧道工作面稳定提供了条件。松弛变形区的应力特点是：围岩压力小于原始地应力，但过大的应力释放会带来较大变形，会造成该区域的稳定性难以控制。该区域的变形特点表现为：沿隧道走向轴线以垂直下沉为主，偏离轴线位置其水平、垂直移动均较显著。

对松弛变形区，按下沉速度的增量关系，沿工作面推进方向，松弛变形区可分为相对稳定区（B1）和相对易失稳区（B2）。

相对稳定区（B1）对应着下沉速度为负加速度增长的变形区域，它反映了下沉有收敛的趋势。一般该区域处于工作面 $1D$ 以后。由于此时隧道多已封闭成环，因此尽管该区域变形显示为松弛的表象，但实质上该区已呈相对稳定的趋势。

相对易失稳区（B2）是指下沉速度为正加速度增长的变形区域。一般该区域的范围为（$-1\sim1$）D，随隧道上覆地层以及隧道的设计与施工条件而有所变化。地层条件差时，可能有所增大，地层条件好时，要比该范围小。由深圳的实测资料，该区域滞后工作面的距离约（$0.31\sim0.92$）D（值得提出，该处隧道上覆富水砂层，埋深 9.6~10m，相对隔水层为厚度 2~4m 的黏土），而超前工作面距离由地表下沉推断为（$-0.6\sim-2.77$）D。相对易失稳区并不代表一定失稳，但其稳定具有明显的时效性。只要某一时刻平衡条件不成立，则失稳不可避免。

为深入研究松弛变形区，尤其是相对易失稳区内上覆地层的运移特征，解剖松弛变形区内沿垂直剖面地层的构成及其特征具有重要意义。

　　根据地层移动情况，松弛变形区地层由上而下可分为五带：Ⅰ为弯曲下沉带，Ⅱ为压密带，Ⅲ为松弛带，Ⅳ为工作面影响带，Ⅴ为基底影响带。其中：

　　1）弯曲下沉带（Ⅰ）：该带近地表附近，无固定属性，随隧道施工方法以及下伏地层特性的变化而变化。对相同的施工方法，由深圳实测知，若下伏地层有富水砂层或软弱地层，则该带下沉值偏大，造成地表下沉大于拱顶下沉，或地表下沉等于拱顶下沉（整体下沉）；若无上述特殊地层，则普遍表现为地表下沉小于拱顶下沉。从实测以及考虑地表活荷载的影响，该带不单独作为结构，分析时可将其作为均布荷载作用在下伏地层结构上。

　　2）压密带（Ⅱ）：该带位于地层中部，值得提出，其表现特征也可能为不连续的间断状态，如中间夹杂有过渡带或较薄的松弛带，但为连续划分，这里统称为压密带。深圳的实测以及国内外实测均发现[10][42][43]，尽管地表下沉有大于、等于、小于拱顶下沉三种情况，但在一定的埋深条件下（$>1D$），除去极特殊的地层条件，一般在该带内，垂直下沉速度的表现特点是：下位土层的运动速度要小于其上方土层，即$V_{下}<V_{上}$，因而土层处于相对压密状态。该带可作为相对稳定的结构存在，它是隧道工作面上覆地层的关键结构，可以说该结构的稳定存在，是隧道拱顶围岩压力小于上覆土柱荷载的内在原因。但该结构的强度和刚度与其上覆以及下伏地层，尤其是隧道的设计和施工有着根本的联系。

　　3）松弛带（Ⅲ）：该带直接覆于隧道工作面之上，其垂直下沉速度的表现特点是：下位土层的运动速度大于其上方土层，即$V_{下}>V_{上}$。因而，土层处于相对拉伸的松弛膨胀状态。尽管如此，该带也可作为力学上的结构存在，只是其稳定性与前述的相对易失稳区一样，具明显的时效性。其结构的稳定与否，取决于其上覆地层的关键结构以及下位隧道的施作体系（含施工和支护）。某种程度上后者起决定作用。

4）工作面影响带（Ⅳ）：该带为因工作面开挖而影响的前方正面土体。该带的特点是以向隧道自由面移动的水平位移为主，它表征工作面正面土体的稳定性。该带的稳定与否，对松弛区所述地层结构的成立起关键作用。一般而言，对工作面影响带的特性以及力学作用，往往在分析中易被忽视。

5）基底影响带（Ⅴ）：该带直接位于隧道拱顶之下，为隧道的地基土，其表现为仰拱的负下沉即上升。该带主要对隧道的下沉有一定影响，反映在两方面，一方面是仰拱上抬造成的结构稳定性，另一方面是造成隧道的整体下沉[44]。

（3）滞后变形稳定区：该区的变形特点是水平、垂直方向的变形都较小，尤其是在垂直变形方面，随隧道结构的稳定，孔隙水压力的调整以及外在环境的改变，垂直下沉不仅变小甚至会产生上升现象。该区可认为是已稳定区（原始地应力区），其应力状态是三向的，其材料属性为弹性介质。

2.7　本章小结

在国内外浅埋暗挖隧道工作面地层变位研究的基础上，利用历时近一年的深圳地铁一期工程《地层变形机理与控制措施研究》课题的专题现场测试资料以及第三方监测、施工方监测资料，对浅埋暗挖地铁隧道工作面开挖的地层响应作了比较系统的研究，得出了一些有意义的结论。

（1）进行的现场测试研究内容设计，较好地对给出并分析隧道工作面在开挖通过前、通过中以及通过后地层的应力和变形的分布规律提供了技术保证。尤其是进行的水平位移测试、三孔分层沉降测试、零距离拱顶下沉、拱脚应力测试、孔隙水压力测试等研究内容，是一次比较全面而系统的尝试，为地层变位的研究奠定了分析的基础。

（2）给出了隧道工作面在开挖通过前、通过中、通过后三种条件下，地层的响应规律，揭示了地层在开挖扰动下，隧道上覆地层呈区域性的特点。

（3）地表下沉随埋深的增大有减小的趋势。位移槽宽度参数i，一般随埋深增大有增大趋势，与地层条件的关系是富水砂层条件的i值要大些；其次为软至硬黏土，最小的为极硬土和砂土（覆于地下水位以上）。地表下沉最大值与埋深并无直接联系而与地层条件尤其是富水砂层以及含水条件、砂质含量等呈正相关关系。

（4）地表下沉与拱顶下沉的关系存在：大于、等于和小于的关系。除整体下沉与工作面稳定性有一定关系外，地表下沉大于拱顶下沉与工作面稳定性并无直接联系。

（5）地层深孔水平位移和垂直位移都揭示了地层响应的一个本质特点：开挖前地层处于相对压密状态，开挖通过时以及通过后地层均处于松弛状态，但滞后工作面一段距离后，地层又处于相对压密状态。

（6）围岩压力的分布规律是，在工作面前方围岩应力大于原始地应力，在工作面附近减至最低值，其后随支护结构的强度和刚度增加逐渐恢复至原始地应力。围岩压力的实测揭示出：对浅埋隧道，围岩压力并不一定是全部上覆土柱荷载，用于理论计算的"荷载—结构"模型与实际有较大差距。

（7）结构内力监测表明：支护结构并不是以理论计算的全部为压力，并且其分布也极不均匀。在台阶法开挖中，上半断面承受较大的轴力和弯矩；另一方面，仰拱的合理设计对浅埋隧道非常重要。

（8）在实测的基础上，提出了浅埋暗挖隧道工作面地层沿工作面推进方向可分三个区：① 超前变形影响区；② 松弛变形区；③ 滞后变形稳定区。其中松弛变形区沿工作面推进方向又分为相对稳定区和相对易失稳。而其沿地层垂直剖面又可分为五带：Ⅰ弯曲下沉带、Ⅱ压密带、Ⅲ松弛带、Ⅳ工作面影响带、

Ⅴ基底影响带。

（9）在对各区（带）的构成及特征认识的基础上，提出了隧道上覆地层结构的概念，并认为松弛变形区中的松弛带研究是研究浅埋暗挖隧道工作面问题的根本所在。

参 考 文 献

［1］Peck，R. B. (1969). Deep excavations and tunneling in soft ground. Proc. 7ᵗʰ Int. Conf. Soil Mechanical and Foundation Engineering. Mexico City. State of the Art. Vol. pp. 225～290.

［2］王梦恕等. 北京地铁浅埋暗挖法施工［J］. 铁道工程学报，1988，12（4）：7～12.

［3］王梦恕，张建华. 浅埋双线铁路隧道不稳定地层新奥法施工［J］. 铁道工程学报，1987，（2）：176～191.

［4］钱七虎，戚承志译. 俄罗斯地下铁道建设精要［M］. 北京：中国铁道出版社，2002.

［5］铁道科学院等. 铁路隧道复合衬砌研究总报告. 鉴定报告，1986.

［6］铁道科学院西南所等. 特浅埋软弱围岩隧道的修建技术. 鉴定报告，1984.

［7］关宝树，国兆林主编. 隧道及地下工程［M］. 成都：西南交通大学出版社，2000.

［8］铁道部第16工程局. 城市松散含水地层中复杂洞群浅埋暗挖施工技术研究. 鉴定报告，1999.

［9］刘维宁，沈艳峰等. 北京地铁复—八线车站施工对环境影响的预测与分析［J］. 土木工程学报. 2000，Vol. 33（4）. pp. 47～50.

［10］钟世航. 喷锚支护对隧道围岩中的自承体系的促成作用. 地下工程经验交流会论文集［M］. 北京：地质出版社，149～158.

［11］Mair，R. J.，Taylor，R. N. (1997). Theme Lecture：Bored tunneling in the urban environment. Proc. 14ᵗʰ Int. conf. on Soil Mechanics and Foundation Engineering，Hamburg，Vol. 3，pp. 2353～2385.

［12］Hong，Sung Wan. (1984). Ground movements around model tunnels in sand. PhD Thesis，University of Illinois at urban-champain.

[13] 田中一雄，川上纯，池田宏．切羽変位计测ソーょる切羽崩予测の一试み．地下トニネル．1996．27（6），55～60．

[14] 上野洋，足立纪尚．砂质地山トニネル掘削に拌う切羽前方の地山举动について．第 21 回土质工学研究发表会．札幌．1992．1683～1686．

[15] 浅埋未固结围岩隧道开挖中的围岩动态 [J]．隧道译丛．1988．(6)，11～24．

[16] Katzenbach, R. and H. Breth. (1981). Non-linear 3-D analysis for NATM in Frankfurt Clay. Proc. 10th Int. Conf. Soil Mech. Found. Eng. Stockholm. Vol. 1, pp. 315～318.

[17] Hong, S. W. and Bae, G.. J. (1995). Ground movements associated with subway tunneling in Korea. Proc. Underground Construction in Soft Ground. (eds Fujita & Kusakabe). Balkema. pp. 229～232.

[18] Negro, A., Queiroz de, P. I. B. (2000). Prediction and performance: A review of numerical analyses for tunnels. Proc. Geotechnical Aspect of Underground Construction in Soft Ground. (eds Kusakabe, Fujita & Miyazaki). Balkema. pp. 409～417.

[19] Negro, A. et al. (1984). Urban tunnels with large cross section. Solos e Rochas 7: 7～29.

[20] Negro, A. (1988). Design of shallow tunnels in soft ground. PhD Thesis, Univ. of Alberta.

[21] Adachi, T. & Kojima, K. (1989). Estimation of design parameters for earth tunnels. Proc. 12th Int. Conf. Soil Mech. Found. Eng. pp. 771～774.

[22] Adachi, T., et al. Analysis of earth tunnel by strain softening constitutive model. Proc. 13th Int. Conf. Soil Mech. Found. Eng. pp. 879～882.

[23] Kochen, R. & Negro, A. (1996). Numerical modeling of a tunnel in soft porous clay. Geotechnical Aspect of Underground Construction in Soft Ground. (London). pp. 549～552.

[24] Kovacevic, N. et al. (1996). Numerical modeling of the NATM and compensation grouting trails at Redcross Way. Geotechnical Aspect of Underground Construction in Soft Ground. (London). pp. 553～559.

[25] Farias, M. M. & Assis, A. P. (1996). Numerical simulation

of a tunnel excavated in a porous collapsible soil. Geotechnical Aspect of Underground Construction in Soft Ground. (London). pp. 501~506.

［26］Dasari, G. R. et al. (1996). Numerical modeling of a NATM tunnel construction in London Clay. Geotechnical Aspect of Underground Construction in Soft Ground. (London). pp. 491~496.

［27］Casarin, C. et al. (1996). Back analysis of an urban tunnel. Geotechnical Aspect of Underground Construction in Soft Ground. (London). pp. 485~489.

［28］Shin, J. H. & Potts, D. M. (1998). Settlements above tunnels construction in weathered granite. Proc. Tunnels and Metropolises. (eds Negro Jr & Ferreira). pp. 375~380.

［29］Queiroz, P. I. B. et al. (1998). Tunnel construction simulation with Critical State Theory using finite elements. Proc. Tunnels and Metropolises. (eds Negro Jr & Ferreira). pp. 381~386.

［30］Negro, A. (1998). Design Criteria for tunnels in metropolises. Proc. Tunnels and Metropolises. pp. 201~214.

［31］Malato, P. et al. (1998). Lisbon Metro-Behavior of a shallow tunnel in stiff clays. Proc. Tunnels and Metropolises. (eds Negro Jr & Ferreira). pp. 1169~1174.

［32］Imaki, J. et al. (1984). Execution of large cross section tunnel by NATM in sandy soil with small cover. Proc. 1st Latinamericam Congress of Underground Construction 1. pp. 503~508.

［33］崔天麟. 超浅埋暗挖隧道初期支护结构内力监测及稳定性分析 [J]. 现代隧道技术, 2001, Vol. 38 (2): 29~33.

［34］许燕峰, 苏钧. 浅埋暗挖法隧道施工引起地面沉降的原因及控制措施 [J]. 世界隧道, 1998 (2): 49~52.

［35］钱鸣高, 李鸿昌. 采场上覆岩层活动规律及其对矿山压力的影响 [J]. 煤炭学报, 1982 (2): 1~12.

［36］孔恒, 马念杰, 王梦恕等. 基于围岩动态监测与反馈的锚固巷道稳定控制 [J]. 岩土工程学报, Vol. 24 (4): 475~478.

［37］煤炭科学院北京开采所编. 煤矿地表移动与覆岩破坏规律及其应用 [M]. 北京: 煤炭工业出版社, 1981.

［38］钱鸣高, 刘听成主编. 矿山压力及其控制 [M]. 北京: 煤炭工

业出版社，1991.

［39］Cording，E. J. and W. H. Hansmire（1975）. Displacement around soft ground tunnels. Proc. 5th Panamerican Con. Soil Mech. Found. Engng. ，General Report：Tunnles in Soil.

［40］Mair，R. J. （1996）. Settlement effects of bored tunnels. Session Report，Proc. Geotechnical Aspects of Underground Construction in Soft Groud. （eds Mair，R. J. & Taylor，R. N）. Balkema，pp. 43～53.

［41］Peila，D. Oreste，P. P. ，et al. （1996）. Study on the influence of sub-horizontal fiber-glass pipes on the stability of a tunnel face. Proc. North American Tunneling'96（ed Levent Ozdemir）. Balkema，pp. 425～432.

［42］铁道部隧道局等. 暗挖矿山法修建广州地铁综合配套技术. 鉴定报告，1997.

［43］于学馥著. 现代工程岩土力学基础［M］. 北京：科学出版社，1995.

［44］孔恒，王梦恕等. 城市地铁隧道的整体下沉及其控制［J］. 岩土工程界，2002，Vol. 5（9）. 42～47.

第3章 浅埋暗挖隧道工作面
地层预加固作用机理

3.1 引　言

对浅埋暗挖法，地层预加固技术有两方面的作用。其一是必须保证在一定时间段内，隧道开挖工作面的稳定性；其二是减缓地表沉降。这两个作用是预加固技术要实现的目的，是预加固实施后的外在表现形式。但它并不能阐明为什么地层预加固是浅埋暗挖法施工的根本前提以及通过何种形式来促成并实现这两个作用。也就是说地层预加固的作用机理是这两个作用的内在根本机制。

基于实测，第2章给出了隧道工作面上覆地层由弯曲下沉带、压密带及松弛带三部分构成。其中，压密带可作为相对稳定的结构存在，是隧道工作面上覆地层的关键承载结构；松弛带结构仅作为瞬态性结构；而弯曲下沉带不单独作为承载结构，仅作为均布荷载作用在压密带结构上。同时给出了松弛带结构的稳定与否，取决于其上覆地层的关键结构以及下位隧道的施作体系（含施工和支护）。

本章在前述分析的基础上，进一步分析上覆地层结构存在的力学属性，建立上覆地层结构模型并分析其稳定与失稳条件，探讨上覆地层结构的失稳坍落模式，从而认识浅埋暗挖地铁隧道工作面地层预加固的作用机理。

3.2 工作面上覆地层结构的概念

3.2.1 工作面上覆地层的拱效应

对深埋隧道（埋深大于两倍压力拱高或两倍半压力拱跨度），早在 1907 年著名的俄罗斯学者 M. M. Продотьяконов 就提出了松散体介质存在拱效应（Arching effect）[1]。此后，国际著名的土力学专家美国学者 K. Terzaghi 于 1936 年和 1942 年提出并发展了基于活板（门）（Trapdoor）的干砂条件下的模型试验，并指出在埋深大于 2.5 倍隧道跨度时，干砂也能形成拱效应[2]（图 3-1a）。拱效应现象表明：上覆地层在一定条件下能形成结构。

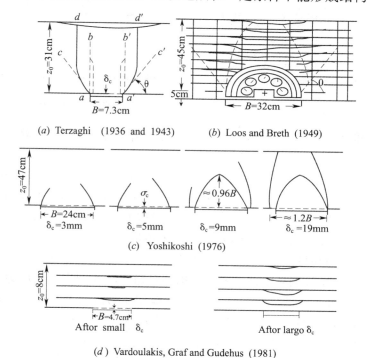

(a) Terzaghi (1936 and 1943) (b) Loos and Breth (1949)

(c) Yoshikoshi (1976)

(d) Vardoulakis, Graf and Gudehus (1981)

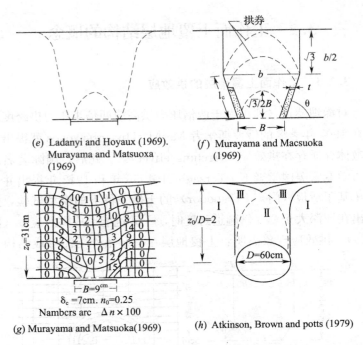

图 3-1　干砂介质隧道上覆底层结构演化的物理模型试验

对隧道而言，上覆地层结构与隧道支护结构共同作用来承载上覆地层的作用应力。但对埋深小于 2.5 倍跨度的浅埋隧道，地层承载拱效应能否存在，地层与隧道支护结构有无共同作用，这个问题已经实测验证，在一定条件下，浅埋深隧道围岩与支护共同作用原理依然存在。国外实测的 20 个隧道工程案例见表 3-1[3]。由表知，实测的隧道围岩径向应力与上覆地层荷载的比值为23%～79%。而在特殊地层条件下，如深圳实测的富水砂层条件下，当 Z/D 为 1.54 时，实测的隧道结构相对稳定时的围岩径向压力与上覆土柱荷载的比值为 33%。广州地铁 1 号线林和村段，不同地层条件下的实测值分别为 63%（Z/D 为 1.23，隧道下半断面为风化岩层）和 31%（Z/D 为 1.17，隧道下半断面处于黏土层上）[4]。国内其他实测基本类似，即在一定条件下，当 Z/D 大于

1时，浅埋隧道上覆地层在一定范围内仍具整体性，可以认为地层承载拱效应依然存在。

为了解上覆地层承载拱的动态演变规律，Loos 和 Breth（1949）、Yoshikoshi（1976）、Vardoiulalis，Graf 和 Gudehaus（1981）、Ladanyi 和 Hoyaux（1969）、Marayama 和 Matsuoka（1969）、Atkinson，Brown 和 Potts（1975）等都利用活板作了一系列干砂模型试验（图 3-1）[2]。

国外实测隧道衬砌荷载与上覆地层荷载的关系　　　表 3-1

序号	隧道名称	覆厚 (m)	直径 (m)	覆/直	P_L/P_v (%)	测量时间 (天)	施工方法	地层类别 (E MPa)
1	Ashford	27.4	2.84	9.65	38 (57,79)	365	盾构	Londaon Clay（255）
2	Heathrow	12.77	10.9	1.17	65	600	人工	Londaon Clay（27）
3	Fleet	20	4.15	4.82	41	180	人工	Londaon Clay（128）
4	Ontario	13.15	4.3	3.06	65	913	盾构	Dense Till（170）
5	Thunder Bay	11	2.38	4.62	43	365	掘进机	Soft-Stiff Clay（170）
6	Tyneside	13.37	3.2	4.18	52	50	人工	Stiff Stony Clay（150）
7	Tyneside	13.99	3.2	4.37	53	50	人工	Stiff Stony Clay（150）
8	Nipawin	14.5	3.45	4.2	23.8	913	TBM	Till（150）
9	Nipawin	13.5	3.45	3.9	55.3		TBM	Till（150）
10	Nipawin	36	3.45	10.4	38.3		TBM	Till（150）
11	ABV	8.15	4	2.04	30		NATM	Silty Sand（40）
12	Damplatz	15.15	6.7	2.26	54		开式盾构	Frankfurt Clay（21.79）
13	Munich	25.49	6.91	3.69	35	210	NATM	Stiff-Hard Clay（200）

序号	隧道名称	覆厚 (m)	直径 (m)	覆/直	P_L/P_v (%)	测量时间 (天)	施工方法	地层类别 (E MPa)
14	Butterbag	18.66	11.5	1.62	17	180	NATM	Sandy-Silty (245)
15	Munich	23.5	6.95	3.38	28	140	NATM	Stiff-Hard Clay (200)
16	Thames-lee	18.5	3.01	6.15	60	365	盾构(人工)	Londaon Clay (255)
17	Thames-lee	39	3.01	12.96	53	365	盾构(人工)	Londaon Clay (255)
18	Thames-lee	31	3.01	10.3	45	365	盾构(人工)	Londaon Clay (255)
19	Thames-lee	54	3.01	17.94	49	365	盾构(人工)	Londaon Clay (255)
20	Thames-lee	30	3.01	9.97	57	365	盾构(人工)	Londaon Clay (255)

试验表明：干砂中拱结构的存在取决于活板的位移，只有控制活板的沉降，对浅埋深条件（Z/D 小于 2.5）也能产生拱效应并能控制拱结构的稳定，否则会一直坍落到地表面位置。尽管上述试验简单，且活板尺寸不能变化，但通过活板的沉降变化，可以得出一个推论：即拱是动态拱，并且说明浅埋深条件下，只有控制变形适度，上覆地层能形成结构。

Dormon 等（1998）[5] 利用钢棒（$\phi5mm$，长度 15mm）来模拟散粒体介质中隧道开挖条件下，隧道上覆介质的拱结构变化趋势（图 3-2）。研究结果表明：隧道开挖时，散粒体介质能形成拱结构，但随开挖长度增大，拱呈动态变化，总趋势是拱效应在减弱。也就是说拱的形状沿工作面推进方向逐步在扩展，其松弛区域呈增大趋势。

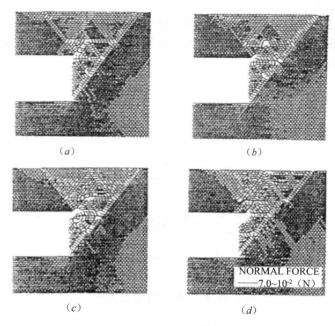

图 3-2　散粒体介质隧道开挖时拱结构的
动态变化（Dormon 等（1998）[5]）

(*a*) 10mm；(*b*) 12.5mm；(*c*) 20mm；(*d*) 30mm

　　离心模型试验也得出了与活板试验相同的结论[6]~[12]。三维数值模拟分析结果也表明，对浅埋隧道的开挖，围岩存在三维拱效应（Tree Dimensional Arching）[3][13][14]。

　　对拱效应现象的认识，可谓是地层反应曲线〔又称特征曲线（Einstein 等（1979）[15]）、地层收敛曲线（Wong 等（1991）[16]、地层响应曲线（Brow 等（1983）[17]）〕概念的基础[18]。Daemen（1975）[19]和 Iglesia 等（1999）[20]基于对以自重应力场为主的浅埋暗挖隧道的围岩性态认识，提出了地层拱与地层反应曲线的动态概念图（图 3-3）。由此可建立明确的地层拱随应力与变形发展的全过程。

　　总之，基于实测、物理模型以及数值分析的研究结果，对浅埋暗挖隧道存在地层拱概念，且地层拱随围岩应力与变形的发展呈动态过程。地层拱概念表明：在一定的条件下，浅埋暗挖隧道工作面上覆地层是以结构的形式在演化，其上覆地层结构与隧道结构共同发挥作用。

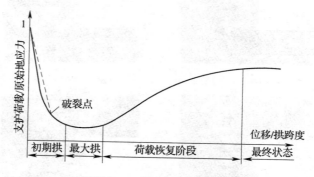

图 3-3　地层拱与地层反应曲线的动态概念图[19][20]

3.2.2　工作面上覆地层结构的相互关系

由前分析，隧道工作面上覆地层由弯曲下沉带、压密带及松弛带三部分构成。基于弯曲下沉带的运动状态变化无规律，力学上无固定属性，尽管对相对较好的地层条件，其可与压密带部分构成结构，但考虑地表活荷载以及结构安全度，因此力学分析上，该带不单独作为承载结构，仅作为均布荷载作用在下伏地层结构上。压密带可作为相对稳定结构存在，它是隧道工作面上覆地层的关键结构，该结构能否保持一定的强度和刚度，是其结构相对稳定性的前提。其强度和刚度除与组成其的土层物性指标有内在关系外，组成该结构的厚度也是其重要指标。很明显，在一定的地层条件下，随结构厚度的增大，无疑其结构愈稳定。相对于压密带结构，松弛带结构仅是瞬态性结构。即尽管在力学上也可作为结构存在，但是其结构的稳定具明显的时效性。也就是说在一定的时间段内，该结构可能稳定也可能失稳。

压密带与松弛带的相互作用关系是：一方面是随松弛带范围的扩大，构成压密带的范围缩小，相应压密带的强度和刚度降低，稳定性减弱，上覆结构趋于不稳定；反之则易于上覆结构稳定。而另一方面是压密带的稳定预示着松弛带被控制在一定范围，其上覆地层作用在隧道上的应力与变形皆可得到有效控制，反之则造成上覆结构的失稳。

总之，从控制地层的变形及其隧道开挖的稳定而言，改善压密带，减少松弛带范围和加固松弛带，增大压密带范围，都是控制地层响应的有效措施。

3.3 隧道工作面上覆地层结构的稳定性分析

3.3.1 上覆地层结构模型的建立

浅埋隧道工作面上覆地层结构形式仍按呈拱分析，很明显松弛带是隧道工作面上覆地层结构稳定性研究的关键。只有阐明其结构成立并稳定的条件，才有望揭示地层预加固的内在作用机制。

对浅埋软土隧道上覆地层结构的稳定性分析，目前还没有文献报道。对矿山上覆岩层稳定性分析，钱鸣高等进行了探索[1]。现汲取其合理观点，利用实测的隧道纵轴方向地层下沉态势，建立浅埋软土隧道的松弛带结构稳定性分析模型。

由图 2-31 浅埋隧道上覆地层移动变形特征，松弛带内任一土层，在隧道开挖扰动下，土颗粒会重新排列并结构重组，因此土体的失稳破坏可认为是由粒间弱面产生微裂缝而导致。由此可绘出松弛带内沿隧道纵轴方向任一土层土颗粒的移动变形态势图（图 3-4）。

为建立松弛带内任意土分层的结构分析模型，现作以下基本假设：

（1）根据土体的宏、微观特性，可视松弛带内土体沿弱面分为若干分层，每层以相对密实或强度大的为底层。每分层中的相对较软弱层如砂土或粘结力丧失的土层，可认为是附着在相对较坚硬土层上的荷载，随较硬土层运动。

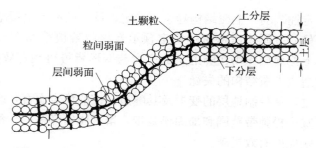

图 3-4　松弛带内沿隧道纵轴方向任一土层的变形特征

（2）认为土体破坏失稳是由粒间弱面引起，由于土颗粒具不可压缩性，因此每一分层沿弱面所划分的若干土块单元可视为刚体。在水平推力作用下，刚体之间按形成假性铰接关系考虑。铰接点的位置可由地层移动变形曲线的形状决定，曲线凹面向下则铰接点位置在弱面的下部，反之在上部。

（3）对松弛带，可认为其未支护段内上下各土层之间没有地基抗力的作用。隧道工作面前方和后方已初次支护土体的地基抗力视为遵循胡克定律。

（4）对隧道已支护段内以及隧道工作面前方的土块单元，因变形较小或相对稳定，因此其力学效应用水平链杆表示。

由此建立的沿隧道纵轴方向松弛带内任一土分层的结构模型如图 3-5。

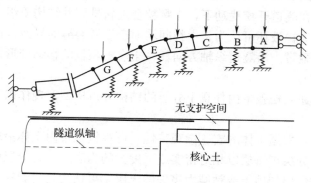

图 3-5　沿隧道纵轴方向松弛带内土分层的结构模型

3.3.2　上覆地层结构模型的力学分析

由图 3-5，该结构的自由度 ω 为：

$$\omega = 3n - (2m + r) \qquad (3\text{-}1)$$

式中　n——钢片数（土体块单元数目）；

　　　m——单铰数（$n-1$ 个）；

　　　r——链杆数（$n+2$ 个）。

将单铰数及链杆数代入式（3-1），得 $\omega=0$，说明该结构为静定结构。又由于有水平推力，所以该结构为几何不变体系。由图 3-5，对松弛带内第 i 层的各土块单元的受力分析见图 3-6。

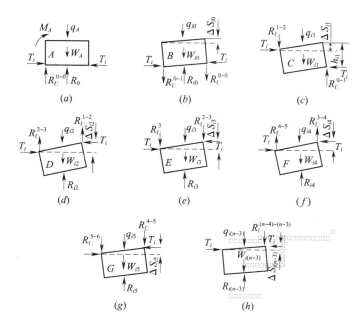

图 3-6　松弛带内第 i 层土块单元的受力分析

图 3-6 中的符号意义为：

T_i——水平推力；

R_i——下伏土层对上覆土层的竖向反力及土块单元之间的剪力；

W_i——每一土块单元的重力；

q_i——上覆土层对下伏土层的竖向荷载；

ΔS_i——每一土块单元的相对下沉量；

h_i——每一分层厚度。

对图 3-6，因认为 A 块与最后 i 块稳定，所有这里仅对 B、C、D、E、F、G 及 $i-1$ 块分析。由平衡方程得：

对 B 块，

$$\begin{cases} q_{i0} + W_{i0} = R_{i0} - R_i^{0-0} - R_i^{0-1} \\ \dfrac{L_{i0}}{2}(q_{i0} + W_{i0}) = T_i \cdot \Delta S_{i0} + \dfrac{L_{i0}}{2} \cdot R_{i0} - R_i^{0-0} \cdot L_{i0} \\ \dfrac{L_{i0}}{2}(q_{i0} + W_{i0}) = \dfrac{L_{i0}}{2} \cdot R_{i0} - L_{i0} \cdot R_i^{0-1} - T_i \cdot \Delta S_{i0} \end{cases} \tag{3-2}$$

化简得：$\dfrac{2T_i \cdot \Delta S_{i0}}{L_{i0}} = R_i^{0-0} - R_i^{0-1}$ \hfill (3-3)

式中 L_i——有一土块单元的长度。

对 C 块，

$$\begin{cases} q_{i1} + W_{i1} = R_i^{0-1} - R_i^{1-2} \\ \dfrac{L_{i1}}{2}(q_{i1} + W_{i1}) = R_i^{0-1} \cdot L_{i1} - T_i(h_{i1} - \Delta S_{i1}) \\ \dfrac{L_{i1}}{2}(q_{i1} + W_{i1}) = -R_i^{1-2} \cdot L_{i0} + T_i(h_{i1} - \Delta S_{i1}) \end{cases} \tag{3-4}$$

化简得：$\dfrac{2T_i(h_{i1} - \Delta S_{i1})}{L_{i1}} = R_i^{0-1} + R_i^{1-2}$ \hfill (3-5)

对 D 块，

$$\begin{cases} q_{i2} + W_{i2} = R_{i2} + R_i^{1-2} + R_i^{2-3} \\ \dfrac{L_{i2}}{2}(q_{i2} + W_{i2}) = R_i^{1-2} \cdot L_{i2} + \dfrac{L_{i2}}{2} R_{i2} + T_i \cdot \Delta S_{i2} \\ \dfrac{L_{i2}}{2}(q_{i2} + W_{i2}) = R_i^{2-3} \cdot L_{i2} + \dfrac{L_{i2}}{2} R_{i2} - T_i \cdot \Delta S_{i2} \end{cases} \tag{3-6}$$

化简得：$\dfrac{2T_i \cdot \Delta S_{i2}}{L_{i2}} = R_i^{2-3} - R_i^{1-2}$ （3-7）

对 E 块，

$$\begin{cases} q_{i3} + W_{i3} = R_{i3} - R_i^{2-3} - R_i^{3-4} \\ \dfrac{L_{i3}}{2}(q_{i3} + W_{i3}) = -R_i^{2-3} \cdot L_{i3} + \dfrac{L_{i3}}{2}R_{i3} + T_i \cdot \Delta S_{i3} \\ \dfrac{L_{i3}}{2}(q_{i3} + W_{i3}) = -R_i^{3-4} \cdot L_{i3} + \dfrac{L_{i3}}{2}R_{i3} - T_i \cdot \Delta S_{i3} \end{cases} \quad (3\text{-}8)$$

化简得：$\dfrac{2T_i \cdot \Delta S_{i3}}{L_{i3}} = R_i^{2-3} - R_i^{3-4}$ （3-9）

对 F 块，

$$\begin{cases} q_{i4} + W_{i4} = R_{i4} + R_i^{4-5} + R_i^{3-4} \\ \dfrac{L_{i4}}{2}(q_{i4} + W_{i4}) = R_i^{3-4} \cdot L_{i4} + \dfrac{L_{i4}}{2}R_{i4} + T_i \cdot \Delta S_{i4} \\ \dfrac{L_{i4}}{2}(q_{i4} + W_{i4}) = R_i^{4-5} \cdot L_{i4} + \dfrac{L_{i4}}{2}R_{i4} - T_i \cdot \Delta S_{i4} \end{cases} \quad (3\text{-}10)$$

化简得：$\dfrac{2T_i \cdot \Delta S_{i4}}{L_{i4}} = R_i^{4-5} - R_i^{3-4}$ （3-11）

各单元的力矩方程组，可写成如下统一形式：

$$\{M_i\} = [K_i] \times \{R_i\} \quad (3\text{-}12)$$

式中　　$\{M_i\}$——力矩列阵；

　　　　$[K_i]$——矩阵系数；

　　　　$\{R_i\}$——力列阵。

其中　　$M_{ij} = L_{ij}(q_{ij} + W_{ij})/2$，其中 $j = 0$，1，2…$(n-3)$；$U_{ij} = \Delta S_{ij}$，其中 $j = 0$，1，2…$(n-3)$ 且 $U_{i1} = h_{i1} - \Delta S_{i1}$。

由式式（3-3）、式（3-5）、式（3-7）、式（3-9）以及 G 块以后各单元的化简计算式，可分析自 D 块后，计算式右项变换符号后即可约去。由此合并得：

$$2\left[\dfrac{\Delta S_{i0}}{L_{i0}} + \dfrac{(h_{i1} - \Delta S_{i1})}{L_{i1}} + (\eta_{i2} - \eta_{i3} + \eta_{i4} - \eta_{i5} + K)\right] \cdot T_i = R_i^{0-0}$$

（3-13）

$$其中 \quad \begin{cases} \eta_{i0} = \dfrac{\Delta S_{i0}}{L_{i0}}; \eta_{i1} = \dfrac{\Delta S_{i1}}{L_{i1}}; \eta_{i2} = \dfrac{\Delta S_{i2}}{L_{i2}}; \\[2mm] \eta_{i3} = \dfrac{\Delta S_{i3}}{L_{i3}}; \eta_{i4} = \dfrac{\Delta S_{i4}}{L_{i4}}; \eta_{i5} = \dfrac{\Delta S_{i5}}{L_{i5}} \\[2mm] R_i^{0-0} = R_{i0} - (q_{i0} + W_{i0}) - R_i^{0-1} \\[2mm] R_i^{0-1} = (q_{i1} + W_{i1}) + R_i^{1-2} \end{cases} \quad (3\text{-}14)$$

若近似认为上凹段（拐点以后）的相邻两土块的斜率 η 相等，且考虑到松弛带内的拱顶最可能的位置是在土块单元 C 与 D 之间，由对称荷载知，R_i^{1-2} 为零。则由式（3-13）和式（3-14）并统一用 k_c 表示荷载因数，即令：$k_c q = (k_{i0} + k_{i1}) q$，$k_{i0} q = q_{i0} + W_{i0}$；$k_{i1} q = q_{i1} + W_{i1}$；则可求得，无超前预加固时，形成此结构的水平推力 T_i 为：

$$T_i = \frac{L_{i1} \cdot (R_{i0} - k_c q)}{2[h_{i1} - L_{i1}(\eta_{i1} - \eta_{i0})]} \qquad (3\text{-}15)$$

式中　L_{i1}——隧道工作面无支护段的长度；

　　　η_{i0}——隧道工作面正面土体上覆土层的下沉速度或下沉量；

　　　η_{i1}——隧道工作面无支护段内上覆土层的下沉速度或下沉量；

　　　h_{i1}——工作面未支护段内松弛土分层的厚度；

　　　R_{i0}——工作面正面土体的竖向抗力，其中 $R_{i0} = K_{i0} y$，对近工作面处，K_{i0} 为工作面正面土体的基床系数，y 为其下沉量；

　　　$k_c q$——工作面范围内的荷载因素（包括工作面未支护段以及工作面超前影响范围内的上覆土层竖向荷载及自重荷载）。

若考虑超前预加固和支护提供的均布支撑反力 R_{i1} 后的水平推力 T_{i1} 为，

$$T_{i1} = \frac{L_{i1}(R_{i0} + R_{i1} - k_c q)}{2[h_{i1} - L_{i1}(\eta_{i1} - \eta_{i0})]} \qquad (3\text{-}16)$$

由式（3-16），很明显，在其他条件相同的情况下，无疑超前预加固能及时承担原失稳结构的荷载，强化松弛带已形成的拱结构，从而确保工作面稳定并减少下沉。

3.3.3　上覆地层结构的平衡条件

一般而言，结构所需的水平推力 T_i 愈小，该结构就易于形成。反之则难以形成结构。此外，形成该结构也必须具有一定的厚度。因为由式（3-15）知，若结构厚度等于下沉量时，水平力 T_i 趋于 ∞，此结构无法形成。

在 $(R_{i0} - kq)$ 保持不变的条件下，能促使该结构形成并稳定的条件是：

（1）减少工作面无支护距离或缩短工作面推进长度（开挖进尺）；

（2）控制并减少下沉速度或下沉量；

（3）保证结构具有一定的厚度。

在工作面推进长度一定的条件下，这里应用式（3-15）分析 R_{i0} 与 kq 的关系就变得复杂。因为结构厚度以及下沉速度也取决于工作面正面土体的竖向抗力与工作面范围内荷载的关系，而 R_{i0} 与 kq 本身就是对立关系。但值得肯定的是，随工作面范围内土体强度和刚度的提高，R_{i0} 值变大，相应的工作面范围内的荷载会变小，结构厚度会变大，而下沉速度减缓，利于结构的形成和稳定；反之则随 R_{i0} 值变小，前述条件恶化，工作面趋于失稳。

3.3.4　上覆地层结构模型的几点认识

建立的隧道工作面上覆地层结构模型，可对浅埋暗挖法在城市地铁隧道开挖中所遇到的一些理论与实践问题给出有益的解释。具体表现在：

（1）浅埋暗挖法隧道工作面问题分析的重点是工作面未支护段以及超前工作面的一定影响范围，而与后方已支护段内的应力状态无关；

（2）上覆地层结构模型可解释隧道工作面支护荷载小于上覆土柱荷载的原因。很显然随松弛带内土层形成结构范围的扩大（相当于压密带范围扩大），其支护荷载愈小；反之趋于增大，影响工作面稳定性；

（3）在地层条件一定的情况下，隧道工作面推进长度的加大会导致下沉量及工作面状况的劣化；

（4）隧道工作面附近下沉速度的增大是导致工作面不稳定的特征表现；

（5）隧道工作面前方土体的强度和刚度增大，利于保证工作面的稳定性；

（6）在工作面正面土体一定的条件下，工作面未支护段内的地层荷载易造成工作面失稳。因此该部分荷载在开挖支护前的有效转嫁即应力的及时传递尤其重要，而工作面超前预加固即能给予有效的弥补。另外也说明及时进行初次支护的重要意义；

（7）改善浅埋暗挖隧道工作面的稳定性以及控制地表下沉，不能单纯依靠目前普遍采用的工作面超前拱部预支护的单一形式，还必须重视工作面正面土体的预加固或改良；另一方面还要依据地层条件，重视压密带以及松弛带内已形成结构的促成和强化（如洞内外的降水以及地层的注浆改良等措施）；

（8）揭示了浅埋隧道开挖的两个关键：① 必须保证一定的水平推力。在土体形成结构过程中，若其本身无法满足时，为促成土体稳定，必须要求有一定的预置结构提供水平推力；② 必须保证工作面范围内的竖向荷载能被分担或传递。工作面前方土体的上覆荷载显然可由其本身来承担并转移，而对工作面未支护段，显然为利于稳定，也要求必须有一预置结构来进行荷载的分担和传递。由此揭示出超前预加固结构的两个内在作用机制。

3.4 隧道工作面上覆地层
结构的失稳坍落模式

3.4.1 上覆地层结构失稳的椭球体概念

对浅埋暗挖隧道，由上覆地层结构模型，倘若结构所要求的水平推力 T_i 不能满足，则此结构就会失稳，从而引起由原运动变形而生成的拱变为不稳定拱。若松弛带范围内的土层结构都不稳定，则由松弛带内的不稳定拱向能形成次生稳定拱的压密带内发展。若变形过大，则地层也可能会坍落至地表面。

图 3-1 干砂的活板模型试验，论证活板下沉条件下，由干砂的不同变形而导致的拱由稳定至失稳，再稳定再失稳直至由变形过大而坍落至地表的动态规律[2]。

为了保证隧道开挖工作面的稳定，控制地层变形失稳，这里首先必须要研究上覆地层结构失稳的坍落形式、坍落运动规律以及影响因素。

普氏理论提出的围岩坍落后的自然平衡拱（普氏拱）形状为抛物线，但应用发现其存在的根本问题是，抛物线形状的拱是暂时的稳定形状，且其理论没有考虑水平荷载存在[26]。

弹塑性理论分析表明[1]，对以自重应力场为主（$\lambda < 1$）的城市地铁隧道，次生稳定的形状为椭圆形且从应力状态考虑，最优的形状为立椭圆。于学馥认为隧道坍落后又稳定，受轴比的控制并且其稳定形状基本为相似椭圆形[27]。基于轴比概念而进行的解析解表明，最稳定的形状是立椭圆且轴比愈大，其应力状态明显得到改善。

Loos 和 Breth 等人所做干砂活板模型试验也表明，拱的形状并不是抛物线，抛物线仅仅是一种初期表现形式（图 3-1），最终拱的形状是向椭圆过渡。Schofield（1980）[6]、Chambon 等（1994）[7]以及 Atkinson 等（1977）[8]所做的离心模型试验均表明，隧道的失稳坍落是以椭圆的形式在发展，并且椭圆的形状愈来愈高而窄（图 3-7）。国内周顺华等所做的离心模型试验也表明了与上述相同的结果[9]。富强采用改进后的圆形颗粒离散单元法模拟单一漏斗口（未支护段）颗粒的放出性态，结果表明其坍落的形状也基本为椭圆状[28]。冯卫星等统计了若干隧道塌方案例，分析发现对土质隧道，隧道塌方的形状也趋于椭圆[29]。深圳地铁一期工程的 3A 标段 16.5m 内连续出现的两次波及地表的塌方也表征了工作面上覆地层结构失稳是以椭球体的形式在发展。

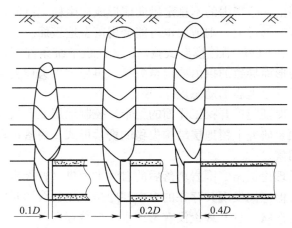

图 3-7　隧道不同未衬砌段长度下工作面失稳坍落的椭球体趋势

综合弹塑性理论分析、物理模型试验、离心模型试验、离散元数值模拟分析以及现场监测，可以得出隧道上覆地层结构失稳的最终稳定形状为立椭圆，在三维形态上表现为椭球体。那种认为隧道上覆地层的失稳是"烟囱型"或"棱柱体"，只不过是对椭球体的简单处理[30]~[36]。

3.4.2　隧道工作面上覆地层结构失稳坍落的椭球体模型

隧道工作面上覆地层结构失稳的坍落区为相对易失稳区，它包括工作面未支护段以及工作面正面土体的部分范围。为分析问题简单，这里统称为工作面无支护空间。最易失稳坍落的是该区域的松弛带。对处于失稳坍落状态的土体，可以视作为松散介质，因此可用松散体介质理论来研究隧道工作面上覆地层结构的失稳坍落。

3.4.2.1 椭球体的基本理论

椭球体坍落的概念源自于前苏联学者 C. H. 米纳耶夫于1938 年提出的椭球体放矿理论，此后椭球体理论在散体介质失稳和放出体研究中得到广泛应用[28]。椭球体理论主要由三条基本原理构成：① 椭球体原理；② 过渡关系原理；③ 相关关系原理[37][38]。

（1）椭球体原理

基于活动门的散体介质坍落模型见图 3-8。试验表明：开启活动门时，仅仅是位于活动门（漏口）上部的一部分散体进入运动状态并放出。其放出体在模型内散体中所占的空间位置为一个近似的旋转椭球体，称为放出（坍落）椭球体 1；AOA′曲线所包络的漏斗状形体称为放出（坍落）漏斗 2；AA′水平层以上各水平所形成的下凹漏斗称为移动（松动）漏斗 3；将散体中产生移动（松动）的边界连接起来形成的又一旋转椭球体，称为椭球体 4。

对放出（坍落）椭球体（图 3-9），坍落体为一近似截头椭球。放出量（截头椭球体积）Q_f 可用下式计算。

$$Q_f = \frac{2\pi}{3}a_f b_f^2 + \pi \int_{b_f}^{na_f} (a_f^2 - x^2)\frac{b_f^2}{a_f^2}\mathrm{d}x$$

$$= \frac{1}{3}\pi a_f^3 (1-\varepsilon^2)(3n-n^3) \qquad (3\text{-}17)$$

$$= \frac{1}{6}\pi H_f^3 (1-\varepsilon^2) + \frac{\pi}{2}r^2 H_f$$

式中　a_f——长半轴；

　　　b_f——短半轴；

ε——偏心率；

H_f——放出（坍落）高度；

r——放出（坍落）口半径。

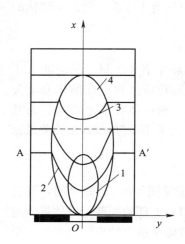

图 3-8　椭球体坍落原理
试验模型图

图 3-9　放出（坍落）椭球体

（2）过渡关系原理

放出（坍落）椭球体在坍落过程中，其表面不断下移收缩变小，最后其表面上颗粒点同时坍落〔或同时到达放出（坍落）口〕。移动（松动）椭球体之间存在过渡关系，即有下式成立。

$$K_e(Q_0 - Q_f) = Q \tag{3-18}$$

式中　Q_0——初始移动（松动）体积；

Q——放出（坍落）Q_f 后的移动（松动）体积；

K_e——松散系数。

（3）相关关系原理

放出（坍落）体在移动过程中，表面上各颗粒的高度相关系数 (x/H) 在移动（松动）过程中保持不变。即有，

$$\frac{x_0}{H_0} = \frac{x_1}{H_1} = \frac{x_2}{H_2} = \cdots\cdots \tag{3-19}$$

112

3.4.2.2 上覆地层结构失稳坍落的运动分析

大量的研究表明,坍落高度 H_f 与坍落口 $2r$ 的比值影响椭球体的形状[26][34][35]。当 $H_f/2r>4\sim5$ 时,可发育为完全椭球体(即认为 r 为零,对放出没有影响);当 $H_f/2r<1\sim2$ 时,坍落体较难发育成完全椭球体,仅为截头椭球体、半椭球体,此时坍落段长度对坍落的形状有较大影响。

对浅埋暗挖隧道工作面,其潜在的坍落范围包括一次进尺和工作面前方的一段易破裂松弛长度两部分。因为其潜在的坍落范围是随工作面条件的变化而变化的,因此难于断定坍落体的真实形状。为了便于分析,这里采用能够反映上述指标的统一数学方程即截头椭球体来描述坍落体的运动过程。由图 3-8,截头椭球体的基线方程为:

$$y^2 = (1-\varepsilon^2)(H_f - x)(x + h_f) \tag{3-20}$$

取 $y=r$,$x=0$,且由试验知 $1-\varepsilon^2=kh_f^{-n}$,代入式(3-9)得标准化方程,

$$y^2 = \left(1 - \frac{x}{H_f}\right)(kH_f^{1-n}x + r^2) \tag{3-21}$$

式中 k、n 为与散体流动性质有关的试验常数。

现在利用椭球体的基本理论来分析上覆地层结构失稳坍落的运动形态,也就是在地层移动的一定范围内,一部分结构坍落后,其上覆结构式是否以连续的形式随之填补而坍落。这里所谓的连续移动是指散体在移动中既不停止而产生压缩,也不间断而产生空洞。基于这种认识,可用散体运动的连续性方程来检验坍落体是否符合连续塌方形式。

(1)散体运动的连续性方程

采用圆柱坐标系(图 3-10),在移动场中任取一体积元素 $ABCDEFGH$,其体积为 $rd\theta drdx$。设 $ABGF$ 面上的垂直速度为 v_x;$ABCD$ 面上的径向速度为 v_r;设只有竖向运动。

1)流进量 Q_r

① 过 $EFGH$ 面散体流量(忽略高次项)Q_{r1} 为:

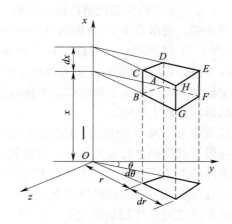

图 3-10　圆柱坐标中体积元素

$$Q_{r1} = \left(v_r + \frac{\partial v_r}{\partial r} \mathrm{d}x \right)(r + \mathrm{d}r) \mathrm{d}\theta \mathrm{d}x$$

$$= \left(v_r + r \frac{\partial v_r}{\partial r} \right) \mathrm{d}r \mathrm{d}\theta \mathrm{d}x + v_r \mathrm{d}\theta \mathrm{d}x \qquad (3\text{-}22)$$

② 过 CDEH 面流量 Q_{r2} 为：

$$Q_{r2} = \left(v_x + \frac{\partial v_x}{\partial x} \mathrm{d}x \right) r \mathrm{d}\theta \mathrm{d}r = v_x r \mathrm{d}\theta \mathrm{d}r + r \frac{\partial v_x}{\partial x} \mathrm{d}r \mathrm{d}\theta \mathrm{d}x$$

$$(3\text{-}23)$$

2）流出量 Q_c

① 过 ABCD 面散体流量 Q_{c1} 为：

$$Q_{c1} = v_r r \mathrm{d}\theta \mathrm{d}x \qquad (3\text{-}24)$$

② 过 ABGF 面散体流量 Q_{c2} 为：

$$Q_{c2} = v_x r \mathrm{d}\theta \mathrm{d}x \qquad (3\text{-}25)$$

3）流进量与流出量差值 Δ

$$\Delta = \left(v_r + \frac{\partial v_r}{\partial r} r + \frac{\partial v_x}{\partial x} x \right) \mathrm{d}r \mathrm{d}\theta \mathrm{d}x \qquad (3\text{-}26)$$

当 $\Delta=0$ 时，连续性满足，即：

$$\Delta = \frac{v_r}{r} + \frac{\partial v_r}{\partial r} + \frac{\partial v_x}{\partial x} = 0 \tag{3-27}$$

在过流动轴线平面上，可改为直角坐标，将 r 改为 y 即得：

$$\Delta = \frac{v_y}{y} + \frac{\partial v_y}{\partial y} + \frac{\partial v_x}{\partial x} = 0 \tag{3-28}$$

若 $\Delta>0$，表示流进的散体多于流出的散体，将产生压缩，使连续运动停止；$\Delta<0$ 时，则表示散体的流出多于流进，将产生间断，出现空洞，同样难于连续流动。

（2）散体流动的连续性检验并讨论

由过渡关系原理得，

$$qt = K_e Q_0 - Q = K_e Q_0 - \frac{\pi}{6} k H_f^{3-n} + \frac{\pi}{2} r^2 H_f \tag{3-29}$$

微分得，

$$v_{H_f} = \frac{\mathrm{d}H_f}{\mathrm{d}t} = -\frac{q}{\frac{\pi}{6} k H_f^{2-n}(3-n) + \frac{\pi}{2} r^2} \tag{3-30}$$

由相关关系原理得，

$$\mathrm{d}x = \frac{x_0}{H_0} \mathrm{d}H_f \tag{3-31}$$

$$v_x = \frac{x_0}{H_0} v_{H_f} = -\frac{qx}{\frac{\pi}{6} k H_f^{3-n}(3-n) + \frac{\pi}{2} r^2 H_f} \tag{3-32}$$

由截头椭球体基线方程式（3-9）的迹线方程：

$$y^2 = \frac{y_0^2}{k H_0^{1-n} x_0 + r^2}(k H_f^{1-n} x + r^2) \tag{3-33}$$

微分并化简得，

$$v_y = -\frac{k(2-n) H_f^{-n} qxy}{2(k H_f^{1-n} x + r^2)\left[\frac{\pi}{6} k H_f^{2-n}(3-n) + \frac{\pi}{2} r^2\right]} \tag{3-34}$$

代入连续性方程式，得：

$$\Delta = \frac{v_y}{y} + \frac{\partial v_y}{\partial y} + \frac{\partial v_x}{\partial x}$$

$$=-\frac{\frac{\pi}{6}qn(2-n)kH_f^{-n}r^2x(2kH_f^{2-n}x+2H_fr^2-3kH_f^{1-n}x^2-3r^2x)}{\left[\frac{\pi}{6}(3-n)kH_f^{3-n}+\frac{\pi}{6}r^2\right]\left[(1-n)kH_f^{2-n}x+nkH_f^{1-n}x^2+r^2x\right](kH_f^{1-n}x+r^2)}$$

$$(3-35)$$

由式（3-24），对完全椭球体，当 $r=0$ 时，$\Delta=0$；对偏心率 n 为常值时，若 $n=0$，$\Delta=0$；$n=2$ 时，$\Delta=0$，此时可求得 v_{H_f} 为：

$$v_{H_f}=-\frac{q}{\frac{\pi}{6}k+\frac{\pi}{2}r^2}, v_y=0 \qquad (3-36)$$

这表明只有流动轴线上的颗粒点才能满足连续移动的要求，并且在流动轴线上只有竖向下沉而无水平位移，与实测结果相一致。

由式（3-24）知，若使 $\Delta=0$，则需，

$$\Delta=2kH_f^{2-n}x+2H_fr^2-3kH_f^{1-n}x^2-3r^2x=0 \qquad (3-37)$$

变换式（3-9）并代入式（3-26）得，

$$\Delta=2H_fy^2-kH_f^{1-n}x^2-r^2x=0 \qquad (3-38)$$

当取 $x=H_f$ 和 $y=0$（椭球体顶点）时，代入式（3-27），$\Delta\neq0$，说明截头椭球顶点移动不连续。

当取 $x\neq H_f$，由式（3-9）代入式（3-27）得，

$$\Delta=\frac{y^2H_f}{H_f-x}(2H_f-3x) \qquad (3-39)$$

由式（3-28），当 $x=\frac{2}{3}H_f$ 时，$\Delta=0$；当 $x>\frac{2}{3}H_f$ 时，$\Delta<0$；当 $x<\frac{2}{3}H_f$ 时，$\Delta>0$。

将 $H_f=\frac{3}{2}x$ 代入式（3-20）得：

$$y^2=\frac{2^{n-1}}{3^n}kx^{2-n}+\frac{r^2}{3} \qquad (3-40)$$

由上述讨论，可绘制截头椭球体的运动分析图（图 3-11）。

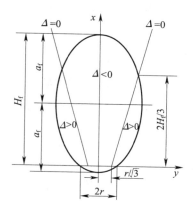

图 3-11　截头椭球体运动分析图

由图直观看出，只有式（3-40）与式（3-20）椭球基线方程的交点处，$\Delta=0$，式（3-40）是交点的轨迹。若视为空间关系，仅在 $z^2+y^2=\dfrac{2^{n-1}}{3^n}kx^{2-n}+\dfrac{r^2}{3}$ 曲面上，$\Delta=0$；该曲面所包围的椭球部分，$\Delta<0$，产生空洞；曲面外围的椭球部分，$\Delta>0$，产生压缩。

由上覆地层结构失稳坍落的运动分析，可以看出对浅埋暗挖隧道工作面，如果考虑隧道跨度与工作面一次进尺所构成的无支护空间范围，则由椭球体形状的研究结果，对一般地层条件，坍落体可视作为截头椭球体。因此对一般地层条件，坍落并不连续，条件适合时，坍落体内也能形成暂时稳态的平衡拱，因此隧道工作面一定范围内的结构失稳并不意味着工作面上覆地层结构的全部失稳。但是对特殊地层条件，并不能排除工作面上覆土体的坍落，由截头椭球体发育成为完全椭球体而导致工作面连续抽冒的可能。

3.4.2.3　工作面无支护长度与坍落高度的关系分析

注意到，式（3-20）截头椭球体的基线方程，当 $y=r$，$x=0$，时，式（3-20）化为，

$$H_f = \frac{1}{(1-\varepsilon^2)} \cdot \frac{r^2}{h_f} \qquad (3-41)$$

式中　H_f——浅埋隧道坍落高度；

γ——工作面无支护长度的一半；

h_f——隧道拱顶线至坍落椭球体最低点的高度。

式（3-41）仅为浅埋隧道无支护长度与坍落高度的一般关系表达式，难以实用。为此，作以下基本假定：

1）工作面正面土体破裂按朗肯平面假设[5]；

2）按最优椭圆形状，此时轴比等于侧压系数[6]；

3）沿隧道纵轴方向的坍落椭圆的长轴对称作用于无支护长度。

基于上述假定，建立的求解无支护长度与坍落椭球体高度关系模型见图 3-12。

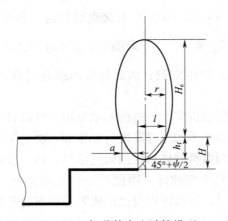

图 3-12　坍落体高度计算模型

由图 3-12 的几何关系可得：

$$\begin{cases} 2r = a + l \\ l = H \cdot \tan\left(\dfrac{\pi}{4} - \dfrac{\psi}{2}\right) \\ \dfrac{r}{h_f} = \tan\left(\dfrac{\pi}{4} - \dfrac{\psi}{2}\right) \end{cases} \qquad (3-42)$$

118

式中 ψ——土体内摩擦角。

由假设，又有：

$$1 - \varepsilon^2 = \frac{b_f^2}{a_f^2} = k_0^2 = \frac{u^2}{(1-u^2)} \qquad (3-43)$$

式中 k_0——侧压系数；

u——泊松比。

由式（3-22）以及式（3-23）得坍落体高度 H_f 计算式为：

$$H_f = \frac{1}{2k_0^2}\tan\left(\frac{\pi}{4} - \frac{\psi}{2}\right)\left[a + H \cdot \tan\left(\frac{\pi}{4} - \frac{\psi}{2}\right)\right] \quad (3-44)$$

式（3-24）表明坍落体高度 H_f 与隧道工作面无支护长度呈正相关关系。

同理，隧道横断面坍落椭球体高度 H_{fh} 的计算表达式为：

$$H_{fh} = \frac{1}{k_0^2}\tan\left(\frac{\pi}{4} - \frac{\psi}{2}\right)\left[\frac{\sqrt{D^2 - (D-2H)^2}}{2} + H \cdot \tan\left(\frac{\pi}{4} - \frac{\psi}{2}\right)\right]$$

$$(3-45)$$

式中 D——隧道当量直径。

很显然，隧道纵轴方向的坍落椭球体高度 H_f 小于横断面坍落椭球体高度 H_{fh}。从时间效应判断工作面稳定性，应取 H_f。对富水砂层或淤泥质软土层，在不考虑地层预加固的条件下，若相对隔水层厚度大于 H_f，则上覆地层趋于稳定。

3.4.2.4 上覆地层结构失稳坍落的稳定性分析

由椭球体理论，当 $H_f/2r < 2$ 时，坍落椭球体仅为截头椭球体，其坍落过程很难连续，中间伴随呈拱现象，而处于暂时稳定。但当 $H_f/2r > 4 \sim 5$ 时，坍落发育为完全椭球体，此时坍落将连续抽冒而难以稳定。

对一般地层条件，当取 $u = 0.3$，$\psi = 25°$ 时，不同开挖进尺 a 以及上台阶开挖高度 H 下的 H_f 计算见表 3-2。而对复杂地层条件，当取 $u = 0.2$，$\psi = 10°$ 时，不同开挖进尺 a 以及上台阶开挖高度 H 下的 H_f 计算见表 3-3。

119

$u=0.3$，$\psi=25°$时不同开挖进尺 a 下的 H_f 计算值　表 3-2

a (m)	H_f (m)					
	$H=1.7m$	$H_f/2r$	$H=2.0m$	$H_f/2r$	$H=2.5m$	$H_f/2r$
0.5	2.74	1.73	3.08	1.73	3.63	1.73
0.75	3.18	1.73	3.51	1.73	4.06	1.73
1.0	3.61	1.73	3.93	1.72	4.49	1.73

$u=0.2$，$\psi=10°$时不同开挖进尺 a 下的 H_f 计算值　表 3-3

a (m)	H_f (m)					
	$H=1.7m$	$H_f/2r$	$H=2.0m$	$H_f/2r$	$H=2.5m$	$H_f/2r$
0.5	12.96	6.72	14.72	6.72	17.47	6.72
0.75	14.64	6.72	16.33	6.72	19.15	6.72
1.0	16.32	6.72	18	6.71	20.83	6.72

结果表明，对浅埋土质隧道，一般地层条件下的失稳为局部坍落，而复杂条件下的失稳为整体失稳，可能抽冒至地表。因此为控制地表下沉和工作面开挖的稳定，实施地层预加固，对浅埋暗挖法施工非常关键。

3.4.2.5　影响坍落椭球体的因素

（1）无支护空间

由式（3-6），坍落体积随无支护空间范围的增大而增大，其结果必然会导致坍落高度及范围的扩大。这样由文献［39］的研究结果，势必会对坍落椭球体的移动状态产生如下影响，即减缓了散体在流轴附近的移动强度，而增大了远离流轴部位的散体流动强度。对浅埋深条件，上述结果必然会带来随无支护空间范围的增大，该范围内散体介质所受的影响程度愈来愈大，从而造成地表大面积沉降或陷落。但另一方面，对一定的无支护空间范围，其坍落范围与一定的坍落高度相对应。因此即使对浅埋深，工作面小范围的局部坍落不至于影响整个上覆地层结构的稳定性。

（2）偏心率 ε

偏心率是对坍落椭球体影响的又一重要因素。研究表明：偏心率愈小，坍落体积愈大，反之体积变小。由此可见坍落椭球体的大小及形状可以通过它的偏心率来表征。实践表明，坍落椭球体偏心率受坍落体高度、无支护范围、粒径级配、含水量、松散程度以及颗粒形状等表征土体物形指标的因素影响。在埋深一定的条件下，随无支护范围的增加，偏心率趋于变小；而在无支护范围一定的条件下，随埋深增加，偏心率趋于变大；但在埋深与无支护范围二者的比值达到一定值时，偏心率趋于稳定。一般来说，偏心率随土体中黏土成分减少、级配不良、土质疏松以及含水量较大等情况而减少，因此在相同条件下，上述土体易造成坍落体积增大。

3.4.3 椭球体模型的几点认识

隧道工作面上覆地层结构失稳引入椭球体理论，可较好地认识并回答工作面上覆结构失稳的演变形态及其内在作用机制。对从理论上分析工作面上覆结构失稳以及工程控制均具有重要意义。具体表现在：

（1）工作面无支护空间是影响坍落椭球体的重要因素，且坍落体积随无支护空间范围的增大而增加，因此针对工作面无支护空间，采取有效措施是维持工作面正常开挖的前提条件。

（2）坍落椭球体的产生与发展具有条件性、时间性和范围性。对浅埋隧道，只要坍落椭球体不能有效发育成为完全椭球体，即可造成塌方的间断。同时对截头椭球体，在其坍落过程中，由于其不连续也会导致呈拱现象。因此从理论上说明了坍落失稳是可以控制的，并且局部小范围的坍落并非能导致大范围的坍落。也就是说，从工程上允许有时间对坍落采取控制措施。

（3）可对黏土和砂土隧道工作面失稳破坏机理给出明确的解释（图1-4）。由松散介质力学不难推求极限平衡条件下，易发生坍落的工作面无支护空间范围（为简单按圆形或正方形估计）的计算式为：

$$d = \frac{4c(1 + \sin\psi)}{\gamma} \qquad (3\text{-}46)$$

式中　d——无支护空间范围（若为圆形表示直径，若为正方形则表示边长）；

　　　c——土体粘结力；

　　　ψ——土体内摩擦角；

　　　γ——土体密度。

由式（3-30），很明显，对理想松散介质如对干砂其粘结力 c 为零，则 d 也为零，表示不允许有无支护空间的存在。对一般的黏土和砂土，其计算的允许无支护空间范围必然是 $d_粘 > d_砂$。由椭球体失稳理论，在同样埋深条件下，砂土相对易发育成完全椭球体，而黏土则相对较困难。因此对砂土，由于其允许的无支护空间范围小，相比较而言其无支护条件下的黏土所形成的坍落椭球体远大于砂土条件。由于是浅埋深，形成的坍落椭球体被地表面所截，因而就形成了如图 1-4 所示的失稳破坏图[40]。上述是无支护开挖条件下的极端，在于揭示其破坏机理，而从另一方面也说明了在其他条件均相同的情况下，黏土较砂土隧道工作面更趋稳定。上述结论在理论分析、模型试验以及工程实际中得以充分验证[41]~[44]。

（4）可对城市地铁浅埋暗挖隧道施工波及地表的塌方，出现的"下沉漏斗（盆）"现象给出合理解释。由椭球体理论，对浅埋隧道极难形成坍落椭球体高度大于埋深的条件，因此塌方后地表所表现的是移动（松动）漏斗的特征，实质上真实的坍落范围尤其是工作面无支护空间范围不会大于地表的沉降盆尺寸。所以这种坍落相对于黏土和砂土隧道工作面失稳破坏机理仍是有限度的坍落，在工程措施处理上不必较大范围的处理，仅控制在下沉漏斗范围内采取措施即可确保工程安全。深圳 3A 标段的应用实践，验证了这一结论。

（5）能有效说明并指导一旦隧道工作面塌方后，注浆量大的原因。浅埋城市地铁隧道工作面开挖时，必然引起应力扰动，使土体出现第一次松散。若隧道工作面塌方，则必然会引起土体的二次松散。由椭球体理论，坍落 Q_f 体积与所引起的松动体积 Q_s 之间存在如下关系：

$$Q_s = \frac{K_e}{K_e - 1} Q_f \qquad (3-47)$$

式中　K_e——二次松散系数，据大量试验对砂土为 $1.1\sim1.2$。

由式（3-47），若二次松散系数按 $1.1\sim1.2$ 考虑，则松动体积为 $11\sim16$ 倍的坍落体积。因此对如此大的松动范围，不难解释注浆量超过坍落土体积的原因。对坍方后注浆量的控制，经在深圳地铁施工中处理塌方的实践，注浆量取 $1.5\sim3$ 倍的坍落体积即可达到控制的目的（小塌方取下限，大塌方取上限）。

3.5　地层预加固小结构的作用机理认识

3.5.1　地层预加固系统的串并联模型

3.5.1.1　地层预加固系统的概念
（1）地层预加固小结构

工程上为实现隧道工作面稳定以及控制地表沉降，预先在工作面无支护空间范围内，人为施作而形成的结构体称为预加固结构。由于把隧道工作面上覆地层结构视作大结构，因此这里称为地层预加固小结构。

概念上的地层预加固包含两部分内容：① 沿工作面拱部或环绕隧道周边布置的超前预加固；② 正面土体预加固。这里为叙述方便，把这两部分预加固后所形成的结构体统称为地层预加固小结构。

很明显，基于地层预加固小结构是人工设置，因此可据地层条件，适时地通过改变预加固种类、预加固参数以及布置来调整。

值得强调的是，地层预加固结构的行为并不是长期行为，而是短期行为。因此设计与施工一定要体现出技术经济的合理性。

（2）地层预加固系统[45]

地层预加固系统是指以实现地层预加固为功能目标，由若干地层预加固子系统构成的系统集合体。系统集合体是地层预加固系统的特征，它表明各子系统之间存在着互相制约机制，遵循一定的准则。

地层预加固子系统由 4 个主要单元构成：① 围岩体单元；② 预支护体单元；③ 粘结注浆体单元；④ 外部连接单元。上述4 个主要单元的相互位置关系如图 3-13。值得提出，预加固系统与预加固子系统是相对的，不作专门提出时，二者都认为是地层预加固系统。

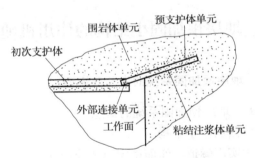

图 3-13　隧道地层预加固系统单元间的位置关系

（3）地层预加固系统的力传递效应

地层预加固系统的力传递是通过 3 个基本力学机制实现的：① 围岩体的隧道工程力传递至预加固系统各单元构件；② 各单元构件进行耦合作用，产生系统工程支护力；③ 系统提供的工程支护力，一方面向深部传递到稳定土体，另一方面传递至隧道的已施作的初次支护体上。

3.5.1.2　地层预加固系统的串、并联模型[46]

为理解地层预加固系统的作用机制，这里作以下基本假设：

124

① 4个单元的力学特征按线弹性考虑；

② 预支护体单元与粘结注浆体单元之间按共同变形考虑；

③ 由力传递效应，对沿全长饱满注浆的预加固系统，其提供的沿预支护体长度分布的工程支护力以不传递到外部连接单元为佳，亦即以全部传递给围岩体单元为理想工作状态。

由此对预支护体，在不注浆、注浆不饱满（沿支护体长度非全长粘结）以及注浆饱满（全长粘结）条件下，建立的单一预支护体的地层预加固系统模型如图 3-14（a）、（b）、（c）。任一隧道断面 n 个预支护体的地层预加固系统模型如图 3-14（d）、（e）、（f）。

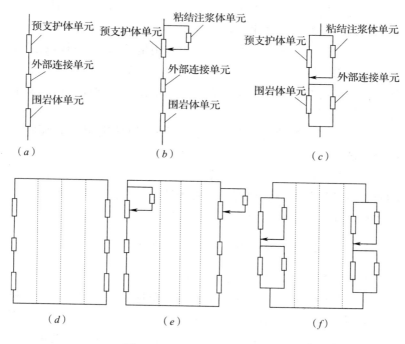

图 3-14　地层预加固系统模型

由模型，依据线弹性假设，可很方便地按叠加原理来求出系统提供的工程支护力和变形位移。

125

对单一预支护体，若设在不注浆、注浆不饱满以及注浆饱满条件下，$p_{si}^{(1)}$、$p_{si}^{(2)}$、$p_{si}^{(3)}$；$\delta_{si}^{(1)}$、$\delta_{si}^{(2)}$、$\delta_{si}^{(3)}$ 分别表示其相对应的系统工程支护力和系统变形。则由下述关系式成立：

① 对系统工程支护力：$p_{si}^{(3)} > p_{si}^{(2)} > p_{si}^{(3)}$ (3-48)

② 对系统允许变形位移：$\delta_{si}^{(3)} < \delta_{si}^{(2)} < \delta_{si}^{(1)}$ (3-49)

也就是说，注浆饱满的预支护体加固系统所提供的强度和刚度为最大。

3.5.1.3 串并联系统模型的理论和实践意义

（1）地层预加固设计应遵循系统的概念。虽然预支护体单元在系统中被视为关键单元，但其起主导作用，是以规定其他单元的条件为前提。如对软弱地层，不注浆或不首先对围岩体改良，预支护体单元的作用效果很小。

（2）地层预加固系统所起的最大作用是各单元之间达到最佳匹配的结果。因此在设计与施工过程中，系统每个单元都应该得到重视。目前对外部连接单元多采用从格栅刚架间穿入，效果不如与其焊接固定。

（3）注浆的饱满度直接影响地层预加固的作用效果，而施工中经常被忽视。

（4）同一断面预支护体群系统的成立，取决于预支护体单元的布置以及注浆的饱满程度。只有条件适合的情况下，预加固系统才有可能从梁效应转化为板或壳效应。

3.5.2 地层预加固小结构的作用效应

3.5.2.1 地层拱的稳定促成效应

由工作面上覆地层的拱效应以及上覆地层结构的稳定性分析知，对浅埋暗挖法隧道，在原始地层扰动后，一定条件的工作面周围也同样能形成地层拱。但这种地层拱是依靠土颗粒的重新排列并在运动中恢复平衡，因此可认为它是动态拱。该动态拱随着工作面的推进，能否在新的位置恢复原拱效应，须取决于下述前提条件：

（1）土颗粒间或微小土块单元体之间能够获得位移与微小转动的条件，以便它们能够在新的最佳位置上互相传递压力。本章3.2节已指出，拱线的最佳位置在总体上是沿椭圆形发展；

（2）能够获得足够强度的支承拱脚；

（3）在拱的压力传递线上不能发生空位现象；

（4）不同的条件下，其实现新的平衡所需时间并不相同。若变形影响范围大或隧道跨度大，则调整与成拱平衡所需的时间愈长。

显然如果上述条件得到满足，则在新的位置上就会形成支承拱。

对地层拱的认识，基于研究手段的不同，地层拱有三维拱、二维拱和一维拱的概念。相对于二维平面应变数值分析的一维拱（横截面处），完整的地层三维拱概念由 Eisentein 等（1984）[13]提出。基于三维数值模拟，国外有多人对三维拱的区域及特征进行了研究（Ranken（1978）、Gartung 等（1979）、Katzenbach 和 Breth（1981）、Pierau（1982）、Pelli（1987）、Negro（1986、1988）和 Chaffois 等（1988））[3]。研究表明了存在三维拱，且三维拱的区域范围是从工作面前方 $1D \sim 2D$ 范围到自衬砌起作用的工作面后方 $1D$ 范围之内。当在工作面后方的距离大于 $1D$ 时，应力状态将从三维向二维转化。但对工作面前方的应力状态分布，Gartung 等（1979）认为应力是在隧道工作面前方 2m 处发生显著变化，Katze-nbach 和 Breth（1981）认为垂直应力集中产生在隧道工作面前方 1.5m 处，而 Pie-rau（1982）则认为最大主应力就发生在工作面正上方。对深圳地铁区间隧道，在较好地层条件下，由小导管实测的应力集中约产生在工作面前方 1.2m 处。

对地层三维拱，这里不作更深入地讨论，而仅就沿隧道工作面开挖方向的一维情况，来分析地层预加固小结构对上覆地层结构拱的稳定促成效应。其他两个方向类似，不作讨论。由浅埋隧道工作面上覆地层结构分析知，只要松弛带内的地层结构满足一定的水平力，即可保证该拱结构的稳定，否则原结构即向松弛带纵深转移，并一直到某一位置取得新的平衡为止（图3-15）。不管是取得那种平衡，隧道开挖引起的地层荷载必将重新分布。在形成拱结构的条件下，其荷载的一部分会转移到隧道已支护结构体上，而另一部分则会通过传力介质过渡到工作面前方未开挖的相对较稳定的土体中。前者称后拱脚，而后者称前拱脚。

地层预加固小结构对地层拱的稳定促成表现主要体现在以下几个方面：

（1）改善了工作面无支护空间的应力状态，使工作面应力由一维或二维向三维状态转化；

（2）加强了两支承拱脚的强度，并且地层预加固小结构可以提供一定的水平推力；

（3）工作面前方的原始应力状态位置由原远离工作面而向工作面趋近；

（4）超前支护并注浆对处于原地层拱内的松弛带土体有挤压、楔紧和填充作用，能使压力传递线上的空位现象得到部分弥补，从而使松弛带内部分土体结构及时恢复自平衡状态；

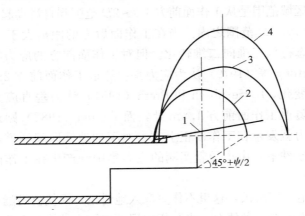

图3-15　地层拱的动态变化示意

1—超前支护体；2—地层预加固后地层拱；

3—地层预加固前地层拱；4—地层拱的椭球体变化

（5）地层预加固拱部及正面超前支护结构体穿过潜在土体坍滑面，提高了土块体单元之间的摩擦力，及时提供了足够的抗剪力，发挥了超前预加固小结构的销钉效应[45]。

在上述作用共同发挥下，地层预加固小结构使原处于平衡状态的地层拱更加稳定，使处于弱平衡或非平衡状态下的土体，在动态调节过程中促成部分恢复平衡，从而使上覆地层的承载拱结构厚度增加，两支承拱脚的距离缩短，拱内松弛失稳土体卸荷。这就是地层预加固小结构对地层拱稳定促成效应的最终体现。地层拱的存在，无疑使作用在地层预加固结构上的荷载大为减少，从而保证了隧道工作面的稳定开挖。

3.5.2.2　梁、拱效应

由式（3-5），沿工作面推进方向，对工作面无支护空间范围，若没有地层预加固小结构提供的抗力，仅拟单独依靠工作面前方土体的支撑反力来抵抗该区域的竖向荷载，并由其来提供工作面破裂或松弛长度内悬露土体的抗剪力，即便考虑工作面前方土体为稳定地基土，也很难保证此关系式的成立，更不用考虑工作面土体难以稳定的情况。因此为保证隧道工作面的稳定连续开挖，显然必须人为施作结构。这便回答了为什么浅埋暗挖法隧道施工必须地层预加固的内在原因。很显然地层预加固的强度、刚度和长度愈大，则式（3-5）就愈能得到满足，并且此结构也可提供足够的水平推力。沿隧道工作面推进方向布置的一端与初次支护结构体相联结，另一端深入前方土体中的超前预加固和支护即梁结构是最有效提供竖向抗力的布置方式。这是典型的超前预支护体的梁效应。但应该注意的是，由系统模型分析，隧道纵轴方向地层预加固的板和壳效应，一定条件下也是存在的。

考虑超前预加固和支护提供的均布支撑反力 R_{i1} 后的水平推力 T_i 为，

$$T_i = \frac{L_{i1}(R_{i0} + R_{i1} - k_c q)}{2[h_{i1} - L_{i1}(\eta_{i1} - \eta_{i0})]} \qquad (3-50)$$

由式（3-50），在其他条件相同的情况下，无疑超前预加固和支护能及时承担原失稳结构的荷载。另一方面梁式结构本身在变形的条件下也能形成次生拱结构。因此随着水平推力 T_i 的增加及地层条件的改善，超前预加固和支护对地层拱的稳定及促成效应更加明显。这便是地层预加固小结构的梁效应。

值得强调的是，为充分发挥地层预加固的梁效应，超前预加固和支护的布置角度（与隧道推进方向的夹角）应尽量小。若其角度等于 90°时，梁效应丧失。这一观点已被众多工程实践、模型试验和数值模拟所验证[47]~[49]。

沿隧道横断面方向，若没有超前预加固和支护结构，则横断面方向的地层拱必须依靠两侧墙一定范围内的相对稳定土体作为拱脚来建立拱平衡状态。而在施作超前预加固和支护结构时，由于各个超前支护单元体间极易发生成拱现象，且其小拱跨度等于其支护间距，因此与原来可能形成的拱跨相比，必将成倍地缩小。很显然随拱跨的缩短，调整和成拱达到平衡所需的时间大为减少。因此在建立了成组排列的拱脚以后，隧道很快就建立起新的平衡，使边界为连续的小拱群严密控制，而小拱下的土体则由随后的及时喷混凝土来约束（图 3-16）。这便是地层预加固的成拱效应。

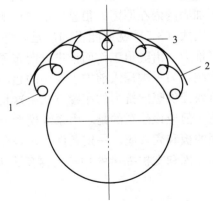

图 3-16　横断面方向超前支护体的拱群效应

1—超前支护体；2—单元小拱；3—拱群效应

130

很显然，地层预加固小结构的梁、拱效应，必将对地层大结构的稳定具促成和强化作用。

3.5.2.3 拉杆效应

前已述及，地层预加固小结构对地层拱的稳定有促成和强化作用，但另一方面承载拱也带来了负面影响即拱在竖向荷载作用下会产生水平反力，因此它必须要求拱脚相对坚固。而对隧道工作面而言，拱脚处的土体因不能承受拉力或抗拉强度极低，显然难以满足对拱脚的要求条件。而超前预加固和支护除具有关键的梁效应外，还具有拉杆效应，即超前支护结构可起拉杆的作用来替代拱脚承受水平反力。这样在竖向荷载作用下，拱脚处的水平反力将部分或全部转嫁于超前支护体上，从而保证了拱脚的相对坚固性，有利于承载拱的稳定。

超前支护体承受拉力已经在深圳地铁区间隧道实测中得到验证。Aydan 等（1988）[47]、Shinj Fukushima 等（1989）[48] 以及 Kuwano 等（1998）[49] 也给出了相同的结论。

由地层拱产生的水平反力，可以得出一个重要概念：即超前支护体除必要的强度和刚度承受作用荷载外，还要求其必须具备一定的拉应力。要求超前支护体具有一定的拉应力源于以下两个方面的要求，其一是承载拱本身要求的水平拉应力，这是最基本的要求；另一个方面是承担由于爆破或应力突变时应力波产生的拉应力[50][51]。

值得强调的是，要求地层预加固小结构所具备的拉杆效应容易被忽视，尤其是对特殊地层条件。因此今后地层预加固的设计及施工应该考虑这一特点，不可小视其造成的后果。

3.5.2.4 挡土墙效应

工作面正面土体预加固是地层预加固的又一个重要内容。及时有效地工作面正面土体预加固不仅可使拱部超前预加固和支护的效应得以充分发挥，而且在一定的条件下，可使拱部超前预加固长度缩短且其作用效果不变。

工作面正面土体预加固的作用主要表现为：

（1）减缓并控制工作面前方土体向工作面自由表面的运移或松弛崩塌；

（2）给拱部超前预加固和支护结构体提供一定强度和刚度的地基土，充分发挥其梁拱效应；

（3）增强自身抵抗地层作用荷载的能力。

上述方面的作用类似于挡土墙的效果，故这里统称为地层预加固的挡土墙效应。

但值得强调的是，在城市地铁隧道开挖中，国内普遍采用留设工作面核心土来部分实现挡土墙效应，这在一般地层条件下，尚能达到控制工作面稳定的目的。但对特殊地层条件如涌水量大、相对隔水层厚度小的砂质地层，工作面核心土往往难以留设，土体塌垮现象频繁，事后处理塌方的措施如注浆小导管等，却变成了维持这类地层条件隧道工作面正常开挖的常规手段。这不能不说是一种被动的工作面正面土体预加固。而国外对此地层条件，工作面多采用易切割玻璃钢注浆锚杆（管）。大量的工程实践业已表明，工作面采用玻璃钢锚杆（管）是一种主动有效地正面土体预加固措施[52]~[62]。建议国内对此应该消化吸收采用。

3.6 本章小结

本章围绕着阐明浅埋暗挖地铁隧道工作面地层预加固的作用机理，研究得出了以下认识：

（1）对浅埋暗挖隧道，地层拱概念同样存在。在一定的条件下，浅埋暗挖隧道工作面上覆地层结构与隧道支护结构共同作用。通过分析上覆地层各结构的相互作用关系，认为改善压密带、减少松弛带范围或加固松弛带、增大压密带范围等都是控制地层响应的有效措施。

（2）基于隧道工作面上覆地层结构的分析，建立了上覆地层结构模型，对该模型进行了力学分析，给出了维持隧道工作面上覆地层结构稳定的水平推力计算公式。明确了影响水平推力的因素，揭示了隧道工作面无支护空间范围是保证隧道上覆地层结构稳定的关键区域。

（3）依据上覆地层结构模型，对浅埋暗挖法在城市地铁隧道开挖中所遇到的一些理论与实践问题给出了有益的解释，对指导工程施工具有极强的实践意义。

（4）建立了隧道工作面上覆地层结构失稳坍落的椭球体概念，运用椭球体理论对浅埋隧道工作面上覆地层结构失稳坍落的运动形态给予了分析。结果表明：对浅埋暗挖隧道工作面，一般地层条件下的上覆地层结构失稳为截头椭球体，其坍落并不连续，一定范围内的局部结构失稳并不意味着上覆地层结构全部失稳。

（5）基于建立的椭球体模型，认识并回答了工作面上覆地层结构失稳的演变形态及其内在作用机制。说明了坍落椭球体的产生与发展具条件性、时间性和范围性，工程上允许有时间对已坍落区采取控制措施。同时再一次说明了工作面无支护空间范围是影响上覆地层结构失稳的重要因素。另一方面运用椭球体理论，对黏土与砂土的破坏机理、浅埋暗挖隧道波及地表的塌方以及塌方后注浆量大等现象给予了圆满解释。

（6）在对隧道工作面上覆地层结构稳定与失稳分析的基础上，明确了地层预加固小结构的概念，提出了反映地层预加固作用机理的四个效应：即地层拱的稳定促成效应、梁拱效应、拉杆效应和挡土墙效应。

参 考 文 献

［1］李世平，吴振业等编著. 岩石力学简明教程［M］. 北京：煤炭工业出版社，1996.

［2］Hong，Sung Wan.（1984）. Ground movements around model tunnels in sand. PhD Thesis，University of Illinois at urban-champain.

［3］Hak Joon Kim（1997）. Estimation for tunnel Lining Loads. PhD

Thesis，University of Alberta.

[4] 崔天麟. 超浅埋暗挖隧道初期支护结构内力监测及稳定性分析[J]. 现代隧道技术，2001，Vol. 38（2）. 29～33.

[5] Domon，T.，Kondon，T.，et al.（1998）. Model tests on face stability of tunnels in granular material. Proc. Tunnels and Metropolises.（eds Negro Jr & Ferreira）. pp. 201～214.

[6] Schofield，A. N.（1980）. Cambridge geotechnical centrifuge operations. Geotechnique 30，NO，3，pp227～268.

[7] Chambon，P. Corte，J. F.（1994）. Shallow tunnels in cohesionless soil ：stability of tunnel face. Journal of Geotechnical Engineering. ASCE，Vol. 120.（7）. pp. 1150～1163.

[8] Atkinson，J. H.，Potts，D. M. et al.（1977）. Centrifugal model tests on shallow tunnels in sand. Tunnels and Tunnelling. Vol. 9（1）. pp. 59～64.

[9] 周顺华，崔之鉴，高渠青. 地下工程模拟试验技术. 中国土木工程学会隧道及地下工程分会第十届年会论文集［M］. 铁道工程学报（增刊），1998，351～354.

[10] 周小文，濮家骝等. 隧洞拱冠砂土位移与破坏的离心模型试验研究［J］. 岩土力学. 1999，Vol20.（2）. 32～36.

[11] 周小文，濮家骝. 隧洞结构受力及变形特征的离心模型试验研究[J]. 清华大学学报（自然科学版）. 2001，Vol41（8）：110～116.

[12] 徐东，周顺华等. 上海黏土的成拱能力探讨［J］. 上海铁道大学学报. 1999. Vol20.（6）：49～54.

[13] Eisenstein，Z.，Heinz，H. et al.（1984）. On three-dimensional ground response to tunneling. ASCE. Geotech Ⅲ，Tunneling in Soils and Rocks，Atlanta，pp107～127.

[14] Katzenbach，R. and H. Breth.（1981）. Non-linear 3-D analysis for NATM in Frnfurt Clay. Proc. 10th Int. Conf. Soil Mech. Found. Eng. Stockholm. Vol. 1，pp. 315～318.

[15] Einstein，H. H and Schwartz，C. W.（1979）. Simplified analysis for tunnel supports. Journal of the Geotechnical Engineering Division，ASCE，Vol. 105，No. GT4，pp. 499～518.

[16] Wong，R. C. K. and Kaiser，P. K.（1991）. Performance as-

134

sessment of tunnels in cohesionless soils. Journal of the Geotechnical Engineering Division, ASCE, Vol. 117, No. 12, pp. 1880~1901.

[17] Brow, E. T., Bray, J. W. et al. (1983). Ground response curves for rock tunnel. Journal of the Geotechnical Engineering Vol. 109, No. 1, pp. 15~39.

[18] Iglesia, G. R., Einstein, H. H., et al. (1999). Investigation of soil arching with centrifuge tests. Journal of Geotechnical and Geo-Environmental Engineering. American Society of Civil Engineers.

[19] Daemon, J. J. K. and Fairhurst, C. (1975). Rock failure and tunnel support loading. Proc. Int. Symposium on Underground Openings, Lucerne, pp. 356~369.

[20] Iglesia, G.. R. Einstein, H. H., et al. (1999). Determination of vertical loading on underground structures based on an arching evolution concept. Proc. 3rd Int. Conf. Geo-Engineering for Underground Facilities. pp. 495~506.

[21] 钱鸣高，刘听成主编. 矿山压力及其控制 [M]. 北京：煤炭工业出版社，1991.

[22] 铁道科学院等. 铁路隧道复合衬砌研究总报告. 鉴定报告，1986.

[23] 钟世航. 喷锚支护对隧道围岩中的自承体系的促成作用. 地下工程经验交流会论文集 [M]. 北京：地质出版社，149~158.

[24] 骞大锋，王兵，谢世昌. 土砂互层中浅埋隧道的破裂角及破坏试验研究 [J]. 兰州铁道学院学报. 1999，18.（3）. 25~29.

[25] [美] J. K. 米切尔著. 岩土工程土性分析原理 [M]. 中国南京：南京工学院出版社，1988.

[26] 刘景翼. 试论地下洞室围岩的稳定特性—兼评普氏山岩压力理论. 地下工程经验交流会论文集 [M]. 北京：地质出版社，85~90.

[27] 于学馥著. 现代工程岩土力学基础 [M]. 北京：科学出版社，1999.

[28] 富强. 长壁综放开采松散顶煤落放规律研究. 中国矿业大学北京校区申请博士学位论文，1999.

[29] 冯卫星，况勇，陈建军编著. 隧道坍方案例分析 [M]. 中国成都：西南交通大学出版社，2002.

［30］Cornejo，L. et al. Instability at the face. Its repercussions for tunneling technology. Tunnels and Tunneling，1989，21（4）. pp. 69～74.

［31］Davis，E. H. ，Gunn，M. J. et al. （1980）. The stability of shallow tunnels and underground opening in cohesive material. Geotechnique. Vol. 30. （4）. pp. 397～419.

［32］Ellstein，A. R. （1986）. Heading failure of lined tunnels in soft soils. Tunnels and Tunnelling. 18. pp. 51～54.

［33］Egger，P. （1980）. Deformation at the face of the heading and determination of the cohesion of the rock mass. Underground Space Technology. 4. pp. 313～318.

［34］Leca，E. （1990）. Analysis of NATM and shield tunneling in soft ground. PhD Thesis. Vrginia Polytechnic Institute and State University.

［35］In-Mo Lee，Seok-Woo Nam. （2001）. The study of seepage force acting on the tunnel lining and tunnel face in shallow tunnels. Tunnelling and Underground Space Technology. 16. pp. 31～40.

［36］Sloan，S. W. and Assaddi. A. （1993）. Stability of shallow tunnels in soft ground. Predictive Soil Mechanics. Proc. Wroth memorial symposium. Oxford. 1992，Thomas Telford. pp. 644～663.

［37］王昌汉主编. 放矿学 ［M］. 北京：冶金工业出版社 ［M］，1982.

［38］刘兴国主编. 放矿理论基础 ［M］. 北京：冶金工业出版社 ［M］，1995.

［39］任凤玉著. 随机介质放矿理论及其应用. 北京：冶金工业出版社 ［M］，1994.

［40］Mair，R. J. （1996）. Settlement effects of bored tunnels. Session Report，Proc. Geotechnical Aspects of Underground Construction in Soft Groud. （eds Mair，R. J. & Taylor，R. N）. Balkema，pp. 43～53.

［41］Broms，B. B. ，Benermark，H. （1967）. Stability of clay at vertical openings. ASCE Journal of Soil Mechanical and Foundation Engineering Division SMI. Vol. 93. pp. 71～94.

［42］Davis，E. H. ，Gunn，M. J. et al. （1980）. The stability of shallow tunnels and underground opening in cohesive material. Geotechnique. Vol. 30. （4）. pp. 397～419.

［43］Peck，R. B. ，Hendron，A. J. et al. （1972）. State of the art of

136

soft ground tunneling. Proc. 1972 RETC. (Chicago). 1. pp. 259～280.

［44］Jiro Takemura，Tsutomu Kimura，et al. 软土中二维未衬砌隧道的不排水稳定性. 陆荣用译. 隧道译丛，1992，(1). 1～11.

［45］孔恒、王梦恕等. 基于岩体锚固系统的锚固作用机理认识［J］. 铁道建筑技术，2002，(1)：33～35.

［46］孔恒，马念杰，王梦恕等. 岩体锚固系统的串、并联模型及可靠度分析［J］. 煤炭学报，2002，27 (4)：361～365.

［47］Aydan，et al. (1988). Three-dimensional simulation of an advancing tunnel supported with forepoles，shotcrete，steel ribs and rockbolts. Proc. Numerical Methods in Geomechanics. （Innsbruck). pp. 1481～1486.

［48］Shinji Fukushima，Yoshitoshi Mochizuki，et al. （1989). Model study of pre-reinforcement method by bolts for shallow tunnel in sandy. Proc. Progress and Innovation in Tunnelling. （Toronto，Canada). 1：pp. 61～67.

［49］Kuwano，J.，Taylor，R. N.，et al. （1993). Modeling of deformations around tunnels in clay reinforced by soil nails. Centrifuge 98. Balkema. pp. 745～750.

［50］韩瑞庚. 地下工程新奥法［M］. 北京：科学出版社，1987.

［51］余静，刘之洋等. 超前围壁锚杆结构与作用机理［J］. 煤炭学报. 1986，(2)：64～69.

［52］Peila，D. Oreste，P. P.，et al. （1996). Study on the influence of sub-horizontal fiber-glass pipes on the stability of a tunnel face. Proc. North American Tunneling'96 (ed Levent Ozdemir). Balkema，pp. 425～432.

［53］Lunardi，P.，Focaracci，A.，et al. （1992). Tunnel face reinforcement in soft ground design and controls during excavation. Proc. Int. congr. Towards New Worlds in Tunnelling . （Acapulco). 2：pp. 567～580.

［54］Grasso，P.，Mahtab，A.，et al. （1992). Control of deformation in the pillar between the twin bores of a tunnel in Aosta Vally-Italy. Proc. Int. Symp. On effect of geomechanics on mine design. （Leeds). pp. 47～55.

[55] Jassionnesse, C. , Dubois, P. , et al. (1996). Tunnel face reinforcement by bolting: soil bolts homogenization, strain approach. Proc. Geotechnical Aspects of Underground Construction in Soft Groud. (eds Mair, R. J. & Taylor, R. N). Balkema, pp. 373~378.

[56] AI Hallak, R. , Garnier, J. (2000). Experimental study of the stability of a tunnel face reinforced by bolts. Proc. Geotechnical Aspect of Underground Construction in Soft Ground. (eds Kusakabe, Fujita & Miyazaki). Balkema. pp. 65~68.

[57] Barley, A. D. , Graham, M. (1997). Trail soil nails for tunnel face support in London clay and the detected influence of tendon stiffness and bond length on load transfer. Ground improvement geosystems. Thomas Telford, London. pp. 549~566.

[58] Dias, D. , Kastner,. R. , et al. (1998). Behavior of a tunnel face reinforced by bolts: Comparison between analytical-numerical models. Proc. The Geotechnics of Hard Soils-Soft Rocks. (eds Evangelista & Picarelli). Balkema. pp. 961~972.

[59] Henry Wong, Didier subrin, et al. (2000). Extrusion movements of a tunnel head reinforced by finite length bolts-a closed-form solution using homogenization approach. Int. J. Numer. Anal. Meth. Geomech. , 2000, 24: pp. 533~565.

[60] Lunardi, P. (1993). Fiber-glass tubes to stabilize the face of tunnels in difficult cohesive soils. SAIE-seminar. The Application of Fiber Reinforced Plastics (FRP) in Civil Structural Engineering. Bologna. Italy, 1993.

[61] Wong, H. , Trompille, V. , et al. (1999). A tunnel face reinforced by longitudinal bolts: analytical model and in situ data. Proc. Geotechnical Aspect of Underground Construction in Soft Ground . Tokyo. pp. 435~440.

[62] Egger, P. , Subrin, D. , et al. (1999). Behavior of a tunnel head reinforced by bolting: experimental study and theoretical modeling. Proc. Int. 9th Cong. Society of Rock Mechanics. Paris. Vol. 1. pp. 169~173.

第4章 浅埋暗挖隧道工作面地层预加固的力学行为

4.1 引　言

浅埋暗挖上覆地层结构的稳定与失稳分析揭示了地层预加固作用机理的四个效应。尽管这四个效应从本质上说明了地层预加固作用机理的内在机制，但它毕竟是定性地解释。要想从定性到定量分析，首先必须对复杂问题进行简化处理；其次建立尽可能与研究客体相符合的力学模型；只有这样，最后才能用数学力学手段达到定量阐明地层预加固机理以及建立一套设计理论和方法的目的。

就目前，对浅埋暗挖地铁隧道工作面地层预加固力学行为的研究，其专题文献并不多见。国外多偏重于利用模型试验和数值模拟来研究分析预加固的力学行为结果，即预加固的效果[1]~[12]。而对预加固力学行为的过程研究仅 Valore 等（1997）[13]和 Oreste 等（1998）[14]把预加固视作为壳结构，研究了工作面稳定性问题。Henry Wong 等（2000）[15]基于球对称及均匀性假设，对工作面采用玻璃钢锚杆（管）的加固行为给出了解析解。国内这方面的研究则更少，可以说还没有对浅埋暗挖地铁隧道工作面地层预加固力学行为进行系统研究的报导。仅在岩石巷（隧）道方面，中国矿业大学陶龙光等认为，对破碎岩石巷道的超前锚杆，其变形成"倒拱形"，并建立了中间铰接的梁结构模型[16]。东北大学于静等基于岩石巷道的系统锚杆和超前锚杆的相互配合，提出了一端刚性固定的三跨连续梁模型[17]。常艄东在关宝树的指导下，针对岩石隧道的管棚，初步给出了基于

139

Winkler 模型的地基梁模型[18]。

本章在总结前人研究成果的基础上，针对浅埋暗挖隧道工作面的特点，重点对地层预加固小结构的力学行为进行系统分析研究。

4.2 隧道工作面地层预加固的布置形式与力学特征

4.2.1 地层预加固的布置形式

尽管地层预加固技术有多种具体手段，但对浅埋暗挖隧道工作面超前预加固，国内地铁隧道施工常采用的有小导管、管棚、旋喷、洞内深孔注浆、地表注浆等预加固技术手段。其中多以小导管和小管棚为主，尤以小导管应用最为普遍（这里如不强调，小导管为泛指即包括注浆小导管）。其他则多为特殊条件下的超前预加固措施。对隧道工作面超前预加固的布置，尽管所采用的手段不一，但其布置形式基本类似。这里以小导管或管棚为例来说明地层预加固的布置形式。

一般地说，小导管或管棚是沿隧道开挖轮廓外周的一部分或全部，以一定的间隔排列而成的钢管体系。其布置形式取决于地形、地层的物性、地表以及地中结构物的位置关系等。常见的小导管或管棚的布置形式见图 4-1。

a. 扇形布置：一般多用于比较稳定的地层，视具体情况决定注浆与否。

b. 半圆形布置：适用于地层比较稳定，但开挖条件相对扇形布置稍差的地层，或适用于隧道下部地层稳定，但起拱线以上地层不稳定的条件。若地表有建（构）筑物，隧道工作面也多采用此种布置方式。

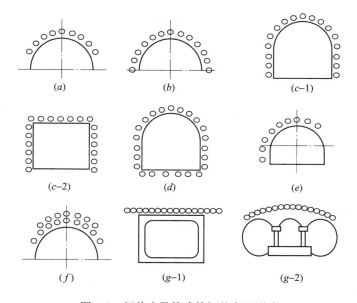

图 4-1　超前小导管或管棚的布置形式

（*a*）扇形布置；（*b*）半圆形布置；（*c*-1）门形布置；（*c*-2）门形布置

（*d*）全周形布置；（*e*）上半单侧布置；（*f*）上半双排布置

（*g*-1）一字形布置；（*g*-2）一字形布置

c. 门形布置：一般多用于地层条件较差或有土工建（构）筑物的条件。

d. 全周形布置：用于软弱或膨胀性、挤出性等极差的地层，一般较少见。

e. 上半单侧布置：隧道一侧有公路、铁路、重要结构物需防护或者是地形造成偏压时采用。

f. 上半双排布置：一般多用于条件较差的地层如涌水量大、易崩塌的砂质地层、软弱夹层带，或隧道上部有重要设施，或大断面隧道或穿越河底段施工等条件。

g. 一字形布置：适合于箱式断面的布置，多在铁路、公路或结构物下方施工时采用。

4.2.2 地层预加固的力学行为特征

由地层超前预加固的布置形式知，尽管其形式不一，但是从形成的结构效应分析，如果各钢管间距较大且不注浆，则各钢管之间没有约束联系，从力学行为上分析，并按纵横方向综合考虑，可以认为是杆或梁结构，因此可用梁理论来分析其作用效果。但是若各钢管间距适当且注浆饱满，则各钢管之间皆有约束联系，此时若再以梁来考虑，则会显得保守。如对一字形布置，可简单视作为板结构；而对半圆形、扇形等可视作为壳结构，当然若扇形角度太小（如小于或等于120°），为简单计，也可视作为板结构。基于这种考虑，则不论洞内超前预加固技术采用何种措施，但从其布置以及力学行为分析，则都可抽象为梁模型、板模型和壳模型。这样不管是对小导管、管棚、锚杆、旋喷桩等，都可将它们建立在一个统一的力学模型上，进行分析和研究，而其不同主要是反映在它们组成的结构材料特性上。这样就可根据具体的问题以及问题的性质要求，相应的边界条件等，去分析并比较它们的力学行为特征和预加固的作用效果。

4.3 工作面超前预加固结构的力学行为

4.3.1 超前预加固结构力学模型的建立

尽管超前预加固结构，在理想条件下，具有板、壳作用。但实际施作时，很难保证其效果。不仅求解模型复杂，而且有安全性问题。因此板壳模型较少被采用。

弹性地基梁理论是一种新的研究方法，目前在日本极受重视[1]。但应用中存在的问题是：① 取全土柱荷载作用在一次开挖进尺范围，显然不尽合理；② 荷载作用长度不是一次进尺，因为随着工作面开挖，工作面前方土体也会产生一个潜在的破裂（松弛）范围，这个破裂（松弛）长度也应该考虑；③ 力学模型将整个预加固结构体作为弹性地基梁也与实际不相符合。国内常舫东也基于弹性地基梁理论建立了管棚分析模型[18]。尽管其考虑了破裂松弛长度的影响，但其存在的问题是：a. 作用荷载仍取全土柱；b. 没有考虑初次支护的延滞效应；c. 没有分析预支护体与围岩接触面之间的水平剪力影响。

本文针对以上存在的问题，对浅埋暗挖法隧道工作面普遍采用的超前小导管，在不注浆、注浆不饱满以及注浆饱满条件下，建立统一力学模型。

超前小导管力学模型建立的基本观点及假定如下：

（1）鉴于在城市地铁隧道施工中普遍采用台阶法。因此本文重点分析超前小导管在台阶法施工过程中的力学行为及特征。考虑到超前小导管一般是隔榀安设，在刚开始架设时，超前小导管全部置于工作面前方土体中，为小导管的理想工作状态，也就是说在第一榀开挖时，小导管处于理想工作状态；仅在第二榀开挖完成，但未架设初支时，小导管处于最不利工作状态。

（2）采用梁理论和 Winkler 弹性地基梁理论，模拟隧道开挖条件下，超前小导管的工作状态。即置于工作面前方土体中的小导管受力分析模型采用弹性地基梁模拟，而工作面通过后的小导管采用梁来模拟。

（3）考虑初次支护的延滞效应（即第一榀格栅钢架架设并喷混凝土后，并不能立即发挥其力学效应，而需一定的延滞时间），不取此时的固定端在第一榀格栅钢架的连接处，而是取在该榀与上一榀格栅钢架的中间位置，并且视固定端有一定的垂直位移 y_0（为已知值，可视为实测的该位置处的拱顶下沉值）。

（4）超前小导管的作用荷载受多种因素制约，据隧道工作面上覆地层结构分析，按地层拱的存在与否来确定，具体确定方法见第 5 章。

（5）超前小导管的荷载作用长度由两部分组成。一部分为无支护距离 $1.5a$［包括一次进尺 a（同时设两格栅钢架的间距也为 a）以及支护延滞长度 $0.5a$］；另一部分为隧道工作面前方的土体破裂（松弛）长度 l 即潜在破裂面的水平距离（破裂面始于工作面上台阶坡脚），为分析简单，工作面前方土体的破裂（松弛）长度按朗肯破坏面考虑。

（6）一般不注浆小导管多在地层条件相对较好时采用，因此可认为与围岩体单元全长接触，分析时视为与注浆饱满（全长粘结注浆）小导管力学行为相同。

（7）对理想的全长粘结注浆，其沿小导管长度分布的水平剪力符合"中性点"理论[19]，即小导管的外端部轴力为零。但在一般条件下，小导管随开挖而裸露。由实测知，此时小导管的外端部产生轴力，且随开挖而渐增。由系统的串并联模型知，此为不利工况。

（8）为问题分析简单，取超前小导管的水平投影长度考虑。

由此，建立的浅埋隧道超前小导管一般力学分析模型如图 4-2，其中（a）表示理想注浆工况，（b）代表一般注浆工况。

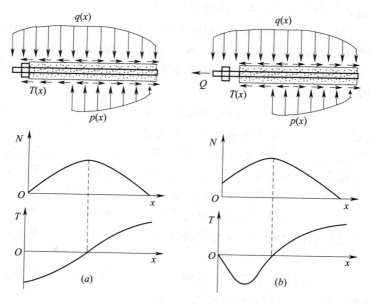

图 4-2　超前小导管一般力学分析模型

144

图 4-2 中的符号意义如下：

$q(x)$——超前小导管预支护体结构上的作用荷载；

$p(x)$——预支护体结构下伏土体的地基反力；

$T(x)$——预支护体结构与围岩接触面间的单位长度上的剪力；

Q——等效力。水平方向外荷载引起的作用在管体尾端的轴力；

N——预支护体结构的轴力。

很明显，对理想注浆工况，因沿水平方向总剪力为零，所以可不考虑超前预支护体与围岩接触面之间的水平剪力影响。而对一般注浆工况，现对其影响程度分析如下。

4.3.1.1　一般注浆工况下预支护体尾部的工作状态分析[19]

对图 4-2（b），取微元体单元如图 4-3。为分析方便，沿隧道纵轴方向取径向坐标 r，并按内切圆考虑，如图 4-4。

对微元体，其平衡关系式为：　　　　　$dN = Tdr$　　　　（4-1）

式中　T——管体表面单位长度上的剪力；

N——为管体轴力；

r——为围岩中任一点的径向坐标。

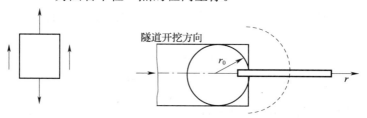

图 4-3　管体微单元体　　　图 4-4　隧道纵轴方向水平投影

按材料力学公式[20]，管体轴力 N 及剪力 T 为：

$$N = A_b E_b \varepsilon_b = A_b E_b \frac{dU_b}{dr}$$　　　　（4-2）

$$T = A_b E_b \frac{d^2 U_b}{dr^2}$$　　　　（4-3）

式中　A_b——管体折算横截面积，理想条件：$A_b = A_s + \dfrac{E_b}{E_c} A_c$；

一般 $A_b=A_s$；其中 A_s、A_c、E_b、E_c 分别为管体及浆体的横截面积和弹性横量；

ε_b，U_b——管体的应变和位移。

单根管体上所受的作用力应互相平衡，即满足：

$$\int_{r_0}^{r_0+L} T\mathrm{d}r + Q = 0 \tag{4-4}$$

式中　r_0——隧道半径；

　　　L——管体长度。

考虑到，一般所求得的管体表面围岩实际位移是按管体的平均效应（均布力）后得到的。实际上，单根管体对围岩的作用是一个集中力，对应于集中力处的围岩位移与平均位移不同，二者之差可用最简单的幂级数表示。即有，

$$U(r) - U_p(r) = \sum_{i=1}^{\infty} m_i r^{i-1} \tag{4-5}$$

式中　U (r) ——管体作用处围岩的实际位移；

　　U_p (r)——围岩的平均位移；

　　　　m_i——待定系数。

按最简单的共同变形考虑，即注浆管体的变形位移 $U_b(r)$ 满足下式：

$$U_b(r) = U(r) \tag{4-6}$$

按弹塑性分析[21]，　　　　U_p $(r) = -U_0$ $\qquad$ (4-7)

式中　A 为系数，其中：$A = \dfrac{(P\sin\psi + c \cdot \cos\psi)\ R_p^2}{2G}$；

　　c，ψ——围岩粘结力与内摩擦角；

　　　P——水平侧向应力；

　　　G——围岩剪切弹性模量；

　　　R_p——正面土体的塑性半径；

　　　U_0——向隧道内空产生的初始水平位移。

在位移协调条件式（4-5）中，级数中 m_i 的确定，从工程实用角度分析可取前三项计算。即

146

$$u_b(r) = \frac{A}{r} - u_0 + m_1 + m_2 r + m_3 r^2 \qquad (4\text{-}8)$$

将式（4-8）以及边界条件：$r=R_x$，$T=0$；$r=r_0+L$，$N=0$一并代入式（4-2）及式（4-3）可求出系数 m_2 和 m_3，再反代回即可得 T 和 N 的表达式。其中：

$$T = A_b E_b \cdot \left(\frac{2A}{r^3} - \frac{2A}{R_x^3} \right) \qquad (4\text{-}9)$$

$$N = A_b E_b \cdot \left[-\frac{A}{r^2} + \frac{A}{(r_0+L)^2} + \frac{2A(r_0+L)}{R_x^3} - \frac{2Ar}{R_x^3} \right]$$
$$(4\text{-}10)$$

对 N 求极值，并令 $\dfrac{dN}{dr}=0$，得 r、R_x，则：

故当 $r=R_x$ 时 N 有极大值而 T 为零，亦即 R_x 为中性点半径

由平衡方程式（4-4）式有，$\displaystyle\int_{r_0}^{r_0+L} A_b E_b \left(\frac{2A}{r^3} - \frac{2A}{R_x^3} \right) dr + Q = 0$

$$(4\text{-}11)$$

由式（4-11）得：$Q = A_b E \left[\dfrac{2AL}{R_x^3} - \dfrac{(2r_0+L)}{(r_0+L)^2} \dfrac{AL}{r_0^2} \right]$ \qquad (4\text{-}12)

由式（4-12），Q 是 R_x 的函数，若 R_x 达最大，时，$Q=0$，此为理想工作状态。但当 R 时，即不存在中性点或中性点下移至尾端时，$Q = A_b E_b \cdot \left[\dfrac{(3r_0+2L)L^2}{r_0^3(r_0+L)^2} A \right]$，$Q$ 此时与 $N_{\max}$ 相等，此为注浆体的极端不利工作状态。

若已知地层参数为：隧道埋深 Z 为 10m，隧道当量直径 D 为 6.5m，上台阶高度 2m，c 为 24.9kPa，内摩擦角 ψ 为 26.7°，侧压力系数 k_0 为 0.2，加权平均容重 γ 为 18.55kN/m³，土体平均剪切模量 G 为 38.5MPa。采用 $\phi32\times3.25$mm 超前小导管，小导管长度 L 为 2.5m，管体弹性模量 E 为 200GPa。由式（4-12），计算的因 Q 而产生的应力 σ_Q 值，在不同的塑性半径 R_p 下，随 R_x 的变化结果见表 4-1。

一般注浆工况下管体尾端的应力 σ_Q 的变化   表 4-1

塑性半径（m）	应力 σ_Q（MPa）					
	$R_x=$ 3.25m	$R_x=$ 3.5m	$R_x=$ 4.27m	$R_x=$ 5m	$R_x=$ 5.27m	$R_x=$ 5.75m
3.25（无塑性厚度）	86.25	55.58	0	-25.35	-31.52	-39.82
3.75（塑性厚度 0.5m）	115.31	73.99	0	-33.75	-41.96	-53.01
4.45（最大塑性厚度 1.2m）	162.38	104.16	0	-47.53	-59.01	-74.66

计算结果表明，在水平荷载作用下，管体沿全长皆处于弹性工作状态。实测的超前小导管拉（压）应力也验证了上述模型的正确性。实测表明：超前小导管的最大拉应力仅为 103.30MPa，最大压应力为 -75MPa，管体在隧道的开挖通过过程中，沿全长均为弹性工作状态。

由一般注浆工况下预支护体尾部的工作状态分析知，在隧道的开挖过程中，可以不考虑水平方向外荷载对超前预支护体结构的影响。

4.3.1.2　超前小导管力学模型

根据超前小导管的特点及上述分析，建立的超前小导管力学模型如下：

（1）土中管体的剩余长度（l_e）大于土体的破裂（松弛）长度（l）

土中管体的剩余长度（l_e）大于土体的破裂（松弛）长度（l）工况见图 4-5。这种工况多出现在超前小导管长度较大且一次推进长度较小时，此时可视小导管为半无限长弹性地基梁[6]。即在小导管末端挠度为零。

（2）土中管体的剩余长度（l_e）小于或等于土体的破裂（松弛）长度（l）

土中管体的剩余长度（l_e）小于或等于土体的破裂（松弛）长度（l）工况见图 4-6。这种情况为超前小导管工作的普遍工况，此时可视超前小导管为有限长梁[6]。

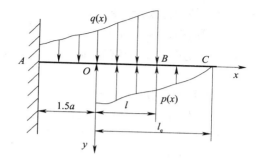

图 4-5　超前小导管结构力学模型 I

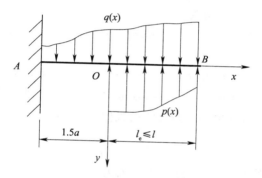

图 4-6　超前小导管结构力学模型 II

4.3.2　超前小导管预加固结构的力学分析

4.3.2.1　超前小导管地基梁的基本方程

根据 Winkler 模型，地基反力 $p(x)$ 可为：

$$p(x) = Ky \qquad (4-13)$$

对梁宽为 b 的等截面基础梁，在均布力 $q(x)$ 的作用下，由梁理论，很容易推得 Winkler 介质上梁挠度形状的基本微分方程为：

$$EI \cdot \frac{\mathrm{d}^4 y}{\mathrm{d}x^4} + Kby = bq(x) \qquad (4-14)$$

令 $\lambda^4 = Kb/4EI$，整理式（4-14）得：$\dfrac{\mathrm{d}^4 y}{\mathrm{d}x^4} + 4\lambda^4 y = \dfrac{bq(x)}{EI}$　$(4-15)$

式中　E——梁材料的弹性模量（kN/m^2）；

　　　I——梁的截面惯性矩（m^4）；

　　　b——梁底的宽度（对于钢管按 $\pi d/2$，d 为钢管直径）（m）；

　　　K——地基的基床系数（kN/m^3）；

　　　y——梁上计算截面处的挠度（m）；

　　　x——自梁上计算截面到梁左端的距离（m）；

　$q（x）$——梁上作用的均布力（kN/m^2）；

　　　λ——特征系数或特征长度（$1/m^4$）。

式（4-15）的齐次解为：

$$y = e^{\lambda x}（C_1\cos\lambda x + C_2\sin\lambda x）+ e^{-\lambda x}（C_3\cos\lambda x + C_4\sin\lambda x）$$

（4-16）

式（4-15）的非齐次特解为：$y = y_t（x）$，对有限长梁，由假设知，在不考虑土体与小导管接触面之间的摩擦力时，则非齐次方程的一个特解（也即是挠度的最大值）[22]为：

$$y_t（x）= \frac{q（x）}{K}$$（4-17）

则微分方程式（4-15）通解可表示为：

$$y = e^{\lambda x}（C_1\cos\lambda x + C_2\sin\lambda x）+ e^{-\lambda x}（C_3\cos\lambda x + C_4\sin\lambda x）+ y_t（x）$$

（4-18）

4.3.2.2　超前小导管两种基本模型的挠度方程

（1）模型 I 的挠度方程

由图 4-5，要求出地基梁的挠度曲线方程，需将地基梁分为 AO 段、OB 段和 BC 段三部分求解。各段的挠度曲线微分方程为：

$$\left.\begin{array}{l} AO：\dfrac{d^4y}{dx^4} = \dfrac{bq}{EI} \\[2mm] OB：\dfrac{d^4y}{dx^4} + 4\lambda^4 y = \dfrac{bq}{EI} \\[2mm] BC：\dfrac{d^4y}{dx^4} + 4\lambda^4 y = 0 \end{array}\right\}$$（4-19）

150

相应的各段挠曲线方程为：

$AO: y_1 = qbx^4/(24EI) + C_1x^3 + C_2x^2 + C_3x + C_4$

$OB: y_2 = y_3 + y_t$

$BC: y_3 = e^{\lambda x}(C_5\cos\lambda x + C_6\sin\lambda x) + e^{-\lambda x}(C_7\cos\lambda x + C_8\sin\lambda x)$

$$(4\text{-}20)$$

首先根据 B 点的边界条件确定 OB 段的特解。

当 $x = l$ 时，对 B 点有边界条件：$\begin{cases} y_2 = y_3 \\ \theta_2 = \theta_3 = y_2' = y_3' \end{cases}$

由此设 OB 段挠曲线方程的特解为：

$$y_t = \frac{q}{K}[1 - \cosh\lambda(x-l)\cos\lambda(x-l)] \qquad (4\text{-}21)$$

而对于 BC 段，则由 $x \to \infty$ 时，有边界条件，$\begin{cases} y \to 0 \\ y' = \theta = 0 \end{cases}$

则由 $y \to 0$ 时，必须有积分常数 $C_5 = C_6 = 0$。此时有：

$$y_3 = e^{-\lambda x}(C_7\cos\lambda x + C_8\sin\lambda x) \qquad (4\text{-}22)$$

至此，方程（4-20）简化为：

$y_1 = qbx^4/(24EI) + C_1x^3 + C_2x^2 + C_3x + C_4$

$y_2 = y_3 + \dfrac{q}{K}[1 - \cosh\lambda(x-l) \cdot \cos\lambda(x-l)]$

$y_3 = e^{-\lambda x}(C_7\cos\lambda x + C_8\sin\lambda x)$

$$(4\text{-}23)$$

由式（4-23），小导管各段的转角 θ、弯矩 M 及剪力 Q 可表示如下，

$\theta_1 = y_1' = qbx^3/(6EI) + 3C_1x^2 + 2C_2x + C_3$

$\theta_2 = y_2' = y_3' + \dfrac{q}{K}[\cosh\lambda(x-l)\sin\lambda(x-l) -$

$\qquad \sinh\lambda(x-l)\cos\lambda(x-l)]$

$\theta_3 = y_3' = \lambda e^{-\lambda x}[(C_8 - C_7)\cos\lambda x - (C_8 + C_7)\sin\lambda x]$

$$(4\text{-}24)$$

$M_1 = -EIy_1'' = -EI(qbx^2/(2EI) + 6C_1x + 2C_2)$

$M_2 = -EIy_2'' = -EI\left[y_3'' + \dfrac{2q}{K}\sinh\lambda(x-l)\sin\lambda(x-l)\right]$

$M_3 = -EIy_3'' = -EI[2\lambda^2 e^{-\lambda x}(C_7\sin\lambda x - C_8\cos\lambda x)]$

$$(4\text{-}25)$$

151

$$Q_1 = -EIy_1''' = -EI[qbx/(EI) + 6C_1]$$

$$Q_2 = -EIy_2''' = -EI\left[\begin{array}{l} y_3''' + \dfrac{2q}{K}\cosh\lambda(x-l)\sin\lambda(x-l) \\ + \sinh\lambda(x-l)\cos\lambda(x-l)) \end{array}\right]$$

$$Q_3 = -EIy_3''' = -EI[2\lambda^3 e^{-\lambda x}((C_8+C_7)\cos\lambda x + (C_8-C_7)\sin\lambda x)]$$

$$(4\text{-}26)$$

该模型的边界条件为：当 $x = -\dfrac{3}{2}a$ 时，有 $\begin{cases} y_1 = y_0 \\ y_1' = \theta = 0 \end{cases}$；当 $x = 0$

时，有 $\begin{cases} y_1 = y_2 \\ \theta_1 = \theta_2 \\ M_1 = M_2 \\ Q_1 = Q_2 \end{cases}$

将上述边界条件代入式（4-23）～式（4-26），即可求出以未知积分常数 C_1、C_2、C_3、C_4、C_7、C_8 表示的线性方程组如下：

$$27a^3C_1 - 18a^2C_2 + 12aC_3 - 8C_4 = \frac{27qba^4}{16EI} - 8y_0$$

$$27a^2C_1 - 12aC_2 + 4C_3 = \frac{27qba^3}{12EI}$$

$$C_4 - C_7 = \frac{q}{K}(1 - \cosh\lambda l \cdot \cos\lambda l)$$

$$C_3 + \lambda C_7 - \lambda C_8 = \frac{q}{K}(\sinh\lambda l \cdot \cos\lambda l - \cosh\lambda l \cdot \sin\lambda l)$$

$$C_2 + \lambda^2 C_8 = \frac{q}{K}\sinh\lambda l \sin\lambda l - 3C_1 + \lambda^3 C_7 + \lambda^3 C_8$$

$$= \frac{q}{K}(\sinh\lambda l \cdot \cos\lambda l + \cosh\lambda l \cdot \sin\lambda l)$$

$$(4\text{-}27)$$

由式（4-27），可求出未知积分常数，再回代入式（4-23）～式（4-26），即可求出小导管上任意点的挠度曲线 $y(x)$、转角 $\theta(x)$、弯矩 $M(x)$ 和剪力 $Q(x)$。

（2）模型 II 的挠度方程

由图 4-6，可将地基梁分为 AO 段和 OB 段，各段的挠曲线微分方程为：

$$AO: \frac{\mathrm{d}^4 y}{\mathrm{d}x^4} = \frac{bq}{EI}$$

$$OB: \frac{\mathrm{d}^4 y}{\mathrm{d}x^4} + 4\lambda^4 y = \frac{bq}{EI}$$

$$(4-28)$$

由式（4-17），考虑 OB 段的微分方程特解为：$y_t = \dfrac{q}{K}$，则可表示相应段的挠曲线方程为：

$$AO: y_1 = \frac{qbx^4}{24EI} + C_1 x^3 + C_2 x^2 + C_3 x + C_4$$

$$OB: y_2 = e^{\lambda x}(C_5 \cos\lambda x + C_6 \sin\lambda x)$$
$$+ e^{-\lambda x}(C_7 \cos\lambda x + C_8 \sin\lambda x) + \frac{q}{K}$$

$$(4-29)$$

由式（4-29），小导管各段的转角 θ、弯矩 M 及剪力 Q 可表示如下，

$$\theta_1 = y'_1 = qbx^3/(6EI) + 3C_1 x^2 + 2C_2 x + C_3$$

$$\theta_2 = y'_2 = \lambda e^{\lambda x}[(C_5 + C_6)\cos\lambda x + (C_6 - C_5)\sin\lambda x]$$
$$+ \lambda e^{-\lambda x}[(C_8 - C_7)\cos\lambda x - (C_7 + C_8)\sin\lambda x]$$

$$(4-30)$$

$$M_1 = -EIy''_1 = -EI(qbx^2/(2EI) + 6C_1 x + 2C_2)$$

$$M_2 = -EIy''_2 = -EI[2\lambda^2 e^{\lambda x}(C_6 \cos\lambda x - C_5 \sin\lambda x)]$$
$$- EI[2\lambda^2 e^{-\lambda x}(C_7 \sin\lambda x - C_8 \cos\lambda x)]$$

$$(4-31)$$

$$Q_1 = -EIy'''_1 = -EI(qbx/(EI) + 6C_1)$$

$$Q_2 = -EIy'''_2 = -EI\{2\lambda^3 e^{\lambda x}[(C_6 - C_5)\cos\lambda x - (C_6 + C_5)\sin\lambda x]\}$$
$$- EI\{2\lambda^3 e^{-\lambda x}[(C_7 + C_8)\cos\lambda x + (C_8 - C_7)\sin\lambda x]\}$$

$$(4-32)$$

该模型的边界条件为：

当 $x = \dfrac{3}{2}a$ 时，有 $\begin{cases} y_1 = y_0 \\ y'_1 = \theta = 0 \end{cases}$；当 $x = 0$ 时，有 $\begin{cases} y_1 = y_2 \\ \theta_1 = \theta_2 \\ M_1 = M_2 \\ Q_1 = Q_2 \end{cases}$；

当 $x=l_e$ 时，有 $\begin{cases} M_2=0 \\ Q_2=0 \end{cases}$。

将上述边界条件，代入式（4-29）～式（4-32），即可求得以未知积分常数 C_1、C_2、C_3、C_4、C_5、C_6、C_7、C_8 表示的线性方程组如下：

$$
\left.\begin{array}{l}
27a^3C_1-18a^2C_2+12aC_3-8C_4=\dfrac{27qba^4}{16EI}-8y_0 \\[3mm]
27a^2C_1-12aC_2+4C_3=\dfrac{27qba^3}{12EI} \\[3mm]
C_2-\lambda^2C_6+\lambda^2C_8=0 \ ; \ C_3-\lambda C_5-\lambda C_6+\lambda C_7-\lambda C_8=0 \\[3mm]
C_4-C_5-C_7=\dfrac{q}{K} \\[3mm]
3C_1+\lambda^3C_5-\lambda^3C_6-\lambda^3C_7-\lambda^3C_8=0 \\[3mm]
e^{\lambda l_e}[-\sin(\lambda l_e)C_5+\cos(\lambda l_e)C_6]+e^{-\lambda l_e}[\sin(\lambda l_e)C_7 \\
-\cos(\lambda l_e)C_8]=0 \\[3mm]
e^{\lambda l_e}[-(\cos(\lambda l_e)+\sin(\lambda l_e))C_5+(\cos(\lambda l_e)-\sin(\lambda l_e))C_6] \\
+e^{-\lambda l_e}[(\cos(\lambda l_e)-\sin(\lambda l_e))C_7 \\
+(\cos(\lambda l_e)+\sin(\lambda l_e))C_8]=0
\end{array}\right\}
$$

$$(4-33)$$

由式（4-33），可求出未知积分常数，再回代入式（4-29）～式（4-32），即可求出小导管上任意点的挠度曲线 $y(x)$、转角 $\theta(x)$、弯矩 $M(x)$ 和剪力 $Q(x)$。

4.3.3 超前预加固结构力学模型的比较与验证

计算参数：固定端初始位移 y_0 考虑为 5mm；隧道上覆土柱高度 Z 为 10m；土体内摩擦角 φ 为 20°；加权平均容重 γ_a 为 18.67kN/m³；地基系数 K 为 5.5MPa；工作面土体破裂（松弛）长度 l 为 1m；对模型 Ⅱ，考虑其最佳工况即小导管在土中的管体剩余长度 l_e 也为 1m；隧道的开挖进尺 a 为 0.75m；隧道开挖高度为 6.5m，上台阶高度 H 为 3m；隧道工作面上覆作用荷载

154

q 考虑为 45% γZ （84kN/m²）；超前小导管参数为 $\phi32 \times 3.25$mm；弹性模量 E 为 200GPa。

系数线性方程组采用高斯－赛德尔（Guass-Seidel）迭代法计算[23]。基于求解的复杂性，这里采用 Delphi 语言编程求解。由此，求得两个模型的积分常数见表 4-2。将表 4-2 中的各参数值，回代入求解小导管挠度 y 和弯矩 M 的计算公式中，即可求得小导管长度 L 上不同点的挠度和弯矩，具体见表 4-3。两种模型的挠度 y 和弯矩 M 值比较见图 4-7、图 4-8。

模型的积分常数　　　　　　　　　　　　表 4-2

模　型	积分常数							
	C1	C2	C3	C4	C5	C6	C7	C8
模型Ⅰ	0.01375	−0.01549	−0.0055	0.01505	0	0	0.00092	0.02085
模型Ⅱ	0.01247	−0.01433	0.00196	0.02016	0.00020	−0.00014	0.00469	0.00590

超前小导管的挠度 y 和弯矩 M 值　　　　表 4-3

模型	力学参数	小导管长度 L 上的不同点距（m）							
		−1.125	−1.0	−0.5	−0.375	0	0.25	0.5	1.0
模型Ⅰ	y (mm)	5	19.81	14	14.78	15.05	15.32	8.62	3.20
	M (kN·m)	−1.898	−1.400	−0.081	0.085	0.190	−0.282	−0.143	−0.090
模型Ⅱ	y (mm)	5	19.90	15.82	17.33	20.16	19.80	18.33	14.82
	M (kN·m)	−1.965	−1.465	−0.120	0.054	0.176	0.098	0.0235	0

由表 4-3 以及图 4-7、图 4-8，很明显隧道工作面设置预加固结构后，改变了工作面应力重分布，使原作用在隧道工作面上方的上覆荷载经超前预加固结构的力传递作用（所谓的力传递效应是指上覆土柱荷载的一部分经超前预加固结构传递至工作面后方已施作的隧道初次支护结构体上，而另一部分则经由预加固结构传递至工作面前方稳定的土体中）后，直接作用在工作面上方的土体荷载明显得到减少，从而利于工作面趋于稳定。

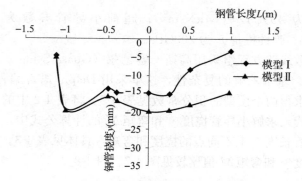

图 4-7 两种模型的挠度 y 值比较

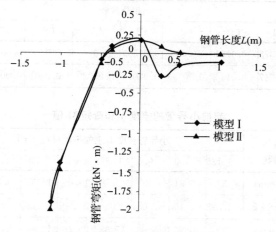

图 4-8 两种模型的弯矩 M 值比较

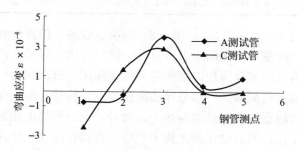

图 4-9 小导管的弯曲应变变化趋势

另一方面，由图 4-7、图 4-8 也可明显看出，就所建立模型的力学行为而言，模型Ⅰ对隧道工作面的促稳作用优于模型Ⅱ。为验证模型的合理性，现场对超前小导管作了应变测试。图 4-9 是工作面推进 1.25m 时，在近测点编号 3 处，小导管的弯曲应变变化情况。

由图知，其实测的弯曲应变变化与所建立的模型弯矩变化基本一致。但需指出的是拱部小导管 A 管与拱腰小导管 C 管的力学行为并不是纯理论分析上的相同假设。严格来说，拱部的小导管是处于不利的工作状态，它对应着模型Ⅱ；拱腰小导管的力学行为与模型Ⅰ相对应。这从一个侧面反映，工作面稳定的关键是首先要确保拱部土体的不失稳。

值得提出的是，上述现场试验历时近一个月，测试数据均表明了这一规律。这充分说明建立的模型与工程实际基本相符合，可应用该模型来研究分析隧道工作面超前预加固结构的力学行为。

4.4 工作面正面土体稳定的塑性极限分析

前已述及，工作面正面土体预加固与工作面拱部超前预加固共同构成地层预加固小结构。因此工作面正面土体的稳定性研究尤为必要。基于隧道工作面开挖的特点，工作面正面土体的稳定性研究可近似认为是在外荷载作用下的土坡稳定性问题。考虑塑性极限分析在研究土坡稳定中具有诸多优点[24]~[27]，故本节应用塑性极限理论对隧道工作面正面土体的稳定性作一探讨。

4.4.1 塑性极限分析的基本理论

塑性极限分析方法与滑移线法和极限平衡法不同的是其以一种理想的方式考虑了土的应力与应变关系。在塑性极限分析中，采用材料的理想刚塑性模型，即不考虑材料的弹性变形以及应变强化或软化效应；考虑初始塑性流动（刚进入极限状态），变形还很小，可以不计变形对平衡关系的影响，变形前后都使用同一个平衡方程；并根据材料的相关联流动法则（正交流动法则）建立极限分析定理。

4.4.1.1 基本假设

（1）理想弹塑性（或刚塑性体）假设

大多数真实土的应力—应变特性，由初始的直线部分逐渐到达顶点或破坏应力点，随之是软化和残余应力段的表征。在极限分析中，因只限于讨论小变形情况，需要忽略应变软化特性。通常所称的极限状态可以理解为是开始产生塑性流动时的塑性状态。与极限状态相对应的荷载称为极限荷载。极限分析法是应用理想弹塑性体（或刚塑性体）处于极限状态的普遍定理—上限定理和下限定理求解极限荷载的一种分析方法。

（2）库仑屈服准则

满足 Mohr-Coulomb 屈服状态的条件，称库仑屈服准则。服从该条件的材料称为 Coulomb 材料。

（3）流动法则与塑性势

在塑性流动状态，屈服应力与塑性应变之间没有直接关系。流动法则就是决定或反映塑性体屈服应力与塑性应变速率之间关系的定律。Von Mises（1938）[24] 提出，流动法则可用一个塑性势函数（屈服函数）f 表示。若 f 为 0，则称此时的流动法则为相适应的流动法则。

$$\frac{\overset{\cdot}{\varepsilon}_1^p}{\overset{\cdot}{\varepsilon}_3^p} = \frac{\partial f}{\partial \sigma_1} \bigg/ \frac{\partial f}{\partial \sigma_3} \qquad (4\text{-}34)$$

式中　σ_1、σ_3——主应力；

　　$\overset{\cdot}{\varepsilon}_1^p$、$\overset{\cdot}{\varepsilon}_3^p$——$\sigma_1$ 和 σ_3 相对应的塑性主应变率的分量。

对 Coulomb 材料，有：

$$f = \tau - c - \sigma_n \tan\psi = \sigma_1(1-\sin\psi) - \sigma_3(1+\sin\psi) - 2c\cos\psi = 0$$

$$(4\text{-}35)$$

式中　τ——剪应力；

　　σ_n——正应力；

ϕ——土体内摩擦角；

c——土体粘结力。

4.4.1.2 极限分析定理—上限定理

（1）静力场和机动场的概念

静力容许的应力场（简称静力场）和机动容许的位移速率场（简称机动场）是极限分析最为常用的基本概念。设物体的体积为 V，位移边界为 A_U 和荷载边界 A_T。作用在物体表面上的荷载和体积力分别为 T_i 和 F_i。

1）静力场：静力场 σ_{ij}^0 应满足下述条件：

① 在体积 V 内满足平衡方程，即有：

$$\sigma_{ij,j}^0 + F_i = 0 \qquad (4\text{-}36)$$

② 在体积 V 内不违反屈服条件，即有：

$$f(\sigma_{ij}^0) \leqslant 0 \qquad (4\text{-}37)$$

③ 在边界 A_T 满足边界条件：

$$\sigma_{ij}^0 n_j = T_i \qquad (4\text{-}38)$$

式中 n_j——荷载作用处边界面单位法线矢量。

2）机动场：机动场满足下述条件：

① 在体积 V 内满足几何方程，即有：

$$\dot{\varepsilon}_{ij}^p = \frac{1}{2}(\dot{u}_{i,j}^p + \dot{u}_{j,i}^p) \qquad (4\text{-}39)$$

② 在边界 A_U 上满足位移边界条件或位移速率边界，并且外力做正功。

（2）虚功率原理

虚功率原理就是将静力场 σ_{ij}^0 和机动场 u_i^* 在数学上用下面等式联系起来。其物理意义是：外力在相容速度上所作的功率，等于平衡应力在相应的相容应变率上所作的功率。

$$\int_A T_i u_i^* \, \mathrm{d}A + \int_V F_i u_i^* \, \mathrm{d}V = \int_V \sigma_{ij}^0 \dot{\varepsilon}_{ij}^* \, \mathrm{d}V \qquad (4\text{-}40)$$

（3）速度间断面上的能量耗散

对 Coulomb 材料，单位体积塑性变形能耗散率 D 为：

$$D = (\tau - \sigma_n \tan\psi) \overset{.}{\overset{p}{V}} = c \cdot \overset{.}{\overset{p}{V}} \qquad (4\text{-}41)$$

式中　$\overset{.}{\overset{p}{V}}$——沿间断面的切向速度。

沿速度间断面 S_l 的能量耗散率 $\dot{W}$ 为：

$$\dot{W} = \int_{S_i} (\tau - \sigma_n \tan\psi) \left[\Delta V_t\right] \mathrm{d}S_l = \int_{S_i} c \cdot \left[\Delta V_t\right] \mathrm{d}S_l \quad (4\text{-}42)$$

式中　$\left[\Delta V_t\right]$——沿间断面的切向速度。

（4）上限定理（机动定理）

在所有机动容许的塑性变形位移场相对应的荷载中，极限荷载为最小，通常称为上限解。也就是说，假设外荷载按比例单调增加，称单调增长的荷载参数为荷载乘子，而使物体处于塑性极限状态时的荷载乘子，称为极限荷载乘子。则上限定理也可描述为：极限荷载乘子是最小的机动容许荷载乘子。

如果欲求隧道工作面正面土体相适应的极限高度，则称为工作面土体临界高度的上限解。

4.4.2　工作面正面土体稳定性分析的上限解

4.4.2.1　工作面正面土体稳定性分析模型的建立

由第 3 章建立的工作面上覆地层椭球体坍落模型，浅埋隧道工作面正面土体的一般坍落模型见图 4-10。

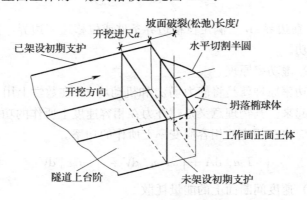

图 4-10　正面土体的坍落模型

为建立浅埋隧道工作面正面土体稳定性分析的力学模型，现作如下基本假设：

（1）考虑工作面最不稳定时刻，即已完成开挖进尺 a，但此时并未架设初次支护；

（2）取临界滑动面的形状为对数螺旋面；

（3）为简单，将水平切割半圆平面简化为外切矩形平面计算。

由此，可建立正面土体稳定性分析的一般力学模型，如图 4-11（a，b，c）。

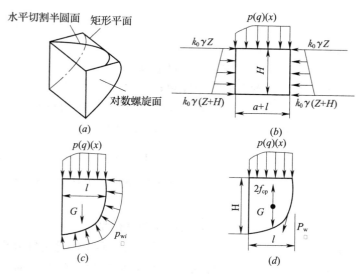

图 4-11　正面土体稳定性分析的一般力学模型

图 4-11（a，b，c）中的符号意义如下：

$q(x)$——超前预支护体的地基反力（kN/m^2）；

$p(x)$——超前预支护体的作用荷载（kN/m^2）；

Z——隧道埋深（m）；

H——隧道上台阶高度（m）；

γ——土体容重，对饱水状态，换用饱水容重 γ_{sat}（kN/m^3）；

k_0——侧压力系数；

$k_0 \gamma Z$——工作面拱顶处的侧向土压力（kN/m²）；

$k_0 \gamma(Z+H)$——工作面上台阶基脚处的侧向土压力
　　　　　　　　（kN/m²）；

G——坍滑土体重量（kN）；

p_{wi}——作用在坍滑面上的法向渗透压力（kN/m）。

图 4-11（d）是在考虑上述各力作用下，沿工作面横断面单
位坍滑长度的一般力学分析模型。图中符号意义及确定如下：

P_w——沿坍滑面的渗透压力，kN/m²。P_w 确定如下：

对总应力法：

$$P_w = 0 \tag{4-43}$$

对有效应力法，考虑饱水状态：

$$P_w = \gamma_w H \tan \Psi' \tag{4-44}$$

式中　Ψ'——土体的有效内摩擦角；

　　　f_{cp}——坍滑体侧向摩擦阻力，并假定其作用点与重心一
　　　　　　致（kN/m²）。f_{cp} 可按下式计算：

$$f_{cp} = \frac{1}{2} k_0 \gamma (2Z+H) \tan \psi' \tag{4-45}$$

由上述分析，可建立以下几种条件的隧道工作面土体稳定性
分析上限解模型。

（1）无超前小导管预加固结构模型（模型Ⅰ）

无超前小导管预加固结构条件下的工作面土体稳定性分析模
型（模型Ⅰ）见图 4-12。此时因无超前小导管，故工作面上方
的荷载 q（假设为均布）将直接作用在工作面坡面破裂（松弛）
长度 l 范围内。

（2）土中管体的剩余长度 l_e 大于坡面破裂（松弛）长度 l 模
型（模型Ⅱ）

土中管体的剩余长度 l_e 大于坡面破裂（松弛）长度 l 条件下
的工作面土体稳定性分析模型（模型Ⅱ）见图 4-13。此时作用
在坡面的荷载为地基反力 p（假设为三角形分布）。

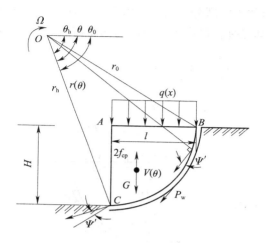

图 4-12 无超前预加固时工作面土体稳定性分析模型（模型Ⅰ）

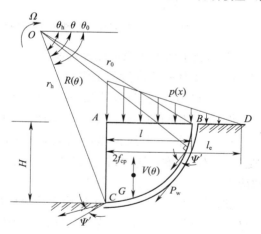

图 4-13 l_e 大于 l 时工作面土体稳定性分析模型（模型Ⅱ）

（3）土中管体的剩余长度 l_e 小于坡面破裂（松弛）长度 l 模型（模型Ⅲ）

土中管体的剩余长度 l_e 小于坡面破裂（松弛）长度 l 条件下的工作面土体稳定性分析模型（模型Ⅲ）见图 4-14。此时作用在坡面的荷载为两部分，其一是沿管长的地基反力 p（假设为梯形分布）；其二是直接作用在坡面的均布荷载 q。

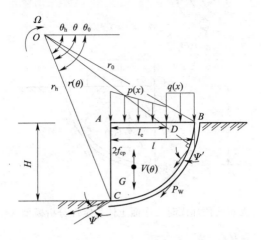

图 4-14　l_e 小于 l 时工作面土体稳定性分析模型（模型Ⅲ）

4.4.2.2　工作面正面土体稳定性分析模型的上限解

（1）工作面正面土体临界高度的上限解

尽管建立的三个模型代表三种不同的隧道开挖工况，但其模型的上限解分析方法是相同的。仅是随坡面荷载的不同，工作面的最终稳定状态不尽相同。上述模型尽管是依据图 4-11（d），但因考虑的是（$a+l$）长度，所以讨论的是空间问题。

1）有效应力法

首先讨论无超前预加固时工作面土体稳定性分析模型（模型Ⅰ）。由塑性极限分析的基本理论，建立的转动破坏机构如图 4-12。曲边三角形 ABC 作为刚体绕旋转中心 O 作转动，假定旋转体的转动角速度为 Ω，转心 O 点的位置待定。BC 曲线（面）代表一薄的速度间断层（面），它是对数螺旋线（面）。在 BC 曲线（面）下的材料静止不动。用极坐标表示的对数螺旋线（面）的方程为：

$$r(\theta) = r_0 \exp[(\theta - \theta_0)\tan\psi'] \qquad (4\text{-}46)$$

164

式中 r_0、$r(\theta)$ 分别为弦 OB 的长度及其倾角。

基准线 OC 的长度为：

$$r_h = r(\theta_h) = r_0 \exp\left[(\theta_h - \theta_0)\tan\psi'\right] \tag{4-47}$$

对图 4-12，由几何关系，H/r_0 和 l/r_0 可以用角 θ_0 和 θ_h 表示如下，

$$\left.\begin{array}{l} \dfrac{H}{r_0} = \sin\theta_h \exp\left[(\theta_h - \theta_0)\tan\psi'\right] - \sin\theta_0 \\[3mm] \dfrac{l}{r_0} = \cos\theta_0 - \cos\theta_h \exp\left[(\theta_h - \theta_0)\tan\psi'\right] \end{array}\right\} \tag{4-48}$$

由上限理论，对该模型，外功率由四部分组成：(a) 外荷载 $q(x)$ 所做的外功率；(b) 旋转体重量 G 所做的外功率；(c) 坍滑体侧向摩擦阻力 f_{cp} 所做的外功率；(d) 沿坍滑面渗透压力 P_w 所做的外功率。内功率是沿对数螺旋线（面）的能量耗散率。

① 外荷载 q 所做的外功率 $\dot{W}_q$：在 $(a+l)$ 上所做的外功率 $\dot{W}_q$ 为：

$$\begin{aligned} \dot{W}_q &= q \cdot l \cdot (a+l) \cdot \frac{1}{2}(2r_0\cos\theta_0 - l) \cdot \Omega \\ &= r_0^2 \cdot q \cdot \Omega \cdot \frac{(a+l)}{2} \cdot \frac{l}{r_0}\left(2\cos\theta_0 - \frac{l}{r_0}\right) \end{aligned} \tag{4-49}$$

上式又可写成，

$$\dot{W}_q = r_0^2 \cdot q \cdot \Omega \cdot (a+l) f_q(\theta_h, \theta_0) \tag{4-50}$$

其中，

$$f_q(\theta_h, \theta_0) = \frac{1}{2} \cdot \frac{l}{r_0}\left(2\cos\theta_0 - \frac{l}{r_0}\right) \tag{4-51}$$

② 旋转体重量所做的外功率 $\dot{W}_g$：利用叠加法，首先计算在区域 OBC、OAB 和 OAC 中土重的相应功率 $\dot{W}_1$、$\dot{W}_2$ 和 $\dot{W}_3$，即可求 $\dot{W}_g = \dot{W}_1 - \dot{W}_2 - \dot{W}_3$。求解旋转刚体自重所做的外功率计算见图 4-15。

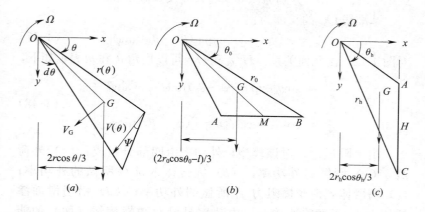

图 4-15　旋转刚体自重的外功率计算图

由图中建立的直角坐标系 xoy，则可计算在区域 OBC、OAB 和 OAC 中土重的相应功率 $\dot{W}_1$、$\dot{W}_2$ 和 $\dot{W}_3$。

a. 对区域 OBC（图 4-15a），取微分单元的重量为 $\gamma_{sat} \cdot \frac{1}{2}r^2 \cdot (a+l)\,d\theta$。假定形心在 G 点，则 G 点的速度 $V_G = \frac{2}{3}r\cos\theta \cdot \Omega$，该微元体重力所做的功率为：

$$d\dot{W}_1 = \left(\gamma_{sat} \cdot \frac{1}{2}r^2 \cdot (a+l)d\theta\right)\left(\frac{2}{3}r\cos\theta\right) \cdot \Omega \quad (4\text{-}52)$$

沿间断面积分得，

$$\dot{W}_1 = \frac{1}{3}\gamma_{sat} \cdot \Omega \cdot (a+l)\int_{\theta_0}^{\theta_h} r^3\cos\theta d\theta$$

$$= \gamma_{sat} \cdot r_0^3 \cdot \Omega \cdot (a+l)\int_{\theta_0}^{\theta_h} \frac{1}{3}\exp\left[3(\theta-\theta_0)\tan\psi'\right]\cos\theta d\theta$$

$$(4\text{-}53)$$

上式积分后可写成：

$$\dot{W}_1 = \gamma_{sat} \cdot r_0^3 \cdot \Omega \cdot (a+l)f_1(\theta_h,\theta_0) \quad (4\text{-}54)$$

其中：

$$f_1(\theta_h,\theta_0) = \{(3\tan\psi' \cdot \cos\theta_h + \sin\theta_h) \cdot \exp\left[3(\theta_h-\theta_0)\tan\psi'\right] -$$

166

$$3\tan\psi' \cdot \cos\theta_0 - \sin\theta_0 \} / 3 (1 + 9\tan^2\psi') \qquad (4\text{-}55)$$

b. 对区域 OAB（图 4-15b），该区域的重量为 $\dfrac{1}{2}\gamma_{sat} \cdot l \cdot r_0\sin\theta_0 \cdot (a+l)$，形心距为

$$x_G = \frac{2}{3}x_M = \frac{2}{3} \cdot \frac{1}{2}(x_A + x_B)\frac{1}{3}\left[(r_0\cos\theta_0 - l) + r_0\cos\theta_0\right]$$

$= \dfrac{1}{3}(2r_0\cos\theta_0 - l)$，所以该区域所做的功率 $\dot{W}_2$ 为：

$$\dot{W}_2 = \left(\frac{1}{2}\gamma_{sat} \cdot l \cdot r_0\sin\theta_0 \cdot (a+l)\right)\left[\frac{1}{3}(2r_0\cos\theta_0 - l)\right] \cdot \Omega$$
$$(4\text{-}56)$$

上式又可写成：

$$\dot{W}_2 = \gamma \cdot r_0^3 \cdot \Omega \cdot (a+l)f_2(\theta_h, \theta_0) \qquad (4\text{-}57)$$

其中：

$$f_2(\theta_h, \theta_0) = \frac{1}{6} \cdot \frac{l}{r_0}\left(2\cos\theta_0 - \frac{l}{r_0}\right)\sin\theta_0 \qquad (4\text{-}58)$$

c. 对区域 OAC（图 4-15c），该区域的重量为 $\dfrac{1}{2}\gamma_{sat} \cdot H \cdot r_h\cos\theta_h \cdot (a+l)$，形心横坐标为 $\dfrac{2}{3}r_h\cos\theta_h$。所以该区域所做的功率 $\dot{W}_3$ 为：

$$\dot{W}_3 = \left(\frac{1}{2}\gamma_{sat} \cdot H \cdot r_h\cos\theta_h \cdot (a+l)\right)\left(\frac{2}{3}r_h\cos\theta_h\right) \cdot \Omega$$
$$(4\text{-}59)$$

上式也可写为：

$$\dot{W}_3 = \gamma_{sat} \cdot r_0^3 \cdot \Omega \cdot (a+l)f_3(\theta_h, \theta_0) \qquad (4\text{-}60)$$

其中：

$$f_3(\theta_h, \theta_0) = \frac{1}{3} \cdot \frac{H}{r_0} \cdot \cos^2\theta_h \cdot \exp\left[2(\theta_h - \theta_0)\tan\psi'\right]$$
$$(4\text{-}61)$$

这样，旋转体重量所做的外功率 $\dot{W}_g$ 为：

$$\dot{W}_g = \dot{W}_1 - \dot{W}_2 - \dot{W}_3 = \gamma_{sat} \cdot r_0^3 \cdot \Omega \cdot (a+l)(f_1 - f_2 - f_3)$$

$$(4-62)$$

③ 坍滑体侧向摩擦阻力 f_{cp} 所做的外功率 $\dot{W}_f$

$\dot{W}_f$ 的计算方法与旋转体重量所做的外功率 $\dot{W}_g$ 相同。依此两侧坍滑体的摩阻功率为:

$$2\dot{W}_f = 2f_{cp} \cdot r_0^3 \cdot \Omega \cdot (f_1 - f_2 - f_3) \qquad (4-63)$$

④ 沿坍滑面渗透压力 P_w 所做的外功率 $\dot{W}_w$

沿整个间断面积分,可得总的渗透压力所做的外功率 $\dot{W}_w$。

$$\dot{W}_w = \int_{\theta_0}^{\theta_h} P_w \cdot (V\cos\psi') \cdot (a+l) \frac{r}{\cos\psi'} d\theta \cdot \Omega$$

$$= P_w \cdot \Omega \cdot (a+l) \int_{\theta_0}^{\theta_h} r^2 d\theta$$

$$= \frac{P_w r_0^2 \Omega}{2\tan\psi'} \cdot (a+l) \{\exp[2(\theta_h - \theta_0)\tan\psi'] - 1\} \quad (4-64)$$

⑤ 内部耗散的塑性功率 $\dot{W}$

沿速度间断线(面)BC 发生的能量耗散率的微分等于间断面微分面积 $(a+l) rd\theta/\cos\psi'$、切向间断速度 $V\cos\psi'$ 及粘结力 c' 三者的乘积。在整个间断线(面)上积分,即得总的内部能量耗散率 $\dot{W}$。

$$\dot{W} = \int_{\theta_0}^{\theta_h} c' \cdot (V \cdot \cos\psi')(a+l) \frac{r}{\cos\psi'} d\theta = c' \cdot \Omega \cdot (a+l) \int_{\theta_0}^{\theta_h} r^2 d\theta$$

$$= \frac{c' r_0^2 \Omega}{2\tan\psi'} \cdot (a+l) \{\exp[2(\theta_h - \theta_0)\tan\psi'] - 1\} \qquad (4-65)$$

令外力功率等于内部能力耗散率 $\dot{W}$,即有下式成立:

$$\dot{W}_q + \dot{W}_g + \dot{W}_f - \dot{W}_f = \dot{W} \qquad (4-66)$$

$$r_0^2 q\Omega (a+l) f_q + r_0^3 \Omega [\gamma_{sat} (a+l) - 2f_{cp}] (f_1 - f_2 - f_3)$$

$$= \frac{r_0^2 \Omega (c' - P_w)}{2\tan\psi'} (a + l) \left\{ \exp\left[2 (\theta_h - \theta_0) \tan\psi' \right] - 1 \right\}$$

$$(4-67)$$

化简式（4-67），得：

$$r_0 = \frac{c' (a + l) \left\{ \left(1 - \dfrac{P_w}{c'} \right) \left[\exp (2 (\theta_h - \theta_0) \tan\psi') - 1 \right] - 2 \dfrac{q}{c} f_q \tan\psi' \right\}}{\gamma_{sat} \cdot 2\tan\psi' \left[(a + l) - 2 \dfrac{f_{cp}}{\gamma_{sat}} \right] (f_1 - f_2 - f_3)}$$

$$(4-68)$$

由式（4-48）及式（4-48）得，

$$H_w = \frac{c'}{\gamma_{sat}} f_w (\theta_h, \theta_0) \tag{4-69}$$

其中：

$$f_w(\theta_h, \theta_0) = \frac{(a + l) \left\{ \begin{array}{l} \left(1 - \dfrac{P_w}{c'} \right) \left[\exp(2(\theta_h - \theta_0) \tan\psi') \right. \\ \left. - 1 \right] - 2 \dfrac{q}{c} f_q \tan\psi' \end{array} \right\}}{2\tan\psi' \left[(a + l) - 2 \dfrac{f_{cp}}{\gamma_{sat}} \right] (f_1 - f_2 - f_3)}$$

$$\times \left\{ \sin\theta_h \exp\left[(\theta_h - \theta_0) \tan\psi' \right] - \sin\theta_0 \right\} \tag{4-70}$$

式（4-69）给出了工作面土体临界高度的一个上限值，为了求得最小上限，必须使 $f_w (\theta_h, \theta_0)$ 最小，即有：

$$\frac{\partial f_w}{\partial \theta_h} = 0, \frac{\partial f_w}{\partial \theta_0} = 0 \tag{4-71}$$

解式（4-71），将所得的 θ_h，θ_0 值代入式（4-69），即得模型 I 条件下，隧道工作面土体临界高度的最小上限值 H_{wcr}^+。同理，对图 4-13，当土中管体的剩余长度 l_e 大于坡面破裂（松弛）长度 l 时，其荷载 $p(x)$ 所做的外功率 $\dot{W}_p$ 为：

$$\dot{W}_p = \left(\frac{p_A + p_B}{2} \right) \cdot l \cdot (a + l) \cdot$$

$$\left[\frac{(2p_A + p_B)}{3 (p_A + p_B)} \cdot l + r_0 \cos\theta_0 - l \right] \cdot \Omega$$

$$= r_0^2 \cdot (p_A + p_B) \cdot \Omega \cdot \frac{(a + l)}{2} \frac{l}{r_0} \cdot$$

169

$$\left[\frac{(2p_A + p_B)}{3(p_A + p_B)} \cdot \frac{l}{r_0} + \cos\theta_0 - \frac{l}{r_0}\right] \tag{4-72}$$

上式又可写成，

$$\dot{W}_p = r_0^2 \cdot (p_A + p_B) \cdot \Omega \cdot (a + l) f_p(\theta_h, \theta_0) \tag{4-73}$$

其中：

$$f_p(\theta_h, \theta_0) = \frac{1}{2}\frac{l}{r_0} \cdot \left[\frac{(2p_A + p_B)}{3(p_A + p_B)} \cdot \frac{l}{r_0} + \cos\theta_0 - \frac{l}{r_0}\right] \tag{4-74}$$

由外力功率等于内部耗散率 $\dot{W}_p$，即可求得该模型的临界高度 H_D 的表达式为：

$$H_D = \frac{c'}{\gamma_{sat}} f_D(\theta_h, \theta_0) \tag{4-75}$$

其中：

$$f_D(\theta_h, \theta_0) = \frac{\left\{\begin{array}{c}\left(1 - \dfrac{P_w}{c'}\right)\left[\exp(2(\theta_h - \theta_0)\tan\psi') - 1\right] \\[2mm] - 2\dfrac{(p_A + p_B)}{c'}f_p\tan\psi'\end{array}\right\}}{2\tan\psi'\left[(a + l) - 2\dfrac{f_{cp}}{\gamma_{sat}}\right](f_1 - f_2 - f_3)}$$

$$\times (a + l)\{\sin\theta_h \exp[(\theta_h - \theta_0)\tan\psi'] - \sin\theta_0\} \tag{4-76}$$

同理，为了求得最小上限，必须使 $f_D(\theta_h, \theta_0)$ 最小，即有：

$$\frac{\partial f_D}{\partial \theta_h} = 0, \frac{\partial f_D}{\partial \theta_0} = 0 \tag{4-77}$$

解式（4-77）的联立方程，将所得的 θ_h，θ_0 值代入式（4-75），即得模型 II 条件下，隧道工作面土体临界高度的最小上限值 H_{Dcr}^+。同理，对图 4-13，当土中管体的剩余长度 l_e 小于或等于坡面破裂（松弛）长度 l 时，其荷载 $p(x)$、$q(x)$ 所做的外功率 $\dot{W}_{pq}$ 为：

$$\dot{W}_{pq} = \dot{W}_{pp} + \dot{W}_{qq} = \left\{\begin{array}{l}\left(\dfrac{p_A + p_D}{2}\right) \cdot l_e \cdot (a + l) \\[2mm] \cdot \left[\dfrac{(2p_A + p_D)}{3(p_A + p_D)} \cdot l_e + r_0\cos\theta_0 - l\right]\end{array}\right\} \cdot \Omega$$

$$+ \left[q(l - l_e) \cdot \frac{(a + l)}{2}(l_e + 2r_0\cos\theta_0 - l)\right] \cdot \Omega$$

$$= r_0^2 (p_A + p_D) \cdot \Omega \cdot \frac{(a+l)}{2} \frac{l_e}{r_0} \left[\frac{(2p_A + p_D)}{3(p_A + p_D)} \cdot \frac{l_e}{r_0} + \cos\theta_0 - \frac{l}{r_0} \right] +$$

$$r_0^2 q \cdot \Omega \cdot \frac{(a+l)}{2} \frac{(l-l_e)}{r_0} \left(\frac{l_e - l}{r_0} + \cos\theta_0 \right) \quad (4\text{-}78)$$

其中：

$$\dot{W}_{pp} = r_0^2 \cdot (p_A + p_D) \cdot \Omega \cdot (a+l) f_{pp}(\theta_h, \theta_0) \quad (4\text{-}79)$$

其中：

$$f_{pp}(\theta_h, \theta_0) = \frac{1}{2} \frac{l_e}{r_0} \left[\frac{(2p_A + p_D)}{3(p_A + p_D)} \cdot \frac{l_e}{r_0} + \cos\theta_0 - \frac{l}{r_0} \right]$$

$$(4\text{-}80)$$

$$\dot{W}_{qq} = r_0^2 \cdot q \cdot \Omega \cdot (a+l) f_{qq}(\theta_h, \theta_0) \quad (4\text{-}81)$$

其中：

$$f_{qq}(\theta_h, \theta_0) = \frac{1}{2} \left(\frac{l-l_e}{r_0} \right) \left(\frac{l_e - l}{r_0} + \cos\theta_0 \right) \quad (4\text{-}82)$$

由外力功率等于内部耗散率 $\dot{W}$，即可求得该模型的临界高度 H_S 的表达式为：

$$H_S = \frac{c'}{\gamma_{sat}} f_S(\theta_h, \theta_0) \quad (4\text{-}83)$$

其中：

$$f_S(\theta_h, \theta_0) = \frac{\left\{ \begin{array}{l} \left(1 - \dfrac{P_w}{c'}\right) \left[\exp(2(\theta_h - \theta_0)\tan\psi') - 1 \right] \\ -2 \dfrac{(p_A + p_D)}{c'} f_{pp} \tan\psi' - 2 \dfrac{q}{c} f_{qq} \tan\psi' \end{array} \right\}}{2\tan\psi' \left[(a+l) - 2 \dfrac{f_{cp}}{\gamma_{sat}} \right] (f_1 - f_2 - f_3)}$$

$$\times (a+l) \{ \sin\theta_h \exp[(\theta_h - \theta_0)\tan\psi'] - \sin\theta_0 \} \quad (4\text{-}84)$$

同理，为了求得最小上限，必须使 $f_S(\theta_h, \theta_0)$ 最小，即有：

$$\frac{\partial f_S}{\partial \theta_h} = 0, \frac{\partial f_S}{\partial \theta_0} = 0 \quad (4\text{-}85)$$

解式 (4-85)，但为求解方便，可令 $l_e = nl$（其中 n 为长度系数），并且当 $n=1$ 时，也即 l_e 等于 l 时，在式 (4-84) 中，应

使 $q=0$。这样将所求得的 θ_h，θ_0 值代入式（4-83），即得模型Ⅲ条件下，工作面土体临界高度的最小上限值 H_{scr}^+。

2）总应力法

若不考虑孔隙水压力的影响，则直接用土体密度 γ 和土体粘结力 c 替换上述各模型关系式中的 γ_{sat} 和 c' 即可。

（2）工作面正面土体稳定系数 N_S

工作面土体稳定系数 N_S 可由下式给出：

$$N_S = \frac{\gamma_{sat}}{c'} H_{cr}^+ \qquad (4-86)$$

4.4.2.3 工作面正面土体稳定性分析模型上限解的讨论

对一般地层条件，浅埋隧道工作面上台阶一般处于无水状态，因此 P_w 可以忽略。而对含水砂层条件，由于工作面抽排水的影响，水位一般皆处于上台阶的拱脚处，其值甚小。再考虑坍滑土体的侧向摩擦力为阻止土体坍落，因此，对隧道工作面上台阶的稳定性分析，可以不考虑这两个因素的影响。这里依据建立的上述模型关系式，对正面土体稳定性的上限解讨论如下：已知参数：D：6.5m，H：3m；Z：10m；γ_a：18.67kN/m²。工作面处土体：c：20kPa；γ：18.2kN/m²。各模型计算所考虑的工况参数组合见表 4-4。

基于问题的复杂性，这里采用 Fortran 语言编程求解。对模型Ⅰ—工作面无超前小导管预加固结构模型，上限解的结果见表 4-5。不同 q 和 ϕ 条件下的工作面土体稳定性系数 N_S 变化趋势见图 4-16。

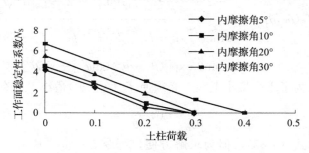

图 4-16 上覆土柱荷载与 N_S 的关系

正面土体稳定性分析模型上限解的工况参数组合　表 4-4

模型	工况参数组合
模型 I	1) 内摩擦角 Ψ 考虑 4 种工况：$5°$、$10°$、$20°$和 $30°$；2) 作用荷载 q 为上覆土柱荷载的 10%～100%，递增 10%，共计 10 种条件。分别计算不同荷载 q 随内摩擦角 Ψ 工作面正面土体稳定性系数 N_S、临界高度 H_{cr} 和临界破裂松弛长度 L_{pcr} 和破裂角 α（破裂面切线与垂直方向的夹角）
模型 II	1) 内摩擦角 Ψ 考虑 4 种工况：$5°$、$10°$、$20°$和 $30°$；2) 作用荷载 p_A 考虑 10 种工况：即为上覆土柱荷载的 15%、20%、25%、30%、40%、45%、50%、55%、60%和 65%；3) p_B 考虑 3 种情况：即为上覆土柱荷载的 0、5%和 10%。分别计算三种工况参数的不同组合
模型 III	1) 内摩擦角 Ψ 考虑 4 种工况：$5°$、$10°$、$20°$和 $30°$；2) 作用荷载 p_A 考虑 6 种工况：即为上覆土柱荷载的 25%～50%，递增 5%；3) p_D 考虑 2 种情况：为上覆土柱荷载的 10%和 20%；4) 长度系数 n 考虑 2 种情况：0.5 和 0.75。计算在 q 为 55%上覆土柱荷载作用下，上述工况参数组合的上限解

模型 I—工作面无超前小导管预加固模型的上限解　表 4-5

$\Psi(°)$	q (kN/m²)												备注
	$0.1\gamma Z$				$0.2\gamma Z$				$0.3\gamma Z$				
	N_S	H_{cr} (m)	L_{pcr} (m)	α (°)	N_S	H_{cr} (m)	L_{pcr} (m)	α (°)	N_S	H_{cr} (m)	L_{pcr} (m)	α (°)	作用荷载大于 30%上覆土柱荷载时，上限解为零
5	2.44	2.69	2.38	41.5	0.63	0.69	0.63	42.5	0.015	0.016	0.008	26.6	
10	2.84	3.12	2.53	39	1.03	1.13	0.95	40	0.021	0.024	0.013	28.2	
20	3.76	4.13	2.75	28.6	1.96	2.15	1.48	34.5	0.15	0.17	0.11	32.5	
30	4.95	5.44	2.97	2	3.15	3.47	1.97	29.6	1.37	1.50	0.78	27.5	

对模型Ⅱ—土中管体的剩余长度 l_e 大于坡面破裂（松弛）长度 l 情况，其上限解的结果见表 4-6。p_B 为 0、5%γZ 时，随 p_A 的变化，考虑不同 Ψ 值的 N_S 变化趋势见图 4-17、图 4-18；当 Ψ 为 20°时，随 p_A 的变化，不同 p_B（0γZ、5%γZ、10%γZ）的 N_S 变化趋势见图 4-19。

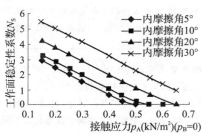

图 4-17　接触应力与 N_S 的关系

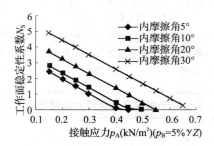

图 4-18　接触应力与 N_S 的关系

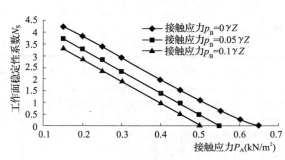

图 4-19　$\psi = 200$ 时接触应力与 N_S 的变化关系

174

模型Ⅱ—l_e 大于 L_p 时工作面稳定性分析的上限解　表 4-6

P_A	上限解	$p_B=0\gamma Z$				$p_B=5\%\gamma Z$				$p_B=10\%\gamma Z$			
		Ψ				Ψ				Ψ			
		5	10	20	30	5	10	20	30	5	10	20	30
0.15 γZ	N_S	2.95	3.34	4.26	5.45	2.44	2.81	3.72	4.91	1.99	2.37	3.30	4.49
	H_{cr}	3.24	3.67	4.68	5.99	2.68	3.08	4.09	5.39	2.19	2.61	3.62	4.93
	L_{pcr}	2.81	2.97	3.10	3.21	2.25	2.41	2.72	2.89	1.91	2.11	2.41	2.69
	α	40.9	39	33.5	28.2	40	38	33.7	28.2	41	39	33.6	28.6
0.20 γZ	N_S	2.50	2.90	3.83	5.02	1.97	2.34	3.26	4.45	1.53	1.91	2.83	4.02
	H_{cr}	2.74	3.19	4.21	5.52	2.17	2.57	3.58	4.89	1.68	2.10	3.11	4.42
	L_{pcr}	2.47	2.68	2.85	3.07	1.85	2.05	2.38	2.67	1.46	1.70	2.11	2.46
	α	42	40	34	29.1	40.5	38.5	33.7	28.7	41	39	34	29.1
0.25 γZ	N_S	2.04	2.44	3.39	4.59	1.51	1.88	2.79	3.98	1.06	1.44	2.37	3.56
	H_{cr}	2.24	2.68	3.73	5.04	1.66	2.06	3.07	4.38	1.17	1.59	2.60	3.91
	L_{pcr}	2.06	2.21	2.61	2.87	1.41	1.64	2.05	2.40	1.03	1.31	1.76	2.18
	α	42.6	39.5	35	29.6	40.5	38.5	34.1	28.7	41.5	39.5	34	29.1
0.30 γZ	N_S	1.59	1.99	2.92	4.16	1.04	1.41	2.33	3.52	0.60	0.98	1.90	3.10
	H_{cr}	1.75	2.18	3.21	4.57	1.15	1.55	2.56	3.87	0.66	1.07	2.09	3.40
	L_{pcr}	1.60	1.80	2.21	2.65	0.98	1.26	1.77	2.16	0.58	0.89	1.44	1.89
	α	42.4	39.6	34.6	30	40.5	39	34.6	29.2	41.5	39.5	34.6	29.1
0.40 γZ	N_S	0.68	1.08	2.02	3.22	0.11	0.48	1.40	2.59	0.02	0.05	0.97	2.16
	H_{cr}	0.75	1.19	2.21	3.54	0.12	0.53	1.53	2.85	0.02	0.05	1.07	2.38
	L_{pcr}	0.67	0.98	1.52	2.00	0.11	0.43	1.06	1.62	0.01	0.04	0.74	1.35
	α	41.8	39.5	34.5	29.5	41	39	34.6	29.6	32.6	40	34.6	29.6

P_A	上限解	$p_B=0\gamma Z$				$p_B=5\%\gamma Z$				$p_B=10\%\gamma Z$			
		Ψ				Ψ				Ψ			
		5	10	20	30	5	10	20	30	5	10	20	30
0.45 γZ	N_S	0.23	0.63	1.56	2.77	0.017	0.078	0.93	2.12	0.001	—	0.51	1.70
	H_{cr}	0.25	0.69	1.72	3.04	0.019	0.086	1.02	2.34	0.002	—	0.56	1.87
	L_{pcr}	0.23	0.57	1.18	1.72	0.012	0.067	0.72	1.33	0.001	—	0.39	1.06
	α	42.6	39.5	34.5	29.5	32	37.5	35	29.6	28	—	35	30
0.50 γZ	N_S	0.026	0.17	1.11	2.32	—	0.005	0.46	1.66	—	—	0.038	1.23
	H_{cr}	0.029	0.19	1.22	2.55	—	0.006	0.51	1.82	—	—	0.042	1.35
	L_{pcr}	0.022	0.16	0.84	1.44	—	0.003	0.36	1.04	—	—	0.030	0.78
	α	37.2	40	34.5	29.5	—	29	35	29.6	—	—	35	30
0.55 γZ	N_S	0.008	0.024	0.66	1.86	—	—	0.004	1.19	—	—	0.010	0.76
	H_{cr}	0.009	0.026	0.72	2.05	—	—	0.005	1.31	—	—	0.011	0.84
	L_{pcr}	0.005	0.017	0.50	1.16	—	—	0.003	0.76	—	—	0.006	0.49
	α	31.9	33.2	34.5	29.5	—	—	34.2	30	—	—	27.4	30
0.60 γZ	N_S	—	0.015	0.21	1.41	—	—	—	0.73	—	—	—	0.30
	H_{cr}	—	0.016	0.23	1.55	—	—	—	0.80	—	—	—	0.33
	L_{pcr}	—	0.009	0.16	0.88	—	—	—	0.46	—	—	—	0.19
	α	—	28.6	34.5	29.5	—	—	—	30.1	—	—	—	30
0.65 γZ	N_S	—	—	0.02	0.96	—	—	—	0.26	—	—	—	—
	H_{cr}	—	—	0.02	1.06	—	—	—	0.28	—	—	—	—
	L_{pcr}	—	—	0.01	0.60	—	—	—	0.16	—	—	—	—
	α	—	—	30.3	29.5	—	—	—	30.1	—	—	—	—

对模型Ⅲ—土中管体的剩余长度 l_e 小于或等于坡面破裂（松弛）长度 l 情况，其上限解的结果见表 4-7。长度系数 n 为 0.5 时，随 p_A 的变化，不同的 p_D（10%γZ、20%γZ）情况下，考虑不同 Ψ 值的 N_S 变化趋势见图 4-20、图 4-21；当长度系数 n 为 0.75 时，考虑 Ψ 为 20° 时，随 p_A 的变化，不同 p_D 值影响的 N_S 变化趋势见图 4-22；当 Ψ 为 20° 时，p_D 为 10%γZ 条件下，考虑长度系数 n 影响的不同 p_A 条件下的 N_S 变化趋势见图 4-23。

模型Ⅲ—l_e 小于 L_p 时工作面稳定性分析的上限解　表 4-7

p_A	上限解	$q=0.55\gamma Z$											
		$n=0.5$						$n=0.75$					
		$p_D=0.1\gamma Z$			$p_D=0.2\gamma Z$			$p_D=0.1\gamma Z$			$p_D=0.2\gamma Z$		
		ψ			ψ			ψ			ψ		
		10	20	30	10	20	30	10	20	30	10	20	30
0.15 γZ	N_S	0.60	1.53	2.73	0.15	1.09	2.29	1.01	1.94	3.13	0.34	1.27	2.47
	H_{cr}	0.65	1.68	3.00	0.16	1.19	2.52	1.11	2.13	3.44	0.37	1.40	2.72
	L_{pcr}	0.54	1.16	1.70	0.14	0.82	1.42	0.92	1.47	1.91	0.31	0.96	1.54
	α	39.5	34.5	29.5	39.5	34.5	29.5	39.5	34.6	29.1	39.5	34.5	29.5
0.30 γZ	N_S	0.37	1.31	2.51	0.012	0.86	2.07	0.67	1.60	2.79	—	0.93	2.13
	H_{cr}	0.41	1.43	2.76	0.013	0.95	2.27	0.74	1.75	3.07	—	1.02	2.34
	L_{pcr}	0.34	0.99	1.56	0.010	0.65	1.28	0.61	1.21	1.78	—	0.70	1.33
	α	39.5	34.5	29.5	37.2	34.5	29.5	39.5	34.5	30	—	34.5	29.5
0.35 γZ	N_S	0.14	1.08	2.28	—	0.63	1.84	0.32	1.25	2.45	—	0.58	1.79
	H_{cr}	0.16	1.19	2.51	—	0.70	2.01	0.36	1.38	2.69	—	0.64	1.96
	L_{pcr}	0.13	0.82	1.42	—	0.49	1.14	0.29	0.97	1.53	—	0.44	1.11
	α	39.5	34.5	29.5	—	34.5	29.5	39.5	35	29.6	—	34.5	29.5
0.40 γZ	N_S	0.022	0.85	2.06	—	0.41	1.61	0.007	0.91	2.11	—	0.24	1.44
	H_{cr}	0.024	0.94	2.26	—	0.45	1.77	0.007	1.00	2.32	—	0.26	1.58
	L_{pcr}	0.018	0.64	1.28	—	0.31	1.00	0.006	0.70	1.34	—	0.18	0.90
	α	36.6	34.5	29.5	—	34.5	29.5	37.6	35	30	—	34.5	29.5

p_A	上限解	$q=0.55\gamma Z$											
		$n=0.5$						$n=0.75$					
		$p_D=0.1\gamma Z$			$p_D=0.2\gamma Z$			$p_D=0.1\gamma Z$			$p_D=0.2\gamma Z$		
		ψ			ψ			ψ			ψ		
		10	20	30	10	20	30	10	20	30	10	20	30
0.45 γZ	N_S	—	0.63	1.83	—	0.18	1.39	—	0.57	1.77	—	0.023	1.10
	H_{cr}	—	0.69	2.01	—	0.20	1.52	—	0.62	1.94	—	0.026	1.21
	L_{pcr}	—	0.47	1.14	—	0.14	0.86	—	0.44	1.13	—	0.015	0.68
	α	—	34.5	29.5	—	34.5	29.5	—	35	30	—	30.6	29.5
0.50 γZ	N_S	—	0.40	1.61	—	0.008	1.16	—	0.22	1.43	—	—	0.75
	H_{cr}	—	0.44	1.76	—	0.009	1.28	—	0.25	1.57	—	—	0.83
	L_{pcr}	—	0.30	1.00	—	0.006	0.72	—	0.18	0.91	—	—	0.47
	α	—	34.5	29.5	—	32	29.5	—	35.5	30	—	—	29.5

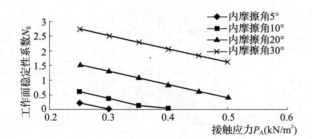

图 4-20 P_D 为 $10\%\gamma Z$ 时 P_A 与 N_S 关系 ($n=0.5$)

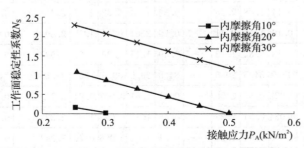

图 4-21 P_D 为 $20\%\gamma Z$ 时 P_A 与 N_S 关系 ($n=0.5$)

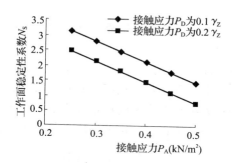

图 4.22 摩擦角为 200 时 P_A 与 N_S 关系

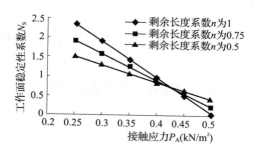

图 4.23 不同长度系数时 P_A 与 N_S 关系

由表 4-5～表 4-7 以及图 4-16～图 4-23，通过对工作面正面土体稳定性分析模型上限解结果的分析，可得出以下初步结论：

（1）对浅埋暗挖隧道工作面，若工作面无超前预加固技术措施，则一般来说，工作面难以保证开挖的稳定性。

（2）尽管超前预加固的作用效果明显，但其作用受地层条件、埋深、隧道开挖尺寸、隧道初次支护方式、预加固参数等限制。

（3）上限解表明，上覆地层的拱效应是存在的。如若把地层荷载的增加视为地层物性参数的劣化，则可明显看出，如若上覆地层荷载全部作用在超前预加固结构体上，无疑工作面必趋于失稳。事实上，对一般地层条件，工作面并未失稳，这说明地层拱效应的存在承担了一部分荷载，它使作用在超前预加固结构上的荷载以及直接作用在工作面土体的荷载大为减少，从而确保了隧道的正常开挖。

（4）对复杂地层条件，仅依靠常规超前预加固技术措施难以保证开挖面的稳定。

（5）一般条件下，随预加固长度的增加，其对工作面的促稳效果明显。但当土中管体剩余长度达到临界破裂长度时，此时预加固长度的相对大小对工作面的稳定性影响已不再是关键因素。

（6）由上限解分析，对一定的地层条件，工作面土体破裂滑动角 α 一般都接近于 $45°-\dfrac{\Psi}{2}$，并且基本稳定。这说明工作面土体的破坏是渐次累加破坏。

4.5 工作面正面土体预加固的力学行为

4.5.1 工作面正面土体预加固的上限解

4.5.1.1 正面土体预加固的上限解模型

工作面正面土体预加固考虑两种形式：（1）工作面留设核心土；（2）工作面正面预加固如超前小导管或玻璃钢锚杆（管）等支护形式。工作面正面预支护，对上台阶断面，按均布考虑；分析时不考虑核心土粘结力对正面土体的作用效果。

为模型的统一性，这里以浅埋隧道的最不利工作状态即土中管体的剩余长度 l_e 小于坡面破裂（松弛）长度 l 情况（对 l_e 大于或等于 l 工况，令 $q(x)=0$，剩余长度系数 $n \geqslant 1$ 即可）为例来给予分析。由此建立的工作面正面土体预加固稳定性分析模型见图 4-24。

4.5.1.2 正面土体预加固上限解模型的计算

由前讨论，这里采用总应力法。

（1）核心土所做的外功率 $\dot{W}_{ph}$

设工作面核心土留设高度为 h，土体的侧压力系数为 k_0，则核心土的水平分布力为 $k_0 p_h$（$p_h = \gamma_h$），此时其所做的外功率 $\dot{W}_{ph}$ 为，

$$\dot{W}_{ph} = k_0 p_h \cdot \frac{1}{2} h \cdot (a+l) \left(H - \frac{1}{3}h + r_0 \sin\theta_0 \right) \cdot \Omega$$

$$(4-87)$$

令 $h = mH$，m 为高度系数，则式（4-87）化简为：

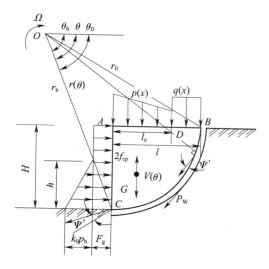

图 4-24　工作面正面土体预加固稳定性分析模型

$$\dot{W}_{ph} = r_0^3 \cdot k_0 \cdot \gamma \cdot \Omega \cdot \frac{(a+l)}{2} m^2 \left(\frac{H}{r_0} \right)^2 \cdot \left[\frac{H}{r_0} \left(1 - \frac{m}{3} \right) + \sin\theta_0 \right]$$

$$(4-88)$$

上式又可写为：

$$\dot{W}_{ph} = r_0^3 k_0 \gamma \cdot \Omega \cdot (a+l) f_h (\theta_h, \theta_0) \qquad (4-89)$$

其中：

$$f_h (\theta_h, \theta_0) = \frac{1}{2} m^2 \left(\frac{H}{r_0} \right)^2 \left[\frac{H}{r_0} \left(1 - \frac{m}{3} \right) + \sin\theta_0 \right] \quad (4-90)$$

（2）正面预支护力 F_g 所做的外功率 $\dot{W}_{Fg}$

设正面预支护分布力为 F_g，则其所做的外功率 $\dot{W}_{Fg}$ 为：

$$\dot{W}_{Fg} = F_g \cdot H \cdot (a+l) \left(\frac{1}{2}H + r_0 \sin\theta_0 \right) \cdot \Omega$$

$$= r_0^2 F_g \Omega \cdot \frac{(a+l)}{2} \frac{H}{r_0} \left(2\sin\theta_0 + \frac{H}{r_0} \right) \tag{4-91}$$

式（4-91）又可写为：

$$\dot{W}_{Fg} = r_0^2 F_g \cdot \Omega \cdot (a+l) f_g (\theta_h, \theta_0) \tag{4-92}$$

其中：

$$f_g (\theta_h, \theta_0) = \frac{1}{2} \frac{H}{r_0} \left(2\sin\theta_0 + \frac{H}{r_0} \right) \tag{4-93}$$

借助前述计算结果，则由图 4-24，令外力功率等于内部耗散率，即有：

$$\dot{W}_g + \dot{W}_{pq} - \dot{W}_{ph} - \dot{W}_{Fg} = \dot{W} \tag{4-94}$$

也即有下式：

$$\gamma r_0^3 \Omega (f_1 - f_2 - f_3) + r_0^2 (p_A + p_D)\Omega f_{pp} + r_0^2 q\Omega f_{qq} -$$

$$r_0^3 k_0 \gamma \Omega f_h - r_0^2 F_g \Omega f_g = \frac{cr_0^2 \Omega}{2\tan\psi} \cdot \{ \exp [2 (\theta_h - \theta_0)\tan\psi] - 1 \} \tag{4-95}$$

化简式（4-95）得：

$$r_0 = \frac{\left\{ \begin{array}{c} [\exp 2(\theta_h - \theta_0)\tan\psi - 1] - \dfrac{2(p_A + p_D)}{c} \\ f_{pp}\tan\psi - \dfrac{2q}{c} f_{qq}\tan\psi + \dfrac{2F_g}{c} f_g\tan\psi \end{array} \right\}}{2\tan\psi [(f_1 - f_2 - f_3) - k_0 f_h]} \tag{4-96}$$

由式（4-48），可得：

$$H = \frac{c}{\gamma} f_e (\theta_h, \theta_0) \tag{4-97}$$

其中：

$$f_e(\theta_h, \theta_0) = \frac{\left\{ \begin{array}{c} [\exp 2(\theta_h - \theta_0)\tan\psi - 1] - \dfrac{2(p_A + p_D)}{c} \\ f_{pp}\tan\psi - \dfrac{2q}{c} f_{qq}\tan\psi + \dfrac{2F_g}{c} f_g\tan\psi \end{array} \right\}}{2\tan\psi [(f_1 - f_2 - f_3) - k_0 f_h]}$$

$$\times \{ \sin\theta_h \exp [(\theta_h - \theta_0)\tan\psi] - \sin\theta_0 \} \tag{4-98}$$

同理，为找到最小上限值，必须使 $f_e (\theta_h, \theta_0)$ 最小，即有：

182

$$\frac{\partial f_e}{\partial \theta_h} = 0, \frac{\partial f_e}{\partial \theta_0} = 0 \qquad (4\text{-}99)$$

解式（4-99）的联立方程，将所得的 θ_h，θ_0 值代入式(4-97)，即得该模型条件下，隧道工作面土体临界高度的最小上限值 H_{ecr}^+。

4.5.2 工作面正面土体预加固上限解的分析

为分析工作面留设核心土和正面预支护的力学行为，这里利用下述给定工况的上限解结果给予并讨论。计算参数：k_0 0.35；c 20kPa；Ψ 20°；γ_a 18.67kN/m²；工作面土体：γ 18.2kN/m²；H 3m；Z 10m。计算的工况参数如下：

（1）工况参数 1：p_A 为 74.68kN/m²；p_D 为 18.67kN/m²；q 为 186.7kN/m²；n 为 0.5。

（2）工况参数 2：p_A 为 74.68kN/m²；p_D 为 18.67kN/m²；q 为 0kN/m²；n 为 1。

（3）工况参数 3：p_A 为 74.68kN/m²；p_D 为 9.34kN/m²；q 为 0kN/m²；n 为 1。

（4）工况参数 4：p_A 为 74.68kN/m²；p_D 为 0kN/m²；q 为 0kN/m²；n 为 1。

由上述工况参数，这里比较当工作面留设核心土高度 h 为上台阶高度 H 的 1/3、2/5、1/2、2/3 时，以及工作面正面预支护力 F_g 为 5kN/m²、10kN/m²、15kN/m²、20kN/m²、25kN/m²、30kN/m² 时，工作面留设核心土高度以及工作面正面预支护力各自单独作用对工作面稳定性的促稳效果；并它们共同作用时，对工作面稳定的力学效果。

对工作面留设核心土条件，在不同留设高度系数 m 下的工作面正面土体稳定的上限解结果见表 4-8。不同正面预支护力的工作面正面土体稳定的上限解结果见表 4-9。两者共同作用下的工作面正面土体稳定性系数 N_S 的变化趋势见图 4-25（a、b、c、d）。

核心土高度变化的正面土体稳定性分析上限解　　表 4-8

核心土高度 （m）	上限解 结果	工况 参数 1	工况 参数 2	工况 参数 3	工况 参数 4	备　注
0	N_S	0.0031	0.97	1.40	2.02	
	H_{cr} (m)	0.0034	1.07	1.53	2.21	
	L_{pcr} (m)	0.0013	0.74	1.06	1.52	
	α (°)	20.9	34.6	34.6	34.5	
1/3H	N_S	0.0034	1.08	1.53	2.28	对工况 1， θ_h 为 45°， θ_0 为 37°；
	H_{cr} (m)	0.0037	1.19	1.68	2.51	
	L_{pcr} (m)	0.0014	0.82	1.16	1.73	
	α (°)	20.7	34.6	34.6	34.6	
2/5H	N_S	0.0035	1.14	1.58	2.28	对工况 2， θ_h 为 60°， θ_0 为 49°；
	H_{cr} (m)	0.0038	1.25	1.74	2.51	
	L_{pcr} (m)	0.0015	0.86	1.20	1.73	对工况 3，
	α (°)	21.5	34.5	34.6	34.6	θ_h 为 62°，
1/2H	N_S	0.0038	1.23	1.71	2.59	θ_0 为 47°；
	H_{cr} (m)	0.0042	1.35	1.88	2.85	对工况 4，
	L_{pcr} (m)	0.0016	0.93	1.30	1.96	θ_h 为 57°，
	α (°)	20.9	34.6	34.7	34.5	θ_0 为 52°
2/3H	N_S	0.0047	1.49	2.07	3.14	
	H_{cr} (m)	0.0052	1.64	2.28	3.45	
	L_{pcr} (m)	0.002	1.13	1.57	2.37	
	α (°)	21.0	34.6	34.6	34.5	

正面预支护力变化的工作面土体稳定性分析上限解　　表 4-9

正面预支护力 （kN/m²）	上限解 结果	工况 参数 1	工况 参数 2	工况 参数 3	工况 参数 4	备　　注
0	N_S	0.0031	0.97	1.40	2.02	当工作 面土体无 荷载作用 时，在内
	H_{cr} (m)	0.0034	1.07	1.53	2.21	
	L_{pcr} (m)	0.0013	0.74	1.06	1.52	
	α (°)	20.9	34.6	34.6	34.5	

正面预支护力（kN/m²）	上限解结果	工况参数 1	工况参数 2	工况参数 3	工况参数 4	备注
5	N_S	1.07	2.00	2.37	3.13	摩擦角为 20° 条件下，工作面稳定性分析的上限解在 θ_h 为 65°，θ_0 为 40° 下取得最小值。此时的 N_S 为 5.47；H_{cr} 为 6.01；L_{pcr} 为 3.86；α 为 32.7°（按平面的真实滑动角为 35°）
5	H_{cr} (m)	1.18	2.20	2.61	3.44	
5	L_{pcr} (m)	0.45	1.52	1.79	2.38	
5	α (°)	21	34.6	34.5	34.7	
10	N_S	2.13	3.00	3.35	4.17	
10	H_{cr} (m)	2.34	3.32	3.68	4.58	
10	L_{pcr} (m)	0.9	2.29	2.53	3.16	
10	α (°)	21	34.6	34.5	34.6	
15	N_S	3.19	4.02	4.33	5.21	
15	H_{cr} (m)	3.51	4.42	4.76	5.73	
15	L_{pcr} (m)	1.35	3.05	3.27	3.96	
15	α (°)	21	34.6	34.5	34.6	
20	N_S	4.26	5.03	5.31	6.25	
20	H_{cr} (m)	4.68	5.53	5.84	6.87	
20	L_{pcr} (m)	1.80	3.81	4.01	4.74	
20	α (°)	21	34.6	34.5	34.6	
25	N_S	5.32	6.04	6.28	7.29	
25	H_{cr} (m)	5.85	6.64	6.90	8.01	
25	L_{pcr} (m)	2.25	4.58	4.74	5.53	
25	α (°)	21	34.6	34.5	34.6	
30	N_S	6.38	7.06	7.26	8.34	
30	H_{cr} (m)	7.01	7.76	7.98	9.17	
30	L_{pcr} (m)	2.70	5.35	5.48	6.33	
30	α (°)	21	34.6	34.5	34.6	

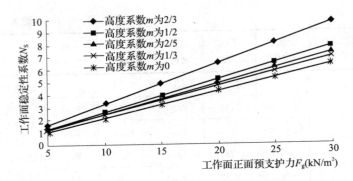

图 4-25*a*　工况 1 时工作面正面土体预加固的稳定性系数变化趋势

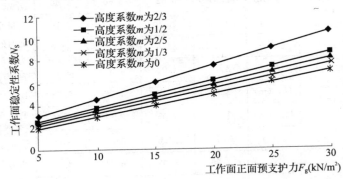

图 4-25*b*　工况 2 时工作面正面土体预加固的稳定性系数变化趋势

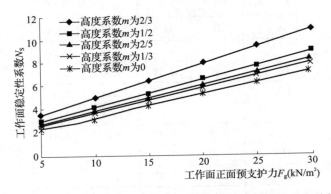

图 4-25*c*　工况 3 时工作面正面土体预加固的稳定性系数变化趋势

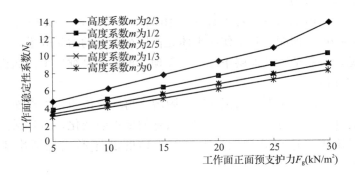

图 4-25*d*　工况 4 时工作面正面土体预加固的稳定性系数变化趋势

由工作面正面土体预加固上限解，可得出以下几点认识：

（1）在一定的条件下，工作面留设核心土能产生明显的力学效果。

（2）对特殊或较复杂地层，在工作面开挖不稳定或较不稳定条件下，若拱部超前预加固作用效果降低或无作用效果，则工作面留设核心土也形同虚设。但若应用工作面正面预支护即能产生明显的促稳效果。

（3）在一定的拱部超前预加固条件下，工作面正面预支护的作用效果远较工作面留设核心土显著。由上限解知，对不稳定工作面，正面预支护力仅需 $10kN/m^2$ 左右即可保证开挖工作面的稳定，此后维持工作面稳定的预支护力与隧道埋深并没有直接关系。这一结论与 Chambon 等（1994）[28] 的离心模型试验结果一致。

（4）工作面正面预支护的作用效果尽管是随预支护力 F_g 的增大而增大，但其增稳速率不同。对不稳定工作面，随预支护力的增加，工作面可保持稳定；但对基本稳定的工作面，其预支护力的利用率在降低。因此从充分发挥工作面正面预支护的作用效果来说，工作面正面预支护并不是常规技术措施。也就是说应用正面预支护必须在技术经济合理的前提条件下，依据具体的地层条件选择采用。

（5）由上限解，对不稳定工作面，只要正面预支护力大于 $25kN/m^2$，即能达到工作面土体无作用荷载时的力学效果。由此可见，对复杂困难地层条件，正面预支护的确是维持工作面稳定的首选技术措施。

（6）由工作面正面预加固上限解，再一次说明，工作面土体破裂（松弛）滑动角并不因技术措施的变更而变化，而是保持一个稳定值。这充分说明，工作面土体的破坏形式是渐次累加破坏。

4.6 本章小结

通过对浅埋暗挖地铁隧道工作面地层预加固力学行为的系统分析，本章可得出以下初步结论：

（1）建立的超前预加固结构力学模型与实测基本相符，可应用该模型来分析隧道工作面超前预加固结构的力学行为。

（2）提出了有荷载作用下工作面土体稳定性分析的上限解模型。通过参数分析，再次论证了第 2 章的结论：即一般地层条件下，对浅埋暗挖隧道工作面，超前预加固是不可或缺的重要工序环节。

（3）通过对工作面土体稳定性分析上限解的讨论，深化了认识，得出了如下一些有益于理论分析和实践应用的初步结论。

1）一定的地层条件下，上覆地层拱效应是存在的；

2）复杂地层条件，依靠常规超前小导管措施难以保证开挖工作面的稳定性；

3）预加固长度存在最佳值；

4）对一般地层条件，工作面破裂滑动角接近 $45° - \dfrac{\Psi}{2}$ 且基本稳定，这说明工作面土体的破坏是渐进破坏。但对复杂地层条件，其破裂角变小且不稳定。对工程的指导意义是：倘若工作面土体连续剥落、掉块不止，则预示着工作面有产生坍塌的可能；

5）可解释一次推进长度与工作面稳定性的关系。

（4）建立了工作面正面土体预加固上限解分析模型。系统分析了工作面留设核心土和工作面正面预支护力条件下，工作面的稳定性问题。通过研究，得出如下初步结论：

1）一定地层条件下，工作面留设核心土能产生明显的力学效果；

2）对特殊地层条件，工作面正面预支护非常必要。研究表明，工作面正面预支护力仅需 $10kN/m^2$ 左右即可保证开挖工作面的稳定，并且维护工作面稳定的压力与隧道埋深并无直接关系；

3）当工作面正面预支护力大于 $25kN/m^2$ 时，可产生类同工作面无荷载作用时的力学效果。这再一次说明，工作面正面预支护是特殊复杂地层条件下，维持工作面稳定的首选措施；

4）对一般地层条件，工作面土体破裂滑动角并不因技术措施的变化而变化，而是保持在一个稳定值。

参 考 文 献

［1］ Aydan, et al. （1988）. Three-dimensional simulation of an advancing tunnel supported with forepoles, shotcrete, steel ribs and rockbolts. Proc. Numerical Methods in Geomechanics. （Innsbruck）. pp. 1481~1486.

［2］ Shinji Fukushima, Yoshitoshi Mochizuki, et al. （1989）. Model study of pre-reinforcement method by bolts for shallow tunnel in sandy. Proc. Progress and Innovation in Tunnelling. （Toronto, Canada）. 1: pp. 61~67.

［3］ Peila, D. Oreste, P. P. , et al. （1996）. Study on the influence of sub-horizontal fiber-glass pipes on the stability of a tunnel face. Proc.

North American Tunneling'96 (ed Levent Ozdemir). Balkema, pp. 425~432.

[4] Yoo, C. S., Shin, H. K. (2000). Behavior of tunnel face pre-reinforced with sub-horizontal pipes. Proc. Geotechnical Aspect of Underground Construction in Soft Ground . (eds Kusakabe, Fujita & Miyazaki). Balkema. pp. 463~468.

[5] AI Hallak, R., Garnier, J. (2000). Experimental study of the stability of a tunnel face reinforced by bolts. Proc. Geotechnical Aspect of Underground Construction in Soft Ground. (eds Kusakabe, Fujita & Miyazaki). Balkema. pp. 65~68.

[6] Calvello, M. Taylor, R. N. (2000). Centrifuge modeling of a spile-reinforced tunnel heading . Proc. Geotechnical Aspect of Underground Construction in Soft Ground . (eds Kusakabe, Fujita & Miyazaki). Balkema. pp. 345~350/

[7] Yoo, C., Yang, K. H. (2001). Laboratory investigation of behavior of tunnel face reinforced with longitudinal pipes. Progress in tunneling after 2000. (eds Teuscher, P. & Colombo, A). Bologna, (1) pp. 757~764.

[8] 马同骧译. 管棚支护与土壤的相互作用 [J]. 隧道译丛. 1986, (3): 34~38 (俄文).

[9] 马同骧译. 巷道围岩的应力状态 [J]. 隧道译丛. 1990, (6): 60~62 (俄文).

[10] Kotake, N., Yamamoto, Y. & Oka, K. (1994). Design for umbrella method based on numerical analyses and field measurements. Tunnelling and Ground Conditions (ed M. E. Abdel Salam). Balkema, pp. 501~508.

[11] Peila, D. (1994). A theoretical study of reinforcement influence on the stability of a tunnel face. Geotechnical and Geological Engineering. 12: pp. 145~168.

[12] Dias, D., Kastner,. R., et al. (1998). Behavior of a tunnel face reinforced by bolts: Comparison between analytical-numerical models. Proc. The Geotechnics of Hard Soils-Soft Rocks. (eds Evangelista & Picarelli). Balkema. pp. 961~972.

[13] Valore, C. (1997). A simplified analysis of the face stability of tunnels with a preinstalled protective shell . Proc. 14th Int. conf. on Soil Mechanics and Foundation Engineering, Hamburg, Vol. 3, PP. 1547~1550.

[14] Oreste, P. P., Peila, D. (1998). A new theory for steel pipe umbrella design in tunneling. Tunnels and Metropolises. (eds Negro Jr & Ferreira). pp. 1033~1039.

[15] Henry Wong, Didier subrin, et al. (2000). Extrusion movements of a tunnel head reinforced by finite length bolts-a closed-form solution using homogenization approach. Int. J. Numer. Anal. Meth. Geomech., 2000, 24: 533~565.

[16] 陶龙光, 侯公羽. 超前锚杆的预支护机理的力学模型研究 [J]. 岩石力学与工程学报. 1996, 15 (3): 242~249.

[17] 余静, 刘之洋等. 超前围壁锚杆结构与作用机理 [J]. 煤炭学报. 1986, (2): 64~69.

[18] 常艄东. 管棚法超前预支护作用机理的研究. 西南交通大学申请博士学位论文. 1999.

[19] 孔恒, 王梦恕, 马念杰等. 锚杆尾部的破断机理研究 [J]. 岩石力学与工程学报. 2003, 22 (3): 383~386.

[20] 刘鸿文主编. 材料力学 (第三版) [M]. 北京: 高等教育出版社, 1997.

[21] 于学馥, 郑颖人, 刘怀恒等著. 地下工程围岩稳定分析 [M]. 北京: 煤炭工业出版社, 1983.

[22] Andrzej Sawicki. Mechanics of Reinforced Soil. A. A. BALKEMA, ROTTERDAM, BROOLFIELD, 2000.

[23] 陈国章编著. 实用计算方法应急手册 [M]. 中国天津: 天津科学技术出版社, 1994.

[24] 陈惠发著. 极限分析与土体塑性 [M]. 北京: 人民交通出版社, 1995.

[25] 张学言编著. 岩土塑性力学 [M]. 北京: 人民交通出版社, 1993.

[26] 赵彭年编著. 松散介质力学 [M]. 北京: 地震出版社, 1999.

[27] 龚晓南编著. 土塑性力学 [M]. 中国杭州: 浙江大学出版社,

1999.

[28] Chambon, P. Corte, J. F. (1994). Shallow tunnels in cohe-sionless soil : stability of tunnel face. Journal of Geotechnical Engineering. ASCE, Vol. 120. (7). pp. 1150~1163.

第5章　地层预加固参数的设计与选择

5.1　引　　言

尽管地层预加固技术在城市地铁隧道开挖中得到广泛应用，但在其参数设计研究方面显得较为薄弱。就目前已有的文献而言，大部分是在模型试验和数值模拟的基础上，针对预加固参数某一方面的探讨。如在预加固参数分析方面，Shinj Fukushima等（1989）[1]进行了干砂条件下，二维平面隧道模型的锚杆拉拔试验。研究认为：超前锚杆正面布置以及倾斜布置均对工作面有增稳效果，而锚杆垂直拱顶布置无任何效果。王梦恕等[2]通过测试也得出了相同的结论。20世纪90年代后，国外尤其是欧洲国家如意大利、法国等，工作面正面支护多采用玻璃钢（管）锚杆技术[3]。Peila等（1996）[4]利用FLAC数值软件，重点研究了正面锚杆布置对隧道工作面的影响。研究认为锚杆必须要有一定的数量，才能减少工作面前方的塑性区。Yoo等（2000）[5]利用3D有限元给出了锚杆的数量和长度显著影响其加固效果，且锚杆数量和长度都存在一个最佳值的结论。Hallak等（2000）[6]在Fontaineblean砂土中进行了锚杆预加固工作面的离心模型全衬砌隧道试验研究。给出了与Yoo等（2000）相同的结论。Calvello等（2001）[7]在Kaolin黏土中进行了非全衬砌隧道离心模型试验研究。给出了工作面预加固布置形式的不同将极大地影响工作面预加固的效果，并认为沿隧道周边加密布置较均匀布置更能显著降低沉降量。Yoo等（2001）[8]在细砂中做了相似材料模拟试验，认为工作面加固效果主要取决于锚杆数量和长度，且锚杆的长度存在最佳值，此外为最优化，还应考虑隧道的几何参数和地层条件。其他如 Oreste 等（1998）[9]、Dias 等（1998）[10] 以及 Henry Wong 等（2000）[11] 也针对具体问题给予了参数分析。

总的来说，对浅埋暗挖地铁隧道工作面地层预加固参数的设计，就目前还没有建立一套系统的可供工程应用的预加固参数设计理论和方法。正如 Peila 等（1996）所言："对地层预加固的真实作用机理以及建立在科学根据上的简化设计理论和方法几乎还没有进行研究，因此要想达到让设计工程师最优化的选择并灵活应用预加固技术的目的还远远没有达到"。

本章在前述各章的基础上，借助前人研究成果，以超前支护（小导管及管棚）为重点，对浅埋暗挖地层预加固参数的设计与选择给予系统探讨，以期给出一套实用的地层预加固参数设计方法。

5.2 工作面拱部超前预加固参数分析

对浅埋暗挖城市地铁隧道工作面，其拱部超前预加固参数主要指超前支护的钢管（或注浆结构体）断面尺寸、支护长度、间排距和布置形式。由前分析，超前预加固作用效能的发挥不仅与其自身的参数设计及选择有根本关系，而且也与地层参数和隧道参数密不可分。为量化分析，这里以第 4 章建立的超前小导管结构力学模型Ⅱ（图 4-6）为重点，给予具体参数研究。

5.2.1 超前支护钢管（注浆管体）直径

5.2.1.1 不考虑管体注浆的预加固效果

在不计管体注浆效果的条件下，对不同的上覆土柱荷载、基床系数、开挖进尺、拱顶下沉和土中管体剩余长度，超前支护的钢管直径与钢管挠度 y（$x=0$ 时对应的挠度值）、钢管弯矩 M（固定端处的弯矩值）的关系曲线分别见图 5-1～图 5-10。

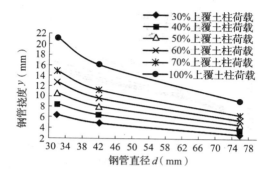

图 5-1　不同土柱荷载时 d 与 y 的关系图

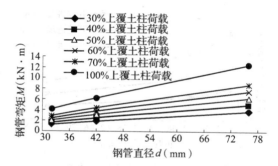

图 5-2　不同土柱荷载时 d 与 M 的关系

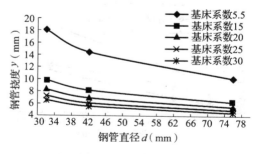

图 5-3　不同基床系数时 d 与 y 的关系

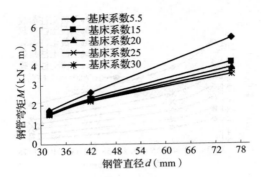

图 5-4 不同基床系数时 d 与 M 的关系

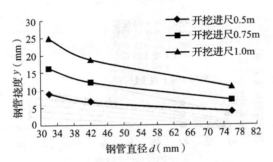

图 5-5 不同进尺时 d 与 y 的关系

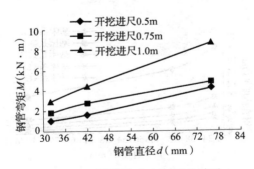

图 5-6 不同进尺时 d 与 M 的关系

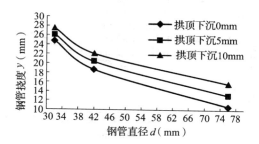

图 5-7 不同拱顶下沉时 d 与 y 的关系

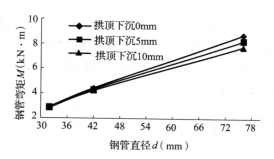

图 5-8 不同拱顶下沉时 d 与 M 的关系

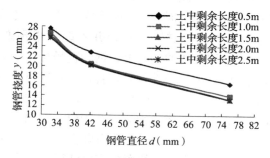

图 5-9 不同土中剩余长度时 d 与 y 的关系

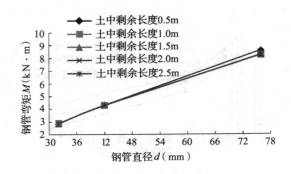

图 5-10　不同土中剩余长度时 d 与 M 的关系

由图知，在不同的上覆土柱荷载、基床系数、开挖进尺、拱顶下沉和土中管体剩余长度条件下，钢管直径与钢管挠度的一般变化规律是：随钢管直径增大，其挠度相对减小。而对钢管弯矩，则随管径的增大其抗弯能力增强。各不同因素之间又存在着差异性。现分析如下。

（1）对不同的上覆土柱荷载，如果视上覆土柱荷载的大小变化表征为地层条件的优劣时，则由图 5-1 知，为保证工作面土体的稳定以及控制地层变位至某一值，就必须增加超前支护钢管的直径。另一方面，钢管直径增加的作用效果并不是随其直径增加而增加。对本算例，当钢管直径由 $\phi32mm$ 增加到 $\phi42mm$ 时，增加每单位 10mm 管径，减少挠度的效果为 $2.06\sim6.89mm$，而由 $\phi42mm$ 增加至 $\phi76mm$ 时，其降低挠度的量仅为 $0.61\sim2.03mm$。这说明单纯依靠增大管径并不能带来预期的作用效果，也就是说在作用效能的发挥上，钢管直径存在着最佳直径的概念。实践也证明，地层条件差时，直径相对较小的小导管，其预加固的作用效果并不好，但管径过大又存在着施工困难等问题。因此实践上也要求管径必须有一合理值。对钢管的弯矩，由图 5-2 也说明了地层条件差时，必须增大管径的必要性。对本算例，$\phi32mm$ 和 $\phi42mm$ 小导管的弯矩值都已超出允许弯矩值，而 $\phi76mm$ 的小管棚则能承受 40% 的上覆土柱荷载。

（2）如若把基床系数视为代表工作面开挖土体的力学性能指标，很明显由图 5-3 和图 5-4 知，随工作面土体力学指标的增大，其所需的超前支护钢管挠度和弯矩都减小。这说明了改善工作面土体的力学性能或在设计选线上使隧道位于地层条件相对较好的地层中，都可减少超前支护的钢管直径并能控制隧道的安全施工。

（3）开挖进尺是隧道施工的重要参数，它对钢管直径的选择有重要影响。由图 5-5 和图 5-6，不论何种条件，短开挖都有利于降低钢管的挠度和弯矩，从而改善了工作面的稳定性。

（4）拱顶下沉表征的是隧道初次支护的刚度。由图 5-7，随隧道初次支护刚度的降低，其钢管挠度变大，显然不利于保证工作面稳定和控制地层变位；另一方面由图 5-8，随初次支护的柔度增大，作用在钢管上的弯矩减小。这正是新奥法的理念。但对城市地铁隧道施工，为控制地表变形和工作面稳定，不可一味搬抄新奥法施工，应重视隧道初次支护的刚度，从而减少超前支护体的变形。这充分说明了地层、隧道支护与超前支护之间存在着辨证关系。

（5）土中管体的剩余长度对钢管的挠度和弯矩影响较小。如图 5-9 和图 5-10，若土中剩余长度大于 1.5m 时，则其对钢管的挠度和弯矩的影响都变得甚微。这说明土中管体剩余长度达到一定值时，钢管直径的选择与剩余长度之间并无相关关系。

5.2.1.2　考虑管体注浆的预加固效果

在考虑超前支护注浆影响的条件下（这里注浆体弹模考虑为所加固土体弹模的 1.3 倍。对 $\phi32$mm 和 $\phi42$mm 小导管，其注浆管体直径为 $\phi100$mm，按共同变形分析，其复合注浆管体弹模分别为 7.51GPa 和 12.19GPa；对 $\phi76$mm 小管棚，其注浆管体直径为 $\phi150$mm，复合注浆管体弹模为 12.62GPa。），对不同的上覆土柱荷载、基床系数、开挖进尺、拱顶下沉和土中管体剩余长度条件下，超前支护的钢管直径与钢管挠度 y 的关系曲线分别见图 5-11～图 5-15。注浆后，不同上覆土柱荷载条件下，钢管直径与弯矩的关系见图 5-16。

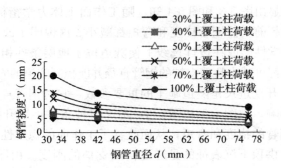

图 5-11　注浆后不同荷载下 d 与 y 的关系

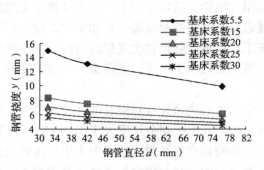

图 5-12　注浆后不同基床系数下 d 与 y 关系

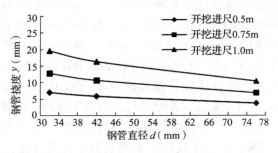

图 5-13　注浆后不同进尺的 d 与 y 关系

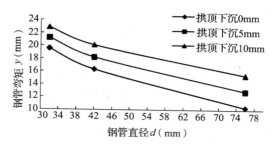

图 5-14　注浆后不同拱顶下沉的 d 与 y 关系

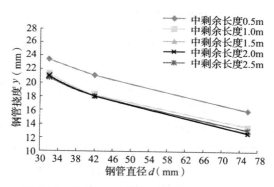

图 5-15　注浆后不同剩余长度的 d 与 y 关系

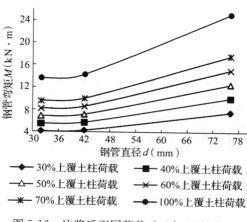

图 5-16　注浆后不同荷载时 d 与 M 的关系

由图明显看出，注浆后超前支护的钢管挠度和弯矩都得到不同程度的改善。尤其是对钢管的弯矩，在不考虑注浆行为时，算例中的小导管都难以满足强度条件的要求，而注浆后其超前注浆管体的抗弯性能都大大增强，能够满足算例的要求。尽管如此，但由挠度变化值可以看出，注浆管体对钢管挠度的改善效果不大，这说明超前支护的注浆并不能完全控制下沉。也就是说超前支护体注浆可明显增大超前支护体的强度，而对提高其刚度的效果并不明显。

5.2.2 超前支护的钢管长度

图 5-17～图 5-21 揭示了在不同的上覆土柱荷载、基床系数、开挖进尺、拱顶下沉和钢管直径条件下，超前支护钢管长度与钢管挠度之间的内在关系。由图明显看出，不论如何改变上述 5 种因素的参数，钢管长度的增加对降低钢管挠度的效果都很有限。也就是说，在超前支护钢管长度小于某一定值时，随钢管长度的增加，钢管挠度可明显减少；但若超过某一临界长度，则其对钢管挠度的减少几乎没有任何效果。由图知，对应的临界长度为 4.5m。这意味着超前支护体存在着最佳支护长度，并不是通常认为的超前支护长度愈长愈好。这一认识与 Yoo 等（2000）的结论相同。

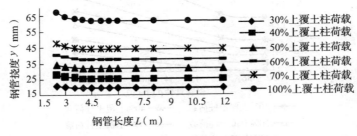

图 5-17　不同荷载时 L 与 y 的关系

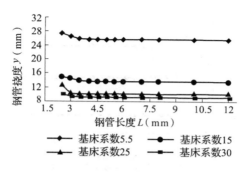

图 5-18 不同基床系数时 L 与 y 的关系

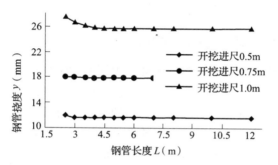

图 5-19 不同进尺时 L 与 y 的关系

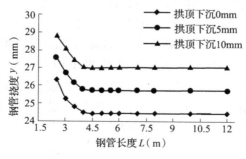

图 5-20 不同拱顶下沉的 L 与 y 关系

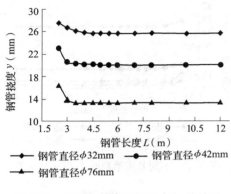

图 5-21　不同钢管直径下 L 与 y 的关系

5.2.3　超前支护体的间排距

对超前支护体的间距，无疑减少间距意味着土体力学性能的改善，其作用效果类同于注浆。因此在地层条件差时，应使超前支护体加密布置。而对超前支护体的排距，也就是通常所说的搭接长度，由建立的模型，合理的搭接长度与土中管体的临界剩余长度（钢管挠度的变化值为零时对应的剩余长度）相对应。当土中管体的剩余长度达到临界长度时，再增大土中管体的剩余长度也难以约束地层变位。在不同的上覆土柱荷载、基床系数、开挖进尺、拱顶下沉和钢管直径条件下，土中管体的剩余长度与钢管挠度之间的关系曲线见图 5-22～图 5-26。由图知，不论参数如何变化，当土中的剩余长度都为 2.5m 时，钢管挠度的变化值趋于零，此时可认为钢管的临界土中剩余长度为 2.5m。但由图也可以看出，当土中管体的剩余长度大于 1.5m 时，对钢管挠度变化的影响开始变小。上述分析说明了对超前支护体的排距或搭接长度，存在着合理值，其大小与土中管体的临界剩余长度相等。

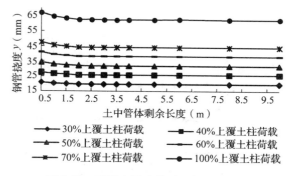

图 5-22　不同土柱荷载时 l_e 与 y 的关系

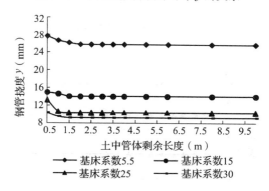

图 5-23　不同基床系数时 l_e 与 y 的关系

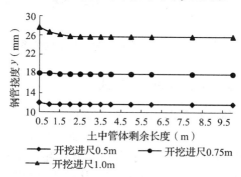

图 5-24　不同开挖进尺下 l_e 与 y 的关系

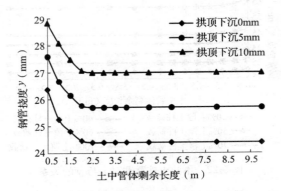

图 5-25　不同拱顶下沉时 l_e 与 y 的关系

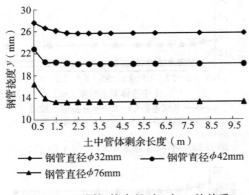

图 5-26　不同钢管直径时 l_e 与 y 的关系

5.2.4　超前支护体的布置形式

　　超前支护体的布置形式包括两方面的内容，其一是超前支护体沿隧道周边的布置范围；其二是超前支护体的安设角度（与隧道推进方向之间的夹角）。由前分析，显然超前支护体的全封闭布置是最有利于隧道工作面的稳定。从技术经济的合理性而言，应针对具体的地层条件选择相适宜的布置范围。一般原则是若地层条件差时，应适当增大超前支护体的加固范围，对此这里不作更深入地讨论。对超前支护体的布设角度，从建立的模型分析，显然对相同的超前预加固长度（预加固的伪长度），其水平投影的预加固长度（预加固的真实长度）愈大，愈有利于保证管体的剩余长度不小于最小值。因此超前支护体的布设角度宜以小为佳，但由此也会带来施工的困难。由 Shinj Fukushima 等（1989）在干砂地层中的模型试验、Kuwano 等（1998）[12] 在硬黏土中的隧道离心模型试验以及国内王梦恕等在大秦线军都山隧道和北京地铁复兴门折返线的施工试验研究结果[13]，认为超前支护体的布设角度以小于 15°为佳。

5.3   工作面正面土体预加固参数分析

5.3.1   工作面核心土参数的有限元分析

5.3.1.1   工作面核心土长度

为分析工作面核心土长度的作用效果，这里利用 ANSYS 三维有限元对单一黏土地层进行了分析。

（1）计算模型的建立

1）计算范围：模拟隧道直径 D 为 6.5m。由结构的对称性，取水平方向约束面至隧道中心线距离为 $5D$，垂直方向隧道上部距地表的距离随计算参数的调整而改变，而隧道下部距约束面的距离取为 $4D$，隧道推进方向长度取为 $8D$。

2）边界条件：浅埋隧道上边界取自地表，为自由面；另五面为约束面。其中取底面为固定端约束，两侧为水平向约束，前后面为单向约束。

3）过程模拟：对浅埋隧道，只考虑自重荷载的影响。土体采用 8 节点实体单元模拟，初支和超前支护采用 4 节点壳单元模拟。弹塑性准则采用改进的莫尔—库仑屈服准则，也即采用 Druker—Prager（DP）模型来计算结构在开挖过程中的弹塑性或非线性变形特性。利用单元的"活"与"死"方法，使整个计算中的前一步开挖所引起的荷载释放传递到下一步开挖计算中，来模拟施工过程。

有限元计算模型如图 5-27。计算采用的支护结构与地层参数见表 5-1。

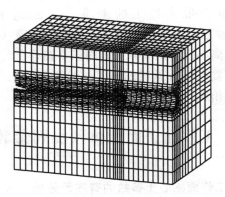

图 5-27　有限元计算模型

地层及支护结构的物理力学参数　　表 5-1

材料名	u	$E/$ (MPa)	$C/$ (kPa)	ψ' (°)	γ' (kN·m^{-3})
黏土	0.35	60	35	20	19.5
喷混凝土	0.2	2.1×104	3000	50	25
超前支护（加固土）	0.2	3×103			21

（2）计算结果与分析

计算考虑了以下几种工况参数：埋深变化为 $1D$、$1.5D$ 和 $2.0D$；台阶留设长度变化为 0（全断面开挖）、$0.5D$ 和 $1.0D$，分别考虑有无核心土情况。

1）对工作面应力分布的影响

对隧道埋深为 $2D$，有无核心土时，沿工作面纵轴方向中心线处不同台阶长度的工作面大、小主应力分布如图 5-28。

208

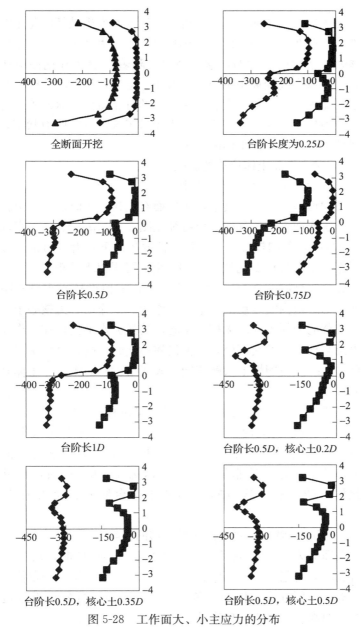

图 5-28　工作面大、小主应力的分布

由图知，工作面土体最有可能因松弛而发生破坏的是全断面条件，因此时主应力差值为最小且最小主应力几乎为零，工作面土体处于平面应力状态。这一情况，随着台阶法开挖而有所改善，但并没有改变最小主应力的大小。但当留设核心土时，从图中很明显看出，工作面大、小主应力的分布得到显著改善，且最小主应力较大。这使得工作面的土体易于维持三向应力状态，从而保证了工作面正面土体的稳定。

2) 对工作面土体位移的影响

① 有无核心土的比较与分析

不同埋深及台阶长度下，工作面有无核心土时，沿隧道推进方向的工作面水平位移的变化特征见图 5-29 (a、b、c)。当埋深为 $1.5D$ 时，不同核心土（台阶）长度条件下，沿隧道推进方向的工作面水平位移变化见图 5-30。由图可得以下认识：

a. 在相同的台阶长度条件下，工作面留设核心土具有明显的抑制向隧道内空运动的水平位移作用。工作面有无核心土，其水平位移的表征不同。无核心土时，其最大水平位移在工作面自由表面与核心土的交汇处，而留设核心土时，则其最大水平位移上移。这一点与塑性上限解相同，表明留设核心土后，土体破裂面上移。

b. 随埋深增加，向隧道内空的水平位移逐渐增大。

c. 随核心土留设长度的增加，其向隧道内空的水平位移量减少。但由图 5-29 也可以看出，核心土增大一倍后的抑止水平位移效果并不是非常显著。埋深为 $1D$ 和 $2D$ 时，也反映与此相同的规律。这意味着核心土（台阶）长度存在着最佳值。

② 核心土对工作面前方水平位移的影响

在埋深为 $1.5D$，台阶（核心土）长度为 $1D$ 时，沿工作面自由表面高度范围内，工作面前方不同点的水平位移分布特征见图 5-31。不同埋深、核心土条件下，工作面前方各点沿隧道推进方向的水平位移变化趋势见图 5-32 (a、b、c)。

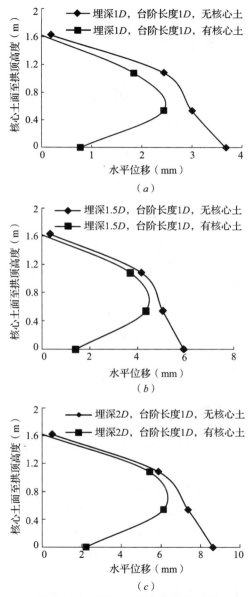

图 5-29 工作面水平位移变化特征

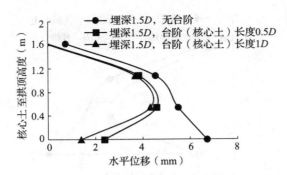

图 5-30　不同核心土长度时水平位移变化

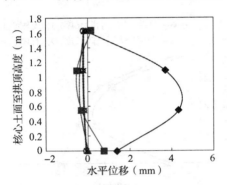

图 5-31　工作面附近土体水平位移变化

由图表明如下规律：

a. 沿隧道开挖方向，水平位移向隧道内空运移且在临空面处表现为最大。总体呈现的特征为中间大、拱部和近核心土面处小，与塑性上限解的内涵一致。

b. 核心土的设置尽管能抑制水平位移，但其作用范围有限。由图 5-30，在超前工作面 1m 左右处其作用最大，然后随超前距离的增加，其抑制作用弱化。当工作面超前距离大于 3m 时，核心土抑制水平位移的相对值趋于零，表明此时核心土的抑制效果为零。也就是说核心土强化土体的有效范围约为 2m。这从另一方面了说明了在地层条件差时，拟单纯依靠核心土的作用并不能控制工作面前方地层向隧道内空运动的水平位移。

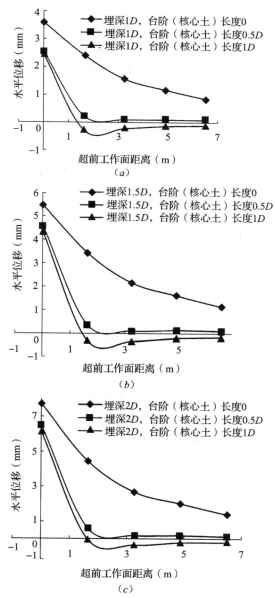

图 5-32 工作面前方土体水平位移变化

c. 由图也说明了在一定的地层条件下，工作面前方范围存在着松弛区（水平位移方向朝向隧道内空运动）和压密区（水平位移背离隧道内空方向）。这一表现特征与实测结果相一致。

d. 随埋深增大，水平位移增大；随核心土长度增加，水平位移趋于减少，但降低的幅度有限。

e. 工作面不留设核心土时，其工作面前方 1D 以外地层仍在运移，而留设核心土以后，可大幅度降低此范围。由图 5-31，对不同埋深条件下，若核心土长度为 0.5D 时，则约在工作面前方 2m 处的水平位移渐近趋于零；而当核心土长度增加至 1D 时，工作面前方约 1.5m 处的水平位移表现为背离隧道内空方向，土体显示出挤压趋势。由此也说明了浅埋暗挖地铁隧道核心土留设的必要性。

③ 核心土对工作面前方地层下沉的影响

图 5-33（*a*、*b*）表明了不同埋深及核心土（台阶）长度下，工作面前方地层下沉的变化趋势。

由图可得出以下几点基本认识：

a. 工作面留设核心土对控制地层下沉有一定的作用，但效果不如抑制水平位移明显。

b. 随核心土长度的增加，地层下沉虽有所减少，但由图表明，核心土留设长度过大时，地层下沉却表现为增加趋势。对本算例，核心土留设长度为 1D 的抑制地层下沉效果不如核心土长度为 0.5D。这一点与核心土抑制水平位移的效果却相反，说明核心土长度存在合理值。

c. 随埋深增大，地层下沉也呈递增趋势。

d. 地层下沉的超前影响范围大。这一特征表现是随埋深增加而增加。由图 5-33*a*，对埋深为 1.5D 时，其工作面前方 4m 处，地层下沉渐趋近于零；而当埋深为 2D（图 5-33*b*）时，地层下沉趋于零的范围远大于 4m。

综合以上分析，对工作面留设核心土可得出以下几点初步结论：

214

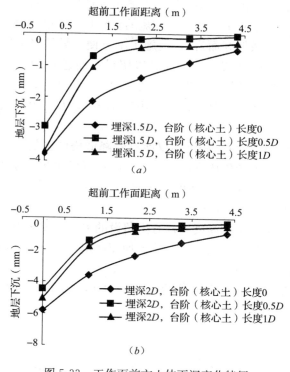

图 5-33　工作面前方土体下沉变化特征

　　a. 合理的工作面留设核心土长度，能同时抑制地层的水平位移和地层的垂直位移，但其控制地层水平位移的效果优于下沉。

　　b. 工作面处及工作面前方地层的运移是以水平位移为主，因此工作面正面预支护主要是抑制向隧道内空的水平位移。尽管其对地层下沉也有一定的作用，但作用甚微。这一点与 Shinj Fukushima 等（1989）、Hallak 等（2000）、Oreste 等（1999）[14] 和 Seki 等（1994）[15] 的结论一致。

　　c. 增大核心土长度能显著控制水平位移，但超过一定值后却会导致地层下沉增加。这清楚地表明：核心土（台阶）长度存

在着最佳长度。由工程实践知，对城市地铁隧道，确实存在一个合理的台阶（核心土）长度，过短的台阶长度虽能做到及时封闭成环（对地层条件好而言），但施工不方便。另外当地层条件差时，过短的台阶（核心土）也难以留设；而过长的台阶（核心土）长度无疑与"快封闭"的原则相悖。分析认为，对台阶（核心土）长度的建议值为：最小值不宜小于 $0.5D$，而最大值不宜大于 $1D$。

d. 工作面留设核心土不仅能有效降低松弛区的范围，而且能在工作面前方产生压密区。这一点已被现场实测所证实。

e. 验证了塑性上限解的工作面土体渐次破坏推论。

5.3.1.2 工作面核心土高度

工作面核心土的高度是核心土留设的另一重要参数，这里基于第 4 章建立的工作面正面土体预加固稳定性分析的上限解模型（图 4-19）给出具体认识。

图 5-34 说明了不同工况条件下，核心土留设高度与工作面临界高度的关系。

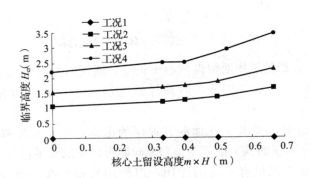

图 5-34 不同工况下核心土高度与临界高度的关系

由图很明显看出：

（1）工作面留设一定高度的核心土，能有效控制工作面的开挖稳定性。若无核心土，则对本例，工作面难以正常开挖。

216

（2）核心土留设高度愈大，临界高度值愈大，工作面愈稳定。也就是说在保障施工得以顺畅的前提下，尽量的加大核心土留设的高度。另一方面也说明，核心土留设并不随意。结合前述分析，稳定工作面的核心土存在一个合理的高度和长度。

（3）尽管增大核心土高度利于控制工作面稳定，但毕竟存在一个施工上的极限高度。在无核心土的工作面自由表面处，如前所述，水平位移依然产生，若地层条件差，则必然造成工作面土体剥落坍塌。因此这意味着为控制工作面自由表面处的稳定，工作面正面预支护的存在有其必要性。

5.3.2　工作面正面预支护参数分析

在地层劣化的条件下，由图 5-34，就目前普遍采用的台阶法而言，除第四种工况外，拟单纯依靠留设核心土并不能保证稳定工作面的最小临界高度值 2m，因此工作面正面预支护实属必要。工作面正面预支护参数包括三大方面的内容：一是维持工作面正面土体稳定的最小支护力；二是预支护材料和预支护布置参数（长度和直径）；第三是预支护的布置形式。

（1）正面最小预支护力

维持工作面正面土体稳定的最小预支护力实质上与稳定工作面临界高度不小于 2m（在留设核心土的条件下）相对应。由建立的工作面正面土体预加固稳定性分析的上限解模型（图 4-12～图 4-14），可计算对应于不同工况，工作面正面预支护力 F_g 与临界高度 H_{cr} 的关系见图 5-35。由图知，对第一种工况，其要求的正面最小预支护力为 $10kN/m^2$；对工况二和工况三，维持工作面稳定的临界高度不小于 2m 的最小预支护力为 $5kN/m^2$；而对第四种工况，则不需要正面预支护。由此可推断，随工作面地层条件的不同，工作面正面预支护的要求存在差异。这说明应用时，应据具体的地层条件，适时采取措施应对。

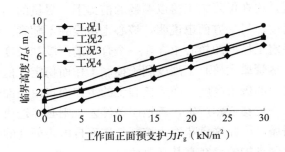

图 5-35　不同工况下核心土高度与临界高度的关系

（2）正面预支护材料和布置参数

对预支护材料和预支护布置参数，由最小预支护力分析知，并不苛求相同的方式。据地层条件，可采取正面喷混凝土、正面预注浆或正面预支护措施。这里值得提及的是正面预支护国外多采用玻璃钢注浆锚杆（管），而国内多为注浆小导管或注浆管棚（复杂地层条件中采用）。基于玻璃钢注浆锚杆（管）的易切割性，建议国内消化吸收。对预支护布置参数，其确定原则基本同工作面超前预加固参数分析，这里不再赘述。仅值得强调的是由前述分析，正面预支护的最小临界长度为 4.5m。而对其上限长度，据现场实测、数值模拟及 Hallak 等（2000）[6]的离心模型试验结果，建议以不超过 1D 为宜。

（3）正面预支护布置形式

正面预支护布置形式与其工作面土体的破坏机理密切相关。图 5-36 和图 5-37 分别反映了在不同工况条件下，核心土留设高度与工作面正面预支护力以及与土体破裂角之间的关系。由图知，尽管在地层条件劣化时，土体破裂角减小，但并不能改变土体破裂角几乎为定值（接近 $45°-\psi/2$）的事实。这说明，工作面土体的破坏是渐次递进破坏，并且对极不稳定工作面，其土体的破坏征兆是剥落不止。也就是工作面土体的破坏是从近拱部自上而下（但必须指出，破裂面的形成与发展是从破裂土体的下部

218

渐次往上递进发展）、由外向内的渐次累加破坏。基于此，正面预支护的正确布置形式既不是沿自由面均匀布置，也不是工作面核心部位的加密布置，而是应该沿隧道周边加密布置。这样布置的优点不单纯是被动的抵抗工作面土体的剥落破坏，更重要的是它体现了所建立模型的理念。即它强化了拱部超前支护，从而减少了上覆土柱荷载施加给工作面上方的作用力，这才是预支护沿隧道周边加密布置的真实内在。

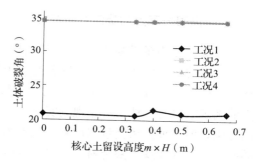

图 5-36　核心土高度与破裂角的关系图

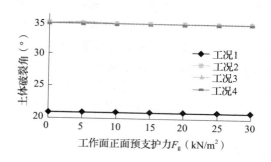

图 5-37　正面预支护力与破裂角的关系

上述推论，与 Andrzej Sawicki（2000）[16] 所做的加筋土挡土墙模型以及 Calvello 等（2000）所进行的非全衬砌隧道离心模型试验的结果一致。Andrzej Sawicki（2000）的破坏试验表明：其加筋挡土墙承受的垂向作用力，上部稀疏布置要较上部加密布置大幅度降低。Calvello 等（2000）进行了工作面核部由密到疏以及隧道周边加密两种布置形式的试验，其结果是工作面预加固布置形式的不同将极大地影响工作面的预加固效果。而由试验，沿隧道周边加密布置更能显著改善工作面的稳定性。

5.4 工作面超前预加固结构作用荷载的确定

5.4.1 土质隧道围岩压力的确定方法概述

土质隧道衬砌围岩压力的确定多采用荷载结构模型[17]，而对浅埋城市地铁隧道的结构设计，世界各国普遍采用将隧道上覆土柱总荷载作为衬砌的竖向压力来计算[18][19]。就目前的研究而言，围岩压力的确定方法有三种：一是现场实测法。尽管这是比较符合实际的方法，但这种方法受量测设备、技术水平以及现场施工等因素的制约，另外在现场限于财力，也不可能做到大范围测量，因此一般多用于科研，而在实际的工程中尚难推广应用。二是理论估算法。基于影响围岩压力的因素多且复杂，迄今为止，难有统一的计算围岩压力的解析式。三是工程类比法或经验、半经验方法。这种方法以大量的已建工程为基础，运用数理统计等数学手段，然后按照围岩分级分别提出适合于不同具体情况的经验公式以估算围岩压力。对土质隧道，我国广泛应用第三种方法估计围岩压力，必要时采用第一、二种方法进行检验和校核。

为了解土质隧道围岩压力的确定方法，以及为汲取其优点，寻求合理的确定城市地铁隧道工作面超前预加固结构的作用荷载，现把几种常用的土质隧道围岩压力确定方法简述如下：

(1)《规范》法[20]

依据《铁路隧道设计规范》（TB 1003—99），当地面水平或接近水平，且单（双）线隧道覆盖深度小于表 5-2 所列数值时，应按浅埋隧道进行设计。

围岩级别	Ⅲ	Ⅳ	Ⅴ	Ⅵ
隧道覆盖深（m）	5～6	10～12	18～25	35～40

浅埋隧道垂直匀布（压力）作用标准值按下式计算：

$$q_k = \gamma h \left(1 - \frac{b_k h}{B}\right) \tag{5-1}$$

式中 γ——围岩重度（kN/m³），按表 5-3 取值；

h——隧道覆盖深度（m）；

B——坑道宽度（m）；

b_k——垂直匀布作用的挟持系数，按表 5-3 取值。

围岩重度及挟持系数值　　　表 5-3

重度、系数　　围岩级别	Ⅳ	Ⅴ	Ⅵ
围岩重度 γ（kN/m³）	20.5	18.5	16.0
检算拱部截面挟持系数 b_k	0.10	0.08	0.01
检算边墙截面挟持系数 b_k	0.23	0.16	0.08

（2）西南交通大学推荐公式

对松散介质中隧道的受力荷载，西南交通大学[21]通过试验研究，给出了如下公式：

$$\frac{\sigma}{\gamma b} = 3.31(1 - e^{-0.29n}) \tag{5-2}$$

式中 σ——隧道垂直土压（kN/m²）；

γ——土砂的容重（kN/m³）；

b——隧道半跨宽度（m）；

n——隧道埋深与半跨之比（$n = Z/b$）。

研究认为，不论是水平填砂，还是按一定坡度的填砂，$\sigma/\gamma b$ 值，随 Z/b 的增加呈非线性增加，并稳定在一个常数值，即 $\sigma_{max} = 3.31\gamma b = 1.65\gamma B$。认为式（5-2）可作为计算深埋隧道的设计荷载。

（3）普氏拱理论[22][23]

普氏认为：除围岩厚度较薄者外，洞室开挖后围岩会自然坍落并形成近似拱形的自然平衡拱。对土层可按松散体理论，认为有衬砌时洞室围岩侧壁的崩塌只可能发展到与垂直线成 $45°-\psi/2$ 的斜面，由此可得出压力拱的跨度为：

$$b_1 = b + H\tan\left(\frac{\pi}{4} - \frac{\psi_k}{2}\right) \tag{5-3}$$

压力拱拱高为：

$$h_1 = \frac{b_1}{f_k} \tag{5-4}$$

式中　H——隧道高度（m）；

　　　　ψ_k——为假定增大的内摩擦角；

　　　　b_1——压力拱半跨（m）；

　　　　b——隧道半跨（m）；

　　　　h_1——压力拱高度（m）；

　　　　f_k——普氏系数，对松散体材料，$f_k = \tan\psi_k$。

则作用在衬砌上的围岩垂直均布压力 q 为：

$$q = \gamma h_1 \tag{5-5}$$

由式（5-5）知，该式与埋深无关。

（4）太沙基拱理论[22][23]

太沙基（Terzaghi）假定土体为具有一定凝聚力的散体，基于应力传递原理来推导竖向围岩压力。认为隧道拱部横向放置一柔性板，柔性板下沉，造成土体下沉，从而产生近似铅垂的破裂面。由微元体平衡并考虑边界条件，即可得隧道两侧壁出现侧向滑裂面的顶部竖向围岩压力 q 的计算公式：

$$
\begin{aligned}
q &= \gamma h_0 \\
&= \frac{\gamma\left\{\left[b + H\tan\left(\frac{\pi}{4} - \frac{\psi}{2}\right)\right] - c\right\}}{k_0 \tan\psi} \cdot \\
&\quad \left[1 - e^{-\frac{k_0 Z\tan\psi}{b + H\tan\left(\frac{\pi}{4} - \frac{\varphi}{2}\right)}}\right] + q_0 e^{\frac{k_0 H\tan\psi}{b + H\tan\left(\frac{\pi}{4} - \frac{\psi}{2}\right)}}
\end{aligned} \tag{5-6}
$$

土的松动高度 h_0 由下式计算：

$$h_0 = \frac{b_1\left(1 - \dfrac{c}{b_1\gamma}\right)}{k_0\tan\psi} \cdot \left(1 - e^{-k_0\tan\psi\frac{Z}{b_1}}\right) + \frac{q_0}{\gamma}e^{-k_0\tan\psi\frac{Z}{b_1}} \quad (5\text{-}7)$$

其中
$$b_1 = b + H\tan\left(\frac{\pi}{4} - \frac{\psi}{2}\right) \quad (5\text{-}8)$$

式中　k_0——侧压力系数；

ψ——土体内摩擦角；

c——土体凝聚力；

Z——隧道埋深；

q_0——地表荷载。

特别地，当 $Z > 5b_1$ 时，对一定的条件，隧道围岩竖向压力 q 为一恒定值，其计算式为：

由式（5-6），该式与埋深无关，因此太沙基理论也称之为太沙基拱效应。

由上述方法知，《规范》法是针对铁路隧道而经大量统计资料回归得出，虽然具有一定的实用性，但毕竟不是针对城市地铁隧道而提出。另外单纯依靠一个围岩分类作为变数未免显得粗糙。西南交通大学提出的土质隧道荷载确定方法是针对深埋隧道，显然也难以应用于浅埋城市地铁隧道。普氏理论尽管在我国有比较大的影响，但对土质隧道，其普氏系数的确定过于随意，且其平衡拱并未计入水平荷载的影响，另外它不适于埋深小于 $5b$ 的浅埋深隧道。太沙基理论尽管在英美等西方国家流传甚广，在我国也有一定的影响，但较普氏理论的应用稍逊。同时它与普氏理论一样多应用于深埋隧道围岩压力的估算。

5.4.2　超前预加固结构作用荷载的确定方法

由土质隧道衬砌围岩压力的确定方法知，对浅埋和深埋隧道，其衬砌的荷载是不相同的。对浅埋认为隧道衬砌承受上覆土柱总荷载，而对深埋隧道，则认为仅承受坍落拱内的围岩松动压力，也即仅承担上覆土柱总荷载的一部分。很显然，土质隧道衬砌围岩压力确定是以埋深作为唯一参照标准，而这不过是源于普氏拱和太沙基拱效应理论中的简化推导得出了一个浅埋深分界标准为 $2.5D$ 的概念[22]。对埋深在 $1.5D\sim2.5D$ 范围内的所谓浅埋隧道，国内外大量实践均表明[24][25]，其实测的围岩径向压力并没有达到其上覆土柱的总荷载。

由前分析，可以引申出一个问题：即倘若对作为永久支护的隧道衬砌是出于安全考虑，而采用上述理念来确定衬砌荷载，那么对超前预加固这种临时支护的设计，其荷载的确定有无必要照搬这种方法的确是一个值得探讨的问题。

由本文建立的超前预加固结构模型分析，如若认为对浅埋隧道，硬性规定其上覆土柱总荷载全部作用在预加固结构上，则目前城市地铁隧道施工中常用的 $\phi32mm$、$\phi42mm$ 小导管难以满足控制工作面稳定的要求，必须借助工作面正面预支护才能保证隧道的安全开挖，而这与实际明显不符。因此有必要建立一套合理确定超前预加固结构作用荷载的方法。

由大量的实践及研究，认为超前预加固结构作用荷载的确定方法应具备以下几个基本的特点：

1）应体现其作为临时支护的特点；

2）尽可能简单实用；

3）应考虑地层条件与埋深的相统一。

基于本文前述章节对地层结构的分析，借鉴隧道围岩压力确定方法的合理观点，这里给出了三种确定超前预加固结构作用荷载的方法。

（1）半拱法

该方法依据在地层条件相对较好或埋深大于一定值时，隧道工作面围岩存在三维拱效应，借鉴普氏拱和太沙基拱效应的合理观点，给出了超前预加固结构作用荷载确定的半拱法。半拱法的计算模型见图 5-38。

该模型认为，围岩自身能形成三维拱。该拱可随隧道的开挖而不断移动，是动态拱。它能承担工作面上覆地层的大部分荷载，而超前支护体结构仅承受拱内半跨的土体重量。

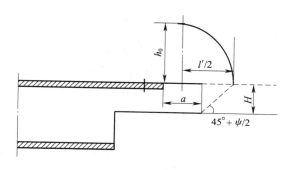

图 5-38 半拱法计算模型

半拱法确定的超前预加固结构承受的作用荷载 q 为：

$$q = \gamma h_0 \qquad (5\text{-}9)$$

式中　γ——土体的容重（kN/m^3）；

　　　h_0——半跨拱的高度（m）。

拱高 h_0 按太沙基拱效应原理给出，其计算公式为：

$$h_0 = \frac{l'\left(1-\dfrac{2c}{l'\gamma}\right)}{2k_0\tan\psi} \cdot (1-e^{-2k_0\tan\psi\frac{Z}{l'}}) + \frac{q_0}{\gamma}e^{-2k_0\tan\psi\frac{Z}{l'}} \qquad (5\text{-}10)$$

其中：

$$l' = a + 2H\tan\left(\frac{\pi}{4} - \frac{\psi}{2}\right) \qquad (5\text{-}11)$$

式中　k_0——侧压力系数；

　　　ψ——土体内摩擦角；

　　　c——土体凝聚力（kPa）；

　　　Z——埋深（m）；

　　　q_0——地表荷载（kN/m^2）；

　　　l'——拱的半跨（m）；

　　　a——一次进尺（m）；

　　　H——上台阶高度（m）。

单根超前管体所承受的重量 q_w 为：

$$q_w = \gamma h_0 \cdot (i+d) \cdot L \qquad (5\text{-}12)$$

式中　i——管体布置间距（m）；

d——管体直径（m）；

L——管体长度（m）。

从实质上说，式（5-9）是 Terzaghi 拱效应理论的松动土压。因此半拱法适用于城市地铁隧道埋深 Z 大于或等于 2.5 倍隧道直径的预加固结构的作用荷载确定。

（2）全拱法

在隧道埋深大于 $1D$ 而小于 $2.5D$ 范围内，超前预加固结构的作用荷载可按本文提出的椭球体概念确定。但必须指出的是，由本文所建立的上覆地层结构稳定与失稳模型，应用全拱法时，不仅要考虑隧道埋深，更重要的是应结合地层条件进行稳定性判别，具体见节 5.5。

基于椭球体失稳模式，而建立的全拱法模型如图 5-39。

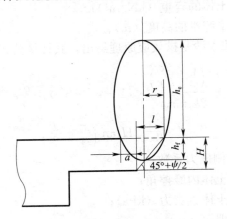

图 5-39　全拱法计算模型

全拱法确定的超前预加固结构承受的作用荷载 q 为：

$$q = \gamma k h_e \tag{5-13}$$

式中　γ——土体的容重（kN/m³）；

h_e——坍落椭球体的高度（m）；

k——考虑散体流动的试验常数，一般 k 小于 1。

由第三章 3.3.1，坍落椭球体高度 h_e 的计算公式为：

$$h_e = \frac{1}{2k_0^2}\tan\left(\frac{\pi}{4} - \frac{\psi}{2}\right)\left[a + H \cdot \tan\left(\frac{\pi}{4} - \frac{\psi}{2}\right)\right] \quad (5\text{-}14)$$

式中 k_0——侧压系数，$k_0 = \dfrac{\nu}{1-\nu}$；其中 ν 为泊松比。

单根超前管体所承受的重量 q_W 为：

$$q_W = \gamma h_e \cdot (i + d) \cdot L \quad (5\text{-}15)$$

（3）全土柱法

对埋深小于 $1.0D$ 或埋深在 $1.5D$ 左右，但其地层的厚度条件难以满足要求的复杂地层条件，为保证隧道的开挖稳定，建议进行预加固结构设计时，按全土柱法确定超前预加固结构的作用荷载。

5.5 工作面上覆地层结构稳定性的判别

对浅埋暗挖隧道（埋深大于 $1.0D$），工作面上覆地层结构最易丧失稳定性的是两类地层条件：

（1）第一类地层条件：隧道工作面上覆有富水砂层或流塑状软土；

（2）第二类地层条件：隧道工作面穿越富水砂层或流塑状软土。

由本文前述研究结果，认为松弛带内拱结构失稳模式是以初期的抛物线拱向椭球体发展，因此工作面上覆地层结构的稳定性判别可分别按椭球体模型和抛物线拱的三角楔体概念[13]，求出其相应的高度值来判别。稳定椭球拱的高度 h_{eo} 按下式（5-16）计算，抛物线拱的最大高度 h_{t0} 可由式（5-17）给出：

$$h_{eo} = kh_e \quad (5\text{-}16)$$

$$h_{t0} = \frac{1}{2} \cdot c\tan\psi\left[a + H \cdot \tan\left(\frac{\pi}{4} - \frac{\psi}{2}\right)\right] \quad (5\text{-}17)$$

（1）第一类地层条件的稳定性判别

对隧道上覆有饱水砂层或流塑状软土的地层条件，隧道工作面上覆地层结构的稳定性主要取决于相对隔水层厚度或相对硬土层厚度。

首先按式（5-16）和式（5-17）求允许高度，然后与实际隔水层厚度或相对硬土层厚度相比较。若实际隔水层厚度大于允许高度，则表明工作面上覆地层结构处于稳定状态，此时作用在超前预加固结构上的荷载可以采用全拱法计算。反之则意味着结构趋于失稳，作用在预加固结构上的荷载可以考虑应用全土柱法。若设实际隔水层厚度为 h_r，则工作面上覆地层结构稳定条件的判别式为：

$$h_r \geqslant h_{eo} \text{ 且 } h_r \geqslant h_{to} \qquad (5-18)$$

即选取式（5-18）中的最大值进行判断。

（2）第二类地层条件的稳定性判别

对隧道穿越饱水砂层或流塑状软土地层条件，隧道工作面上覆地层结构的稳定性主要取决于饱水砂层或流塑状软土的厚度。

若设实际富水砂层或流塑状软土厚度为 h_s，则其稳定性的判别式为：

$$h_s \leqslant h_{eo} \text{ 且 } h_s \leqslant h_{to} \qquad (5-19)$$

即选取式（5-19）中的最小值进行判断。也就是说，若隧道实际穿越的富水砂层或流塑状软土厚度 h_s 小于其计算值，则在保证附加有工作面正面预支护的条件下，该地层条件的工作面上覆地层有可能趋于稳定，此时其预加固结构的作用荷载可以采用全拱法计算；反之向不稳定方向发展，其预加固结构的作用荷载可以考虑采用全土柱法计算。

5.6　地层预加固参数的设计与选择

5.6.1　工作面地层预加固参数的设计与选择原则

5.6.1.1　系统性原则

地层预加固参数的系统性原则包括两个方面的内容：其一是设计时必须全面系统地考虑影响地层预加固参数的主要因素；其

二是设计时必须系统地把握地层预加固参数所涵盖的内容。

5.6.1.2 机理性原则

基于对地层预加固作用机理的认识，超前预加固设计不仅仅要求考虑其抗弯强度和刚度，还要求考虑一定的抗拉强度。地层条件愈差时更应该重视预加固结构的抗拉强度。

5.6.1.3 非长时性原则

非长时性原则是指在进行地层预加固参数设计时，应充分考虑其时间性和过程性特点。也就是超前预加固的作用仅为一时间段或过程，随着开挖推进至一定距离，其超前支护作用完全丧失。因此设计时，应尽可能技术经济合理，不过分苛求采用安全系数。

5.6.1.4 动态性原则

超前预加固设计的动态性原则就是根据具体的地层条件、隧道支护条件、隧道施工条件等，适时地变化预加固参数，因地制宜地采取不同的预加固技术手段来确保隧道的安全开挖和满足城市外部环境的要求。

5.6.1.5 优先性原则

所谓优先性原则就是在地层预加固参数的设计和选择上，应针对地层条件，技术经济合理地选择地层预加固技术措施，然后辅之以必要的检算。就目前的实践，认为洞内超前预加固参数设计和选择的优先序为[26]：小导管（或小管棚）→注浆小导管（或注浆小管棚）→长短注浆小导管（或注浆小管棚）相结合→周边预注浆→水平旋喷（深孔注浆）→洞内注浆长管棚→水平冻结。

5.6.2 工作面地层预加固参数的设计方法

借助本文的研究结论，以超前小导管（小管棚）为主体的动态设计方法步骤框图见图 5-40。值得提出的是，设计方法尽管是以超前小导管（小管棚）为主体，但其实质仍适用于目前软土隧道工作面地层预加固的其他技术措施设计。

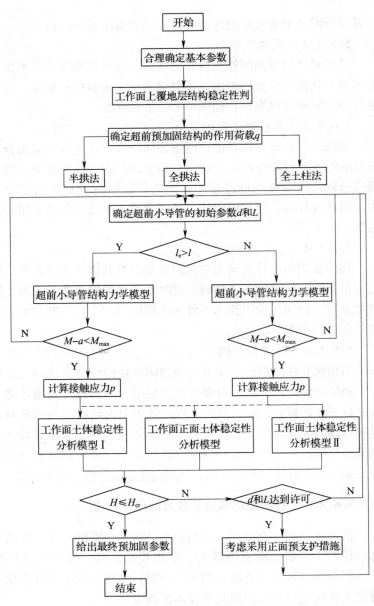

图 5-40　超前小导管（小管棚）动态设计方法步骤框图

具体的超前小导管（小管棚）的设计计算过程分以下几大部分：

1）确定基本参数；

2）隧道工作面上覆地层结构稳定性判断；

3）确定工作面超前预加固结构的作用荷载 q；

4）超前小导管（小管棚）初始参数（d、L）的确定；

5）选择力学模型并检算其力学参数；

6）选择上限解模型，进行工作面土体稳定性分析，确定最终超前预加固结构参数。

超前小导管（小管棚）动态设计过程的主要内容如下：

（1）基本参数的选取

在全面研究地层、隧道开挖与支护参数、施工监测等资料的基础上，合理给出以下几类基本参数：

1）地层参数：在对地下水的赋存形态参数、隧道穿越地层以及上覆地层的种类及其分布形态参数（尤其是富水砂层或流塑状软土的参数）、隧道地基土层参数以及地质构造等全面分析的基础上，确定以下参数：隧道埋深 Z、土体凝聚力 c、内摩擦角 ϕ、容重 γ、泊松比 ν、土体弹模 E_e、基床系数 K 以及计算剖面处地层的厚度参数等。

2）隧道参数：隧道当量直径 D、隧道高度（或上台阶高度）H、一次进尺 a、隧道近工作面处的拱顶下沉 y_0、超前支护材料弹模 E 以及隧道的各类支护参数、施工参数等。

3）地表荷载参数 q_0：主要是根据地表环境土工建（构）筑物以及车辆等来确定。

（2）工作面上覆地层结构稳定性判断

按节 5.5 所提出的方法，进行工作面上覆地层结构稳定性的判别。但值得强调的是，若用全土柱法时，由前述研究结果知，再单纯依靠小导管或小管棚进行工作面预加固已难以保证工作面稳定和控制地表下沉，因此应该在工作面正面土体采用预加固措施的基础上，采用大管棚，或者注浆改良地层等，以形成一定的

231

保护厚度后，再行小导管或小管棚预加固。

（3）确定工作面超前预加固结构的作用荷载 q

超前预加固结构的作用荷载 q 按本文给出的半拱法、全拱法及全土柱法计算确定。

（4）确定超前小导管（小管棚）的初始参数（d、L）

小导管（小管棚）的初始参数是指其钢管直径 d 和钢管长度 L。钢管直径按目前常用的系列选取，取值范围为 $\phi32mm \sim \phi76mm$；钢管长度应考虑综合因素的影响。依据本文的研究结果，初始设计时，钢管长度 L 应据下式确定：

1）对隔榀架设的格栅钢架：

$$L = 2a + l_e \tag{5-20}$$

2）对每榀架设的格栅钢架：

$$L = a + l_e \tag{5-21}$$

其中

$$L = L' \cos\theta \tag{5-22}$$

式中　L——钢管长度，值得提出 L 是钢管的水平投影长度。若不特别指出，则本文的钢管长度泛指钢管的水平投影长度；

L'——钢管的真实长度；

θ——钢管插入方向与工作面推进方向之间的夹角；

l_e——土中管体的剩余长度。由本文的研究结果，不随各类参数而改变的土中管体临界剩余长度为 2.5m。因此对初始设计时，建议取 l_e 为 2.5m。

值得说明，上述超前小导管（小管棚）初始参数（d、L）的确定步骤是对新建工程隧道工作面地层预加固的设计。对已有工程，只要把原参数代入相应的计算步骤中即可。

（5）选择力学模型并检算其力学参数

首先依据土中管体剩余长度 l_e 是否大于工作面土体破裂（松弛）长度 l 来选择相应的超前小导管结构力学模型；其次在合理确定模型的主要参数如拱顶下沉 y_0（表征支护结构刚度参数）、作用在超前预加固结构上的荷载 q（反映地层条件差异性参数）、

基床系数 K（衡量工作面正面土体物性指标参数）、一次进尺 a（反映施工开挖空间影响参数）以及超前支护材料弹性模量 E 的基础上，求解钢管的挠度 y、弯矩 M 和接触应力 p；最后校核弯矩条件是否满足要求。

在判断弯矩条件时，考虑小导管与隧道初次支护结构的关系，取一次进尺时的弯矩 M_{-a} 来检算是否满足下述判断条件：

$$M_{-a} \leqslant M_{\max} = [\sigma] \cdot W_d \qquad (5-23)$$

其中：
$$W_d = \frac{\pi d^3 (1 - \beta^4)}{32} \qquad (5-24)$$

式中　$M_{\max}$——钢管允许的最大弯矩；

$[\sigma]$——钢管的许用应力；

W_d——钢管截面的抗弯截面系数；

β——钢管的内外径之比，由式 $\beta = d_0/d$ 确定；

d_0——钢管的内径。

若式（5-23）满足，则可计算接触应力 p，并转向下一步计算；若不满足，则返回小导管参数的初始设计，调整其参数，再行检验。若仍不满足，则判断其钢管参数 d 和 L 是否大于许可的技术经济合理的 $[d]$ 和 $[L]$，若达到许可值，则不再单纯追求增大钢管的直径和长度，应转入下一步设计，即考虑工作面正面预支护参数的设计与选择问题。

（6）选择上限解模型，进行工作面土体稳定性分析以确定最终超前预加固结构参数。

依据条件选择相应的工作面土体稳定性分析的上限解模型，计算其上限解的工作面稳定性系数 N_s、临界高度 H_{cr}、临界长度 L_{pcr} 和破裂（松弛）角 α。在此基础上，判断下式条件是否成立：

$$H' \leqslant H_{cr} \qquad (5-25)$$

式中　H'——工作面自由面高度。若核心土高度为 h，则 $H' = H - h$。

若式（5-25）满足，则给出小导管的最终参数以及工作面核心土参数；若式（5-25）不满足，则再行判断钢管参数 d 和 L 是否达到许可。若达到，则考虑采用工作面正面预支护等技术措施，并利用工作面正面土体预加固稳定性分析上限解统一模型给予验算，直至满足要求。如仍不满足要求，则由前述研究结果知，此时的地层条件，拟单纯依靠小导管或小管棚进行工作面预加固已难以保证工作面稳定和控制地表下沉，因此应该在工作面正面土体采用预加固措施的基础上，采用大管棚，或者注浆改良地层等，以形成一定的保护厚度后，再行小导管或小管棚预加固。

值得再次强调的是，地层预加固参数的确定并不单纯是一个孤立的参数设计，它与地层、隧道开挖与支护等密切关联，必须遵循上述设计原则进行。它的设计也不能期望一蹴而就，应针对地层易变的条件，多考虑几种工况，并给出相应的地层预加固参数，进行对比分析，以便"对症下药"的采取措施，达到稳定工作面，控制地层变位的目的。

5.7 本章小结

（1）基于建立的超前小导管结构力学模型，全面系统地分析了影响工作面拱部超前预加固参数的因素。通过参数分析，得出以下认识：

1）超前支护钢管直径存在最佳值。在地层条件不良地段，完全依靠增大管径并不能带来预期的作用效果；

2）短进尺和工作面正面土体的改良都利于控制隧道的安全开挖；

3）增大隧道初次支护的刚度利于发挥超前支护的作用效能。换句话说为保证开挖面的稳定，浅埋地铁隧道设计时，不可一味效仿新奥法，应重视初次支护的刚度；

4）在保证超前支护土中剩余长度不小于临界长度的条件下，钢管直径与其长度之间并无相关关系；

5）超前支护长度存在最佳支护长度；

6）超前支护的搭接长度（土中临界剩余长度）不受各种因素影响的最小临界长度为 2.5m；

（2）通过对工作面核心土长度留设的有限元数值分析，可得出以下初步结论：

1）工作面核心土留设长度存在最佳值；

2）核心土的留设能抑制地层的水平位移和竖向位移，但其主要是控制土体向隧道内空的水平位移；

3）留设核心土能有效降低工作面前方土体的松弛范围，并同时在工作面前方产生压密区。这与深基点实测一致。

（3）基于建立的工作面正面土体预加固和稳定性分析模型，核心土留设高度愈大，工作面愈稳定。

（4）在地层劣化的条件下，工作面正面预支护是最有效的措施。

（5）给出了确定超前预加固结构作用荷载的半拱法、全拱法和全土柱法。

（6）提出了工作面地层预加固参数设计与选择的五个原则，给出了一套确定浅埋暗挖隧道工作面地层预加固参数的设计方法。

参 考 文 献

[1] Shinji Fukushima, Yoshitoshi Mochizuki, et al. (1989). Model study of pre-reinforcement method by bolts for shallow tunnel in sandy. Proc. Progress and Innovation in Tunnelling. (Toronto, Canada). 1: pp. 61～67.

[2] 王梦恕，张建华. 浅埋双线铁路隧道不稳定地层新奥法施工 [J]. 铁道工程学报，1987，(2): 176～191.

[3] Peila, D. (1994). A theoretical study of reinforcement influence on the stability of a tunnel face. Geotechnical and Geological Engineering. 12: pp. 145～168.

235

[4] Peila, D. Oreste, P. P. , et al. (1996). Study on the influence of sub-horizontal fiber-glass pipes on the stability of a tunnel face. Proc. North American Tunneling'96 (ed Levent Ozdemir). Balkema, pp. 425~432.

[5] Yoo, C. S. , Shin, H. K. (2000). Behavior of tunnel face pre-reinforced with sub-horizontal pipes. Proc. Geotechnical Aspect of Underground Construction in Soft Ground. (eds Kusakabe, Fujita & Miyazaki). Balkema. pp. 463~468.

[6] AI Hallak, R. , Garnier, J. (2000). Experimental study of the stability of a tunnel face reinforced by bolts. Proc. Geotechnical Aspect of Underground Construction in Soft Ground. (eds Kusakabe, Fujita & Miyazaki). Balkema. pp. 65~68.

[7] Calvello, M. Taylor, R. N. (2000). Centrifuge modeling of a spile-reinforced tunnel heading. Proc. Geotechnical Aspect of Underground Construction in Soft Ground. (eds Kusakabe, Fujita & Miyazaki). Balkema. pp. 345~350.

[8] Yoo, C. , Yang, K. H. (2001). Laboratory investigation of behavior of tunnel face reinforced with longitudinal pipes. Progress in tunneling after 2000. (eds Teuscher, P. & Colombo, A). Bologna, (1) pp. 757~764.

[9] Oreste, P. P. , Peila, D. (1998). A new theory for steel pipe umbrella design in tunneling. Tunnels and Metropolises. (eds Negro Jr & Ferreira). pp. 1033~1039.

[10] Dias, D. , Kastner, . R. , et al. (1998). Behavior of a tunnel face reinforced by bolts: Comparison between analytical-numerical models. Proc. The Geotechnics of Hard Soils-Soft Rocks. (eds Evangelista & Picarelli). Balkema. pp. 961~972.

[11] Henry Wong, Didier subrin, et al. (2000). Extrusion movements of a tunnel head reinforced by finite length bolts-a closed-form solution using homogenization approach. Int. J. Numer. Anal. Meth. Geomech. , 2000, 24: pp533~565.

[12] Kuwano, J. , Taylor, R. N. , et al. (1993). Modeling of deformations around tunnels in clay reinforced by soil nails. Centrifuge 98. Balkema. pp. 745~750.

[13] 王梦恕等. 北京地铁浅埋暗挖法施工 [J]. 铁道工程学报,

1988，12（4）：7～12.

［14］Oreste，P. P. ，Peila，D. Poma，A. （1999）. Numerical study of low depth tunnel behavior. Proc. Challenges for the 21st Century，Balkema，pp. 155～162.

［15］Seki，J. ，Noda，K. et al. （1994）. Effect of bench length on stability of tunnel face. Proc. Tunneling and Ground Condition. Balkema，pp. 531～542.

［16］Andrzej Sawicki. Mechanics of Reinforced Soil. A. A. BALKEMA，ROTTERDAM，BROOLFIELD，2000.

［17］关宝树，国兆林主编. 隧道及地下工程［M］. 成都：西南交通大学出版社，2000.

［18］尹旅超，朱振宏，李玉珍等. 日本隧道盾构新技术［M］. 中国武汉：华中理工大学出版社，1999.

［19］潘昌实主编. 隧道力学数值方法［M］. 北京：中国铁道出版社，1995.

［20］中华人民共和国铁道部发布. 铁路隧道设计规范（TB10003—99）［M］. 北京：中国铁道出版社，1999.

［21］关宝树. 松散介质中隧道荷载计算方法的试验研究. 西南交通大学研究报告，1983.

［22］李世平，吴振业等编著. 岩石力学简明教程［M］. 北京：煤炭工业出版社，1996.

［23］凌贤长，蔡德所编著. 工程岩体力学［M］. 中国哈尔滨：哈尔滨工业大学出版社，1999.

［24］Hak Joon Kim. （1997）. Estimation for tunnel Lining Loads. PhD Thesis，University of Alberta.

［25］崔天麟. 超浅埋暗挖隧道初期支护结构内力监测及稳定性分析［J］. 现代隧道技术，2001，Vol. 38（2）. 29～33.

［26］张德华，王梦恕，孔恒. 浅埋暗挖法隧道建设的若干问题探讨. 中国土木工程学会隧道及地下工程分会第十二届年会论文集［M］. 现代隧道技术（增刊），2002，198～200.

第6章 工程应用实例

6.1 引　言

对浅埋暗挖法地层预加固形成一定的理论和认识源于 2001 年在北京城铁暗挖段隧道穿越护城河、天桥、商贸大楼以及两栋 22 层住宅的不同地层预加固技术的试验研究，后在 2002 年"深圳地铁第三方监测"项目大量实测资料以及多个标段的现场实践基础上得以充实和提高。围绕着应用同一种浅埋暗挖法形式，采用相同的支护结构参数，为什么北京与深圳以及深圳各标段之间地表沉降以及工作面稳定性差异如此之大？作者进行了大量的分析和研究工作。值得庆幸的是，为解决深圳地铁一期工程地表沉降过大所引起的系列问题，2002 年 3 月，深圳市政府基金资助了"地层大变形机理及控制措施研究"，这使得研究内容能够深入地开展并能及时地在现场得以实践。尤其是近几年，随着各类工程难题的逐步解决，对浅埋暗挖法地层预加固机理的认识不断得到升华，逐渐形成一套初步的理论体系，并且在工程实践中取得了显著的效果。

本章重点介绍本论文的研究思想和成果在各类工程实践中的具体应用。

6.2　工程实例1——复杂条件下地层大变形隧道施工

本节在对深圳地铁一期工程浅埋暗挖法标段基本介绍的基础上，重点围绕 6 标段和 3A 标段的地层预加固进行分析和总结。

6.2.1 深圳地铁一期工程全线浅埋暗挖法标段基本概况

深圳地铁一期工程由 1 号线东段和 4 号线南段组成。线路总长度 19.468 公里，共计分 24 个标段（含车站和暗挖段）。车站一般采用明挖法或盖挖法施工，区间隧道采用盾构法和浅埋暗挖法施工。

全线浅埋暗挖施工标段共计 14 个，分别为 3A、3C、4A、4、5、6、10（局部）、11、12、13、14、18、20、2A（局部由于地层条件改变而改为浅埋暗挖法）。

全线浅埋暗挖标段施工总长度为 13.64 公里。全线浅埋暗挖标段基本情况见表 6-1。

全线浅埋暗挖标段基本情况　　　　表 6-1

序号	标段	工点	承包商	双线/单洞双层重叠线	区间里程/长度（m）	备注
1	3A 标	国贸站—老街站区间南段	上海基础工程公司	单洞双层重叠线	SK1＋419.7—SK1＋600/180.3	
2	3C 标	国贸站—老街站区间北段	中铁隧道集团公司	单洞双层重叠线	SK1＋600—SK1＋755.3/155.3	
3	4A 标	老街站—大剧院站区间东段	中铁十五局	单洞双层重叠线	SK2＋001.7—SK2＋260/258.3	
4	4 标	老街站—大剧院站区间西段	中铁十二局	单洞双层重叠线/重叠线	SK2＋260—SK2＋382/122/SK2＋389—SK2＋605/216	
5	5 标	大剧院站—科学馆站区间	中铁四局	双线	SK2＋976.103—SK4＋095/2289	
6	6 标	科学馆站—华强路站区间	中铁二十局	双线	SK4＋332.2—SK5＋112.9/1581.4	2001 年 4 月开挖

序号	标段	工点	承包商	双线/单洞 双层重叠线	区间里程/ 长度（m）	备注
7	10 标	会展中心站— 购物公园 站区间	中铁隧道 集团公司	双线	仅益田路段	已贯通
8	11 标	香密湖站—车公 庙站区间	中铁十二 局	双线	SK10＋479.8－SK11 ＋586.9/2202.7	2002 年 5 月 30 日 贯通
9	12 标	公庙站站—竹子 林站区间	中铁隧道 集团公司	双线	SK11＋819.4－SK12 ＋710/1781.2	2002 年 3 月 15 日 贯通
10	13 标	竹子林站—侨城 东站区间	中铁三局	双线	SK13＋435（L437.5） －SK14＋689.65 /2530.35	
11	14 标	侨城东站 折返线	中铁十二 局	双线	SK14＋872.95－SK15 ＋194.02/381.66	2002 年 7 月 30 日 贯通
12	18 标	会展中心站—市 民中心站区间	中铁二局	双线	SK3＋058.375－SK3 ＋683.615/625.24	2002 年 3 月 20 日 贯通
13	20 标	少年宫站—市民 中心站区间	中铁二局	双线	SK3＋847.59－SK4＋ 339.8/984.42	2002 年 4 月 30 日 贯通
14	2A 标	购物公园站—香 密湖站区间 部分段	中铁隧道 集团公司	双线	332.4	上台阶 已贯通

深圳地层属海积平原及台地。隧道所处地层自上而下依次为：第四系全新统人工堆积层（Q_4^{mal}）、海冲积层（Q_4^{m+al}）、第四系残积层（Q^{el}）以及花岗岩层。人工堆积层主要包括：粉质黏土、中砂及碎石；海冲积层成分比较复杂，主要有淤泥质粉土、粉质黏土、粗砂、砾砂及卵石，以粗砂和卵石层为主，沿全线隧道分布不均，相对而言 3A、3C、4A 等卵石层的厚度较大（0.5～1m 不等）；残积层以砾质黏土为主，具有较高的压缩性；花岗岩据分化程度不同自上而下又分为：全风化层、强风化层、中风化层和微风化层。

深圳地铁一期工程除单洞双层重叠隧道（3A、3C、4A、4标（部分））、重叠隧道（4 标部分）、双线隧道（13 标部分、20 标部分、2A 标局部）洞身下部处在风化岩之外，其余隧道大部分位于第四系残积层（Q^{el}）内。从整体上来说，隧道所处地层的表现特征为上软下硬。地下水为第四系孔隙潜水及基岩裂隙水，前者主要赋存于第四系黏土层、砂土层及残积层中，中砂、砾砂、卵石层为主要含水层。粗砂及卵石层具强透水性；中砂、砾砂具中等透水性；砂质黏土、砾质黏性土具弱透水性；后者主要赋存于花岗岩风化带内，为弱透水性，地下水埋深 1.2～9.8m。

全线浅埋暗挖标段地表沉降及拱顶下沉的基本情况见表6-2。

全线浅埋暗挖标段沉降基本情况表　　　　表 6-2

标段		3A	3C	4	5	6	11	12	13	14	18	20
地表下沉 (mm)	最大	190.5	52.2	57	486	398.9	197.8	100.7	561.2	134.3	246.5	100.1
	一般变化	60～130	20～45	25～45	60～250	50～170	30～50	40～80	80～200	20～75	50～200	15～50
拱顶下沉 (mm)	最大	102.3	119.5		200	141.6	212		134	70	111	40.9
	一般变化	40～100	25～45		40～90	30～90	40～70		70～100	10～45	20～50	15～32

6.2.2 重点研究标段的地质概况

重点研究标段的选择主要是考虑以下两个方面的因素：其一是地表沉降量过大；其二是断面形式复杂。这两个方面的最终体现是施工难度大。基于此，对双洞双线隧道有 5 标、6 标和 13 标；对单洞重叠线隧道有 3A 和 3C 标。限于人力、物力等因素，考虑以点带面效应，最后确定的重点研究标段为 6 标和 3A 标。

6.2.2.1　6 标段地质概况

6 标段地质概况描述见 2.2.1。地层岩土的主要物理力学指标见表 6-3。

6.2.2.2　3A 标段工程地质概况

3A 标段地质概况描述见 2.2.2。地层各类岩土的主要物理力学指标见表 6-4。

6.2.3 实测的浅埋暗挖隧道工作面的应力与变形的一般分析

6.2.3.1　实测的地层变位特征表现

依据《深圳地铁一期工程地表沉降控制技术—地层大变形机理及控制措施研究》课题的现场测试、北方交通大学第三方监测以及施工方监测资料，结合本文第二章的研究结果，深圳地铁浅埋暗挖法地层沉降特征的一般表现为：

（1）富水砂层地段的地表沉降值要远远大于一般地段

根据全线浅埋暗挖地段的调查和监测资料统计及其与地层的相关性分析知，隧道上覆地层是否赋存富水砂层决定着沉降量的大小。凡富水砂层地段的地表沉降值要远较没有砂层地段的沉降值为大，而富水砂层地段的最大沉降值发生在砂层的最低凹处（盆底）。值得提出，非含水砂层地段的地表沉降并不具特殊性。

表 6-3

6标段地层各类岩土的主要物理力学指标

土层名称	时代成因	承载力标准值 (kPa)	弹性模量 (MPa)	凝聚力 (kPa)	内摩擦角 (°)	孔隙比 (%)	含水量 (%)	渗透系数 (m/d)	基床系数 (MPa/m)	容重 (kN/m³)	泊松比
素填土（粉质黏土）	Q_4^{mal}	100		28	23.4	0.719	21			18.91	
杂填土（黏土）	Q_4^{mal}	75		19.7	12.5	1.069	30.3			17.15	
粉砂	Q_4^{m+al}	80				0.49	18.1	0.5		21	
中砂	Q_4^{m+al}			34.8	22.7	0.564	16.9		12.5	19.9	
砾砂	Q_4^{m+al}	150~180	33	29.1	16.8	0.748	22.9	5	15	18.83	0.25
淤泥	Q_4^{m+al}	49		6	4.5	1.627	61.1			11.57	
粉质黏土	Q_4^{m+al}	150	15	30.4	21.1	1.012	34.3	0.5	10	17.88	0.35
黏土	Q_4^{m+al}	150	69	41.3	33.6	0.483	13.2	0.1	5.5	20.3	0.25
砾质黏性土	Q_4^{el}	260	26.5	24.9	26.7	0.887	29	0.8	22	18.39	0.19
砂质黏性土	Q_4^{el}	170	35.6	0.8	20.5	1.025	33.1	0.8	28.5	17.83	0.255
全风化花岗岩	γ_5^3	300	24.85	0.4	27.2	0.804	22.7	0.4	20.5	18.55	0.22
强风化花岗岩	γ_5^3	500	35.2	0.8	34.6	0.691	14.4	0.8	29	18	0.21

3A标段地层各类岩土的主要物理力学指标

表 6-4

土层名称	时代成因	承载力标准值(kPa)	弹性模量(MPa)	凝聚力(kPa)	内摩擦角(°)	孔隙比(%)	含水量(%)	渗透系数(m/d)	基床系数(MPa/m)	容重(kN/m³)	泊松比
杂填土(黏土)	Q_4^{mal}	70/95/97		43.6	29.2	0.77	20.7	0.1		18.5	
杂填土(粉质黏土)	Q_4^{mal}	100		34.3	20.8	0.65	20.4	0.1		19.5	
黏土	Q_4^{m+al}	200	13	16.2	19.7	0.852	24.1	0.05	15.1	18.2	0.28
淤泥质粉质黏土	Q_4^{m+al}	80					28.5	0.005			
粉质黏土	Q_4^{m+al}	170		28.4	16	0.79	28.5	0.1		19.1	
黏土	Q_4^{m}	100		17.8	17.8	0.95	32	0.05		18.5	
砾砂(松散稍密)	Q_4^{m+al}	150	23.98	26.3	13.5	0.62	18.7	3	18.84	19.87	0.27
砾砂(稍密)	Q_4^{m+al}	240		24.8	17	0.567	14.7	3		20.12	
砾砂	Q_4^{m}	160		29.1	30.9	0.463	13.5	3		20.55	
砾质黏性土	Q_4^{ml}	190/240/260	39.6	19.1	23.2	0.949	30	0.5	32.1	18.19	0.26
砂质黏性土	Q_4^{el}	0.86	38.9	19.8	21.6	0.967	31.4	0.5	35.9	18.2	0.26
花岗岩(W₄)	γ_5^3	300	33.2	16.8	21.2	0.839	25.6	0.5	27.8	18.7	0.21
花岗岩(W₃)	γ_5^3	500	35.4	19	20.5	0.753	21.9	0.8	30	18.96	0.17

沉降值分别为：第一处东部地段（SK4＋500～＋600），沉降值为 85～340mm；第二处中部地段（SK4＋750～＋900），沉降值为 100～290mm；第三处西部地段（SK5＋020～＋100），沉降值为 58～230mm。而非含水砂层地段的沉降值为 30～85mm。5 标段也有三处砂层地段：东部地段（SK3＋060～＋320），沉降值为 100～320mm；中部地段（SK3＋420～＋460），沉降值为 60～150mm；西部地段（SK3＋950～＋970），沉降值为 100～490mm。一般地段沉降值为 30～90mm之间。其他标段类似，不再说明。

（2）地下水是影响地表沉降及其范围的关键因素

相同地层条件下，地下水位的高低决定着沉降值的大小及其影响范围。对同一砂层分布地段，砂层的厚度并不是决定地表沉降的关键因素，而处于地下水位以下的砂层厚度才是关键影响因素，尤其是砂层与其下部土层分界面的最低凹处，其行为特征更为突出。

（3）地表沉降值在富水砂层地段皆表现为其值大于拱顶下沉值

研究发现：不论是否计入测点时差的影响，还是课题的零距离观测与施工方监测的比较，均有如下规律：在富水砂层地段，地表沉降值均表现为大于拱顶下沉值。但对一般地层条件，其相关性并不显著，即拱顶下沉值并不全小于地表沉降值。通过地层资料与监测资料的对比分析，地表沉降值大于拱顶下沉值的地段一般都是隧道穿越强度相对较高的地层，且其上覆地层厚度相对较大。若隧道上覆地层为富水砂砾层或夹杂有强度极低的流塑状软土层，并且隧道所穿越土层的强度相对较低，或相对隔水层厚度较小，则隧道工作面有洞内局部坍塌甚至有塌陷波及地表的可能。尤其是在高地下水位时，坍落更具突发性（地表沉降值并没有太显著变化，如 3A 标段的二次塌陷）。

（4）地表沉降的横向下沉及影响范围与隧道上覆地层是否含富水砂层正相关

地表沉降在隧道横断面方向上的表现是：双洞双线的地表沉降最大值产生在两隧道中心线附近；而单洞重叠线的最大地表沉降值出现在拱顶附近。对隧道的横向影响范围是：地表沉降值愈大，其横向影响范围也愈大；反之，地表沉降值小，其影响范围也小。当隧道上覆地层为富水砂层且其强度并不低，同时隧道穿越强度相对较高的地层时，随排水量的增加，隧道上覆地层强度相对增加，此时地层沉降的横断面影响范围增大，反之变小。

（5）地表沉降的超前影响范围及超前沉降所占的比例较大

据调研，对富水砂层地段，隧道开挖所引起的地表超前沉降影响范围一般在 30m 左右，超前沉降量占最大沉降量的 30%～50%。产生这一现象的根本原因在于地下水的抽排量。一般的表现特征是随排水量的增加，其超前影响范围及沉降比例增大。

（6）地表沉降值随隧道埋深与直径的比值增加而有减小的趋势，但若隧道上覆地层赋存有含水砂砾层或软弱流塑状软土时，则与一般特征有所差异。

据调查，对无富水砂层地段，地表沉降值一般随隧道埋深与直径之比的增大而减小，尤其是当隧道围岩强度增加时，其趋势更为明显。但是对富水砂层地段，尤其是赋存有含水砂砾层且夹有软弱流塑状软土时，地表沉降值与隧道埋深和直径两者的比值之间不存在明显的相关性。

（7）隧道封闭成环后，沉降仍需相当长时间才能收敛稳定，对富水砂层地段，要到二衬施作后才能使其收敛趋于稳定。

（8）左右线开挖的隧道，若开挖工作面相对错距小于 15m，则其开挖对沉降值具有显著影响。

（9）左右线开挖的隧道，超前推进的隧道对另一线隧道的前方地表沉降值有影响，而滞后开挖的隧道则影响超前推进隧道的后方沉降值。超前开挖隧道对地表沉降的影响范围要大于滞后开挖的隧道，相应的其地层收敛稳定所需的时间亦较长。

（10）由实测的隧道纵、横两个方向的水平位移知，隧道工作面一定范围内存在松弛区和压密区，表明浅埋隧道地层仍以某种结构形式存在。

6.2.3.2 实测的围岩与支护结构应力的一般规律

为分析地层与支护结构的相互作用关系，在 6 标和 3A 标布置了专项测试断面。同时为进行全面有效地研究，与第三方监测相结合，各施工标段按要求也布置了一定的测试断面。现据实测资料，对浅埋暗挖隧道工作面的围岩与支护压力的一般规律总结分析如下。

（1）围岩径向压力的实测规律

1）浅埋深条件下，实测的拱顶部位的围岩径向压力都小于隧道上覆土柱荷载。如 6 标，当 Z/D 为 1.54 时，隧道结构基本稳定时的围岩径向压力为上覆土柱荷载的 33％；对 3A 标（地层预加固后），当 Z/D 为 1.86 时，其值为 35.92％；而对 3C 标，当 Z/D 为 1.94 时，最大的围岩径向压力比值为 39.10％。这说明即使在浅埋深条件下，隧道结构也并不是承担上覆土柱的全部荷载，而对作为临时支护的超前预加固结构设计，显然若取全土柱，也显得不尽合理。

2）尽管实测的拱顶部位围岩径向压力小于隧道上覆土柱荷载，但在其拱腰及隧道两侧墙部位，实测的围岩接触应力有大于上覆土柱或接近于上覆土柱的情况。这说明对浅埋隧道，隧道结构主要是承受自重应力场。

3）仰拱底部位的围岩径向压力大于拱顶部位，并且围岩径向压力值随隧道的封闭而增大。一方面体现了新奥法地层与支护的相互作用关系；另一方面也说明了为控制地层变位，工作面上台阶临时封闭的重要意义。但更重要的是说明了浅埋暗挖法"强支护"的必要性。

（2）孔隙水压力实测规律

1）孔隙水压力分布及变化特征与围岩径向压力的表现特征基本类似。

2）在拱顶部位，孔隙水压力为负值，表明该处土体为塑性张拉区（松弛膨胀区）；同时也说明了拱顶围岩径向压力减少的原因以及预加固的必要性。

3）实测的孔隙水压力值并未达到其自然水压力值。对 6 标，在 Z/D 为 1.54 的情况下，拱顶部位的负孔隙水压力为自然水头的55.77%；仰拱底部位为 52.2%；拱腰及两侧墙变化值为 10.57%～40.32%。对 3A 标，当 Z/D 为 1.86 时，拱顶部位为自然水头的32.25%；拱腰及两侧墙的变化值为 7.40%～23.75%。

（3）初次支护结构内力实测规律

1）初次支护结构并不是设计处于全部受压状态。封闭成环之前，拱部初次结构受拉；封闭成环后，除两拱腰受拉外，其余均为受压状态。这说明了浅埋暗挖法隧道"快封闭"的重要意义。

2）实测的轴力再一次说明，对浅埋隧道，其应力场为自重应力场。

3）对单洞重叠线，上台阶的临时横撑内力随下台阶的开挖而逐渐增大，这说明对不能及时及早封闭的浅埋隧道，应设置临时仰拱或临时横撑。

（4）超前小导管应变的实测规律

1）超前支护体的受力状态并不是简单的单一受拉（压）或弯曲状态，而是力的组合。对超前支护体其受力状态可认为是拉（压）与弯曲的组合。

2）超前支护体实测表明，随隧道推进，工作面前方地层应力重分布。在距工作面一定距离处，围岩压力存在峰值。

3）超前支护的工作状态表现为受拉，工作面推过后，各测点均变为受压状态。表明超前支护作用丧失。

6.2.4 地层预加固的原始设计参数及存在的问题

6.2.4.1 地层预加固的原始设计参数

（1）6 标段地层预加固的原始设计参数

1）超前支护参数：采用 $\phi32\times3.25$mm 普通水煤气管，环向间距 300mm，纵向间距 2m，搭接 1.5m，长度 3.5(2.5)m，布置范围拱部 120°；

2）核心土参数：台阶长度 2～4m，核心土长度 2m，核心土高度 0.75m；

3）正面支护：每一循环后，正面喷射 C20 早强混凝土；

4）对一般地层条件，采用不注浆小导管，砂层地段采用注浆小导管。浆体为水泥浆液；

5）地表无井点降水，洞内实施 ϕ100mm，长度为 20～21m 的钢花管引排水（2 根）。

（2）3A 标段地层预加固的原始设计参数

根据地层条件，地层预加固采取分里程设计。

1）超前支护参数：

① 对 SK1＋419～＋465、SK1＋465～＋485 及 SK1＋485～＋570，采用小管棚，为 ϕ76×5mm 的中空注浆钢管，长度 8m，环向间距 300mm，纵向间距 6m，搭接 2m，注浆液为水泥—水玻璃，布置范围为拱部；

② 对 SK1＋570～＋600，采用 ϕ42×4mm 热轧钢花管，长度 4.5m，环向间距 300mm，纵向间距 3m，搭接 1.5m，浆液为水泥浆，布置范围为拱部；

2）核心土参数：第一台阶长度 20m 左右，核心土长度 2m，核心土高度 0.75m；

3）正面支护：每一循环后，正面喷射 C20 早强混凝土，厚 50mm；

4）地表无井点降水，洞内也无超前引排水措施；

5）单洞重叠线隧道施工各台阶的临时支护是设临时横撑并喷 C20 早强混凝土，厚度 200mm。

6.2.4.2 原始设计参数应用中存在的问题

（1）6 标段存在的问题

原设计的地层预加固参数，在富水砂层地段，其问题的表现最为突出，具体如下：

1）超前小导管强度和刚度均不足以维持隧道工作面稳定和控制地表沉降。最严重的是超前小导管沿已安设的初支结构处从土中被推挤出而折弯；

2）核心土形同虚设。在富水砂层地段，微台阶长度的核心土难以留设，几乎类似全断面开挖状态；

3）格栅钢架 1 榀/m，在 1m 进尺内，工作面土体易于剥落；

4）在隔水层厚度较薄处（2.4m 左右），出现过波及地表的塌陷 1 次。在富水砂层地段开挖时，洞内局部坍塌多次。

由于在富水砂层地段，工作面稳定性较难以保证，所以在 2002 年 3 月以前，该标段左右线隧道地表沉降过大，累计最大下沉为 398.9mm，一般为 200mm 左右。致使深南大道翻修多次、管线破裂、建筑物出现裂缝以及人行道地砖断裂等问题。地表沉降过大引起的破坏现象具体见图 6-1～图 6-3。

图 6-1　道路拉断破坏

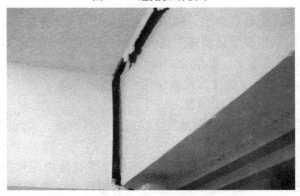

图 6-2　建筑物室内裂缝破坏

图 6-3 建筑物室内楼板断裂

（2）3A 标段存在的问题

3A 标段地层条件相对复杂，在洞口端隧道将穿越富水砂层，其后过渡到隧道拱部。自洞口约 50m，其相对隔水层厚度不足 2m。在隧道仅掘进 16.5m 范围内，连续发生了两次波及地表的塌陷事故。为以后分析原因，这里把两次塌陷的过程及处理措施说明如下：

1）第一次塌陷情况

在 SK1＋419.7～SK1＋429.7 洞口段 10.0m，据补勘地质报告，该段隧道砂层部分侵入隧道开挖范围内，经论证变更原预加固设计为地面旋喷止水加固措施。旋喷止水加固范围：洞体两侧超过开挖线各 2.5m，拱顶超过开挖线 3m，洞体两侧及加固段终端加固至强风化岩顶，中间部分加固至拱顶。旋喷加固后，在隧道拱部设 ϕ42mm 钢花管，长度为 4.5m，环向间距 300mm，纵向间距 3.0m，小导管据实际需要进行注浆。施工单位于 2002 年 3 月 25 日至 4 月 17 日进行了旋喷桩止水加固施工。5 月 9 日第一台阶正式开始向前掘进，掘进过程中工作面比较稳定，拱顶仅有极少量渗水，每天可掘进约 1m。

至 5 月 19 日，第一台阶已掘进 9.4m，此时的开挖里程为 SK1＋429.1，第一次塌方事故发生。塌方时工作面右前上方发生涌泥、涌砂，进而地表塌陷。地表塌陷范围长约 7.0m，宽约 6.5m，深度约 2.0m。塌陷形状为漏斗状。

作者参与了该次事故处理方案讨论会，基于椭球体失稳模式，论证了塌陷段的地表合理注浆范围以及工作面土体预加固的必要性原理，后施工方在塌陷段的处理上采纳了这一建议。地表注浆范围不超过隧道开挖线 2m，洞内采用 R51L 中空注浆钢管管棚作为预支护并正面预注浆加固。施工单位于 2002 年 6 月 9 日开始开挖，因开挖过程中工作面有少量漏水，开挖至里程 SK1＋431.9 处停止，等待下一步方案论证。

2）第二次塌陷情况

针对后续隧道开挖的地层预加固，在方案讨论会上施工单位提出：由于施工机械及注浆工艺比较复杂等方面的原因（管棚施工机械由矿山钻机改造而成，而非专用管棚施工机械），自进式 $\phi76/5$ 中空注浆钢管管棚试验较难达到设计要求，并提出将自进式 $\phi76/5$ 中空注浆小管棚改为双层注浆小导管，并辅以洞内深孔注浆，对隧道拱部的砂层注浆止水加固。经会议讨论，同意施工单位下一步开挖将地层预加固方案改为洞内深孔注浆加小导管辅助施工的技术措施，并在随后的 10m 段做试验，以期取得合理的注浆施工参数后再正式采用该方案。试验段洞内深孔注浆试验参数为：加固范围为隧道拱部开挖线两侧 2m 线范围以内的土体；超前小导管参数为长度 4m，纵向间距 1.8m，环向间距 0.3m。施工单位于 2002 年 6 月 19 日至 6 月 25 日实施了洞内拱部周边深孔注浆。

在隧道开挖至里程 SK1＋433.5 处，出现较大量的渗水，核心土出现一股水流，立即停止开挖，由深孔注浆队伍对工作面进行注浆加固至 7 月 2 日。注浆结束后继续进行开挖，开挖过程中核心土一直有水流出。7 月 7 日晨 7 时许，3A 标段暗挖隧道上台阶在开挖里程 SK1＋436.2 处，工作面右上方（拱顶右侧）又发现一股水流。据监理现场查看，在开挖工作面上左、右两个单元（Ⅱ单元）的格栅钢架已就位并喷混凝土，拱部Ⅰ单元尚未开挖，工作面已喷混凝土封闭。在工作面上可以看到有三股水流，

252

从封闭的混凝土裂缝中流出，一股在拱部上端110°位置，一股在右侧拱脚，一股在核心土前端偏左，流水呈黄色、浑浊。由于这次拱顶的水流没有第一次塌方的水流大，施工单位采取在工作面打钢筋锚杆，挂网喷混凝土的方法封堵，总共在工作面打进9根长2.5mΦ25钢筋，挂6片钢筋网片，喷混凝土22cm厚。至11：30时，隧道内喷混凝土加固结束，正准备移交给深孔注浆队伍进行洞内注浆堵水时，11点37分，隧道工作面开挖的环形拱部偏右突然发生涌水涌砂，有大量的粗砾夹灰黑色的水泥冲入第一台阶，随后地面发生沉降，陷坑长8m，宽7.5m，深2.1m，塌陷形状与第一次塌陷形状相同，为漏斗状。

地面塌陷发生后，现场调研发现，此时工作面在拱顶偏右被冲出一个直径约500～600mm的孔洞，斜向前上方延伸，并有水流出。当时的处理措施为：在工作面处利用多层砂袋堵水并采用钢管和型钢作横竖向支撑并与已施工的格栅焊接。封堵支撑完毕后，在整个工作面喷20cm以上的混凝土来封闭工作面。但此时在封闭的工作面左右两侧下端又有两股水流，流量较大且浑浊。7月7日晚，封闭的工作面下角的两股水流有加大的趋势，为防止产生进一步的塌方，施工单位在工作面进行注浆（共注入水泥13t），在水流有减小和变清的趋势后，停止注浆。对塌陷段（里程SK1＋436.2～SK1＋445.5）采用全断面注浆加固进行紧急处理，加固范围：自地面5m距离以下，洞体两侧开挖线以外各3m。同时加强对已施工段的监测。

6.2.5 地层预加固参数的动态设计及应用

6.2.5.1 原始设计参数的合理性检验

为提出更合理的地层预加固参数，本节依据第五章给出的设计计算方法，对6标及3A标的地层预加固原始设计参数进行合理性验算。

（1）6标段地层预加固参数的合理性判断

1）基本参数

① 隧道参数：D 为 6.5m，H 为 3m（考虑核心土影响为 2m），一次进尺 a 分析计算考虑三种情况：0.5m、0.75m 和 1m。实际 a 为 1m。

② 地层参数：

a. 一般地层条件，以左 SK4＋350～＋450 为例给予说明：Z 为 10m，隧道穿越砾质黏性土，c 为 24.9kPa，ψ 为 26.7°，E_e 为 26.5MPa，K 为 22MPa/m，k_0 为 0.33，u 为 0.25，γ_a 为 18.55kN/m³。

b. 富水砂层条件，以 SK5＋040～＋110 为例：Z 为 10m，隧道穿越大部分砂质黏性土，少部分为砾质黏性土，富水砂层厚度 4～5m，相对隔水层厚度 2.04～3m，c 为 23.6kPa，ψ 为 20.5°，E_e 为 35.6MPa，K 为 28.5MPa/m，k_0 为 0.35，u 为 0.255，γ_a 为 18.67kN/m³，k 为 0.56。

2）工作面上覆地层结构稳定性判别

对一般地层条件，Z/D 为 1.54，无富水砂层及流塑状软土，故认为工作面开挖后，工作面上覆地层能形成拱结构。地层预加固的作用荷载按全拱法计算。

对富水砂层地段，尽管 Z/D 为 1.54，但应进行相对隔水层厚度检验。考虑进尺 a 为 0.5m、0.75m 和 1m 三种情况，则由式（5-8）和式（5-9）计算的结果见表 6-5。

富水砂层条件下的计算稳定拱高度　　　　表 6-5

进尺（m）	计算的稳定拱高度（m）	
	抛物线拱模型 h_{to}	椭球体模型 h_{eo}
0.5	2.51	2.90
0.75	2.84	3.29
1.0	3.18	3.68

由计算知，其破裂松弛高度也大于实际的最大相对隔水层厚度 2.04～3m。因此地层预加固的作用荷载应按全土柱法计算。

3）超前预加固结构作用荷载 q 的确定

对一般地层条件，可按全拱法计算。由式（5-5），可得实际 1m 进尺下的预加固承受的作用荷载 q 为：$q = 18.55 \times 0.35 \times 4.59 \times 0.61 \times (1 + 2 \times 0.61) = 40.36 \text{kN/m}^2$。

对富水砂层地段，q 为上覆土柱荷载：$18.67 \times 10 = 186.7 \text{kN/m}^2$。

4）选择力学模型并求解其力学参数

① 基本计算参数。原设计小导管参数为 $\phi 32 \times 3.25 \text{mm}$，土中剩余伪长度（搭接长度）为 1.5m，外插角为 $10° \sim 15°$，则真实的土中剩余长度为 1.48m，工作面正面土体破裂松弛面按平面假设，则对一般地层条件，其破裂松弛长度 l_p 为 1.23m，对富水砂层即为 2.08m。

② 力学模型选择。对一般地层条件，超前小导管结构力学模型选用模型Ⅰ，对富水砂层条件，选用模型Ⅱ。

③ 弯矩的求解和比较。由模型Ⅰ，对一般地层条件，其弯矩 M_{-a} 为 $-0.302 \text{kN} \cdot \text{m}$；由模型Ⅱ，对砂层条件，其弯矩 M_{-a} 为 $-2.16 \text{kN} \cdot \text{m}$。由式（5-15），对 $\phi 32$ 的小导管，其允许的最大弯矩值 M_{max} 为 $0.394 \text{kN} \cdot \text{m}$，显然砂层条件不能满足。也就是说在富水砂层条件下，小导管的强度过小，难以满足地层条件的要求。

④ 接触应力 p_a 的计算。对一般地层条件，按 Winkler 模型计算的接触应力 p_A 为 100.54kN/m^2。

5）工作面土体的稳定性分析

对一般地层条件，则其在 θ_h 为 $60°$，θ_0 为 $55°$ 时取得最小上限解。即：N_s 为 1.53，H_{cr} 为 1.69m，L_{pcr} 为 1m。由判别式（5-17），则临界高度小于工作面自由高度 2m。说明在进尺为 1m 的情况下，工作面土体稳定性在不考虑小导管注浆的条件下，原设计参数并不能完全保证工作面土体稳定。

综上，对 6 标段原始设计的预加固参数合理性评价如下：

① 对一般地层条件，选用 $\phi 32 \times 3.25 \text{mm}$ 的超前小导管，其

强度基本满足要求。但在不考虑注浆的条件下，其在进尺 1m，微型核心土的情况下，刚度条件难以满足；

② 一般地层条件的预加固参数并不能完全保证工作面土体的稳定，也不能有效控制地表的沉降量；

③ 在富水砂层条件，原设计的预加固参数不能满足地层条件的要求。

施工实践表明，上述预加固参数不尽合理。在该地段，一般地层条件的地表沉降量仍达 60～85mm。富水砂层条件下，出现过波及地表的塌陷 1 次，洞内坍塌多次，沉降量过大导致的地表土工环境破坏前已叙述，这里不再重复。

（2）3A 标段地层预加固参数的合理性判断

1）基本参数

① 隧道参数：隧道当量直径为 7.0m，隧道上台阶高度 2.8m（考虑核心土影响为 1.8m），实际一次进尺据地层条件，采用 0.75m 和 1m。

② 地层参数：

a. 洞口隧道拱部穿越富水砂砾层段（SK1＋419.7～＋429.7）：Z 为 11.2m，砂砾层厚度 7.8m，c 为 26.44kPa，ψ 为 19.31°，E_e 为 23.98MPa，K 为 18.84MPa/m，k_0 为 0.37，u 为 0.27，γ_a 为 18.83kN/m³。

b. 上覆富水砂层地段（SK1＋500～＋600）：Z 为 14.5m，隧道穿越砂质黏性土，富水砂层厚度 1.8～4m，相对隔水层厚度 4～6m，c 为 19.8kPa，ψ 为 21.6°，E_e 为 38.9MPa，K 为 28.5MPa/m，k_0 为 0.37，u 为 0.26，γ_a 为 19.30kN/m³，k 为 0.6。

2）工作面上覆地层结构稳定性判别

对隧道穿越砂砾层段，Z/D 为 1.6，尽管是全拱法计算埋深范围，但地层条件不满足，故工作面上覆地层结构难以稳定。地层预加固的作用荷载按全土柱法计算。

对上覆富水砂层地段，Z/D 为 2.07，现利用全拱法和椭球体模型进行相对隔水层厚度检验。由式（5-8）和式（5-9），抛

物线拱模型计算的 h_{to} 为 2.81m，椭球体模型计算值为 3.31m。显然该段地层能形成结构，地层预加固作用荷载按全拱法计算。

3）超前预加固结构作用荷载 q 的确定

对上覆富水砂层地段，按全拱法计算的 q 为 63.88kN/m²。对隧道穿越砂砾层段，其 q 为上覆土柱总荷载即为 210.9kN/m²。

4）选择力学模型并求解其力学参数

按前述计算步骤，对上覆富水砂层地段，由模型Ⅰ得 ϕ42 小导管的弯矩 M_{-a} 为 -0.533kN·m；由模型Ⅱ，对隧道穿越砂层段，ϕ76 的小管棚的弯矩 M_{-a} 为 -5.17kN·m。因此从强度条件而言，对穿越砂砾层段，小管棚显然不能满足要求。对上覆富水砂层地段，强度满足要求，可进行工作面土体稳定性检验。

5）工作面土体的稳定性分析

由工作面土体稳定性分析模型Ⅱ，则当接触应力 p_A 为 98.37kN/m²时，其在 θ_h 为 60°，θ_0 为 55°时取得最小上限解。

此时计 N_s 为 1.07，H_{cr} 为 1.17，L_{pcr} 为 0.85m。

由计算知，在进尺为 1m，不考虑注浆的条件下，ϕ42 的小导管并不能保证工作面土体稳定。综上，对 3A 标段原始设计的预加固参数合理性评价如下：

① 对隧道穿越砂砾层地段，单纯依靠注浆小管棚难以控制工作面稳定；

② 对隧道上覆富水砂层地段，在进尺 1m，不注浆的条件下，不能保证工作面土体的稳定性。

对 3A 标段的地层条件，基于其特殊性，其预加固参数尚应进一步研究确定。

6.2.5.2　地层预加固参数的动态设计

（1）6 标段地层预加固参数的动态设计

基于对原预加固参数的合理性检验，结合本文的研究成果，与施工方相配合，在技术经济合理的条件下，对地层预加固参数作了如下动态设计。

1）一般地层条件下的预加固参数动态设计

对一般地层条件，地层预加固参数主要作了如下变更：

① 超前小导管仍采用 $\phi32\times3.25$mm，但改其由原隔榀布设 3.5m 长度小导管为每榀皆安设，但小导管长度减少为 2.5m，这样在不增加成本的条件下，可相应增大土中管体的剩余长度；

② 改原微台阶布置为控制台阶长度 $1D$ 留设，并使核心土长度与台阶长度相等。在保证施工方便的前提下，加大核心土的高度和宽度参数，控制工作面的自由高度不大于 1.75m，沿核心土宽度方向两侧最大开挖不超过 0.75m。

③ 据地层条件以及工作面土体的稳定性变化，适时注浆。

在上述参数条件下，预加固的作用荷载为 37.58kN/m²，弯矩 M_{-a} 为 -0.276kN·m，接触应力 p_A 为 94.64kN/m²，其工作面稳定性分析的上限解为：N_s 为 1.82，H_{cr} 为 2.0m，L_{pcr} 为 1.19m。说明该参数能满足隧道工作面的安全开挖。

2）上覆富水砂层条件下的预加固参数动态设计

对富水砂层条件，按图 5-40 设计程序框图计算。这里重点介绍动态设计的几个关键步骤。

① 首先按弯曲强度条件，确定钢管直径

基于技术经济的合理性，确定格栅钢架间距为 0.75m，相应地开挖进尺确定为 0.75m。由本文参数研究的结果，取土中剩余长度为 2m。已知荷载 q 为 186.7kN/m²，经反复验算，在钢管直径为 $\phi76\times5$mm 时，其弯矩 M_{-a}（-5.03kN·m）近似与允许弯矩 M_{max}（5.023kN·m）相等，故确定超前预加固拱部采用注浆小管棚。

② 其次验算工作面土体的稳定性

由 Winkler 模型，计算的接触应力 p_A 为 155.78kN/m²，按较优条件考虑 p_B 为零。则其工作面土体稳定性分析的上限解为：N_s 为 0.0095，临界高度 H_{cr} 为 0.0104m，临界长度 L_{pcr} 为 0.0045m。显然工作面难以保持稳定。

③ 确定工作面正面预支护的方式及参数

原研究决定工作面正面预支护采用玻璃钢注浆锚杆（管），

258

但国内仅有小直径实体玻璃钢锚杆而未开发中空玻璃钢管锚杆，而若不注浆则对富水砂层条件，其效果难以保证。最后确定一般条件下采用正面注浆，若遇特殊情况，采用注浆小导管进行正面预支护。

对 6 标段相对隔水层较薄地段，考虑有工作面预支护条件下的工作面土体稳定性分析见表 6-6。

有正面预支护的工作面土体稳定性分析　　　　表 6-6

上　限　解	F_g（kN/m²）	
	5	10
N_s	1.44	2.34
H_{cr}（m）	1.92	3.11
L_{pcr}（m）	0.83	1.35

由表知，只要保证工作面预支护力达到 5kN/m²，则在进尺为 0.75m 条件下，工作面土体可以保持稳定。当然若达到 10kN/m²，则效果更好，即不仅可使工作面稳定性得到保障，而且可以控制地层变位，减少地表下沉量。

综上分析，由于未做正面预支护效果试验，再加之设计的小管棚的弯矩尚处临界状态，故在实际施工时，在施作超前小管棚的条件下，拱部也安设了超前小导管。最终在格栅钢架间距为 0.75m 条件下，该地段设计施工的地层预加固参数如下：

a. 洞内 $\phi76×5mm$ 小管棚注浆超前支护，沿拱部 180°范围布置，长度 12m，搭接长度 2m，环向间距 400mm，外插角 40°~60°，呈梅花型布置注浆孔（$\phi4mm$~$\phi6mm$，间距 150~200mm），其尾部（孔口段）1.5m 不钻孔，作为止浆段，浆液为水泥—水玻璃浆液。

b. 拱部采用 $\phi32×3.25mm$，长度 3.5m，环向间距 300mm，搭接长度 2m；沿拱部 120°范围布置。

c. 正面弧形导坑超前注浆加固，长度 5m，间距 1000mm×1000mm，纵距 3.5m 设一排，视情况决定是否增设小导管；边墙视情况局部增设超前小导管。

d. 严格保证核心土参数。

相对隔水层厚度较薄地段的地层预加固参数设计见图6-4。

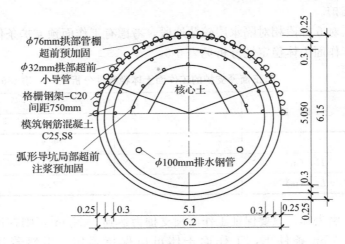

图6-4 6标相对隔水层厚度较薄地段地层预加固设计

（2）3A标段地层预加固参数的动态设计

基于对地层预加固以及5标、6标、13标和3C标等的工程实践体会和认识，就3A标地层预加固提出了如下动态设计的基本观点：

1）对隧道穿越富水砂砾层地段，砂砾层厚度为7.8m，远超过由式（5-9）计算的允许的最大砂砾层厚度为3.25m。因此拟单纯采用$\phi76\times5$mm超前注浆小管棚，远远不能控制工作面土体的稳定性。

2）由上覆地层稳定性判别，此种地层条件的首要前提是必须进行地层改良。在地层条件得到改善后，洞内超前支护的强度和刚度尚应适当增大。

3）初期采用的地面旋喷止水加固加洞内超前注浆小导管（SK1＋419.7～＋429.7）预加固措施，符合地层预加固的机理及其地层预加固设计的原则。尽管出现塌陷，但并不是由方案本身造成，而是施工的问题（因为地层改良仅至 SK1＋429.7，而施工开挖在单纯依靠超前注浆小导管的条件下，却冒进至 SK1＋429.1）。对其后采用的洞内深孔注浆加超前注浆小导管方案，认为不符合地层预加固的机理。其原因有两个：其一是砂砾层中的注浆效果难以保证；其二是注浆厚度有限，达不到隔水和形成自稳结构的厚度。

4）在塌陷段的处理以及地层预加固方面，建议两侧的预加固范围不宜过大，且应实施动态加固（即并不是地层加固全部完成后，再行隧道的开挖，而是滞后一定时间段后，开挖与加固可同时进行）。为保证工作面正面土体的稳定，由参数研究，建议工作面前方的有效加固范围不小于 4m。也就是说在砂砾层段，隧道开挖面前方至少应该有 4m 的已加固长度。另外，在第一次塌陷处理上，也提出了尝试采用地表补打注浆锚杆的措施，但限于经费，没有进行试验。

5）对隧道上覆富水砂砾层地段，应视相对隔水层厚度的大小做动态设计。原则是要保证超前支护结构的强度和刚度，又要确保隧道工作面土体的稳定性。

依据上述观点，在多方人员反复论证了地面预注浆、洞内深孔注浆、洞内深孔注浆加地面预注浆、地面旋喷注浆以及地面帷幕降水等方案后认为：对相对隔水层厚度较薄的砂砾层段，应该充分认识其地层所具有的特殊性，结合前一段的工程实践，确定对地层劣化段采用地面旋喷注浆。最终确定的 3A 标段地层预加固设计与施工的基本参数如下：

① 在余下的相对隔水层厚度较薄地段（SK1＋445.2～＋510），采用地面旋喷加固止水与洞内注浆小导管相结合的方案。

a. 加固范围参数：隧道拱部为开挖轮廓线之外 3.0m，隧道边墙为开挖轮廓线之外 3.0m。由于有一定的相对隔水层厚度，隧道开挖范围内土体不做旋喷加固，而是每隔 20～25m 做一段 2.0m 厚的全断面旋喷作为隔水墙（图 6-5）。

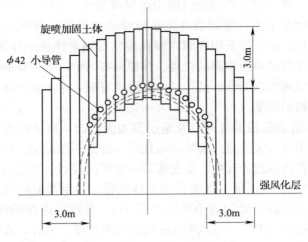

图 6-5　3A标层预加固方案示意

b. 旋喷桩参数：桩径 0.8m，间排距为 0.6m，喷射压力为 30MPa 左右。

c. 设计应达到的效果：在隧道开挖范围外形成 2.5～3.0m 的防渗隔墙，抗渗系数达到 10～5cm/s，砂砾层和残积层固结体 28 天的强度不低于 1.0MPa。

d. 洞内拱部预加固参数：超前小导管为 $\phi42\times4mm$，长度 4.5m，环向间距 400mm，纵向间距 3m。工作面正面视地层条件确定是否注浆并进行设计调整。

② 对具有一定厚度的相对隔水层地段，采用洞内长短注浆小导管相结合的方案，且开挖进尺从原设计的 1.0m 调整为 0.75m。预加固参数设计如下：

a. 长导管参数：$\phi51\times5mm$，长度 5m，环向间距 400mm，纵向间距 3m，仰角 15°。

b. 短导管参数：$\phi42\times4mm$，长度 2.5m，环向间距 400mm，纵向间距 1.5m，仰角 7°。

c. 工作面正面土体预支护：视情况决定是否采用 $\phi42\times$

4mm，长度 5.0m 的注浆小导管。

对上述参数，在开挖进尺为 0.75m 条件下，由建立的相应模型验算如下：

对有一定厚度（大于 4m）的相对隔水层地段，在预加固作用荷载 q 为 63.88kN/m² 时，其弯矩 M_{-a}（-0.36kN·m）小于允许弯矩 M_{max}（1.55kN·m）。接触应力 p_A 为 31.35kN/m²。其工作面稳定性分析的上限解为：N_s 为 4.29，临界高度 H_{cr} 为 4.71m，临界长度 L_{pcr} 为 3.17m。显然预加固参数满足工作面稳定性的要求。

对相对隔水层较薄（小于 4m）地段，按有效加固范围，则在地面旋喷的作用下，可以近似认为此时已使其相对隔水层厚度增大至 4m 以上。由前分析，显然此种地层条件能形成结构。因其地层参数与前述分析相当，故认为预加固参数满足工作面稳定性要求，这里不再进行验算。

6.2.6 地层预加固的现场实施及效果监测

6.2.6.1 核心土参数变更的效果监测与分析

由本文建立的工作面稳定性分析模型，通过参数分析以及数值模拟的研究表明：工作面留设核心土时，对稳定工作面有积极作用。基于这个措施并不增加成本，因此施工方乐于配合接受。在全面总结分析原微台阶存在问题的基础上，针对各施工标段的不同特点，对工作面留设核心土的总的原则是在控制台阶长度为 $1D$ 时，尽量增大核心土的尺寸参数。因 6 标不设临时仰拱或临时横撑，故核心土长度与台阶长度一并考虑。同时尽量在不影响施工的前提下，加大核心土的高度（核心土面至拱顶高度控制在 1.7m）和宽度（两侧仅留不大于 0.75m 的拱脚开挖通道）。6 标实际施工时的核心土全貌见图 6-6。对 3A 标，因其为多台阶开挖而设临时横撑，因此为快速封闭，控制核心土长度 3m 左右，核心土高度和宽度的控制同 6 标。3A 标实际施工时的核心土全貌见图 6-7。

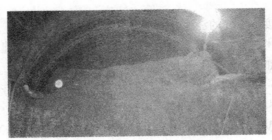

图 6-6　6 标实际施工时的核心土全貌

图 6-7　3A 标实际施工时的核心土全貌

核心土参数变更后，以 6 标为例，工作面从未出现变更前的微台阶法核心土难以成型，类似全断面开挖的不利状态。在相同施工参数条件下，富水砂层地段的核心土调整前后的地表沉降变化比较见图 6-8。由图知，尽管富水砂层厚度有所增加，但由于核心土的正面支护作用，地表沉降明显趋于减少。

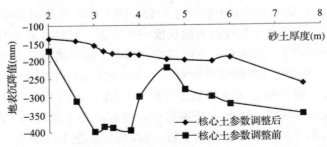

图 6-8　6 标富水砂层地段核心土调整前后地表沉降变化比较

6.2.6.2 地层预加固方案调整的效果监测与分析

（1）6标段地层预加固参数调整的效果监测与分析

1）富水砂层地段

地层预加固前，富水砂层地段工作面土体的状况见图6-9。由图可以看出，工作面渗水坍滑现象严重，曾多次出现工作面正面以及拱部土体坍落。为安全开挖，采取了地层预加固的综合措施。前述设计的注浆小管棚、正面注浆小导管等实际施工布置见图6-10。

图 6-9　6标富水砂层地段工作面土体预加固前状况

图 6-10　6标富水砂层段工作面预加固实际施工布置

施工实践表明，上述地层预加固参数设计合理，施工中未曾发生工作面土体坍落现象。值得提及的是试验前期是全部按照图

6-4 施作，但由于存在成本高、工作面有小导管开挖困难等问题，后据监测资料以及地层条件，在开挖 10m 后，取消了小管棚，而改用长短结合的双排注浆小导管，工作面正面采用不设小导管的周边注浆。尽管控制地表沉降的效果不如原设计参数，但可降低成本并提高开挖速度。真正地体现了地层预加固参数的动态设计概念。

富水砂层地段地层预加固参数调整前后的地表横断面沉降变化比较见图 6-11。

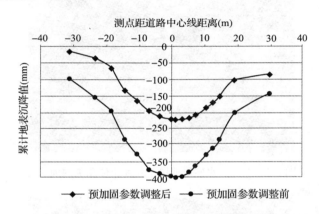

图 6-11　6 标富水砂层段预加固参数调整
前后地表横断面沉降变化比较

由图知，适时调整地层预加固参数可明显减少地表沉降，基本上杜绝了早期施工所造成的楼板开裂、建筑物错台、地表裂缝等现象。

2）一般地层地段

对一般地层地段，重点是控制核心土尺寸，并据条件变更超前小导管隔榀施作为每榀安设。超前小导管的注浆与否，取决于工作面正面土体的稳定状况。一般地层条件下，地层预加固参数调整后的地表沉降变化见图 6-12。

这里有必要说明的是，在地层预加固参数变更的同时，施工中也一并实施了以下技术措施：

266

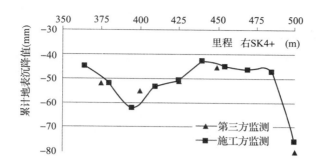

图 6-12　6 标一般地层条件预加固参数调整后地表沉降变化

① 洞内适度排放地下水；

② 左右线开挖距离错开不小于 15m，一般控制在 20m 左右，严禁齐头并进；

③ 初支背后及时回填注浆，局部地表下沉较大处跟踪注浆，边墙局部增设小导管注浆；

④ 格栅钢架在特殊地段由原 1.0 榀/m，调整为 0.75 榀/m，局部调整为 0.6 榀/m；

⑤ 拱脚作特别处理，并使拱脚标高大于台阶面，保证排水畅通，以免拱脚积水浸泡；

⑥ 多开辟二衬施工通道，对局部地表下沉较大地段提前施作二衬。

（2）3A 标段地层预加固参数调整的效果监测与分析

3A 标段可谓是深圳地铁一期工程浅埋暗挖隧道施工中极为典型的一个标段。尽管其隧道长度仅 180.3m（SK1＋419.7～＋600），但却在开始的 16.5m 范围内连续发生两次波及地表的塌陷。地层预加固设计变更多次，从原始设计的注浆小管棚变更为地面旋喷止水加固。第一次塌陷后，又变更为洞内深孔注浆。第二次塌陷地面注浆后，经多方反复论证，最终对相对隔水层厚度较薄地段采用地面旋喷注浆，相对较好地段采用长短注浆小导管，具体见表 6-7。塌陷地面注浆后，经多方反复论证，最终对相对隔水层厚度较薄地段采用地面旋喷注浆，相对较好地段采用长短注浆小导管，具体见表 6-7。

3A 标段不同里程地层预加固的实际施作情况表　　表 6-7

里程	SK1+419.7 ～+429.7	SK1+429.7 ～+436.2	SK1+436.2 ～+445.5	SK1+445.5 ～+473.2	SK1+473.2 ～+600
实际施工方案	地面旋喷止水加固+注浆超前小导管	洞内深孔注浆+注浆超前小导管	地表注浆+注浆超前小导管	地面旋喷止水加固+注浆超前小导管	长短注浆小导管

地面旋喷桩效果测试　　表 6-8

项　　目	里程 SK1+419.7～+600					里程 SK1+445.5～+473.2							
	桩　　号					桩　　　　号							
	1	2	3	4	5	5-1	6	7	A	B	C	D	E
设计抗压强度（MPa）	2.5	2.5	2.5	2.5	2.5	2.5	2.5	2.5	2～3	2～3	2～3	2～3	2～3
检测平均强度（MPa）	5.4	19	25	6.1	18	20	14	8.2	6	—	—	—	—
检测抗压强度最小值（MPa）	3.8	7.8	23	4.7	2.7	17	3.1	4.5	6.6	6.3	2.7	5.3	8.5
设计桩长（m）	3	3	3	3	5.6	3	4.3	4.3	12	2.5～12	7.9	2.5～4.0	2.5～2.6
检测桩长（m）	3.9	6.2	4.3	5.4	6	3.8	7.5	6.6	12.7	12	8.2	4.3	3

由表知，地面旋喷注浆达到了设计的止水加固效果。经检测，其桩芯强度符合设计 1MPa 的要求。不同地层预加固措施的

累计地表沉降最大值见图 6-13，其横断面方向的地表沉降变化见图 6-14。

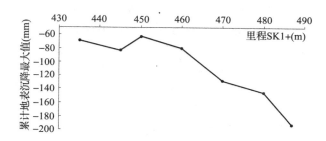

图 6-13　3A 标不同地层预加固措施的
累计地表沉降最大值比较

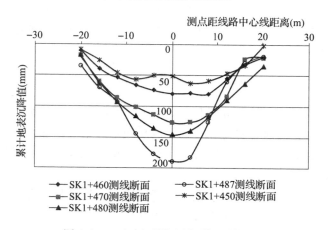

图 6-14　3A 标不同地层预加固措施的
地表横断面沉降变化比较

　　由图知，地层预加固与地表沉降的关系是：地层预加固程度愈高，其地表沉降值愈小。如在第二次塌陷段（SK1＋436.2～＋445.5）附近，由于采用了地层全断面注浆，很明显看出其附近的地表沉降值变小。另一方面，由横断面沉降图也可以看出：随地层预加固效果的增强，地层条件相对强化，沉降槽宽度有所减少。这表明地层条件不同，其上覆地层失稳机理存在差别。地层条件差时则表现为"窄";而地层条件好时,则表现为"宽"。这与第二章研究结果相同。

总的来说,根据地层条件,适时变更地层预加固设计是非常必要的。但对 3A 标段的特殊地层条件,实践表明,采用洞内深孔注浆的效果不如地面旋喷注浆。目前 3A 标段第一、二台阶已顺利贯通。在此过程中,洞内外均未发生坍塌现象。上台阶基本处于无水状态,达到了保证工作面稳定,控制地表沉降的目的。说明了所设计的地层预加固参数是合理的。但值得提及的是,实际施工时,地面旋喷并未施做到设计的 SK1+510 位置,而是在 SK1+473.2 里程处,变更采用了长短注浆小导管超前预加固措施。由于该处的相对隔水层厚度不足 4m,因此即使洞内采取了一定的正面措施,确保了工作面的开挖稳定,但仍无法控制地表沉降量的增大。以致带来了国贸大厦地板出现裂缝以及道路开裂等问题。

6.2.7 本节小结

通过对重点标段 6 标和 3A 标地层预加固的工程实践,表明了本书作者的研究思想和成果能成功地指导地层预加固的参数设计,同时对书作者的研究成果也给予了检验和修正。通过工程应用,取得了以下基本认识:

(1)针对不同的地层条件,适时进行地层预加固参数的动态设计是值得推行的一种有效设计方法;

(2)实践表明,在一定的地层条件下,浅埋暗挖隧道工作面上覆地层结构是存在的。给出的地层稳定性判别条件能对工作面上覆地层结构的稳定给出初步判断。提出的椭球体模型和全拱法模型可用于初步分析浅埋隧道工作面上覆地层的稳定性;

(3)应用表明,本文建立的一系列模型,可指导并应用于地层预加固的参数设计并能对其设计的合理性和安全性进行初步判断;

(4)地层预加固参数必须满足强度和刚度两个指标,为控制工作面土体的稳定，必须确保预加固的刚度条件满足要求；

（5）在复杂地层条件下，工作面正面预加固是非常必要的。但在富水砂层厚度较大的条件下，首先宜实施地层改良，这样对确保工作面稳定和控制地表沉降两个方面都有显著的效果；

（6）在追求增强地层预加固作用效果的同时，不可忽视"短进尺"的重要意义。

6.3 工程实例2——地铁区间隧道零距离下穿既有地铁车站施工

本节针对北京地铁5号线地铁区间隧道第一次零距离下穿地铁2号线雍和宫施工实例，介绍地层预加固技术的应用。

6.3.1 工程概况

北京地铁五号线雍和宫站～和平里北街站区间暗挖段中左线在桩号 K12＋318.000～K12＋352.475 段下穿环线地铁，长度为34.475m。其中完全处在环线地铁底板下的长度为22.9m。具体位置关系见图6-15、图6-16。

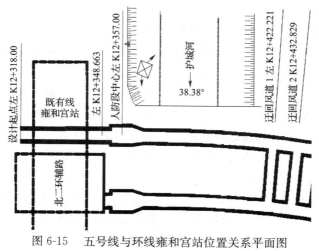

图 6-15 五号线与环线雍和宫站位置关系平面图

271

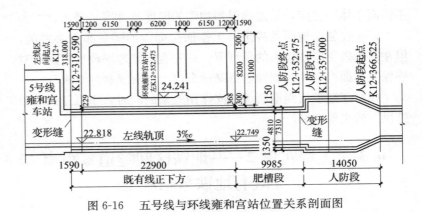

图 6-16　五号线与环线雍和宫站位置关系剖面图

　　暗挖穿越环线地铁区间地面标高 44.0m，隧道底标高 20.908m，隧道主要穿越粉质黏土、黏土④层：夹粉土④₁层。根据地质勘察报告，本段区间勘察揭露地层土质自上而下依次为：

　　(1) 人工堆积层

　　粉土填土①层，局部为房碴土①₁层，褐色、疏松、稍湿，厚度为 1.20m，层底标高为 42.80m。

　　(2) 第四纪全新世冲洪积地层 (Q^{4al+pl})

　　粉土③层：褐黄色、硬塑～可塑、上层稍湿、下层饱和，厚度为 3.80m，层底标高为 36m；粉细砂③₂层，褐黄、黄褐色、中下密、饱和，为局部夹砂层，厚度为 1.3m，层底标高为 34.7m；粉质黏土、黏土④层，夹粉土④₁层，褐黄色、硬塑、饱和，厚度为 10m，层底标高为 24.7m。

　　(3) 第四纪晚更新世冲洪积地层 (Q^{3al+pl})

　　中粗砂⑤₁层，褐黄色、密实、饱和，厚度为 1.5～3.2m，层底标高为 21.03～19.88m；卵石圆砾⑤层，杂色、中密～密实、饱和，厚度为 0.00～1.80m，层底标高为 21.03～18.50m；粉质黏土、黏土⑥层，棕黄色、硬塑、饱和，厚度为 4.00～6.70m，层底标高为 16.13～14.70m；细

272

中砂⑦₁层，褐黄色及杂色、中密～密实、饱和，厚度为0.00～4.00m，层底标高为11.50m；卵石圆砾⑨层，杂色、中密～密实、饱和。

上述各层土的分布详见雍和宫站～和平里北街站区间（矿山法区间）地质纵剖面示意图（图6-17）。

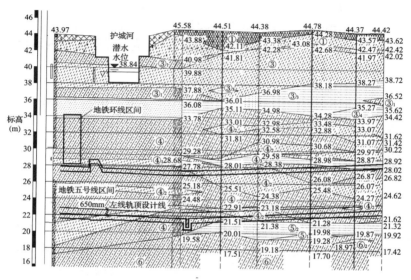

图6-17 暗挖左线穿越环线地质断面图

车站场区第四纪地层中赋存上层滞水、潜水和承压水。上层滞水、潜水水位标高为38.84m，水位埋深为2.46m左右，含水层分别为粉土③层；粉细砂③₂层及粉土④₂层，主要接受大气降水和灌溉水垂直渗透补给和管沟渗漏补给。承压水头标高为22.33m，水头埋深为22.45m左右。含水层为粉细砂⑤₂层，卵石⑨层。

隧道结构尺寸及支护形式：左线区间穿越环线地铁矩形隧道结构净空尺寸为：高4.81m×宽4.3m，开挖尺寸为高7.31m×宽6.8m，C20早强喷射混凝土隧道初衬厚度为350mm，钢格栅间距为500mm，钢筋网$\phi 6@150×150$。C30混凝土二衬厚度为

$800\sim1000\text{mm}$。

隧道施工方法、施工工序：采用 CRD 法施工，即首先施工 1 号、2 号导洞，贯通后再进行 3 号、4 号导洞开挖。

6.3.2 地层预加固的原始设计参数及存在的问题

6.3.2.1 地层预加固的原始设计参数

1）超前支护参数：采用 $\phi32\times3.25\text{mm}$ 普通水煤气管，环向间距 300mm，纵向间距 1m，长度 3m，布置范围隧道两侧墙，浆体为水泥浆液；

2）正面支护：每一循环后，正面喷射 C20 早强混凝土；

3）暗挖穿越环线段地面无法施工降水井，因此利用辐射井进行降水，即在二环路南北两侧隧道两边施工四眼辐射井，呈矩形布设，水平井南北向放射交叉，水平孔直径为 $\phi114\text{mm}$，插入钢管直径 $\phi50\text{mm}$，壁厚 3mm，长度为 $20\sim36\text{m}$。

6.3.2.2 原始设计参数应用中存在的问题

1）实质上为零距离下穿既有环线地铁车站

根据设计图纸提供的数据，隧道开挖断面距环线地铁底板垫层底部的最小距离为 106mm，但测量单位最近提供的数据，由于既有线已经下沉约 100mm，环线雍和宫站结构底与本工程左线区间结构顶的最小距离减至 6mm。即使不考虑既有线下沉影响，在开挖过程中，既有地铁车站与新建地铁区间隧道预留 106mm 也难以保留，实质上类同零距离下穿。这样在地层预加固设计中必须考虑其带来的影响。

2）既有线地铁回填土为饱和砂性土

根据资料和现场勘测，和在护城河河床上的水平井钻孔、右线接口部位开挖得知，既有线地铁采用的明开法施工，原有结构两侧肥槽回填为大量富含水的碎砖石、砂、级配料，同时还杂有混凝土块、废木方，对开挖断面形成很大的隐患（见图 6-18、图 6-19），因此必须对既有线肥槽进行地层预加固。实际揭露的情况见图 6-20 和图 6-21。

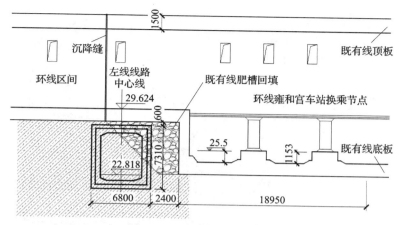

图 6-18　左线区间下穿环线

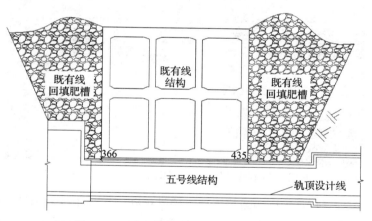

图 6-19　左线区间下穿环线地铁纵剖面图

3）根据探孔勘测得出的数据，隧道开挖断面地质条件比较复杂。穿越地层为垫层、粉质黏土、粉细砂，又加之水平降水效果难以保证等原因，为控制沉降，工作面土体有必要实施地层预加固。

4）既有地铁结构垫层与新建隧道初支结构凹凸不平与潜在间隙的处理。

275

图 6-20　既有线地铁回填土实际揭露渣土类情况

图 6-21　既有线地铁回填土实际揭露废弃木方等情况

5）利用 CRD 法新建平顶直墙结构断面正处于既有地铁结构变形缝下面，这势必又带来，为控制沉降，在地层预加固方面，是先开挖位于变形缝下方的导洞为优还是后开挖为优的问题。

6.3.3　地层预加固参数的动态设计及应用

6.3.3.1　原始设计参数的合理性检验

为提出更合理的地层预加固参数，本节依据第五章给出的设计计算方法，对上述地层预加固原始设计参数就人防段（肥槽段）和穿越段进行合理性验算。

276

（1）基本参数

1）隧道参数：人防段 D 为 7.8m，穿越段 D 为 6.8m，H 为 3.65m（考虑核心土影响为 2m），一次进尺 a 为 0.5m。

2）地层参数：

（A）人防段（肥槽段）：Z 为 13m，隧道穿越为肥槽填土，按最不利填土考虑，c 为 25kPa，ψ 为 20°，E_e 为 5MPa，K 为 20MPa/m，k_0 为 0.54，v 为 0.35，γ_a 为 16.5kN/m³，k 为 0.6。

（B）穿越段：Z 为 14.4m，隧道穿越大部分为粉质黏土，少部分为细砂，c 为 32.4kPa，ψ 为 30°，E_e 为 25MPa，K 为 22.5MPa/m，k_0 为 0.41，v 为 0.29，γ_a 为 19.5kN/m³。

（2）工作面上覆地层结构稳定性判别

对人防段（肥槽段），Z/D 为 1.67，考虑填土且上层滞水影响，认为上覆地层为第一类地层条件，即隧道工作面上覆有富水砂层及流塑状软土。依据研究结果，应根据式（5.8）和式（5.9）进行相对隔水层厚度检验计算。考虑进尺 a 为 0.5m，则抛物线拱的最大高度 h_w 为 4.2m，椭球体拱的最大高度 h_∞ 为 3.7m。对填土层因上覆地层无相对隔水层，因此地层预加固的作用荷载应按全土柱法计算。

（3）超前预加固结构作用荷载 q 的确定

对人防段（肥槽段），q 为上覆土柱荷载：$16.5 \times 13 = 214.5 \text{kN/m}^2$。

（4）选择力学模型并求解其力学参数

1）力学模型选择。对富水砂层条件，选用模型Ⅱ。

2）弯矩的求解和比较。由模型Ⅱ，对肥槽段，其弯矩 M_{-a} 为 0.64kN·m。由式（5.15），对 $\phi32$ 的小导管，其允许的最大弯矩值 M_{max} 为 0.394kN·m，显然填土条件不能满足。也就是说在肥槽段，小导管的强度过小，难以满足地层条件的要求。

综上，对肥槽段原始设计的预加固参数合理性评价为：原设计的预加固参数不能满足地层条件的要求，也不能有效控制地表的沉降量。

6.3.3.2　地层预加固参数的动态设计

基于对原预加固参数的合理性检验，结合本文的研究成果，与设计、施工方相配合，在技术经济合理的条件下，对地层预加固参数作了如下动态设计。

（1）肥槽段地层条件的预加固参数动态设计

对肥槽段，为确保沉降的控制，地层预加固参数主要作了如下变更：

1）采用超前深孔注浆方式，注浆加固范围拱部为 5m，两侧墙为 2m，拱部注浆管 $\phi76\times5$mm 钢管留置在土体中作为增加土体的强度和刚度，两侧墙超前小导管仍采用 $\phi32\times3.25$mm，小导管长度为 3m，纵向间距为 1m，即每 2 榀打设 1 次。

2）改原微台阶布置为控制台阶长度 1D 留设。在保证施工方便的前提下，加大核心土的高度和宽度参数，核心土长度 2m，控制工作面的自由高度不大于 1.65m，沿核心土宽度方向两侧最大开挖不超过 0.75m。

3）据地层条件以及工作面土体的稳定性变化，适时注浆。

在上述参数条件下，其工作面稳定性分析的上限解为：N_s 为 3.98，H_{cr} 为 4.38m，L_{pcr} 为 2.4m。说明该参数完全能满足隧道工作面的安全开挖。肥槽段地层预加固参数设计示意图见图 6-22 和图 6-23。

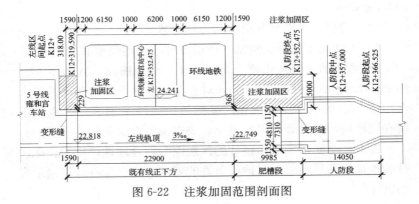

图 6-22　注浆加固范围剖面图

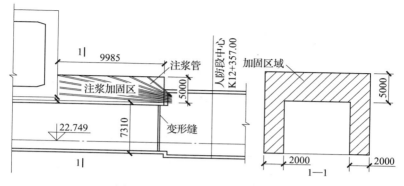

图 6-23　肥槽段注浆加固范围图

（2）穿越段地层条件的预加固参数动态设计

对穿越段，由于是零距离下穿，所以控制既有结构和新建隧道结构沉降是关键，特别是如何控制新建隧道初支结构沉降更为关键。基于椭球体理论和工作面土体稳定性分析，拱脚的土体加固以及工作面正面土体的加固是确保穿越结构沉降控制的重中之重。

基于此，穿越段地层预加固参数设计如下：

1）拱脚及工作面正面土体加固。按最大高度计算，工作面两侧墙方向破裂长度为 2.15m。依据正常开挖为正台阶法，确定两侧墙最小加固范围为 2m。两侧墙超前小导管采用 $\phi32\times$ 3.25mm，小导管长度为 3m，纵向间距为 1m，即每 2 榀打设 1 次。工作面土体加固仍采用 $\phi32\times3.25$mm，小导管长度为 3m，注浆孔与开挖断面上呈梅花型布置，纵向间距为 1.5m。拱脚及工作面正面土体加固范围见图 6-24。

2）既有地铁结构垫层与新建隧道初支结构凹凸不平与潜在间隙的补偿注浆（图 6-25）。对新建结构顶板的两上角部位，在暗挖穿越既有线平顶直墙段初衬两侧预留 $\phi32$ 注浆管，管长 3.0m，每榀两根，隔榀打设，深入到环线地铁结构底板下。注浆时间为待喷混凝土达到 70% 的设计强度，但与开挖掌子面距

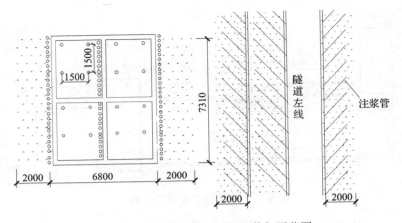

图 6-24　拱脚及工作面正面土体加固范围

离不要大于 1m。对新建隧道顶板初支里预留 ϕ32 注浆管，管长 0.5m，间距 1m，每榀 5 根，隔榀打设，注浆管深入初衬与既有结构外垫层土之间。注浆时间在初支喷混凝土达到 100％设计强度后，通过预留注浆管对初衬与环线结构底板间进行注浆，起到对间隙填充的作用。浆液材料均选用有微膨胀剂的 HSC 超细水泥，注浆压力为 0.5～1.0MPa。

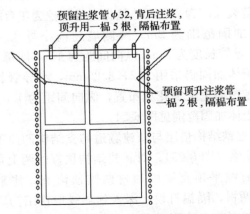

图 6-25　既有地铁结构垫层与新建隧道初支结构间隙的补偿注浆图

3）增设注浆锁脚锚管。为控制格栅安装过程中脚部基础薄弱引起顶拱格栅的整体沉降，每一导洞优化格栅连接尺寸，增设联结板和锁脚注浆锚管，尽量缩短架设时间。在各导洞上部格栅安装完毕后，及时在导洞内各分部格栅脚部打锁脚锚管，锁脚锚管采用 $\phi32$ 钢花管，长 2.5m。锚喷后锚管内注 HSC 单液水泥浆，压力 0.5～1.0MPa，考虑到浆液扩散半径约为 0.3m，注入率 30%；锁脚锚管纵向间距为 0.5m，每榀 6 根。锁脚锚管与格栅焊接。

每一榀格栅注浆锁脚锚管布置见图 6-26。

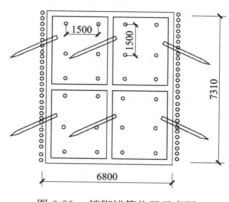

图 6-26　锁脚锚管位置示意图

（3）肥槽段及穿越段地层注浆浆液的优化选择

该段暗挖隧道断面土质以粉质黏土为主，断面上部有部分粉细砂，土质渗透性较差。原设计采用普通水泥浆或普通水泥浆和水玻璃双液浆。根据工程实践，对黏土类普通水泥浆基本没有效果，而对穿越段沉降控制最为关键，必须确保既有线的运营安全，因此必须对注浆材料进行深入分析，以选择适合的注浆材料。

浆液一般可以分为溶液型和悬浮液型。化学浆液（溶液型），理论上可以进入任意小的孔隙，但实际上，如果被注地层的孔隙很小（如细颗粒的砂土），浆液的黏度很大，浆液在孔隙内流动速度将会很慢，扩散的范围非常小，甚至注不进去。

颗粒悬浮型浆液，当浆材颗粒直径大于土颗粒间孔隙的有效直径或岩层裂隙宽度时，在注入过程中，浆液中的粗颗粒在注浆管口附近或岩缝口形成滤层，使其他较小的颗粒无法进入地层。浆液的确定与土质有关，因为在砂质土中为渗透注入，在黏土层中为脉状注入，与上述机理吻合是选定浆液的重要依据。由土质条件选定浆液的一般标准如表 6-9 所示。

选定浆液的一般标准 表 6-9

浆液种类	适用土质和注入状态
溶液型浆液	适用砂质土层的渗透注入，可望提高土层的防渗能力和土体的内聚力
超细粒状悬浮液	适用于多种注入方式，这种浆液多用来稳定开挖面等注入加固情形
悬浮液	黏土层中的劈裂注入，增加内聚力，填充空洞，卵石层及粗砂层等大孔隙的注入

对砂质土而言，其注入机理是浆液在压力作用下，取代位于土颗粒间隙中的水，故要求浆液的黏性必须近于水，同时不含颗粒。

对黏性土而言，由于注入浆液的走向为脉状，因此构成压缩周围土体的劈裂注入。所以地层中必然出现纯浆液的固化脉。若此纯浆液固结部位的强度很低，则该部位很可能成为滑动面，也就是说存在塌方的危险，从确保整个地层强度的意义上来讲，通常采用固结强度高的悬浮型浆液。

1）实验室试验

根据以上原则，为找到最适合本工程地质条件的浆液，在考虑性能良好、价格适中、抗分散性好、强度高、无污染以及耐久性好等条件下，更应注意到所选材料的可注性、流动性、凝结时间的可控性以及材料本身粒径分布均匀性等等。在实验室试验中选用了如下几种材料的浆液：

（a）普通水泥＋水玻璃；

（b）超细水泥浆；

（c）超细水泥＋水玻璃；

（d）HSC 超细型高早强特种水泥浆。

对上述材料分别进行了室内物理力学性能试验。试验结果分别见浆液材料的凝胶、凝结时间测定结果表 6-10；强度测试结果表 6-11 以及耐久性测试结果表 6-12。由实验室试验结果，特别是穿越既有线沉降控制的特殊要求，必须选择具有耐久性的浆液材料，因此 HSC 超细水泥和超细水泥可作为进一步进行现场试验的选择材料，其他浆液材料均不能满足耐久性要求，特别是对后期沉降控制极为不利，因此予以淘汰。

（2）现场注浆试验

1）试验说明

依据实验室结果，在现场注浆试验中选用了以下几种具耐久性的浆液材料：

几种材料的凝胶、凝结时间测定　　表 6-10

项目 材料名称	水灰比 （W/C）	体积比 （C/S）	凝胶时间 （分秒）	凝结时间	
				初凝	终凝
超细水泥	0.6	—		2h10min	4h05min
	1.0	—		5h30min	7h30min
	1.5	—		7h10min	10h10min
超细水泥 ＋ 水玻璃	1.0	1.0	0′10″	2min	3min
	1.25	0.6	0′10″	4min	8min
	1.5	1.0	0′10″	2min	4min
	2.0	1.0	0′10″	3min	5min
	1.0	0.6	0′10″	4min	8min
	1.0	0.3	0′20″	15min	30min
HSC 超细 高早强水泥	0.6	—	—	14′	16′
	0.7	—	—	16′	18′

项目 材料名称	水灰比 （W/C）	体积比 （C/S）	凝胶时间 （分秒）	凝结时间	
				初凝	终凝
普通水泥 ＋ 水玻璃	0.6	1：1	0′52″	—	—
	0.8	1：1	1′00″	—	—
	1.0	1：1	1′09″	—	—
	1.5	1：1	1′32″	—	—

几种材料的强度测试　　　　　　表 6-11

项目 材料名称	水灰比 体积比	强度（MPa）						
		1 天	3 天	7 天	28 天	3 个月	半年	1 年
超细水泥	0.42	—	52.4	59.1	74.6	75.5	76.7	—
	0.6	—	17.3	34.8	51.4	53.1	—	—
	1.0	—	2.8	6.3	11.6	11.6	—	—
	1.5	—	2.4	3.8	8.4	8.5	—	—
超细水泥 ＋ 水玻璃	2.0 1：0.8	—	2.2	3.4	3.6	3.1	2.7	
	2.0 1：1	—	2.2	3.7	3.7	1.9	1.5	—
	1.5 1：0.6	—	—	—	12.2	10.8	—	
	1.5 1：1	—	—	—	9.6	7.5	—	
	1.25 1：0.6	—	—	—	5.3	4.7	—	
	1.0 1：0.6	—	—	—	10.7	10.9	—	
	1.0 1：1	—	—	—	17.3	17.6	—	
HSC 超细 高早强水泥	0.6	24.7	30.9	31.3	39.9	40.1		—
	0.7	18.3	23.9	24.8	30.2	30.8		—

项目 材料名称	水灰比 体积比	强度（MPa）						
		1 天	3 天	7 天	28 天	3 个月	半年	1 年
普通水泥 ＋ 水玻璃	0.6 1：1	—	6.4	6.9	9.0	9.9	3.7	—
	0.8 1：1	—	5.7	7.9	8.0	8.7	4.5	—
	1.0 1：1	—	3.4	3.6	6.1	6.5	2.1	—
	1.5 1：1	—	1.1	3.1	4.2	4.6	2.5	—

几种材料的耐久性试验　　　　表 6-12

项目 材料名称	抗冻融循环	抗干湿循环	耐酸性试验	备注
超细水泥	D25 合格	合格	合格	—
超细水泥＋水玻璃	D25 合格	合格	合格	$W/C \leqslant 1.0$ $C/S \leqslant 1：0.3$
超细水泥＋水玻璃	D20 不合格	不合格	合格	$W/C > 1.0$ $C/S > 1：0.3$
HSC 超细水泥	D25 合格	合格	合格	—
普通水泥＋水玻璃	D20 不合格	不合格	不合格	—

（a）普通水泥浆

（b）超细水泥浆

（c）HSC 型水泥浆

试验目的进行注浆参数的分析，试验施工选择在五号线 18 标暗挖段 2 号竖井向雍和宫方向施工的工作面，该地段的土层主要为粉质黏土和粘质黏土。平面布孔采用等边三角形布置，共九个孔（如图 6-27 所示）。各材料的注浆孔直线间距在 2m 左右，保证各其孔有相对独立的效果。孔深 15m。采用单液注浆方法施工，后退式注浆，注入顺序：先注 HSC 浆材，从底部的两孔开始注。现场钻孔与注浆分别见图 6-28 和图 6-29。

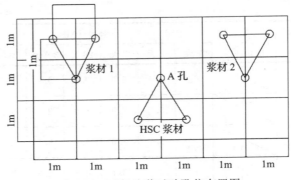

图 6-27　现场注浆试验孔位布置图

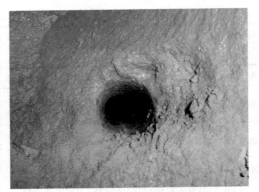

图 6-28　现场钻孔示意图

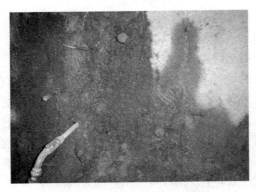

图 6-29　现场注浆试验示意图

2）注浆效果分析与评价

注浆效果是指浆液在地层中的实际分布状态与设计的预定注入范围的吻合情况及注浆后复合土质参数（承载力、密度、渗透系数等等）的提高状况。对注浆效果的探查可分为地表探查和钻孔探查两大类。本次试验主要是通过钻孔，取出注浆后土体进行室内试验进行评估。以及对注浆过程中得到的 p-q-t 曲线进行分析。

取 HSC 浆材其中一钻孔的 p-q-t 曲线如图 6-30 所示：从图中可以看出试验段粉质黏土的劈裂注浆压力为 2.75MPa。由注浆 p-q-t 曲线来看，在劈裂前，注浆速度基本保持不变，注浆压力逐渐增大。维持一段时间后，注浆压力突然上升，发生第一次劈裂，即在土体内突然出现一裂缝，于是吃浆量突然增加。之后注浆速率继续减小，当注浆压力达到 2.2MPa 左右基本不再发生变化时，地层基本注不进浆。

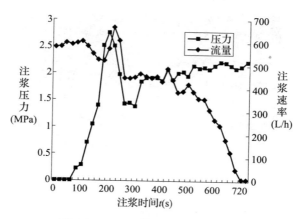

图 6-30　HSC 浆液 p-q-t 曲线分析

经取样，实验室测得的不同浆液材料注浆前后黏土的物理力学试验结果汇总见表 6-13。

通过实验对比，可以发现注浆后土体的工程性质有所提高。黏土容重提高，孔隙比比及含水量降低，其中以 HSC 型浆材效

不同浆液材料注浆前后黏土的物理力学试验结果表　表6-13

材料	容重 γ (kN/m³)	含水量 ω (%)	孔隙比 e	饱和度 S_r (%)	渗透系数 K (10^{-6}cm/s)	粘聚力 c (kPa)	内摩擦角 ϕ (°)
原状土	19.25	25.60	0.752	93.50	57.88	25.30	9.6
普通水泥注浆土	20.20	23.08	0.663	91.75	15.58	25.25	10.4
超细水泥注浆土	21.43	19.15	0.589	93.00	10.15	31.53	12.5
HSC型浆注浆土	21.83	19.58	0.571	91.25	7.56	39.73	13.5

果最为明显。最后决定选择 HSC 型注浆材料作为肥槽段和穿越段地层注浆加固的浆液材料。实践证明，他极好地满足了既有线开挖土体加固和既有线结构沉降控制值的要求。HSC 型注浆材料注浆加固实际效果见图 6-31。

图 6-31　HSC 型注浆加固实际效果图

6.3.4　工程实施与效果监测

6.3.4.1　工程实施

（1）零距离穿越既有地铁线施工程序

为确保零距离下穿既有地铁车站的安全运营，为后续既有线施工提供一种模式，有创造性的提出了一整套穿越既有地铁线的施工程序，见图 6-32。

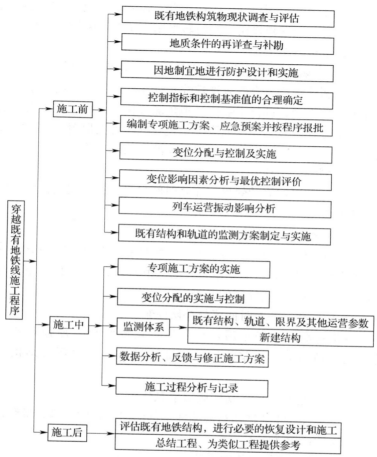

图 6-32　穿越既有地铁线施工程序

（2）零距离穿越既有地铁线关键控制点

1）肥槽段（人防段）与穿越段隧道衔接部位的稳定性控制

区间人防段与下穿环线地铁区间段衔接处，人防结构断面大于穿越隧道断面，采取直接变截面施工，人防段各导洞施工完成后，封闭掌子面的同时在设计位置预埋第一榀平顶直墙格栅，为控制环线地铁沉降，在开始进入平顶直墙结构时，连续三榀格栅密排，确保变截面端口部位的稳定性。在人防段施工至穿越隧道断面位置时，预埋顶横梁，同时转换施工工艺，采用下穿环线地铁施工方法进行施工。

2）既有地铁车站变形缝下方导洞是否先行开挖的选择

针对新建隧道下穿既有地铁线正处于变形缝下方的问题，为确保沉降的控制，进行了数值模拟预测分析，结果表明：先开挖变形缝下方导洞方案控制沉降优于先开挖没有变形缝下方导洞方案，但塑性区偏大，因此要加强地层的超前预加固。

3）注浆施工时间

为保证注浆加固的效果，注浆时间尽量选在环线地铁停运期间，即夜间 23：30～凌晨 5：00。

4）优化导洞的开挖顺序

根据 CRD 法的特点，结合本工程的特殊需要，同一导洞内上下台阶长度为 1D，上下导洞开挖错距为 5m。待一侧上下导洞贯通后再开始另一侧导洞的开挖。

5）初支背后的及时回填与补偿注浆

待初衬混凝土稳定后，结合监控量测结果，加强对初支背后的回填与补偿注浆施工，保证初衬结构与原环线结构间的密实。

6）加强监控量测，切实确保信息化施工

加强对过环线地铁初衬墙墙体中部侧向位移的监测，量测信息及时反馈，指导施工。

6.3.4.2　工程实施效果监测

零距离穿越既有线主要监测项目见表 6-14。监测点布置见图 6-33。

零距离穿越既有地铁车站从 2006 年 3 月 5 日开始施工，至 4 月 16 日隧道贯通，既有结构累计沉降为内环为 3.1mm，外环为 3.2mm，远小于给定的沉降控制值 15mm，差异沉降控制值 5mm 的要求，为北京地铁零距离穿越提供了第一个经典施工范例，对后续穿越工程具重大的借鉴和指导意义。

零距离穿越既有线地铁车站主要监测项目表 表 6-14

序号	监测项目	监测仪器	仪器精度	监测部位	监测周期
1	轨顶差异沉降	电水平尺	0.005mm/m	轨道	连续监测
2	中心线平顺性（竖向）监测	电水平尺	0.005mm/m	轨道	连续监测
3	隧道变形缝监测	三向测缝计	0.01mm	2 号线结构变形缝	连续监测
4	轨道水平间距监测	智能数码位移计	0.01mm	轨道	连续监测
5	结构沉降	精密水准	0.01mm	2 号线结构	根据实际情况而定
6	道床与结构相对沉降	智能数码位移计	0.01mm	道床结构	连续监测
7	结构扭转	电水平尺	0.005mm/m	2 号线结构	连续监测
8	裂缝普查（选测）	目测			

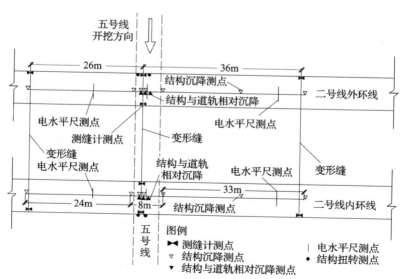

图 6-33 零距离穿越既有地铁车站监测点布置图

291

6.3.5　本节小结

（1）本工程为北京地铁零距离穿越既有地铁线的第一个施工实例，他的成功实施为后续一系列零距离穿越提供了一整套可资借鉴与指导的成果和方法；

（2）通过本工程，再一次佐证了本书提出的针对不同的地层条件，适时进行地层预加固参数的动态设计是值得推行的一种有效设计方法；

（3）针对控制沉降的特殊要求，工作面正面预加固是非常必要的，但不可忽视两拱脚部位地层预加固的重要性。

（6）"短进尺"与"快封闭"对控制沉降具有其他措施不可替代的作用。

6.4　工程实例3——砂卵石地层地铁区间隧道下穿道路桥梁施工

本节针对北京地铁 4 号线 12 标段地铁区间隧道，在砂卵石地层条件下，下穿西外大街高粱桥桥梁施工实例，介绍地层预加固技术的应用。

6.4.1　工程概况

本工程为北京地铁四号线西直门站～动物园站区间设计隧道穿越西直门桥（高粱桥）。隧道正线于桩号 K14＋000～K14＋104 段穿过高粱桥基础，设计过桥段长 104m。桥梁外观结构及设计隧道与高粱桥基础位置关系如图 6-34 和图 6-35 所示。

6.4.1.1　桥体结构简介

高粱桥上部结构为跨度 23m×3 的预应力简支 T 梁；下部为厚 2m 的扩大基础，分两层浇筑，底层面积为 5.0m×5.0m，上层面积为 3m×3m，基础埋深 4.874m。扩大基础上为独立桥墩，两相邻桥墩上有盖梁相连。与区间纵向相垂直方向一排上有 4 个基础，中心间距为 11.546m；沿区间纵向有两排桥基，间距 21m。

图 6-34　桥梁外观结构图

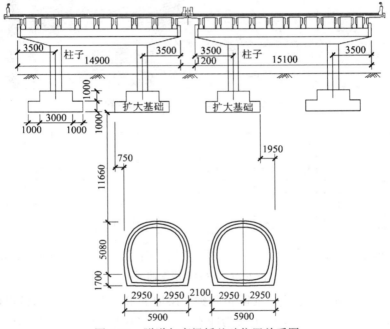

图 6-35　隧道与高梁桥基础位置关系图

隧道埋深 15.2m，两隧道中心间距 8.0m。设计隧道结构从一排四个基础中的中间两个基础正下方附近通过，隧道结构顶与基础底之间净距为 11.66m。

6.4.1.2 工程地质与水文地质条件

该段工程实际揭露的地层由上到下依次为杂填土层、粉质黏土、砂卵石层、细砂层、砂卵石圆砾层。隧道主要在砂卵石地层中施工。通过实验室筛分试验表明，本处卵石—圆砾层，粒径为20～70mm，最大粒径达到150mm，含砂率为11%～30%，平均内摩擦角为35°左右，N值为27～50，施工中遇到过最大的卵石达250mm，如图6-36。本标段砂卵石级配曲线和粒径级配比例示意图分别如图6-37、图6-38所示：

图 6-36　施工及试验室筛分的最大粒径

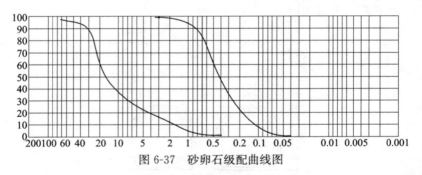

图 6-37　砂卵石级配曲线图

在勘查范围内，实际量测到3层地下水，第一层为一般第四纪孔隙潜水，含水层土质为卵石5层，水位埋深16.8～17.4m，水位标高为33.59～32.41m；第二层为层间潜水，含水层土质为卵石7层及粉土7～3层，水位埋深23.7～28m，水位标高为25.83～21.69m；第三层为承压水，含水层土质为卵石9层，水位埋深34.2m，水位标高为16.33m。潜水补给来源主要以大气

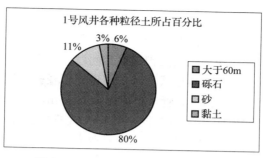

图 6-38　砂卵石粒径级配比例示意图

降水、生活污水及管线渗漏为主，以蒸发、向下越流补给和人工抽降地下水的方式排泄；承压水和层间潜水则以侧向径流和越流方式补给为主，以侧向径流和人工抽降方式排泄。实际工程揭露存在上层滞水和界面水，尽管流量不大，但给隧道施工以及控制沉降带来一定的影响。

6.4.1.3　隧道结构参数及施工方法和步骤

（1）隧道结构尺寸及支护形式：隧道结构净空尺寸为：隧道结构为马蹄形，隧道宽 5.9m，高 6.28m。C20 早强喷射混凝土隧道初衬厚度为 250mm，钢格栅间距为 500mm，钢筋网 φ6@150×150，C30 混凝土二衬厚度为 300～500mm。

（2）隧道施工方法：初始设计采用正台阶法施工，即首先施工上台阶，再施工下台阶，台阶长度控制在 1D。

6.4.2　地层预加固的原始设计参数及存在的问题

6.4.2.1　地层预加固的原始设计参数

（1）超前支护参数：采用 φ32×3.25mm 普通水煤气管，环向间距 300mm，间距 300mm，长度 3m，搭接 1.5m，布置范围隧道拱部 120°范围，浆体为水泥浆液；

（2）正面支护：每一循环进尺 0.75m 后，正面喷射 C20 早强混凝土；

（3）暗挖穿越段地面无法施工降水井，洞内采取一定长度设置集水坑抽排。

6.4.2.2　原始设计参数应用中存在的问题

（1）砂卵石地层超前支护的成孔问题。由于此前在北京地铁施工中，尚无砂卵石地层浅埋暗挖隧道施工经验，设计按常规选择超前支护为 3m 长小导管，格栅榀距 0.75m，两榀打设一次的方式，而实践证明传统的打设小导管方式难以适用于砂卵石地层，超前小导管打设异常困难，费时费力，工作面塌方不断。

（2）难以做到无水作业施工。尽管地层偶有变化，但隧道穿越地层基本为砂卵石层，由于地表无法实施降水，虽然在工作面采取了一定的洞内降水措施，但基于砂卵石地层的特点，工作面核心土处的拱脚部位积水严重，不利于隧道的及时支护与封闭，对控制沉降极为不利。

（3）隧道穿越砂卵石地层，拱部尚有 3m 左右的砂卵石地层，其上为 3m 左右的粉质黏土，对含水砂卵石地层而言，极易造成工作面的失稳。

6.4.3　地层预加固参数的动态设计及应用

6.4.3.1　原始设计参数的合理性检验

为提出更合理的地层预加固参数，本节依据第五章给出的设计计算方法，对上述地层预加固原始设计参数进行合理性验算。

（1）基本参数

1）隧道参数：D 为 6.2m，H 为 3.2m，一次进尺 a 为 0.75m。

2）地层参数：

Z 为 15.2m，隧道穿越砂卵石地层，c 为 5.0kPa，ψ 为 45°，E_e 为 40MPa，K 为 30MPa/m，k_0 为 0.39，u 为 0.28，γ_a 为 22kN/m^3。

（2）工作面上覆地层结构稳定性判别

覆跨比 Z/D 为 2.45，依据本文第五章研究结果，可认为上覆地层为第一类地层条件，即隧道工作面上覆有富水砂层及流塑状软土条件。根据式（5-8）和式（5-9）进行相对隔水层厚度检验计算。考虑进尺 a 为 0.75m，则抛物线拱的最大高度 h_{to} 为 1.1m，椭球体拱的最大高度 h_{eo} 为 2.8m。上覆地层有 3m 左右相对隔水层粉质黏土，因此地层预加固的作用荷载应按全拱法计算。

（3）超前预加固结构作用荷载 q 的确定

对穿越桥区段，q 按全拱法计算：$2.8 \times 22 = 61.6 \text{kN/m}^2$。

（4）选择力学模型并求解其力学参数

1）力学模型选择。对富水砂卵石地层条件，选用模型Ⅰ。

2）弯矩的求解和比较。由模型Ⅰ，弯矩 M_{-a} 为 0.44kN·m。由式（5-15），对 $\phi 32$ 的小导管，其允许的最大弯矩值 M_{max} 为 0.394kN.m，在穿越桥区段，设计采用的超前小导管参数的强度稍偏小。值得说明，上述分析中，还未考虑桥梁自重及桥梁上部活荷载等的作用影响。

（5）工作面土体的稳定性分析

上述参数条件下，工作面土体的稳定性分析的最小上限解为：N_s 为 2.62，H_{cr} 为 2.45m，L_{pcr} 为 1.5m。由判别式（5-17），如不考虑核心土的效果，则临界高度小于工作面自由高度 3.2m，对砂卵石地层而言，核心土即使留设也极为困难，难以达到一定的效果，因此为确保安全，可按不考虑核心土来分析工作面土体稳定性问题。

这说明在进尺为 0.75m 的情况下，原设计参数并不能完全保证工作面土体稳定特别是控制沉降的要求。

综上，对原始设计的预加固参数的合理性评价如下：

（a）选用 $\phi 32 \times 3.25 \text{mm}$ 的超前小导管，其强度稍偏小，如果考虑桥梁自重及桥梁上部活荷载等的作用影响，超前小导管不满足要求。

（b）不考虑核心土的作用效果，地层预加固参数并不能完全保证工作面土体的稳定，也不能有效控制地表的沉降量；

非穿越段的施工实践表明，上述预加固参数也不尽合理。在未修改地层预加固参数前，工作面小塌方频繁，地表沉降量超标准值 30mm。

6.4.3.2　非穿越桥区段地层预加固参数的工程试验

基于对原预加固参数的合理性检验，结合本文的研究成果，与设计、施工方相配合，在技术经济合理的条件下，对一般地段的地层预加固参数作了如下动态设计。

（1）超前小导管长度由 3m 调整为 1.75m，间距由 300mm 调整为 250mm，布置范围 150°～180°；

（2）格栅榀距由 0.75m 调整为 0.5～0.6m，超前小导管榀榀打设；

（3）工作面正面土体适时注水玻璃浆液，确保核心土的作用效果。

经过非穿越桥区段的施工试验，取得了如下效果，缩短了超前小导管打设时间，确保了核心土的留设效果，基本杜绝了工作面土体的小塌方，加快了施工进度，由原来的一天 1.5m 提高到 2.5～3m，且确保了工作面稳定性，地表沉降可以控制在 30mm 以内。

6.4.3.3　穿越桥区段地层预加固参数的分析与设计

穿越桥区段较一般地段不同的是对控制桥梁尤其是桩体的沉降和差异沉降提出了更高的要求。具体要求为：桥梁的桥桩及桥台竖向沉降控制值为 30mm；同一盖梁下基础差异沉降控制在 5mm；桥台横向变形差异 5.0mm，纵向变形沉降 10mm；地表沉降控制值为 30mm。

（1）上部桥梁基础加固的必要性分析

针对上述沉降控制标准要求，必须首先分析桥梁基础是否需要加固。采用同济曙光岩土及地下工程设计与施工分析软件（GeoFBA2D）进行模拟分析，模拟过程中所使用的施工步是用来模拟岩土及地下工程施工中的开挖过程（开挖的同时也可以新增对象），而增量步可以和有限元计算过程中的增量计算结合使用。开挖用于模拟工程模型中的施工过程，因此图形平台中的图形对象是有"生存周期"的，通过对象的起始施工步和终止施工步来表示。起始施工步即对象被绘制出来的施工步，终止施工步的指定通过开挖命令实现。若一个对象没有指定终止施工步，则表示它在从被加入到系统中以后就一直存在。

1）模拟假设条件与参数

（A）数值模拟计算参数

地质参数及桥梁计算参数见表 6-15 及表 6-16。

数值模拟地层参数表　　　　　　表 6-15

地层	厚度 H（m）	弹性模量 E（MPa）	泊松比 ν	凝聚力 c（kPa）	容重 γ（kN/m³）	摩擦角 ϕ（°）
杂填土	5.0	15.0	0.3	20.0	17.5	20.0
粉质黏土	3.3	23.0	0.3	30.0	19.2	24.0
砂卵石	36.7	40.0	0.28	5.0	22.0	45.0
超前支护	0.45	28500	0.2	——	23	——
初衬	0.25	28500	0.2	——	23.0	——
二衬	0.30	30000	0.2	——	25.0	——

数值模拟桥梁结构计算参数　　　　表 6-16

项目	截面积 A（m²）	弹性模量 E（MPa）	容重 γ（kN/m³）	抗拉强度 Rt（MPa）	泊松比 ν
盖梁	16.66	35000	25.0	1.43	0.2
桥柱	2.10	35000	25.0	1.43	0.2
基础	8.00	35000	25.0	1.43	0.2

（B）计算区域及边界确定

结合本工程的实际特点，计算区域为：上取至地面，下取至隧道底部以下 20.5m 处，横向由左右隧道中心向两侧各取 27.5m。该模型的侧面和底面为位移边界，侧面限制水平移动（在 X 方向施加约束）；模型底部限制竖向移动（在 Y 方向施加约束），模型上表面为自由边界。

(C) 荷载确定

在模拟过程中主要考虑永久荷载作用如桥梁自重及桥梁上部活荷载作用。垂直地层压力：隧道埋置深度为浅埋隧道，垂直压力即为其上覆土层的重度。对于简化的平面模型，在计算时，将桥梁结构上部的结构重力简化为均布荷载，均匀的施加在模型的横梁上。取重力加速度为 $g=10\text{m/s}^2$，桥面均布荷载计算如下：

a）左跨桥梁横载内力：

①现浇纵梁自重（9 纵梁个数，0.45m 纵梁宽度，0.6m 纵梁高度，23m 纵梁长度，25kN/m³ 钢筋混凝土纵梁重度，14.9m 横梁长度）：$g_1 = 9 \times 0.45 \times 0.6 \times 23 \times 25/14.9 = 93.78\text{kN/m}$。

②现浇板自重（23m 板长度，0.18m 板厚度，25kN/m³ 钢筋混凝土板重度）：$g_2 = 23 \times 0.18 \times 14.9 \times 25/14.9 = 103.5\text{kN/m}$。

③二期恒载（包括桥面铺装，防撞栏杆两排，6.51kN/m《桥规》每延米重度，23 纵跨长度，14.9m 横梁长度））：$g_3 = 2 \times 6.51 \times 23/14.9 = 20.10\text{kN/m}$。

b）右跨桥梁横载内力：

①现浇纵梁自重（11 纵梁个数，0.45m 纵梁宽度，0.6m 纵梁高度，23m 纵梁长度，25kN/m³ 钢筋混凝土纵梁重度，15.1m 横梁长度）：$g_1 = 11 \times 0.45 \times 0.6 \times 23 \times 25/15.1 = 113.10\text{kN/m}$。

②现浇板自重（23m 板长度，0.18m 板厚度，25kN/m³ 钢筋混凝土板重度）：$g_2 = 23 \times 0.18 \times 14.9 \times 25 = 103.5\text{kN/m}$。

③二期恒载（包括桥面铺装，防撞栏杆两排，6.51kN/m《桥规》每延米重度，23 纵跨长度，15.1m 横梁长度））：$g_3 = 2 \times 6.51 \times 23/15.1 = 19.83\text{kN/m}$。

c）活载内力：

因桥梁上部只有车辆通行故无人行荷载值。汽车荷载按照公路—Ⅱ级荷载的均布荷载标准值 $q_k = 7.9\text{kN/m}$。

（D）双线隧道的施工方法与超前预加固

过桥段隧道暗挖，采用 CRD 法分四个导洞进行施工。计算中开挖应力释放率取 70%，支护应力释放率取 30%。施工步骤如图 6-39。洞内地层超前预加固按初支强度和刚度考虑。

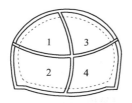 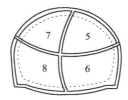

图 6-39　CRD 法施工示意图

模拟计算时，初支施工为一条线路通过桥区后，再进行另一条线路施工。二衬施工，当一条线路的二衬强度达到 80% 后，方可拆除另一条线路的初支临时支撑，进行二衬施工。

2）桥梁承台初始状态下数值模拟计算分析

隧道沿纵向方向可以看作无限长，分析时可以作平面应变问题处理。首先将计算模型简化为二维模型，桥梁结构中盖梁及桥柱简化成梁单元，因基础为钢筋混凝土扩大基础故也简化为梁单元。由于桥梁第 1 排桥桩和第 2 排桥桩结构及荷载完全相似，故分析求解时以第 1 排桥桩为例。整个模型采用平面单元建模，土层采用摩尔库仑模型，隧道结构采用弹性体模型。计算模型的建立及数值模拟计算网格划分如图 6-40 和图 6-41。

整个开挖支护模拟过程分为 10 个施工步。第一步：左隧道 1 号洞开挖支护；第二步：左隧道 2 号洞开挖支护；第三步：左隧道 3 号洞开挖支护；第四步：左隧道 4 号洞开挖支护；第五步：右隧道 1 号洞开挖支护；第六步：右隧道 2 号洞开挖支护；第七步：右隧道 3 号洞开挖支护；第八步：右隧道 4 号洞开挖支护；第九步：左隧道支护拆除施做二衬；第十步：右隧道支护拆除施做二衬。在隧道开挖过程中，各个施工步的沉降云图如图 6-42～图 6-51。

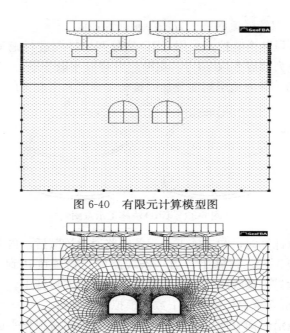

图 6-40　有限元计算模型图

图 6-41　计算网格划分图

由图 6-42～图 6-51 可得到各施工步完成后桥梁 Q_2 排（第一排桩）各点数据，见表 6-17。由表 6-17 及图 6-52 可知，随开挖进行桥桩沉降量逐渐增加。在第一施工步到第八施工步，沉降量增加比较均匀；在第九施工步阶段拆除左隧道支撑时，沉降量骤然增加；在第十施工步阶段，右隧道二衬施工完毕这段时间沉降量增加迅速。2-2 号与 2-3 号桥桩在右隧道拆除支撑时便达到 30mm 的沉降量，在第十施工步完成后沉降又有所增加，分别达到了 35.32mm 和 36.63mm，超出了设计规范的桥桩沉降控制值 30.00mm。相邻桥桩 1、2 号差异沉降及 3、4 号差异沉降见表 6-18。可以清楚的看到，在第一个至第八个施工步中，1、2 号桥桩和 3、4 号桥桩的差异沉降均在设计控制允许范围之内。在第

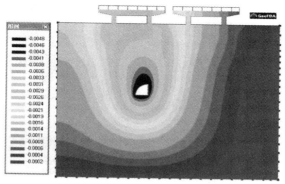

图 6-42　第一步结束后沉降云图

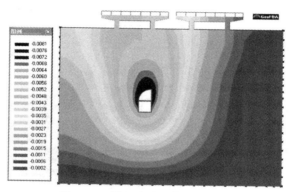

图 6-43　第二步结束后沉降云图

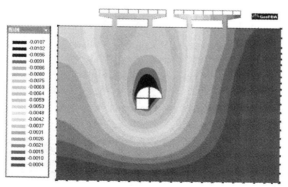

图 6-44　第三步结束后沉降云图

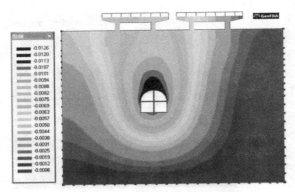

图 6-45　第四步结束后沉降云图

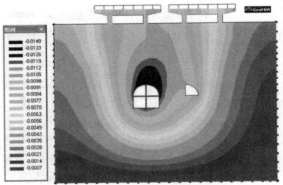

图 6-46　第五步结束后沉降云图

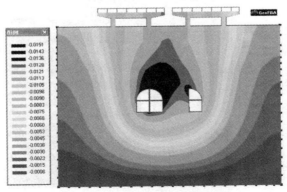

图 6-47　第六步结束后沉降云图

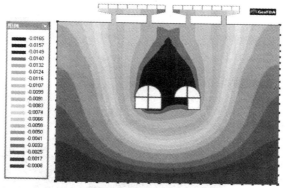

图 6-48　　第七步结束后沉降云图

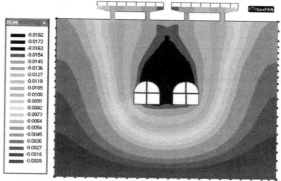

图 6-49　　第八步结束后沉降云图

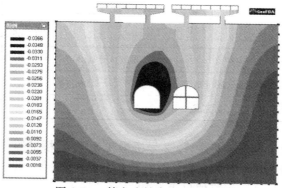

图 6-50　　第九步结束后沉降云图

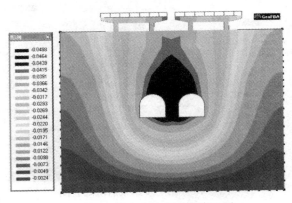

图 6-51　第十步结束后沉降云图

桥桩沉降汇总（单位 mm）　　　　　　表 6-17

步　骤 ＼ 标　号	2-1	2-2	2-3	2-4
第一步开挖支护完	−2.53	−2.80	−1.84	−0.76
第二步开挖支护完	−4.45	−4.92	−3.23	−1.47
第三步开挖支护完	−5.89	−6.78	−4.76	−2.01
第四步开挖支护完	−6.74	−8.11	−5.88	−3.61
第五步开挖支护完	−7.40	−9.89	−8.28	−5.51
第六步开挖支护完	−8.29	−11.20	−10.70	−7.42
第七步开挖支护完	−9.08	−12.25	−12.05	−8.34
第八步开挖支护完	−12.27	−16.37	−16.21	−11.79
第九步左支护拆除二衬完成	−20.20	−26.81	−22.43	−13.74
第十步右支护拆除二衬完成	−24.81	−35.32	−36.63	−25.90

九个和第十个施工步中 1、2 号桥桩和 3、4 号桥桩的差异沉降明显的已经超出设计控制值。

计算的地表沉降值见表 6-19。

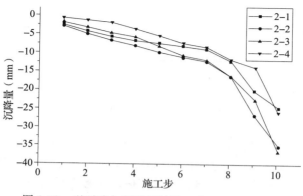

图 6-52 基础未加固桥桩随施工步开挖的沉降图

基础未加固桥桩差异沉降值（单位 mm）   表 6-18

项目 \ 施工	1	2	3	4	5	6	7	8	9	10
1、2 差异沉降	0.27	0.47	0.89	1.37	2.49	2.91	3.17	4.10	6.61	10.51
3、4 差异沉降	1.08	1.76	2.15	2.27	2.77	3.28	3.71	4.42	8.69	10.73

由表 6-19 知，在第十施工步右线隧道支护拆除，二衬完成后地表监测点 2002 点及 2003 点的累计沉降值已经超过了控制值 30mm。在位移沉降图中也可以看出，随着开挖的进行，当开挖到第九施工步，左线隧道支护拆除并施作二次衬砌时，隧道洞内拱顶沉降迅速增加，也超过了控制值 30mm。

地表沉降计算值（单位 mm）   表 6-19

步骤 \ 测点编号	2001 年	2002 年	2003 年	2004 年	2005 年
第一步开挖支护完	−1.78	−2.71	−2.31	−0.93	−0.42
第二步开挖支护完	−3.79	−4.72	−4.02	−2.12	−0.47
第三步开挖支护完	−4.08	−6.35	−5.70	−3.21	−0.85
第四步开挖支护完	−4.71	−7.34	−6.92	−4.04	−1.17
第五步开挖支护完	−4.95	−8.78	−9.21	−6.52	−2.92
第六步开挖支护完	−5.16	−9.75	−10.90	−8.66	−4.32
第七步开挖支护完	−5.53	−10.91	−12.52	−10.27	−5.18

步 骤 \ 测点编号	2001 年	2002 年	2003 年	2004 年	2005 年
第八步开挖支护完	−5.85	−11.71	−14.35	−11.38	−5.81
第九步左支护拆除二衬完成	−13.71	−23.82	−24.95	−18.10	−7.89
第十步右支护拆除二衬完成	−16.17	−32.32	−36.83	−29.97	−15.85

3）桥梁承台基础加固后的数值模拟计算分析

由前分析，在桥梁基础初始状态下进行施工，桥桩的差异沉降及地表的累计沉降都将超过控制值，这必将导致桥梁结构产生过大的变形，从而对安全造成不利影响。为使桥的盖梁和桥桩表面混凝土变形不开裂且现裂缝在规范允许内，故对桥梁承台基础采取必要的加固措施。高粱桥基础加固及基础加固立面配筋见图6-53（桥梁基础虚线为既有基础，实线为补强后基础）和图6-54。

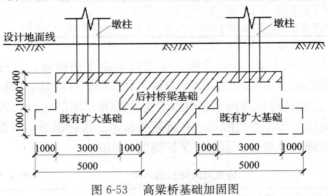

图 6-53　高粱桥基础加固图

桥梁承台基础采用植筋法加固，具体加固要求与方法如下：

（A）桥梁基础加固措施应在地铁区间结构施工前完成并达到强度的80%。

（B）后补基础混凝土等级为C30，主筋净保护层厚为70mm。

（C）植筋前应先凿除既有承台表面保护层，如设计承台钢筋位置与既有承台钢筋位置冲突，适当调整设计钢筋位置，保护原结构不受严重破坏。

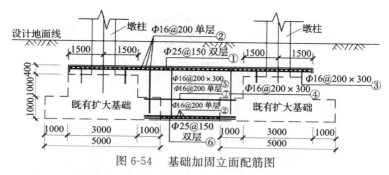

图 6-54　基础加固立面配筋图

（D）在承台顶部和底部主筋外侧各设一道钢筋网，钢筋网采用
Φ6 钢筋，网孔间距 200mm×200mm。后补承台使用的 4、6、8 号钢
筋采用植筋技术植入既有基础内，其中 6 号钢筋植入长度为 700mm，
钻孔直径为 32mm；4、8 号钢筋植入长度为 280mm，钻孔直径为
22mm，植筋胶均采用"FIS V 360S"型强力植筋胶。

（E）在既有及新建基础下部预埋补偿注浆管，注浆管间距
0.5m。如发现同一盖梁下基础差异沉降达到 5mm 时应对基础下
部进行注浆加固。

加固后，桥梁基础由柱下独立扩大基础变成了柱下连续基
础，柱下连续基础把独立基础连接成整体，有抵抗上部结构下
沉，减小建筑物不均匀沉降的能力。故在数值模拟模型简化时把
同一盖梁下的基础连通。计算模型的建立及数值模拟计算网格划
分见图 6-55 和图 6-56。

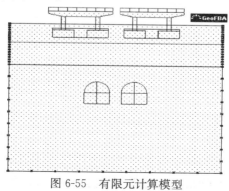

图 6-55　有限元计算模型

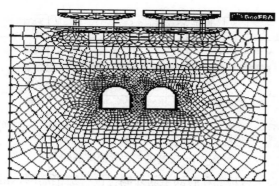

图 6-56　计算网格划分

基础加固后计算的桥桩沉降值见表 6-20。

桥桩沉降计算值（单位 mm）　　　表 6-20

步 骤 \ 桩 号	2-1	2-2	2-3	2-4
第一步开挖支护完	−1.67	−1.98	−1.97	−1.41
第二步开挖支护完	−2.97	−3.31	−2.89	−2.46
第三步开挖支护完	−3.89	−4.55	−3.83	−3.39
第四步开挖支护完	−4.54	−5.29	−4.62	−3.90
第五步开挖支护完	−5.01	−6.39	−6.36	−5.45
第六步开挖支护完	−5.53	−7.34	−7.73	−6.81
第七步开挖支护完	−5.88	−8.06	−8.39	−7.23
第八步开挖支护完	−6.35	−9.12	−9.64	−8.28
第九步左支护拆除二衬完成	−13.60	−17.41	−15.72	−12.93
第十步右支护拆除二衬完成	−20.87	−25.55	−26.03	−21.92

由表 6-20 可知桥梁基础加固后，在第一施工步到第八施工步，随着施工阶段的开展沉降量增加比较均匀，但从第八施工步完成到第九施工步开始拆除左隧道支撑时，沉降量增加较快，直到第十施工步右隧道二衬施工完毕这段时间沉降量呈直线增加，

当第十步施工完成后桩 2-3 沉降量最大值为 26.03mm，满足了桥桩的沉降控制值。

计算的两相邻 1、2 号桥桩及 3、4 号桥桩差异沉降如表 6-21。由表知，在桥梁基础加固后，1、2 号桥桩和 3、4 号桥桩的差异沉降均小于要求的 5mm 控制值。

桥梁基础加固后地表沉降值见表 6-22，地表沉降槽曲线见图 6-57。由表 6-22 及图 6-57 可以看出，通过有效的加固桥梁基础，地表沉降值小于 30mm。

两相邻桥桩差异沉降（单位 mm）　　　　表 6-21

项目　　施工步	1	2	3	4	5	6	7	8	9	10
1、2 差异沉降	0.31	0.34	0.66	0.75	1.38	1.81	2.18	2.77	3.81	4.68
3、4 差异沉降	0.56	0.43	0.44	0.72	0.91	0.92	1.16	1.36	2.79	4.11

地表沉降值（单位 mm）　　　　表 6-22

步　骤　　测点编号	2001 年	2002 年	2003 年	2004 年	2005 年
第一步开挖支护完	−1.13	−1.85	−2.04	−2.14	−1.72
第二步开挖支护完	−2.14	−3.05	−2.95	−2.87	−1.97
第三步开挖支护完	−2.77	−4.18	−4.21	−3.64	−2.33
第四步开挖支护完	−3.04	−4.92	−5.35	−4.22	−2.62
第五步开挖支护完	−3.39	−5.75	−6.36	−5.69	−3.99
第六步开挖支护完	−3.55	−6.38	−7.50	−7.05	−4.55
第七步开挖支护完	−3.72	−6.83	−8.45	−8.02	−5.48
第八步开挖支护完	−4.05	−7.65	−9.72	−8.96	−6.85
第九步左支护拆除二衬完成	−9.49	−15.42	−17.63	−13.68	−8.94
第十步右支护拆除二衬完成	−13.37	−21.23	−24.68	−22.17	−14.49

（2）隧道内注浆加固的必要性分析

采用 PLAXIS[3D] 进行计算分析，计算范围顶部取到地面，左右两侧和底部各取 50m，沿隧道轴线方向取 60m，土层参数见

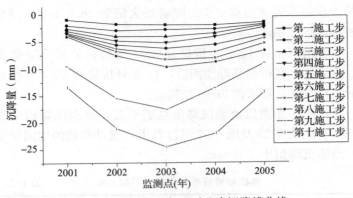

图 6-57 　桥梁基础加固后地表沉降槽曲线

表 6-23。整个模型采用实体单元建模，土层采用摩尔库仑模型，隧道结构采用弹性体模型，共划分 30655 个实体单元，48960 个实体单元节点（图 6-58）。施工方法及步序与上相同。计算工况：1）隧道内仅采用超前小导管进行加固；2）对桥梁基础及隧道周围采取超前注浆加固。桥梁基础加固同前所述，隧道拱部及侧墙 2m 范围内土体实施超前深孔注浆加固。

地层参数表　　　　　　　　　　　　　　　　表 6-23

地层编号	地层	密度 （kN/m³）	计算弹性模量 （kPa）	粘聚力 （kPa）	摩擦角（°）
1	杂填土	17.5	15000	20	20
2	粉质黏土	19.2	23000	30	24
3	细砂	20.2	28000	5	32
4	砂卵石	22.0	40000	2	45

隧道内不同注浆加固计算结果见表 6-24。

由表可以看出，洞内仅进行超前小导管加固时，桥墩基础的差异沉降分别达到 10.95mm 和 9.22mm。而采用超前深孔注浆加固土体及桥墩连接加固后，A、B 号桥墩的差异沉降仅为 4.30mm；C、D 号桥墩的差异沉降为 4.50mm，可见洞内采取超前深孔注浆加固是必要的。

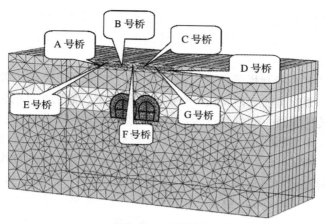

图 6-58　计算模型

隧道内不同注浆加固方案桥梁变形结果值　　表 6-24

方案 1：仅超前小导管加固措施		
观测点	A、B 号桥墩基础差异沉降	C、D 号桥墩基础差异沉降
隧道施工完成时	10.95mm	9.22mm

方案 2：深孔注浆加固及桥墩连接加固					
重要施工步序	A 号桥墩基础沉降（mm）	B 号桥墩基础沉降（mm）	A、B 号桥墩基础差异沉降（mm）	C 号桥墩基础沉降（mm）	D 号桥墩基础沉降（mm）	C、D 桥墩基础差异沉降（mm）
导洞开挖完成时	9.16	12.72	3.56	13.44	10.27	3.17
临时支撑撤除时	9.82	13.32	3.50	15.10	11.84	3.26
二衬施工完成时	10.36	14.66	4.30	16.00	11.50	4.50

（3）穿越桥区段地层预加固参数的动态设计

通过一般地段的工程实践，优化后的地层预加固参数能满足隧道穿越桥区工作面稳定性的要求，但综合上部桥梁基础加固与隧道内注浆加固的必要性分析知，严格控制穿越桥区段的沉降是第一位要求。据此，穿越桥区段地层预加固参数的动态设计如下：

（A）上部桥梁基础采用植筋法连为一体加固，由承台变为扩大基础；

（B）为控制桥梁结构沉降，隧道内地层改良效果的确保是前提。而就目前工程实践，在砂卵石地层中，地层改良的关键问题是成孔问题，经反复试验，首次开发了 TGRM 分段前进式超前深孔注浆加固工艺（前进式注浆与后退式注浆的对比见表 6-25）。为确保沉降的控制，隧道除底板外，隧道外周均加固 2m，原计划超前加固长度为 14m，留设 4m 止浆墙，后施工效率低，改为加固 8～10m，留设 2m 止浆墙方式。浆液为水泥基类单液浆，且为增加地层强度和刚度，注浆管留置在注浆土体中。

（C）超前小导管采用 $\phi32\times3.25$mm，长度为 1.75m，间距 250mm，搭接 1.5m，浆液为双液浆；

（D）一次进尺为 0.5m，小导管为榀榀打设，工作面土体视情采用水玻璃浆液加固；

（E）隧道施工采用 CRD 法，施工次序是原计划一线隧道贯通后，再开挖另一线隧道，但由于工期的限制，工程实施时，两线错距为 30m；在一线隧道施工时，先施工一侧上下各导洞，同一导洞内台阶长度控制不大于 1D，各导洞错距为 10m。

分段前进式超前深孔注浆加固范围如图 6-59，隧道工作面注浆布置的纵断面如图 6-60。

前进式注浆与后退式注浆比较表　　　　　表 6-25

项目	后退式注浆	前进式注浆
成孔方式	需一次性成孔	可分段成孔
护壁形式	采用水泥浆或膨润土护壁	不需要护壁
注浆方式	通过钻杆注浆	通过与封闭孔口的法兰盘连接的注浆管口注浆
注浆压力	0.3MPa	0.5MPa
特点	现场泥浆较多，需多次清理	基本无泥浆

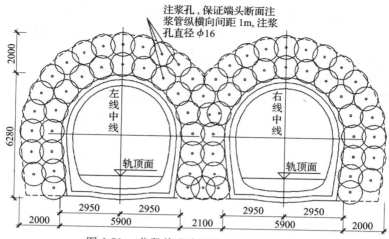

图 6-59　分段前进式深孔注浆加固范围图

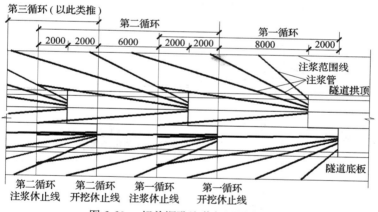

图 6-60　超前深孔注浆加固纵断面图

6.4.4　工程实施与效果监测

6.4.4.1　TGRM 分段前进式超前深孔注浆施工

（1）TGRM 分段前进式超前深孔注浆施工工艺

为解决砂卵石地层成孔以及浆液快硬、早强、微膨胀性与耐久性问题，开发了 TGRM 分段前进式超前深孔注浆工艺。其工艺及特点如下：

分段前进式注浆是钻、注交替往复作业的一种注浆方式，即在施工中，实施钻一段、注一段，再钻一段、再注一段的钻、注交替方式进行钻孔注浆施工。每次钻孔注浆分段长度2～3m。止浆方式采用孔口管法兰盘止浆。前进式分段注浆钻孔注浆施工模式图如图6-61。前进式分段注浆施工工艺流程如图6-62。

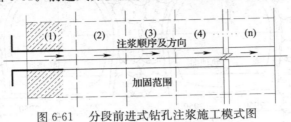

图 6-61　分段前进式钻孔注浆施工模式图

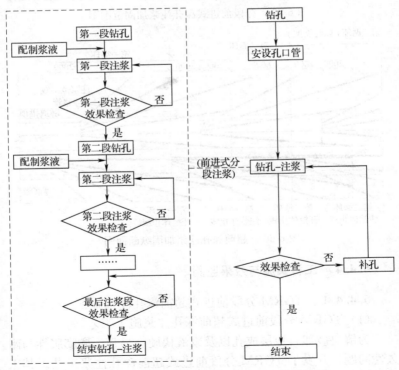

图 6-62　分段前进式深孔注浆施工工艺流程图

（2）TGRM 水泥基特种灌浆材料性能

TGRM 水泥基特种灌浆料，以水泥基为主的高性能复合材料，他具有：早强性、耐久性、微膨胀性等特点，其与常用的普通水泥浆和水泥水玻璃双液浆性能对比见表 6-26。2005 年开始北京市政集团与北京中铁瑞威公司合作，将 TGRM 特种灌浆料和分段前进式超前深孔注浆相结合进行注浆施工探索，经过三年多时间的不断改进，这种注浆施工方法解决了城市暗挖隧道施工的多个注浆技术难题，已被广泛引用于北京地下工程的注浆施工，被称为 TGRM 分段前进式超前深孔注浆工艺。

TGRM 与其他注浆材料性能对比表　　表 6-26

材料名称		普通水泥单液浆		普通水泥—水玻璃双液浆		TGRM 单液浆
原材料名称		P·O42.5R 普硅水泥		P·O42.5R 普硅水泥，38Be 水玻璃		TGRM 材料
浆液配比	$W:C$	0.6:1	0.8:1	0.8:1	1:1	1:1
	$C:S$	—	—	1:1	1:1	1:1
凝胶时间	初凝	16h	24h	40sec	55sec	30min
	终凝	21h	48h	42sec	55sec	30min
抗压强度（MPa）	8h			0.3	0.3	10.1
	1d	—	—	0.3	0.3	12.3
	3d	2.1	1.5	0.3	0.3	12.8
	7d	11.0	3.9	0.1	0.1	16.8
	28d	20.5	10.0	0	0	19.9
	90d	23.0	17.8	0	0	20.7
抗折强度（MPa）	8h	—		0.1	0.1	1.8
	1d			0.1	0.1	1.9
	3d	2.3	0.8	0.1	0.1	2.3
	7d	3.3	1.8	—	—	2.3
	28d	5.0	3.0			3.1
	90d	5.7	4.4			3.8
试件膨胀率		—	−3.34%	−6.3%	−2.7%	−2.9%	1.6%

（3）注浆参数

根据砂土层颗粒级配、孔隙率、含水量、酸碱度等，最终确定的注浆参数见表6-27。

注浆参数表　　　　　表 6-27

土层	注浆方法	浆材	水灰比	注浆压力（MPa）	扩散半径（m）	单孔注浆量（m³/m）
砂卵石	渗透注浆	TGRM 水泥基灌浆料加固型	0.8∶1	1.0～1.5	0.75～1.0	0.5
黏土层	渗透、劈裂注浆	TGRM 水泥基灌浆料超细型	1∶1	1.0～2.0	0.5	0.094

（4）注浆机械与孔口管

机具开始采用 KD-200 型钻机，但由于卵石比较大，地层松散，钻进过程极易卡钻杆，导致钻杆断裂，成孔非常困难。后改用 MK-5 型水平地质钻机，使用潜孔锤冲击加旋转的原理进行钻进。注浆采用 ZJB（BP)-30A 单液注浆泵，注浆管采用 $\phi48cm$ 无缝钢管加工而成。

孔口管的安设关系着注浆的质量与效果，不可忽视。孔口管采用直径 $\phi108$，壁厚 4mm，长为 1.5m 的焊管和配套的法兰盘焊接而成。孔口管安装采用锚固法，在距孔口管法兰盘端部 30cm 处缠绕麻丝（遇水膨胀，增大管与岩壁的摩擦）50cm 成纺锤状，钻孔内放入环氧树脂锚固剂或早强型锚固剂，将孔口管（预先用水泥砂浆封口 15cm）顶入孔内，安设孔口管，并根据情况安设防突装置，孔口管及防突装置安设见图 6-63，实际孔口管安设见图 6-64。

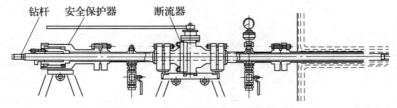

图 6-63　孔口管及防突装置安设图

318

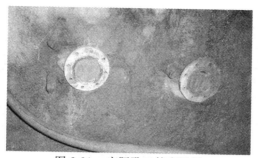

图 6-64　实际孔口管安设图

（5）注浆孔布置与参数

注浆孔位布置见图 6-65，注浆钻孔参数见表 6-28。

（6）注浆效果

注浆完成 12 小时后，在开挖工作面检验注浆效果。从开挖情况看，多数孔周围因为渗透原因出现了圆孔直径为 15～20mm 的柱状固结体，有的甚至并相互连接形成浆脉，但也有个别孔因为周围有松软的粉细砂而出现劈裂现象。图 6-66 为加固后固结体效果图。注浆前隧道拱部，围岩几乎无自稳能力；注浆加固后，固结体强度得到了很大的提高，围岩的自稳能力很强，无坍塌无流砂现象发生。给架设格栅、挂钢筋网及喷混凝土创造了条件。

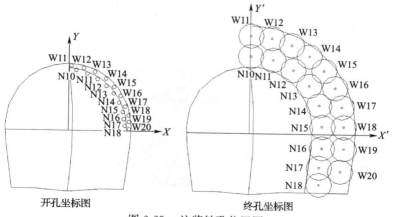

开孔坐标图　　　　　　　　　终孔坐标图

图 6-65　注浆钻孔位置图

孔号	开孔坐标		终孔坐标		循环长度	偏角	立角
	X	Y	X′	Y′			
W11	−109	3169	0	4780	14000	0	7
W12	−698	3065	−979	4670	14000	−1	7
W13	−1216	2884	−1909	4344	14000	−3	6
W14	−1731	2557	−2744	3820	14000	−4	5
W15	−2126	2160	−3440	3124	14000	−5	4
W16	−2430	1730	−3965	2289	14000	−6	2
W17	−2652	1200	−4290	1359	14000	−7	1
W18	−2814	775	−4400	380	14000	−6	−2
W19	−2835	452	−4400	−679	14000	−6	−5
W20	−2842	94	−4262	−1796	14000	−6	−8
N10	−347	2960	0	3780	14000	1	3
N11	−860	2792	−1051	3614	14000	−1	3
N12	−1340	2531	−1999	3131	14000	−3	2
N13	−1761	2204	−2751	2379	14000	−4	1
N14	−2107	1832	−3234	1431	14000	−5	−2
N15	−2369	1386	−3400	380	14000	−4	−4
N16	−2542	934	−3395	−663	14000	−3	−7
N17	−2593	584	−3276	−1618	14000	−3	−9
N18	−2641	264	−3276	2468	14000	−3	−11

(a) 距拱顶下 0.5m 处的劈裂浆脉

(b) 距拱水泥 – 卵石固结体

图 6-66　注浆加固后固结体效果图

6.4.4.2　工程实施效果监测

穿越桥区段主要监测项目见表 6-29。地表沉降及桥桩沉降观测点布置见图 6-67。表面应变监测见图 6-68。实测的两相邻桥桩的差异沉降见表 6-30。

穿越桥区段主要监测项目　　　　表 6-29

序号	监测项目	监测仪器	测点数量	监测频率
1	桥下地表变形	精密水准仪	根据桥梁特点布置，图 6-67	开挖面距量测断面前后＜2D 时 1～2 次/d；开挖面距量测断面前后＜5D 时 1 次/2d；开挖面距量测断面前后＞5D 时 1 次/周
2	桥面竖向变形观测	精密水准仪、铟钢水准尺		
3	桥桩沉降监测	精密水准仪		
4	桥盖梁应变监测	表面应变仪		
5	桥桩应变监测	表面应变仪		

相邻桥桩差异沉降实测值（单位 mm）　　　表 6-30

项目 \ 施工步	1	2	3	4	5	6	7	8	9	10
1、2 差异沉降	0.21	1.68	0.98	1.75	2.00	0.66	1.11	2.60	2.74	4.12
3、4 差异沉降	0.55	1.02	0.47	1.49	2.33	2.82	1.72	3.95	2.78	3.77

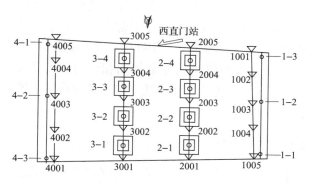

图 6-67　地表沉降及桥桩沉降观测点布置图

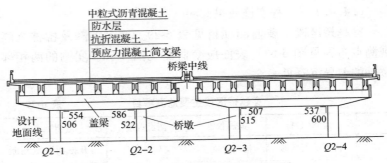

图 6-68　Q2 排应变计编号及布置图

(注：应变计 506、522、515、600 监测 X 方向应变值。应变计 554、586、507、537 监测 Y 方向应变值。)

现场监测表明：沉降要求最为严格的两相邻桥桩差异沉降最大值为 4.12mm，在控制值 5mm 范围内；桥桩沉降最大为 29.05mm，地表沉降最大为 29.23mm 也都在允许范围之内。监测的表面应变，在 X 方向的应变全部是压应变，变化范围在 29.9～37.7με 远小于混凝土在弹性阶段的压应变；在 Y 方向也全部处于受压状态，压应变值最大出现在第十步右线隧道二衬施做完毕后 2-1 桩柱上方桥桩内侧，最大值为 392.3με，小于 C30 混凝土在持久状态无裂缝时弹性阶段的应变 402με。

通过工程实践和监控量测结果，桥梁结构变形和结构受力均在规范允许范围之内，桥梁各部位均无裂缝出现，结构完好，没有影响交通正常运行。从而证实了上部采取加固桥梁基础使独立基础变成条形基础，隧道内采用可靠、质量能够得到保证的 TGRM 分段前进式超前深孔注浆加固相结合的方案是成功的。为后续砂卵石地层邻近土工环境建（构）筑物施工，进行地层改良创造了第一个施工实例。

6.4.5　本节小结

（1）本工程为北京地铁砂卵石地层穿越既有独立基础桥梁施工的第一个施工实例，他的成功实施为后续一系列砂卵石地层穿越提供了一整套可资借鉴与指导的成果和方法；

（2）在沉降控制严格的施工中，地层预加固参数的动态设计不仅仅是满足工作面稳定性的基本问题，更重要的是采取更为有效的地层预加固方式来控制沉降。

（3）在砂卵石地层，对控制沉降有严格要求的邻近施工，采用 TGRM 分段前进式深孔注浆有着其他注浆方式所不可比拟的优点。

（4）砂卵石地层必须考虑超前预加固的成孔与工作面稳定性问题，因此"短进尺"与"快封闭"对控制沉降具有其他措施不可替代的作用。

6.5　工程实例4——富水软塑性地层热力隧道下穿危旧房屋施工

本节针对北京北三环路热力外线工程热力隧道，在富水软塑性地层条件下，下穿危旧房屋施工实例，介绍地层预加固技术的应用。

6.5.1　工程概况

6.5.1.1　危旧建筑物简介

本工程为东、北三环（和平东桥－燕莎桥）热力外线工程，干线管线为 $DN800$，全长 4587.62m。工程起点位于和平街北口，沿三环路敷设，经太阳宫西路、三元桥，终点至东三环燕莎桥。其中和平东桥－太阳宫西路长 1463.33m，本实例介绍的即是热力隧道穿越 17 号竖井西侧的危旧群房区以及宝瑞通典当行施工。

17 号竖井西侧地表群房为地表一层房屋，砖砌结构，由于建造年代较久，其基础情况已无从查起。部分房屋外侧可见裂缝。群房面积约为 28m×35m，隧道在此处拱顶埋深仅为 5.5m。群房分布范围与隧道位置关系见图 6-69。

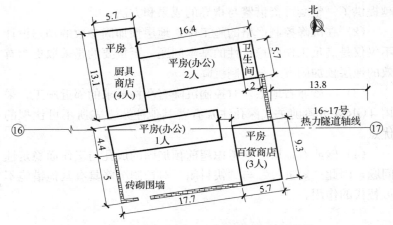

图 6-69　群房区与热力隧道平面位置关系图

（注：图中单位为 m，其中平房均为砖砌）

宝瑞通典当行是一二层楼房，位于北京市北三环路与京承高速公路交叉地带，见图 6-70。该建筑物为砖混结构、无地下室，放大角基础（按从地面埋深 2m，扩大 0.5m 放角基础考虑），楼房与西侧砖砌平房整体长度 27.3m，宽度为 9m，平面上与热力隧道正交，隧道在该处拱顶至二层楼房基础地面覆土厚度为 6.166m。楼房、砖砌平房与隧道平面位置关系见图 6-71。

图 6-70　宝瑞通典当行地理位置图

324

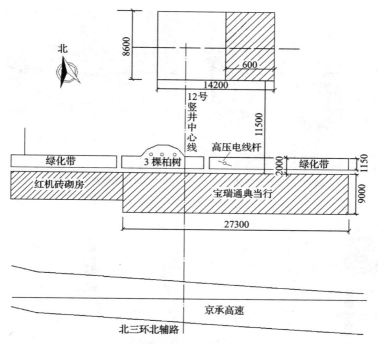

图 6-71　典当行与热力隧道平面位置关系图

由于建造年代较久，房屋墙体已发生多处开裂，属危旧建筑，肉眼可见裂缝很多，最宽裂缝发生在北墙饰面砖及屋顶挑檐上，宽度达到 2～3cm，见图 6-72。

从两处房屋现况可知，在危旧建筑下实施穿越施工，其工程重点在于控制地表沉降，最大限度地减小房屋的不均匀沉降，即差异沉降的控制。

6.5.1.2　工程地质与水文地质条件

根据勘察报告，该段地层自上而下依次为：①人工堆积层：一般厚度为 1.3～1.6m，湿～饱和，稍密～中下密；②粉土黏土、重粉质黏土层：厚度为 0～0.8m，湿～饱和，中下密度，可塑～软塑；③黏质粉土、砂质粉土层：厚度为 2.4～4.3m，湿～饱和，中下密度，可塑～硬塑；④粉质黏土、重粉质黏土层：厚

(a) 北墙中部屋顶开裂情况　　　　　(b) 北墙东侧"Y"型裂纹

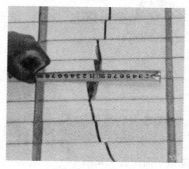
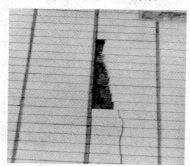

(c) 北墙中部屋顶开裂向下延伸部分　　　(d) 墙体竖向裂缝

图 6-72　宝瑞通典当行墙体开裂情况

度为 0～1.2m，湿～饱和，中下密度，可塑～软塑；⑤黏质粉土、砂质粉土层：厚度为 0～1.2m，湿～饱和，中下密度，可塑～硬塑；⑥粉质黏土、重粉质黏土层：厚度为 4.2～6m，湿～饱和，中下密度，可塑～软塑。

隧道主要穿越地层为砂质粉土与粉质黏土，为可塑～软塑地层。

地下水类型为上层滞水，水位埋深不规律，分布不连续，基本为地面以下 2～7m 不等，且水量较丰富。

6.5.1.3　隧道设计概况

隧道结构为马蹄型，直边墙，平底板，采用复合衬砌结构形式。主隧道断面尺寸为 3600mm×2500mm。隧道开挖尺寸为

4700mm×3900mm。隧道初支喷射混凝土为早强 C20，初支厚度 250mm，隧道二衬为 C30，二衬厚度侧墙为 300mm，底板为 600mm，抗渗等级为 S8，防水为全封闭，隧道采用 LDPE 防水卷材板外防水，隧道二衬施工缝间距约 25m，设 XZ-322-30 型橡胶止水带。隧道施工方法设计为台阶法。

6.5.2 地层预加固的原始设计参数及存在的问题

6.5.2.1 地层预加固的原始设计参数

（1）超前支护参数：采用 $\phi32×3.25$mm 普通水煤气管，环向间距 300mm，长度 2.5m，搭接 1.5m，布置范围隧道拱部 150°范围，浆液为水泥浆液；

（2）格栅榅距为 0.5m，超前小导管两榅打设一次；

（3）暗挖穿越房屋段，地面无法施工降水固结土体。

6.5.2.2 原始设计参数应用中存在的问题

（1）热力隧道穿越的两处房屋为危旧房屋，穿越施工风险极大。因此沉降控制标准要求高（沉降控制标准值为 -20mm～$+10$mm，房屋差异沉降控制值为 5mm），而就一般地段的施工实践，单纯常规超前注浆小导管难以对沉降控制有明显效果。

（2）地表无法实施降水，即使实施降水，而对黏质粉土与粉质黏土来说，隧道内也很难做到无水作业施工。一般地段的监控量测表明，地表沉降值一般为 70～80mm，最大可达 110mm。由此可见，穿越危旧房屋施工时，对地层实施止水加固，进行必要的地层改良是前提。

（3）隧道埋深浅，群房区覆土为 5.5m，典当行为 6.2m。地层又多处于可塑～软塑状态，强度低，隧道施工工作面易坍塌，施工对地面扰动大，沉降不易控制。

（4）地表房屋已属危旧建筑，对过大沉降难以承受，同时，地下管网密布，包括上水管、雨水管、污水管、电信管等等，都对地表沉降有严格要求。

上述问题，决定了如何在复杂的工程地质与水文地质条件下，控制地表与建筑物沉降，尤其是差异沉降的控制，是确保安全穿越危旧房屋施工的关键。

6.5.3 地层预加固参数的动态设计与应用

6.5.3.1 原始设计参数的合理性检验

为提出更合理的地层预加固参数，本节依据第五章给出的设计计算方法，对上述地层预加固原始设计参数进行合理性验算。

（1）基本参数

1）隧道参数：D 为 4.7m，H 为 2m，一次进尺 a 为 0.5m。

2）地层参数：

群房区 Z 为 5.5m，典当行为 6.2m，隧道主要穿越粉质黏土和黏质粉土层，c 为 6.0kPa，ψ 为 20°，E_e 为 30MPa，K 为 25MPa/m，k_0 为 0.43，u 为 0.3，γ_a 为 20kN/m³。

（2）工作面上覆地层结构稳定性判别

群房区覆跨比 Z/D 为 1.17，典当行为 1.32，依据本文第五章研究结果，可认为上覆地层为第二类地层条件，即隧道穿越饱水砂层或流塑状软土地层条件。根据式（5-8）和式（5-9）考虑进尺 a 为 0.5m，则抛物线拱的最大高度 h_{to} 为 2.64m，椭球体拱的最大高度 h_{eo} 为 3.59m。该段地层最小埋深为 5.5m，且依据工程地质与水文地质条件，可认为是流塑状软土地层。因此由式（5-11），实际软塑性土层厚度皆大于计算的拱高度，也就是说，如果不采取地层预加固措施，隧道工作面向不稳定方向发展，其预加固结构的作用荷载可以考虑采用全土柱法计算。

（3）超前预加固结构作用荷载 q 的确定

对穿越群房区段，q 按全土柱法计算：5.5×20＝110kN/m²；对穿越典当行区段，q 为 6.2×20＝124kN/m²。

（4）选择力学模型并求解其力学参数

1）力学模型选择。超前小导管选用模型Ⅱ。

2）弯矩的求解和比较。由模型Ⅱ，按穿越群房区荷载 q 计

算弯矩 M_{-a} 为 1.12kN·m。由式（5-15），对 $\phi32$ 的小导管，其允许的最大弯矩值 M_{max} 为 0.394kN·m，因此可见，在这两处穿越房屋段，设计采用的超前小导管参数的强度稍过小。值得说明，上述分析中，还未考虑房屋荷载等的影响。

（5）工作面土体的稳定性分析

在上述地层预加固参数条件下，两处穿越房屋段，隧道工作面土体的稳定性分析无最小上限解。也就是说现况设计的地层预加固参数不能够满足工作面土体的安全开挖，

综上，原始设计的预加固参数不能满足最基本的隧道安全开挖，如不进一步采取措施，工作面将随挖随塌，这已不仅仅是隧道开挖不安全的问题，更重要的是也势必会造成房屋的坍塌，极易带来人员和财产的损失。

6.5.3.2 地层预加固动态设计参数

根据穿越地段的四个环境条件（地表环境条件、地层环境条件、地中管线环境条件和地下水环境条件），借鉴类似工程经验，该段地层预加固参数设计应遵循如下两个基本原则：

（1）为确保必要的隧道开挖环境，首要的是必须对地层进行止水加固，基本实现无水施工；

（2）房屋为危旧房屋，在严格控制沉降的同时，采取措施确保差异沉降控制是安全穿越的关键之关键；

根据本文的研究成果，在满足上述两个基本原则的基础上，穿越房屋段地层预加固参数动态设计如下：

1）实施双重管超前深孔注浆（WSS），浆液根据土层情况，采用水玻璃悬浊液（劈裂为主，渗透为辅）进行止水加固。水泥采用 32.5 级普通硅酸盐水泥，水玻璃采用 45B'e 水灰比和体积比皆为 1:1 双液浆。注浆范围：隧道半断面注浆加固。考虑土质渗透系数很小，浆液不易扩散，隧道拱顶加固厚度为 3m（加固高度为 5m），加固宽度为 7.7m。注浆循环段长 14m，开挖 10m，留设 4m 止浆墙。浆液扩散半径：0.8m，注浆压力 0.5~1.2MPa。注浆加固沿纵方向见图 6-73，注浆孔布置见图 6-74。

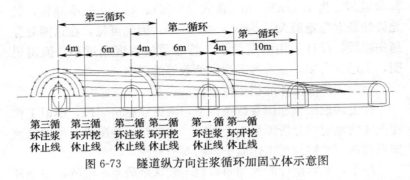

图 6-73　隧道纵方向注浆循环加固立体示意图

2) 实施水平大管棚超前支护。实施大管棚的最大特点是能够确保沉降的均匀，也即能够控制差异沉降。大管棚主要参数：管长最大为 40m，管径 φ108，壁厚 6mm，自隧道起拱线以上沿隧道初支开挖轮廓线以外 800mm 环向布设，管间距 250mm（管中至管中距离）。管棚采用 1.8～2.5m 的管节，管节采用对口丝扣联结，管棚方向与隧道中线平行。为保证钻进效果，钢管上不设置注浆孔，管棚施工完成后进行管内注浆，浆液为水泥浆，水灰比控制在 0.45：1～0.5：1，注浆压力控制在 0.3～0.5MPa 之间。大管棚布置横断面图见图 6-75。

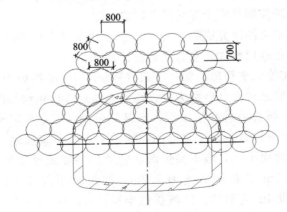

图 6-74　隧道横断面注浆孔布置图

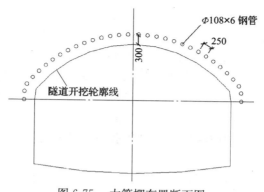

図 6-75 大管棚布置断面図

3）自大管棚之間実施 $\phi 32 \times 3.25\text{mm}$ 超前注浆小导管，环向间距 300mm，长度 3m，搭接 1.0m，布置范围隧道拱部 180° 范围，浆液为水泥基类浆液，以补偿双重管注浆水玻璃的离析，带来的强度丧失，后期沉降问题；

4）设置初支背后的径向回填注浆小导管，间距由 3m 加密为 1.5m，长度适当加长，适时在二衬未完成前进行补偿加固注浆。

对上述参数，即使按最不利工况，求得的弯矩 M_{-a} 为 1.12kN·m 也小于大管棚（$\phi 108 \times 6\text{mm}$）的允许弯矩，同时也没有考虑土体加固，作用在超前预加固结构的荷载减少以及超前小导管自身的强度，因此可认为超前预加固结构的强度条件满足要求。在单纯考虑注浆加固的条件下，由实验室试验地层参数改良为 c 为 10kPa，ϕ 为 40°，E_e 为 50MPa，K 为 30MPa/m，k_0 为 0.43，u 为 0.3，γ_a 为 22kN/m³，核心土自由高度为 1.5m。根据式（5.8）和式（5.9）考虑进尺 a 为 0.5m，则抛物线拱的最大高度 h_{to} 为 0.71m，椭球体拱的最大高度 h_{eo} 为 1.52m。由前分析，施工中拱顶以上 3m 的土体均实施了很好的加固，这部分土体起到了隔水层和硬层的作用，有利于稳定拱的形成。此时 q 为 33.44kN/m²，仅为原始设计参数穿越群房区的 27.64%，穿越典当行的 24.52%。按最大荷载 q 计算的工作面稳定性分析的上限解为：N_s 为 4.35，临界高度 H_{cr} 为 4.58m，临界长度 L_{pcr} 为

2.62m。显然预加固参数满足工作面稳定性的要求。

6.5.3.3 地层预加固参数动态设计优化的模拟分析

（1）不同方案对沉降的影响分析

为进一步判定提出的地层预加固方案所引起的沉降对房屋的影响程度，以及技术经济的优化选择预加固方案，这里采用数值模拟分析，对方案一（工作面双重管超前深孔注浆）、方案二（工作面双重管超前深孔注浆配合水平大管棚超前预支护）进行分析与评价。

模拟建模根据现场勘察资料，决定土层分布和选取土层参数，注浆区土体根据以往经验适当提高其物理参数，模型计算采用的地层参数见表6-31。管棚的模拟采用等效刚度的原则，以与其相当的物理强度参数的块体单元进行模拟。

模型采用线弹性本构模型，计算范围横向单侧取4倍洞径，隧道底部取3倍洞径，上部取至地表。应力场由重力场自行生成。模型网格剖分图见图6-76。模拟正台阶法施工步序，得出的地表沉降和拱顶沉降见表6-32。

模型计算采用的地层参数表   表6-31

参　数 ＼ 土　层	杂填土	黏质粉土	粉质黏土	注浆土
干重度（kN/m³）	17.5	19	17	21
湿重度（kN/m³）	19	20.2	19.2	22
弹性模量（GPa）	11	30	35	50
泊松比	0.3	0.31	0.29	0.3
粘聚力（kPa）	1	4	10	10
摩擦角（°）	10	18	30	40

由表6-32计算结果可以看出，与局部地段不对土体注浆加固（沉降可达70～80mm）相比，工作面注浆可以较为有效地控制土体变位和地表沉降，而管棚的作用则在于进一步更好地控制地表沉降和拱顶沉降。

332

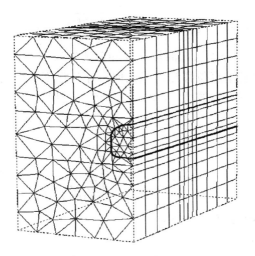

图 6-76　模型网格剖分图

计算结果分析表（mm）　　　　　　　表 6-31

分 析 项 目	地表沉降	拱顶沉降
方案一（双重管深孔注浆）	41.32	37.21
方案二（双重管深孔注浆＋大管棚预支护）	28.66	13.54

（2）不同方案沉降变形对房屋的影响程度评价分析

对沉降对房屋的影响程度评价，采用已被世界上许多国家应用的评价原则和标准。该标准是英国在 Jubilee 延长线（2000 年）施工中创建。该套评价方法将房屋视为均质无重量弹性地基梁，认为房屋的破坏是由于拉应变所致。考虑地表的垂直位移和水平位移，计算出房屋的最大拉应变，对照相关的标准，给出建筑物受地表沉降影响的级别。具体评价过程如下：

因地表垂直沉降和水平应变而在建筑物内产生的弯曲拉应变和剪切拉应变可分别由式（6-1）和式（6-2）计算：

$$\varepsilon_{br} = \varepsilon_h + \varepsilon_{bmax} \tag{6-1}$$

333

$$\varepsilon_{dr} = \varepsilon_h\left(\frac{1-\nu}{2}\right) + \sqrt{\varepsilon_h^2\left(\frac{1+\nu}{2}\right) + \varepsilon_{dmax}^2} \qquad (6-2)$$

式中，ε_{br} 和 ε_{dr} 分别为弯曲拉应变和剪切拉应变，ε_{bmax} 和 ε_{dmax} 分别为仅考虑地表垂直位移和房屋几何尺寸与强度参数的弯曲拉应变和剪切拉应变，可按式（6-3）、式（6-4）计算：

$$\varepsilon_{bmax} = \frac{\Delta}{L\left(\dfrac{L}{12t} + \dfrac{3IE}{2tLHG}\right)} \qquad (6-3)$$

$$\varepsilon_{bmax} = \frac{\Delta}{L\left(1 + \dfrac{HL^2G}{18IE}\right)} \qquad (6-4)$$

以上各式中参数意义如下：

ν——泊松比；

L——房屋等效梁沿垂直隧道纵向的长度（m）；

H——房屋等效梁高度（m）；

$\triangle$——建筑物最大沉降量（m）；

I——房屋等效梁的惯性矩（m^4）；

G——房屋剪切模量；

E——房屋弹性模量（kPa）；

t——等效梁中性轴距梁底边的最大距离，m。

ε_h——地表水平应变，按式（6-5）和式（6-6）计算：

$$\varepsilon_h = \frac{W}{Z_0 - z}\left(\frac{y^2}{i^2} - 1\right) \qquad (6-5)$$

$$w = \frac{V_s}{\sqrt{2\pi}i}\exp\left(-\frac{y^2}{2i^2}\right)\left[G\left(\frac{x - x_i}{i}\right) - G\left(\frac{x - x_f}{i}\right)\right] \qquad (6-6)$$

式中所采用坐标系以地表沉降槽最大沉降点在地表投影位置为坐标原点，x，y，z 分别为沿隧道纵向、垂直隧道走向和垂直向下坐标方向，i 为沉降槽反弯点在 y 轴上的坐标值，Z_0 为隧道中线距地表深度，W 为地表在 y 方向的水平位移函数，V_s 为沿隧道纵向单位长度内沉降槽体积，$G(\alpha)$ 为概率分布函数，x_i，x_f 分别为隧道起点和工作面位置坐标。

334

根据上节中计算得到的两种方案的地表沉降值，采用上述评价方法分别加以计算，得出的房屋结构拉应变如下：

对应方案一，$\varepsilon_{dr} = 0.167$，$\varepsilon_{br} = 0.110$；对应方案二，$\varepsilon_{dr} = 0.068$，$\varepsilon_{br} = 0.032$。

因 $\varepsilon_{dr} > \varepsilon_{br}$，则采用较大值 ε_{dr} 进行评价。由表 6-33 可知，采用方案一，对房屋造成的破坏为 3 级偏下，其表现见表 6-34，为裂缝需要修缮，门窗难以打开，水管或煤气管等可能会断裂，防水层削弱，典型裂缝宽可达 $5 \sim 15 \text{mm}$；而方案二对房屋的损坏均在 1 级范围内。其表现为裂缝细微，可通过装潢处理掉；破坏通常发生在内墙，典型裂缝宽度在 1mm 以内。

房屋损坏级别与极限拉应变关系表　　表 6-33

损坏级别	严重性描述	极限拉应变
0	几乎可以忽略的	$0 \sim 0.05$
1	非常轻微	$0.05 \sim 0.075$
2	轻微	$0.075 \sim 0.15$
3	中等程度	$0.15 \sim 0.3$
4，5	严重至很严重	> 0.3

房屋可见损坏程度分类表　　表 6-34

损坏类型	损坏程度	典型破损的描述
0	几乎可以忽略的	裂缝小于 0.1mm
1	很轻微	裂缝细微，可通过装潢处理掉；破坏常发生在内墙，典型裂缝宽度在 1mm 以内
2	轻微	裂缝易于填充，可能需要重新装潢，从外面可见裂缝；门窗可能会略微变紧；典型裂缝可以宽达 5mm

损坏类型	损坏程度	典型破损的描述
3	中等程度	裂缝需要修缮，门窗难以打开，水管或煤气管等可能会断裂，防水层削弱，典型裂缝宽可达5~15mm
4	严重	需要普遍修缮，尤其是门窗上部的墙体可能需要凿除，门窗框扭曲，地板倾斜可以感知，墙的倾斜或凸出可以感知，管线断裂，典型裂缝宽可达15~25mm
5	很严重	本项可能需要原房屋局部或全部重建，梁失去承载力，墙体严重倾斜，窗户扭曲、破碎，结构有失稳的危险，典型裂缝宽度大于25mm

通过上述评价，即使单纯采用双重管超前深孔注浆加固方案（方案一）对房屋造成的损坏也不是很大，但考虑穿越房屋为危旧建筑，其结构已部分开裂，因此选择双重管与大管棚相结合方案无疑能确保危旧建筑物的安全穿越。

6.5.4 工程实施与效果监测

6.5.4.1 WSS双重管超前深孔注浆施工

（1）WSS双重管超前深孔注浆施工工艺

双重管注浆系统见图6-77，双重管注浆施工工艺见图6-78。

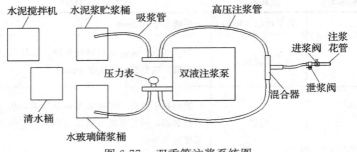

图6-77 双重管注浆系统图

1）钻孔

首先将钻机的钻头精确定位，为防止注浆串孔，采用跳孔施工法成孔。钻机安装要水平、牢固，工作时不得移动，成孔向上倾斜，孔径 $\phi46$，角度 $30°$，成孔深 14m。钻孔施工见图 6-79。

2）注浆管与注浆

注浆管采用 $\phi24$ 无缝钢管，周身打孔，孔径 6mm，间距 $100\sim200$mm，顶部楔状，单根管长为 3m，两管之间采用套丝连接。将加工好的花管送入成孔内，尾部用棉麻和快硬水泥封堵。

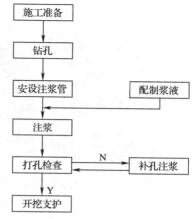

图 6-78　双重管注浆施工工艺图

图 6-79　钻孔施工

注浆管全部布设完毕后，开始进行注浆作业（图 6-80）。注浆宜按约束～开放型注浆顺序进行设计和施工，其注浆顺序原则如下：

（A）首先将群孔的周圈进行注浆，从而达到约束的目的，以防止浆液过远扩散；

图 6-80　注浆施工

（B）采取开放型注浆，由一侧向另一侧平行推进，以达到排水的目的。

3）注浆主要配套设备

合理的机械设备配套是保证施工质量和施工进度的关键，在此次穿越房屋注浆施工中，主要采用的机械设备见表 6-35。

注浆机械设备配套表　　　　　表 6-35

序号	机具名称	规格型号	单位	数量
1	风钻	7665	台	2
2	注浆泵	KBY-50/70	台	2
3	高压胶管	D25mm—Q16MPa×10（5）	根	20（5）
4	SJY—双层立体式搅拌机	0.3m³，20r/min	台	2
5	混合器	T 型	个	3
6	储浆桶	0.5m³、1.0m³	个	各2个

（2）双重管注浆前后土体的加固效果比较

注浆前后土体的物理力学性质比较见表 6-36。

材料		容重 (kN/m³)	含水量 (%)	孔隙比 e	饱和度 S_r (%)	渗透系数 K (cm/s)	黏聚力 c (kPa)	内摩擦角 ϕ (°)
注浆 黏土	均值	20.9	19.30	0.513	94.63	3.73 10^{-6}	32.88	16.01
	标准差	0.491	0.493	0.038	4.476	1.3 10^{-6}	9.51	2.18
	变异 系数	0.027	0.013	0.036	0.047	0.020	0.374	0.13
原始 黏土	均值	19.20	25.80	0.70	95.0	6.2 10^{-5}	37.0	16
	标准差	0.601	0.406	0.046	7.48	1.2 10^{-6}	6.51	1.18
	变异 系数	0.029	0.019	0.072	0.081	0.021	0.364	0.14

由表 6-36，对比注浆前后黏土所作的试验成果，发现注浆后土体的工程性质有所提高。黏土的容重提高了 8.8%，孔隙比降低了 26.7%，含水量降低了 25.2%，渗透系数较原状土降低了 93.98%，这一结果说明注浆从止水的目的来说，效果是显著的。

劈裂注浆加固效果见图 6-81。根据开挖检验结果，工作面干燥，没有渗水现象，表明注浆止水效果较好，达到了预期目的。

图 6-81　劈裂注浆加固效果

6.5.4.2　水平大管棚超前预支护施工

采用 40m 水平长管棚一次打设的施工工艺，在国内热力隧道的施工中，是第一次。由于施工空间相对狭小，这样，在设备选型和管棚施工精度上有较高的要求。根据工区的特点，采用非开挖水平导向钻（TT40 水平导向钻机）进行超前大管棚的打设。其理由如下：

1）由于管棚长度较长（宝瑞通典当行处管棚长度为 30m，17 号竖井西侧群房区采用管棚长度为 40m），普通水平钻的有效钻距仅为 15～20m，TT40 水平导向钻机的最大钻距为 30～40m，能够满足施工要求；

2）采用水平钻施工比夯管锤施工对地表建筑物影响小，由于埋深浅，如采用夯管施工，施工时所产生的震动将影响地表建筑物安全，因此不宜采用夯管施工工艺；

3）水平钻施工过程中通过泥浆护壁、保护钻孔，钻孔不会发生坍塌，能有效的防止地表沉降；

4）TT40 型水平导向钻对于钻孔方位的控制有足够的精度，不会发生管棚侵入隧道净空的过大偏差。

（1）管棚施工流程

管棚施工流程见图 6-82。

（2）施工准备

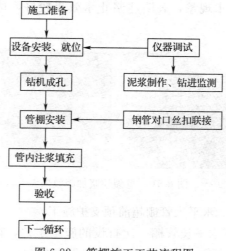

图 6-82　管棚施工工艺流程图

1）进场前，确保管棚施工有足够的作业空间，小室底部满足搭设满堂红脚手架；

2）测量放线：施工前放出管棚施工轮廓线、隧道中线及标高；

3）施工前调查清楚地下管线分布情况，并在此基础上进一步对现场情况进行详细调查；

4）施工脚手架的搭设：由于施工范围高差较大（最低一根与最高一根高差达 2.05m），因此，脚手架搭设两层工作平台，层间相距为 1.2m，具体搭设方法如下：

（a）脚手架用 φ50 钢管搭设，横、纵向间距均为 600mm；

（b）工作平台采用 100×100 方板及五板木板铺设，方木上满铺五板木板作为钻机施工平台。具体见图 6-83。

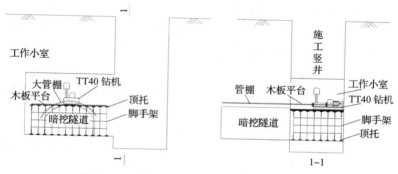

图 6-83　利用施工竖井打设管棚钻机布置图

（3）管棚钻孔与注浆

1）放孔

①破除井壁混凝土，根据放出的管棚孔位位置，用风镐破除既有工作面小室墙壁的初期支护混凝土；

②根据各个孔位的设计位置，调整工作平台高度。施工自上而下施工，因此施工时先搭设上一层的工作平台。

2）水平钻机施工

①按照设计顺序准确安装 TT40 水平导向钻机，安装牢固，

管路连接准确无误；

②配置泥浆，准备钻进施工；

③根据此处工程特点，钻进时直接采用 φ108×6mm 钢管作为钻杆，钢管两端加工成丝扣联结；

④由于钻孔位置要求严格，每一根钻杆钻进过程中，都必须严格控制钻进参数；

⑤地表测量要严格遵守测量技术规范，准确测量各项参数（深度、轨迹方向等），及时与司钻人员联系沟通，确保钻孔施工准确无误；

⑥在钻进过程中注意，由于孔位间距比较近（250mm），为防止对土体扰动的影响，采取间隔孔位钻进，以保证施工进度。

3）钻进与注浆控制措施

①管棚水平位置控制：为减小施工导致的土体沉降，钻机就位时，水平方向有选择地调设 $1°\sim2°$ 的上仰角，以抵消钢管因自重而产生的垂头效应；

②钻进过程中地表沉降的控制：施工过程中，对经过地表地段的点位由专业测量人员进行监测，及时对监测结果进行分析，以指导施工，调整施工参数，控制好地表沉降；

③注浆控制：为充填管孔空隙及增加管棚刚度，管棚内采用水泥浆注浆充填，注浆压力不小于 $0.3\sim0.5MPa$。

6.5.4.3　工程实施效果监测

穿越危旧房屋地段主要监测内容为：①地表下沉；②建筑物变形；③拱顶下沉以及底板隆起观测；④隧道内收敛观测；⑤房屋裂缝观测。

（1）穿越群房区施工监控量测与分析

1）地表变形分析

在 17 号竖井西侧群房区，为了及时掌握施工过程中群房区地表沉降情况，以便指导施工，在房屋周边布设地面沉降观测点，总共布点 24 个，见图 6-84（a）。将施工过程中 5 个重要阶段的地面沉降状况绘制成等值线图，可以清晰地了解每个阶段地表沉降情况（图中等高线数值为地表高程变动值，单位mm）。

图6-84（a）显示，由于是不降水施工，管棚施作引起地表较大沉降，最大沉降达－13mm，沉降槽两翼地面轻微隆起；第一次注浆后地表以隧道起始的东部地带为中心普遍隆起，但抬升不均匀，以隧道中线为界表现为左低右高，右侧房屋抬升幅度最高达13mm，群房外地表最大抬升幅度达21mm，见图6-84（b）；开挖后地表回落，沉降中心沿隧道掘进方向移动，沉降槽趋于规则，但左低右高的局面没有扭转，沉降中心回落幅度达10mm，如图6-84（c）；第二次注浆后，群房的西北部显著抬升，且隧道左侧土体抬升高于右侧土体，隧道中线抬升9mm，见图6-84（d）；第二次开挖后，随工作面穿越群房地表沉降中心显著前移，群房分布区域沉降稳定在－10mm，见图6-84（e）。

2）房屋变形分析

为了反映地表沉降对房屋的影响程度，将受施工影响最大的北部最长房屋基础的沉降偏斜率（$\triangle_{max}/L$，即基础最大沉降点相对于基础两端点连线的沉降量与基础长度的比值）列于表6-37中。

施工各重要阶段房屋沉降偏斜率表　　　　表6-37

项目	打设管棚	第一次注浆	第一次开挖	第二次注浆	第二次开挖
$\triangle_{max}/L$	0.00023	0.00011	0.00024	0.00039	0.00042

由表6-37知，每个阶段房屋沉降偏斜率均小于0.0005，也就是说，通过打设管棚和工作面注浆加固，将开挖对房屋的影响控制在3级以下，事实证明为2级以下，即墙体局部开展了微细裂纹或部分旧有裂纹发生闭合或扩张，此外，未见其他变化。

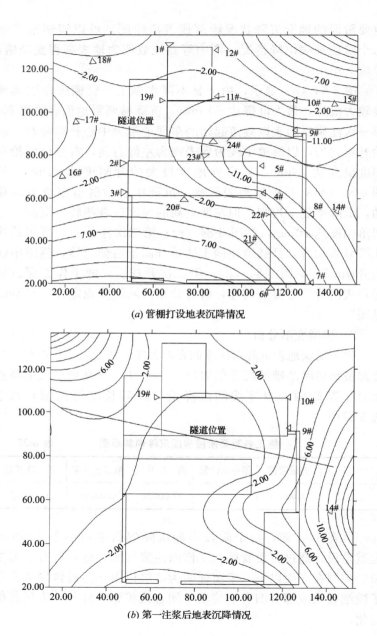

(a) 管棚打设地表沉降情况

(b) 第一注浆后地表沉降情况

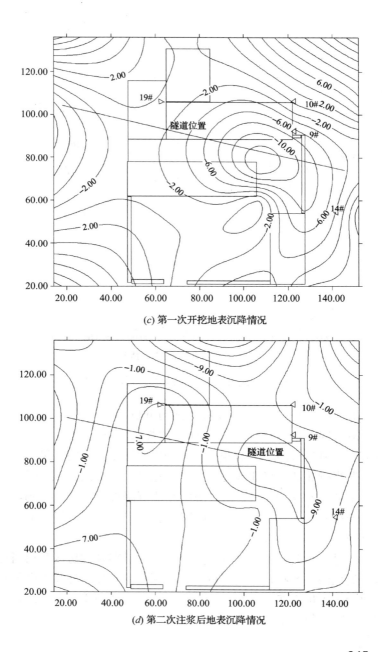

(c) 第一次开挖地表沉降情况

(d) 第二次注浆后地表沉降情况

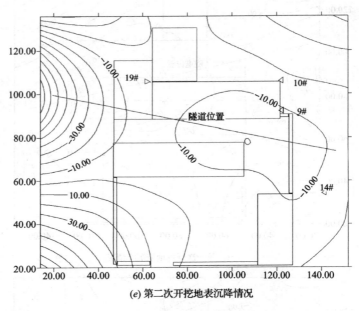

(e) 第二次开挖地表沉降情况

图 6-84　注浆与开挖引起地表沉降状况图

2）穿越典当行段施工监控量测与分析

隧道穿越典当行以及北三环路监控量测布点见图 6-85。以隧道穿越典当行的墙体监测资料来分析地层预加固的效果。

典当行北墙沉降曲线见图 6-86，南墙沉降曲线见图6-87。

由图 6-86 和图 6-87 知，房屋北侧沉降控制在 15.8mm，南侧沉降控制在 11mm，说明整体沉降变形控制效果很好，最大差异沉降在 5mm 控制值内。

通过现场监控量测，其结果表明，隧道穿越群房区和典当行这两处危旧建筑物，采用双重管超前深孔注浆加固配和水平长管棚超前预支护方案，在软塑状粘土中可以有效的止水和加固，控制了沉降，保护了施工和房屋的安全。

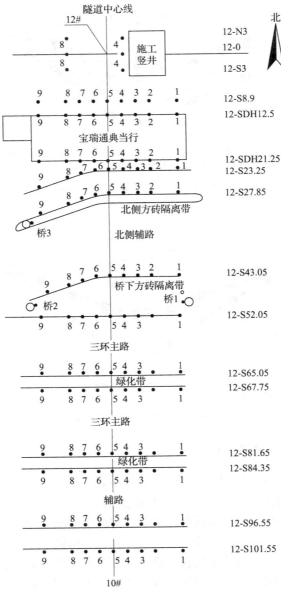

图 6-85 穿越典当行和三环路测点布设图

347

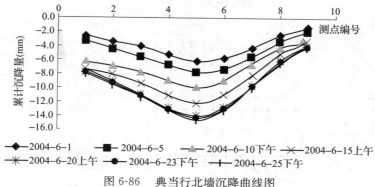

图 6-86 典当行北墙沉降曲线图

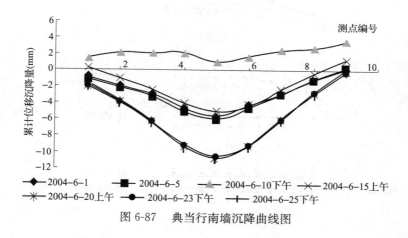

图 6-87 典当行南墙沉降曲线图

6.5.5 本节小结

（1）在富水软塑状粉质粘土条件下，穿越危旧房屋，采用双重管超前深孔注浆配合水平大管棚超前预支护，可有效的控制地表和建筑物变形，能成功地保护地表房屋的安全使用；

（2）该工程再一次说明，在沉降控制严格的施工中，地层预加固参数的动态设计不仅仅是满足工作面稳定性的基本问题，更重要的是采取更为有效的地层预加固方式来控制沉降；

（3）尽管在富水条件下，双重管注浆可有效的实施止水加

348

固，但由于双液浆存在时效性问题，因此在邻近施工中对后期沉降有苛刻要求的环境，必须采用改进的水泥基类浆液或者外周为双液浆，内周为水泥基类浆液，并视情实施初支背后径向动态补偿注浆；

（4）施工表明，首先施作大管棚不利于控制沉降，故应在先加固的条件下，后实施大管棚。